Arthur Conan Doyle

The Hound of the Baskervilles
Der Hund der Baskervilles

The Hound of the Baskervilles erschien zuerst 1901/02 in Fortsetzungen in *The Strand Magazine*, die Buchausgabe erschien 1902 bei George Newnes in London. Der englische Text dieser Ausgabe folgt der Edition in der Reihe *Oxford World's Classics*, Oxford 1998. Dem deutschen Text liegt die Übersetzung von Heinrich Darnoc, erschienen 1905 bei Lutz in Stuttgart, zugrunde. Sie wurde vollständig neu überarbeitet.

Die Deutsche Nationalbibliothek verzeichnet diese Publikation in der Deutschen Nationalbibliografie; detaillierte bibliografische Daten sind im Internet unter http://dnb.d-nb.de abrufbar.

Lektorat: Kim Landgraf, Köln
Umschlagmotiv: Howard Pyle (1853–1911), »A Wolf Had Not Been Seen in Salem for Thirty Years« (1909), Delaware Art Museum, Wilmington / bridgemanart.com
Umschlaggestaltung: www.katjaholst.de
Satz und Layout: GEM mbH, Ratingen
Printed in Czech Republic 2007
ISBN 978-3-86647-169-6
info@anaconda-verlag.de

Arthur Conan Doyle

The Hound of the Baskervilles

Der Hund der Baskervilles

Aus dem Englischen von
Stephanie Jakobs

Anaconda

Chapter 1

Mr Sherlock Holmes

Mr Sherlock Holmes, who was usually very late in the mornings, save upon those not infrequent occasions when he stayed up all night, was seated at the breakfast table. I stood upon the hearth-rug and picked up the stick which our visitor had left behind him the night before. It was a fine, thick piece of wood, bulbous-headed, of the sort which is known as a 'Penang lawyer'. Just under the head was a broad silver band, nearly an inch across. 'To James Mortimer, MRCS, from his friends of the CCH', was engraved upon it, with the date '1884'. It was just such a stick as the old-fashioned family practitioner used to carry–dignified, solid, and reassuring.

'Well, Watson, what do you make of it?'

Holmes was sitting with his back to me, and I had given him no sign of my occupation.

'How did you know what I was doing? I believe you have eyes in the back of your head.'

'I have, at least, a well-polished, silver-plated coffee-pot in front of me,' said he. 'But, tell me, Watson, what do you make of our visitor's stick? Since we have been so unfortunate as to miss him and have no notion of his errand, this accidental souvenir becomes of importance. Let me hear you reconstruct the man by an examination of it.'

'I think,' said I, following so far as I could the methods of my companion, 'that Dr Mortimer is a successful elderly medical man, well-esteemed, since those who know him give him this mark of their appreciation.'

'Good!' said Holmes. 'Excellent!'

Kapitel 1

Mr. Sherlock Holmes

Sherlock Holmes, der für gewöhnlich morgens sehr spät aufstand, wenn er nicht – was allerdings nicht selten vorkam – die ganze Nacht auf gewesen war, saß am Frühstückstisch. Ich stand auf dem Kaminvorleger und nahm den Stock zur Hand, den unser Besucher gestern Abend zurückgelassen hatte. Es handelte sich um einen Spazierstock aus schönem, dickem Holz mit wurzelknolligem Knauf, einer von denen, die als »Penang lawyer« bekannt sind. Unmittelbar unterhalb des Knaufs befand sich ein fast zollbreiter silberner Reif mit einer Inschrift, datiert auf das Jahr 1884: »Für James Mortimer, M.R.C.S., von seinen Freunden vom C.C.H.« Es war genau so ein Stock, wie altmodische Hausärzte ihn gerne benutzen – ehrwürdig, solide und vertrauenerweckend.

»Nun, Watson, was halten Sie davon?«

Holmes saß mit dem Rücken zu mir, und ich hatte nichts getan, woraus er auf meine Beschäftigung hätte schließen können.

»Woher wussten Sie, was ich gerade mache? Man könnte meinen, Sie hätten auch hinten ein paar Augen.«

»Ich habe zumindest eine gut polierte, silberne Kaffeekanne vor mir stehen«, antwortete er. »Aber sagen Sie mir, Watson, was halten Sie von dem Stock unseres Besuchers? Da er uns unglücklicherweise nicht angetroffen hat und wir keine Ahnung haben, was er von uns wollte, ist dieses zufällige Erinnerungsstück von Bedeutung. Lassen Sie mich hören, wie Sie den Mann anhand einer Untersuchung seines Spazierstocks wiederaufleben lassen.«

»Ich denke«, sagte ich und folgte dabei, so gut ich konnte, der Methode meines Freundes, »dass Doktor Mortimer ein erfolgreicher, älterer Arzt ist und ein angesehener Mann, da seine Bekannten ihm dieses Zeichen ihrer Wertschätzung zukommen ließen.«

»Gut!«, sagte Holmes. »Ausgezeichnet!«

'I think also that the probability is in favour of his being a country practitioner who does a great deal of his visiting on foot.'

'Why so?'

'Because this stick, though originally a very handsome one, has been so knocked about that I can hardly imagine a town practitioner carrying it. The thick iron ferrule is worn down, so it is evident that he has done a great amount of walking with it.'

'Perfectly sound!' said Holmes.

'And then again, there is the "friends of the CCH". I should guess that to be the Something Hunt, the local hunt to whose members he has possibly given some surgical assistance, and which has made him a small presentation in return.'

'Really, Watson, you excel yourself,' said Holmes, pushing back his chair and lighting a cigarette. 'I am bound to say that in all the accounts which you have been so good as to give of my own small achievements you have habitually underrated your own abilities. It may be that you are not yourself luminous, but you are a conductor of light. Some people without possessing genius have a remarkable power of stimulating it. I confess, my dear fellow, that I am very much in your debt.'

He had never said as much before, and I must admit that his words gave me keen pleasure, for I had often been piqued by his indifference to my admiration and to the attempts which I had made to give publicity to his methods. I was proud, too, to think that I had so far mastered his system as to apply it in a way which earned his approval. He now took the stick from my hands and examined it for a few minutes with his naked eyes. Then,

»Ferner dürfte die Wahrscheinlichkeit dafür sprechen, dass er ein Landarzt ist, der einen großen Teil seiner Krankenbesuche zu Fuß erledigt.«

»Warum das?«

»Weil dieser Stock, der ursprünglich wohl ein sehr schönes Exemplar war, so mitgenommen aussieht, dass ich mir kaum vorstellen kann, dass ein städtischer Arzt ihn benutzt. Der massive, eiserne Ringbeschlag ist abgenutzt, es ist also offensichtlich, dass er damit viel unterwegs war.«

»Vollkommen schlüssig!«, bemerkte Holmes.

»Und dann sind da ›die Freunde vom C.C.H.‹. Ich nehme an, es handelt sich dabei um Soundso Hetzjagd, also den örtlichen Hetzjagdverein, dessen Mitgliedern er möglicherweise ärztlichen Beistand geleistet hat, wofür sie ihm dann ein kleines Geschenk überreicht haben.«

»Watson, Sie übertreffen sich wirklich selber«, sagte Holmes, während er seinen Stuhl zurückschob und sich eine Zigarette anzündete. »Ich muss sagen, dass Sie in all den Berichten, die Sie freundlicherweise über *meine* bescheidenen Leistungen verfassten, Ihre eigenen Fähigkeiten immer wieder unterschätzt haben. Vielleicht sind Sie selber kein großes Licht, aber Sie entzünden die Geistesblitze anderer. Es gibt Leute, die selbst ohne Genius sind, aber die bemerkenswerte Gabe besitzen, den Genius anderer zu fördern. Ich bekenne, mein lieber Freund, dass ich tief in Ihrer Schuld stehe.«

So großes Lob hatte er zuvor nie ausgesprochen, und ich muss gestehen, dass seine Worte mir lebhaftes Vergnügen bereiteten. Ich hatte mich oft darüber geärgert, dass er sich gegenüber meiner Bewunderung und meiner Versuche, seine Methoden der Öffentlichkeit zugänglich zu machen, so gleichgültig zeigte. Zudem war ich stolz darauf, zu meinen, dass ich mir sein Denken so zu eigen gemacht hatte, dass ich es in einer Weise anwenden konnte, die seinen Beifall verdiente. Holmes nahm mir nun den

with an expression of interest, he laid down his cigarette, and, carrying the cane to the window, he looked over it again with a convex lens.

'Interesting, though elementary,' said he, as he returned to his favourite corner of the settee. 'There are certainly one or two indications upon the stick. It gives us the basis for several deductions.'

'Has anything escaped me?' I asked, with some self-importance. 'I trust that there is nothing of consequence which I have overlooked?'

'I am afraid, my dear Watson, that most of your conclusions were erroneous. When I said that you stimulated me I meant, to be frank, that in noting your fallacies I was occasionally guided towards the truth. Not that you are entirely wrong in this instance. The man is certainly a country practitioner. And he walks a good deal.'

'Then I was right.'

'To that extent.'

'But that was all.'

'No, no, my dear Watson, not all–by no means all. I would suggest, for example, that a presentation to a doctor is more likely to come from a hospital than from a hunt, and that when the initials "CC" are placed before that hospital the words "Charing Cross" very naturally suggest themselves.'

'You may be right.'

'The probability lies in that direction. And if we take this as a working hypothesis we have a fresh basis from which to start our construction of this unknown visitor.'

Stock aus der Hand und prüfte ihn ein paar Minuten lang mit bloßem Auge. Dann legte er mit einem Ausdruck von Interesse die Zigarette beiseite, trug den Stock zum Fenster und besah ihn noch einmal mit einer Lupe.

»Interessant, wenngleich sehr simpel«, sagte er, als er sich wieder in seine bevorzugte Sofaecke zurückzog. »Der Stock bietet uns mit Sicherheit ein, zwei Hinweise, die wir als Ausgangspunkt für mehrere Schlussfolgerungen nutzen können.«

»Ist mir irgendetwas entgangen?«, fragte ich ein wenig dünkelhaft. »Ich hoffe, ich habe nichts von Bedeutung übersehen?«

»Ich befürchte, mein lieber Watson, dass die meisten Ihrer Schlüsse falsch waren. Als ich sagte, dass Sie mich inspirieren, meinte ich damit, ehrlich gesagt, dass ich durch Ihre Fehlschlüsse gelegentlich auf die Wahrheit gebracht wurde. Es ist nicht so, dass Sie sich in diesem Fall gänzlich auf dem Holzweg befänden. Der Mann ist sicherlich ein Landarzt. Und er geht viel zu Fuß.«

»Ich hatte also recht.«

»In diesen Punkten, ja.«

»Aber das war doch alles, was ich sagte.«

»Nein, nein, mein lieber Watson, nicht alles, durchaus nicht alles. Ich würde zum Beispiel meinen, dass ein Arzt ein Geschenk wohl eher von einem Hospital als von einem Hetzjagdverein erhält, und dass, wenn vor dem ›H‹ des Hospitals die Anfangsbuchstaben ›C.C.‹ stehen, sich die Auflösung ›Charing Cross‹ geradezu aufdrängt.«

»Damit könnten Sie recht haben.«

»Die Wahrscheinlichkeit spricht dafür. Und wenn wir dies als Arbeitshypothese nehmen, haben wir eine neue Grundlage, auf der wir mit der Rekonstruktion dieses unbekannten Besuchers beginnen können.«

'Well, then, supposing that "CCH" does stand for "Charing Cross Hospital", what further inferences may we draw?'

'Do none suggest themselves? You know my methods. Apply them!'

'I can only think of the obvious conclusion that the man has practised in town before going to the country.'

'I think that we might venture a little farther than this. Look at it in this light. On what occasion would it be most probable that such a presentation would be made? When would his friends unite to give him a pledge of their good will? Obviously at the moment when Dr Mortimer withdrew from the service of the hospital in order to start in practice for himself. We know there has been a presentation. We believe there has been a change from a town hospital to a country practice. Is it, then, stretching our inference too far to say that the presentation was on the occasion of the change?'

'It certainly seems probable.'

'Now, you will observe that he could not have been on the *staff* of the hospital, since only a man well-established in a London practice could hold such a position, and such a one would not drift into the country. What was he, then? If he was in the hospital and yet not on the staff, he could only have been a house-surgeon or a house-physician–little more than a senior student. And he left five years ago–the date is on the stick. So your grave, middle-aged family practitioner vanishes into thin air, my dear Watson, and there emerges a young fellow under thirty, amiable, unambitious, absent-minded, and the possessor of a favourite dog, which I should describe roughly as being larger than a terrier and smaller than a mastiff.'

»Nun, also angenommen, dass ›C.C.H.‹ für ›Charing Cross Hospital‹ steht: Welche weiteren Rückschlüsse ergeben sich daraus?«

»Ist dies nicht offensichtlich? Sie kennen meine Methoden. Wenden Sie sie an!«

»Ich komme bloß auf den naheliegenden Schluss, dass der Mann in der Stadt praktiziert hat, bevor er aufs Land zog.«

»Ich denke, wir dürfen uns ruhig ein bisschen weiter vorwagen. Betrachten Sie es mal von dieser Seite. Bei welcher Gelegenheit wird ein solches Geschenk höchstwahrscheinlich gemacht worden sein? Wann sind seine Freunde wohl zusammengekommen, um ihm einen Beweis ihres Wohlwollens zu überreichen? Offensichtlich in dem Augenblick, als Doktor Mortimer seinen Dienst im Hospital quittierte, um eine eigene Praxis zu gründen. Wir wissen, dass ein Geschenk gemacht wurde. Wir glauben, der Mann ist von einem städtischen Hospital in eine Landarztpraxis gezogen. Gehen wir in unserer Schlussfolgerung also zu weit, wenn wir annehmen, dass das Geschenk zum Abschied überreicht wurde?«

»Das klingt auf jeden Fall wahrscheinlich.«

»Sie werden bemerkt haben, dass er nicht dem ärztlichen Personal des Hospitals angehört haben kann, denn eine solche Stellung erlangt nur ein Arzt, der bereits eine gutlaufende Londoner Praxis besitzt, und so einer würde nicht aufs Land ziehen. Was hat er also gemacht? Wenn er im Hospital tätig war, aber nicht zum Stammpersonal gehörte, kann er nur Assistenzarzt gewesen sein, also kaum mehr als ein Student im letzten Semester. Er verließ das Hospital vor fünf Jahren, das Datum steht auf dem Stock. So löst sich Ihr ernster Familienarzt mittleren Alters vor uns in Luft auf, mein lieber Watson, und zum Vorschein kommt ein junger Mann unter dreißig Jahren, liebenswürdig, ohne Ehrgeiz, zerstreut, und Besitzer eines von ihm sehr geliebten Hundes, dessen Größe ich grob zwischen die eines Terriers und einer Dogge einordnen würde.«

I laughed incredulously as Sherlock Holmes leaned back in his settee and blew little wavering rings of smoke up to the ceiling.

'As to the latter part, I have no means of checking you,' said I, 'but at least it is not difficult to find out a few particulars about the man's age and professional career.'

From my small medical shelf I took down the Medical Directory and turned up the name. There were several Mortimers, but only one who could be our visitor. I read his record aloud.

'Mortimer, James, MRCS, 1882, Grimpen, Dartmoor, Devon, House-surgeon, from 1882 to 1884, at Charing Cross Hospital. Winner of the Jackson Prize for Comparative Pathology, with essay entitled "Is Disease a Reversion?" Corresponding member of the Swedish Pathological Society. Author of "Some Freaks of Atavism" (*Lancet* 1882), "Do We Progress?" (*Journal of Psychology,* March, 1883). Medical Officer for the parishes of Grimpen, Thorsley, and High Barrow.'

'No mention of that local hunt, Watson,' said Holmes, with a mischievous smile, 'but a country doctor, as you very astutely observed. I think that I am fairly justified in my inferences. As to the adjectives, I said, if I remember right, amiable, unambitious, and absent-minded. It is my experience that it is only an amiable man in this world who receives testimonials, only an unambitious one who abandons a London career for the country, and only an absent-minded one who leaves his stick and not his visiting-card after waiting an hour in your room.'

Ich lachte ungläubig, während Sherlock Holmes sich auf seinem Sofa zurücklehnte und kleine Rauchringe in die Luft blies.

»Ihre letzte Anmerkung wüsste ich nicht zu widerlegen«, sagte ich, »aber wenigstens wird es nicht schwierig sein, ein paar nähere Angaben über das Alter und die bisherige berufliche Laufbahn des Mannes zu machen.«

Von meinem Bücherregal, auf dem meine kleine Sammlung medizinischer Werke stand, nahm ich das Ärzteverzeichnis und schlug den Namen nach. Es waren mehrere Mortimers aufgelistet, aber nur einer, der unser Besucher sein konnte. Ich las die betreffende Stelle laut vor:

»Mortimer, James, M.R.C.S., 1882, Grimpen, Dartmoor, Devon, von 1882 bis 1884 Assistenzarzt am Charing Cross Hospital; erhielt den Jackson-Preis für Vergleichende Pathologie für seine Abhandlung ›Ist Krankheit ein Atavismus?‹; korrespondierendes Mitglied der Schwedischen Gesellschaft für Pathologie; Autor von »Einige Launen des Atavismus« (*Lancet*, 1882), »Machen wir Fortschritte?« (*Journal of Psychology*, März 1883); Gemeindearzt in Grimpen, Thorsley und High Barrow.«

»Von dem Jagdverein ist hier keine Rede, Watson«, sagte Holmes mit einem boshaften Lächeln, »aber ein Landarzt ist er, wie Sie sehr scharfsinnig erkannt haben. Ich denke, meine Annahmen haben sich damit zur Gänze bestätigt. In Bezug auf den Charakter unseres Mannes sagte ich, wenn ich mich recht erinnere, er sei liebenswürdig, ohne Ehrgeiz und zerstreut. Meine Erfahrung lehrt mich, dass auf dieser Welt nur ein liebenswürdiger Mensch solche Ehrengaben erhält, dass nur ein wenig ambitionierter seine Karriere in London aufgibt, um aufs Land zu ziehen, und dass nur ein zerstreuter Mensch seinen Spazierstock anstelle seiner Visitenkarte zurücklässt, nachdem er eine Stunde auf dich gewartet hat.«

'And the dog?'

'Has been in the habit of carrying this stick behind his master. Being a heavy stick the dog has held it tightly by the middle, and the marks of his teeth are very plainly visible. The dog's jaw, as shown in the space between these marks, is too broad in my opinion for a terrier and not broad enough for a mastiff. It may have been–yes, by Jove, it *is* a curly-haired spaniel.'

He had risen and paced the room as he spoke. Now he halted in the recess of the window. There was such a ring of conviction in his voice that I glanced up in surprise.

'My dear fellow, how can you possibly be so sure of that?'

'For the very simple reason that I see the dog himself on our very doorstep, and there is the ring of its owner. Don't move, I beg you, Watson. He is a professional brother of yours, and your presence may be of assistance to me. Now is the dramatic moment of fate, Watson, when you hear a step upon the stair which is walking into your life, and you know not whether for good or ill. What does Dr James Mortimer, the man of science, ask of Sherlock Holmes, the specialist in crime? Come in!'

The appearance of our visitor was a surprise to me since I had expected a typical country practitioner. He was a very tall, thin man, with a long nose like a beak, which shot out between two keen, grey eyes, set closely together and sparkling brightly from behind a pair of gold-rimmed glasses. He was clad in a professional but rather slovenly fashion, for his frock-coat was dingy and his trousers frayed. Though young, his long back was already bowed, and he walked with a forward thrust of his head

»Und der Hund?«

»Hatte die Angewohnheit, seinem Herrn den Stock hinterherzutragen. Da es sich um einen schweren Stock handelt, hat der Hund ihn mittig gepackt, und die Abdrücke seiner Zähne sind sehr deutlich sichtbar. Der Kiefer des Hundes, nach dem Abstand der Zahnspuren zu schließen, ist meines Erachtens für einen Dackel zu breit und für eine Dogge nicht breit genug. Vielleicht könnte es – natürlich, bei Jupiter, es *ist* ein krausgelockter Spaniel.«

Holmes war aufgestanden, während er sprach, und im Zimmer auf und abgelaufen. Nun blieb er in der Fensternische stehen. In seiner Stimme lag ein solcher Brustton der Überzeugung, dass ich überrascht aufblickte.

»Mein lieber Freund, wie können Sie sich da bloß so sicher sein?«

»Aus dem sehr einfachen Grund, dass ich den Hund an unserer Haustür stehen sehe. Und da klingelt auch schon sein Besitzer. Bleiben Sie bitte hier, Watson. Da er ein Kollege von Ihnen ist, kann mir Ihre Gegenwart vielleicht noch von Nutzen sein. Das ist nun einer jener schicksalsträchtigen Augenblicke, Watson, wenn man Schritte auf der Treppe hört, die im Begriff sind in dein Leben zu treten, und man weiß nicht, ob im Guten oder Bösen. Was wird Dr. James Mortimer, der Mann der Wissenschaft, von Sherlock Holmes, dem Experten für Verbrechen, wollen? Kommen Sie herein!«

Die äußere Erscheinung unseres Besuchers überraschte mich, denn ich hatte einen typischen Landarzt erwartet. Er war ein sehr großer, hagerer Mann mit einer langen, schnabelförmigen Nase, die zwischen zwei wachen, grauen Augen hervorsprang. Diese lagen dicht beieinander und funkelten durch die Gläser einer goldumrandeten Brille. Seine Kleidung entsprach der eines Arztes, war jedoch in einem vernachlässigten Zustand. Der Gehrock war schmuddelig und seine Hosenbeine ausgefranst. Obwohl er noch jung war, war sein langer Rücken bereits gebeugt, er

and a general air of peering benevolence. As he entered his eyes fell upon the stick in Holmes's hand, and he ran towards it with an exclamation of joy.

'I am so very glad,' said he. 'I was not sure whether I had left it here or in the Shipping Office. I would not lose that stick for the world.'

'A presentation, I see,' said Holmes.

'Yes, sir.'

'From Charing Cross Hospital?'

'From one or two friends there on the occasion of my marriage.'

'Dear, dear, that's bad!' said Holmes, shaking his head.

Dr Mortimer blinked through his glasses in mild astonishment.

'Why was it bad?'

'Only that you have disarranged our little deductions. Your marriage, you say?'

'Yes, sir. I married, and so left the hospital, and with it all hopes of a consulting practice. It was necessary to make a home of my own.'

'Come, come, we are not so far wrong after all,' said Holmes. 'And now, Dr James Mortimer–'

'Mister, sir, Mister–a humble MRCS.'

'And a man of precise mind, evidently.'

'A dabbler in science, Mr Holmes, a picker up of shells on the shores of the great unknown ocean. I presume that it is Mr Sherlock Holmes whom I am addressing and not–'

'No, this is my friend Dr Watson.'

streckte seinen Kopf beim Gehen nach vorne und vermittelte insgesamt einen wohlwollenden Eindruck. Als er eintrat, fiel sein Blick auf den Stock, den Holmes noch in der Hand hielt, und er lief mit einem Ausruf der Freude auf ihn zu.

»Ich bin ja so froh«, sagte er. »Ich war mir nicht mehr sicher, ob ich ihn hier oder im Redereibüro vergessen hatte. Um nichts in der Welt möchte ich diesen Stock missen.«

»Ein Geschenk, wie ich sehe«, bemerkte Holmes.

»So ist es, Sir.«

»Vom Charing Cross Hospital?«

»Von ein paar Freunden dort, anlässlich meiner Hochzeit.«

»Ach, das ist aber dumm!«, sagte Holmes kopfschüttelnd.

Doktor Mortimer blinzelte ihn durch seine Brillengläser hindurch leicht erstaunt an.

»Warum ist das dumm?«

»Sie haben bloß unsere schönen Schlussfolgerungen ein wenig durcheinander gebracht. Anlässlich Ihrer Hochzeit, sagten Sie?«

»Ja, Sir. Ich heiratete und verließ deshalb das Hospital und gab damit alle Hoffnung auf eine feste Stelle im Krankenhaus auf. Ich musste das tun, um mir mein eigenes Zuhause zu schaffen.«

»Da sind wir im Großen und Ganzen ja doch nicht so sehr auf dem Holzweg gewesen«, sagte Holmes. »Und nun, Dr. James Mortimer …«

»Kein Doktor, Sir, kein Doktor … nur ein einfaches Mitglied des M.R.C.S., des Medical Royal College of Surgeons.«

»Und anscheinend ein Mann, der die Dinge genau nimmt.«

»Ein dilettantischer Wissenschaftler, Mr. Holmes, ein Muschelsammler am Rande des weiten, unbekannten Ozeans. Ich nehme an, dass ich das Vergnügen mit Mr. Sherlock Holmes habe und nicht …«

»Nein, dies hier ist mein Freund Dr. Watson.«

'Glad to meet you, sir. I have heard your name mentioned in connection with that of your friend. You interest me very much, Mr Holmes. I had hardly expected so dolichocephalic a skull or such well-marked supra-orbital development. Would you have any objection to my running my finger along your parietal fissure? A cast of your skull, sir, until the original is available, would be an ornament to any anthropological museum. It is not my intention to be fulsome, but I confess that I covet your skull.'

Sherlock Holmes waved our strange visitor into a chair.

'You are an enthusiast in your line of thought, I perceive, sir, as I am in mine,' said he. 'I observe from your forefinger that you make your own cigarettes. Have no hesitation in lighting one.'

The man drew out paper and tobacco and twirled the one up in the other with surprising dexterity. He had long, quivering fingers as agile and restless as the antennae of an insect.

Holmes was silent, but his little darting glances showed me the interest which he took in our curious companion.

'I presume, sir,' said he at last, 'that it was not merely for the purpose of examining my skull that you have done me the honour to call here last night and again to-day?'

'No, sir, no; though I am happy to have had the opportunity of doing that as well. I came to you, Mr Holmes, because I recognise that I am myself an unpractical man, and because I am suddenly confronted with a most serious and extraordinary problem. Recognising, as I do, that you are the second highest expert in Europe–'

»Freut mich, Sie kennenzulernen, Doktor. Man hat Ihren Namen in Verbindung mit dem Ihres Freundes erwähnt. Sie interessieren mich außerordentlich, Mr. Holmes. Ich hatte kaum einen solchen dolichozephalen Schädel mit einer derart markanten supraorbitalen Ausprägung erwartet. Hätten Sie etwas dagegen, wenn ich mit dem Finger über Ihre parietale Schädelnaht fahre? Ein Abguss Ihres Schädels, Sir, wäre, zumindest bis das Original zu haben ist, eine Zierde für jedes anthropologische Museum. Ich möchte nicht überschwänglich erscheinen, aber ich gebe zu, dass mich Ihr Schädel sehr in den Bann zieht.«

Mit einer Handbewegung lud Sherlock Holmes unseren sonderbaren Besucher ein, Platz zu nehmen.

»Sie sind, wie ich feststelle, auf Ihrem Gebiet ein ebensolcher Enthusiast wie ich auf meinem«, sagte Holmes. »Ich sehe an Ihrem Zeigefinger, dass Sie Ihre Zigaretten selber drehen. Zünden Sie sich ruhig eine an, wenn Sie möchten.«

Der Mann holte Papier und Tabak hervor und drehte sich mit überraschender Geschicklichkeit eine Zigarette. Seine langen, zittrigen Finger waren so beweglich und rastlos wie die Fühler eines Insekts.

Holmes saß schweigend da, aber seine kurzen, fixierenden Blicke, die er unserem eigentümlichen Besucher schenkte, verrieten mir sein Interesse an ihm.

»Ich nehme an«, sagte er schließlich, »dass Sie mir sowohl gestern Abend als auch heute die Ehre Ihres Besuches nicht nur erwiesen haben, um meinen Schädel abzutasten?«

»Nein, Mr. Holmes, keineswegs, obwohl ich dankbar bin, dass ich gleichzeitig auch dazu Gelegenheit gehabt habe. Ich suche Sie auf, weil ich mir eingestehen muss, dass ich selbst ein unpraktischer Mensch bin, und ich mich plötzlich mit einem äußerst ernsten und ungewöhnlichen Problem konfrontiert sehe. Und da, wie ich anzuerkennen weiß, Sie in Europa die zweithöchste Autorität für …«

'Indeed, sir! May I inquire who has the honour to be the first?' asked Holmes, with some asperity.

'To the man of precisely scientific mind the work of Monsieur Bertillon must always appeal strongly.'

'Then had you not better consult him?'

'I said, sir, to the precisely scientific mind. But as a practical man of affairs it is acknowledged that you stand alone. I trust, sir, that I have not inadvertently–'

'Just a little,' said Holmes. 'I think, Dr Mortimer, you would do wisely if without more ado you would kindly tell me plainly what the exact nature of the problem is in which you demand my assistance.'

»Was Sie nicht sagen, Sir! Darf ich mich erkundigen, wer dann die Ehre hat, als Nummer Eins zu gelten?«, fragte Holmes etwas schroff.

»Einen Mann mit präzisem, wissenschaftlichem Verstand kann die Arbeitsweise des Monsieur Bertillon schwerlich unbeeindruckt lassen.«

»Hätten Sie dann vielleicht nicht besser ihn konsultiert?«

»Ich sagte, Sir, den präzisen, wissenschaftlichen Verstand. Als Mann mit praktischem Verstand hingegen sind Sie anerkanntermaßen unübertroffen. Ich hoffe, Sir, dass ich Sie nicht unbeabsichtigerweise …«

»Kaum der Rede wert«, antwortete Holmes. »Ich denke, Doktor Mortimer, es ist an der Zeit, dass Sie die Güte haben, mir ohne Umschweife in einfachen Worten zu offenbaren, um welche Art von Problem es sich genau handelt, für das Sie meine Unterstützung erbeten.«

Chapter II

The Curse of the Baskervilles

'I have in my pocket a manuscript,' said Dr James Mortimer.

'I observed it as you entered the room,' said Holmes.

'It is an old manuscript.'

'Early eighteenth century, unless it is a forgery.'

'How can you say that, sir?'

'You have presented an inch or two of it to my examination all the time that you have been talking. It would be a poor expert who could not give the date of a document within a decade or so. You may possibly have read my little monograph upon the subject. I put that at 1730.'

'The exact date is 1742.' Dr Mortimer drew it from his breast-pocket. 'This family paper was committed to my care by Sir Charles Baskerville, whose sudden and tragic death some three months ago created so much excitement in Devonshire. I may say that I was his personal friend as well as his medical attendant. He was a strong-minded man, sir, shrewd, practical, and as unimaginative as I am myself. Yet he took this document very seriously, and his mind was prepared for just such an end as did eventually overtake him.'

Holmes stretched out his hand for the manuscript and flattened it upon his knee.

'You will observe, Watson, the alternative use of the long *s* and the short. It is one of several indications which enabled me to fix the date.'

Kapitel 2

Der Fluch der Baskervilles

»Ich habe hier in meiner Tasche ein Manuskript«, sagte Dr. James Mortimer.

»Es fiel mir auf, als Sie das Zimmer betraten«, erwiderte Holmes.

»Es handelt sich um ein altes Manuskript.«

»Frühes 18. Jahrhundert, sofern es keine Fälschung ist.«

»Wie können Sie das so bestimmt sagen?«

»Ich konnte die ganze Zeit, in der Sie sprachen, genug davon sehen, um es zu prüfen. Nur ein armseliger Fachmann wäre nicht in der Lage, das Entstehungsjahr eines Dokuments auf circa ein Jahrzehnt zu bestimmen. Sie haben vielleicht meine kleine Abhandlung zu diesem Thema gelesen. Ich schätze das Manuskript auf 1730.«

»Das genaue Jahr ist 1742.« Doktor Mortimer zog das Dokument aus seiner Brusttasche. »Dieses Familienpapier wurde mir von Sir Charles Baskerville anvertraut, dessen plötzlicher und tragischer Tod vor etwa drei Monaten die Grafschaft Devonshire so sehr in Aufruhr versetzt hat. Ich darf sagen, dass ich ihm sowohl ein persönlicher Freund als auch ärztlicher Betreuer war. Er war ein willensstarker Mann, Sir, scharfsinnig, pragmatisch und mit beiden Beinen ebenso auf dem Boden der Tatsachen stehend wie ich selbst. Trotzdem nahm er dieses Schriftstück sehr ernst, und er war innerlich auf ein ebensolches Ende vorbereitet, wie es ihn schließlich ereilt hat.«

Holmes streckte sein Hand nach dem Manuskript aus und glättete es auf seinem Knie.

»Sie werden bemerkt haben, Watson, dass das kurze und das lange ›s‹ hier abwechselnd benutzt werden. Dies ist einer der verschiedenen Anhaltspunkte, die mir eine Datierung des Dokuments ermöglichten.«

I looked over his shoulder at the yellow paper and the faded script. At the head was written: 'Baskerville Hall', and below, in large, scrawling figures: '1742'.

'It appears to be a statement of some sort.'

'Yes, it is a statement of a certain legend which runs in the Baskerville family.'

'But I understand that it is someming more modern and practical upon which you wish to consult me?'

'Most modern. A most practical, pressing matter, which must be decided within twenty-four hours. But the manuscript is short and is intimately connected with the affair. With your permission I will read it to you.'

Holmes leaned back in his chair, placed his finger-tips together, and closed his eyes, with an air of resignation. Dr Mortimer turned the manuscript to the light, and read in a high, crackling voice the following curious, old-world narrative.

> 'Of the origin of the Hound of the Baskervilles there have been many statements, yet as I come in a direct line from Hugo Baskerville, and as I had the story from my father, who also had it from his, I have set it down with all belief that it occurred even as is here set forth. And I would have you believe, my sons, that the same Justice which punishes sin may also most graciously forgive it, and that no ban is so heavy but that by prayer and repentance it may be removed. Learn then from this story not to fear the fruits of the past, but rather to be circumspect in the future, that those foul passions whereby our family has suffered so

Ich betrachtete über seine Schulter hinweg das vergilbte Papier und die verblasste Schrift. Am Kopf stand »Baskerville Hall« und darunter in großen, krakeligen Ziffern »1742«.

»Es scheint eine Art von Bericht zu sein.«

»Ja, es ist der Bericht einer gewissen Legende, die in der Familie Baskerville weitergereicht wird.«

»Aber ich nehme an, dass Sie mich wegen einer aktuelleren und handfesteren Angelegenheit zu sprechen wünschen?«

»Ja, höchst aktuell. Eine höchst konkrete und dringende Angelegenheit, über die binnen vierundzwanzig Stunden entschieden werden muss. Aber das Manuskript ist kurz, und es ist eng mit der Sache verknüpft. Mit Ihrer Erlaubnis würde ich es Ihnen gerne vorlesen.«

Holmes lehnte sich in seinem Stuhl zurück, legte seine Fingerspitzen aufeinander und schloss mit resignierter Miene die Augen. Doktor Mortimer hielt das Manuskript ins Licht und las mit hoher, gebrochener Stimme die folgende seltsame Geschichte aus unvordenklichen Zeiten.

> »Über den Ursprung des Hundes der Baskervilles ist vielerlei verlautbart worden, aber da ich in direkter Linie von Hugo Baskerville abstamme und die Geschichte von meinem Vater erzählt bekam und dieser von dem seinigen, habe ich sie niedergeschrieben in dem festen Glauben, dass sie sich ebenso zugetragen hat, wie ich nun hier berichten werde. Und ich bitte Euch, darauf zu vertrauen, meine Söhne, dass dieselbe Gerechtigkeit, welche unsere Sünden bestraft, diese ebenso gnadenvoll verzeiht, und dass kein Fluch so schwer lastet, als dass er nicht durch Gebete und Reue aufgehoben werden kann. Lernt also aus dieser Erzählung, dass Ihr Euch vor den Früchten der Vergangenheit nicht fürchten müsst, sondern mit Umsicht der Zukunft entgegengeht, sodass jene

grievously may not again be loosed to our undoing.

'Know then that in the time of the Great Rebellion (the history of which by the learned Lord Clarendon I most earnestly commend to your attention) this Manor of Baskerville was held by Hugo of that name, nor can it be gainsaid that he was a most wild, profane, and godless man. This, in truth, his neighbours might have pardoned, seeing that saints have never flourished in those parts, but mere was in him a certain wanton and cruel humour which made his name a by-word through the West. It chanced that this Hugo came to love (if, indeed, so dark a passion may be known under so bright a name) the daughter of a yeoman who held lands near the Baskerville estate. But the young maiden, being discreet and of good repute, would ever avoid him, for she feared his evil name. So it came to pass that one Michaelmas this Hugo, with five or six of his idle and wicked companions, stole down upon the farm and carried off the maiden, her father and brothers being from home, as he well knew. When they had brought her to the Hall the maiden was placed in an upper chamber, while Hugo and his friends sat down to a long carouse, as was their nightly custom. Now, the poor lass upstairs was like to have her wits turned at the singing and shouting and terrible oaths which came up to her from below, for they say that the words used by Hugo Baskerville, when he was in wine, were such as might blast the man who said them. At last in the stress of her fear she did that

üblen Kräfte, die unserer Familie so schmerzlich mitgespielt haben, nicht erneut zu unserem Verderben entfesselt werden.

Wisset also, dass zur Zeit der Großen Revolution (deren Geschichte aus der Feder des gelehrten Lords Clarendon ich Euch dringlichst zur Lektüre empfehle) das Herrenhaus der Baskervilles von Hugo des gleichen Namens bewohnt wurde, wobei nicht geleugnet werden kann, dass er ein sehr wilder, ruchloser und gottloser Mann war. Dies hätten ihm seine Nachbarn in Wahrheit vielleicht noch verziehen, da gemeinhin bekannt war, dass Heilige in jener Gegend nie zur Blüte gelangten, aber es lag in seiner Natur eine bestimmte Boshaftigkeit und Grausamkeit, die seinen Namen im ganzen Westen der Verachtung preisgaben. Nun begab es sich, dass Hugo zu der Tochter eines Bauern, der nahe dem Anwesen der Baskervilles Land besaß, in Liebe entflammte (wenn man denn eine so düstere Leidenschaft mit einem so strahlenden Wort bezeichnen darf). Aber das wohlerzogene junge Mädchen, das auf ihren guten Ruf bedacht war, wich ihm stets aus, da es seinen bösen Namen fürchtete. So geschah es denn eines Tages an Sankt Michaeli, dass sich Hugo nebst fünf oder sechs seiner nichtsnutzigen und niederträchtigen Gesellen auf den Bauernhof schlich und das Mädchen entführte, wohl wissend, dass der Vater und die Brüder nicht zu Hause waren. Im Anwesen der Baskervilles angekommen, wurde sie in ein Zimmer im obersten Stockwerk gebracht, während Hugo und seine Freunde sich zu einem langen Zechgelage niederließen, wie sie dies jeden Abend zu tun pflegten. Dem armen Mädchen wurde ganz anders zumute, als sie das Singen und Schreien und fürchterliche Fluchen hörte, das von unten heraufdrang. Denn man sagt, dass Hugo Baskerville im Weinrausch Worte verwendete, die geeignet gewesen wären, jeden in die Hölle zu schicken, der sie aussprach. Von Angst getrieben, tat sie zu-

which might have daunted the bravest or most active man, for by the aid of the growth of ivy which covered (and still covers) the south wall, she came down from under the eaves, and so homeward across the moor, there being three leagues betwixt the Hall and her father's farm.

'It chanced that some little time later Hugo left his guests to carry food and drink—with other worse things, perchance—to his captive, and so found the cage empty and the bird escaped. Then, as it would seem, he became as one that hath a devil, for, rushing down the stairs into the dining-hall, he sprang upon the great table, flagons and trenchers flying before him, and he cried aloud before all the company that he would that very night render his body and soul to the Powers of Evil if he might but overtake the wench. And while the revellers stood aghast at the fury of the man, one more wicked or, it may be, more drunken than the rest, cried out that they should put the hounds upon her. Whereat Hugo ran from the house, crying to his grooms that they should saddle his mare and unkennel the pack, and giving the hounds a kerchief of the maid's he swung them to the line, and so off full cry in the moonlight over the moor.

'Now, for some space the revellers stood agape, unable to understand all that had been done in such haste. But anon their bemused wits awoke to the nature of the deed which was like to be done upon the moorlands. Everything was now in an uproar, some calling for their pistols, some for their horses, and some for another flask of wine. But at length some sense came back to their crazed minds, and

letzt, wovor selbst der tapferste und tatkräftigste Mann zurückgeschreckt hätte: Am Efeubewuchs, der die südliche Hauswand bedeckte (und noch immer bedeckt), kletterte sie ganz vom Dachgesims bis nach unten und rannte quer durchs Moor in Richtung des väterlichen Hofes, der fast neun Meilen vom Anwesen entfernt lag.

Es begab sich, dass kurze Zeit darauf Hugo seine Gäste verließ, um seiner Gefangenen Speis und Trank zu bringen – vielleicht gar Schlimmeres wollte – und nun den Käfig leer fand und den Vogel entflohen. Da schien es, als würde der Teufel ihn befallen, denn er rannte die Treppe hinunter in den Speisesaal, sprang auf die große Tafel, dass Krüge und Teller herumflogen, und schrie laut vor der ganzen Gesellschaft, er wolle noch in selbiger Nacht Leib und Seele den bösen Mächten verschreiben, wenn er die Metze nur einholen könne. Entsetzt starrten die Zechbrüder auf den rasenden Mann, einer aber, der noch verruchter oder vielleicht auch nur betrunkener war als die anderen, rief, sie sollten die Hunde auf sie hetzen. Worauf Hugo aus dem Haus stürmte und seinen Stallknechten zurief, sie sollten seine Stute satteln und die Hunde aus dem Zwinger lassen. Diesen zeigte er ein Halstuch des Mädchens, damit sie Witterung aufnähmen, wies die Richtung, und mit lautem Gekläff ging es im Mondschein über das Moor.

Eine Zeitlang standen die Trinkbrüder wie angewurzelt da und vermochten nicht zu begreifen, was sich in solcher Überstürzung abgespielt hatte. Sogleich aber dämmerte ihnen, was sich auf dem Moor wohl abspielen würde. Alles war nun in heller Aufruhr, die einen riefen nach ihren Pistolen, andere nach ihren Pferden, wieder andere schrien, es sollten neue Weinflaschen gebracht werden. Schließlich aber kamen sie wieder zur Besinnung, und die

the whole of them, thirteen in number, took horse and started in pursuit. The moon shone clear above them, and they rode swiftly abreast, taking that course which the maid must needs have taken if she were to reach her own home.

'They had gone a mile or two when they passed one of the night shepherds upon the moorlands, and they cried to him to know if he had seen the hunt. And the man, as the story goes, was so crazed with fear that he could scarce speak, but at last he said that he had indeed seen the unhappy maiden, with the hounds upon her track. "But I have seen more than that," said he, "for Hugo Baskerville passed me upon his black mare, and there ran mute behind him such a hound of hell as God forbid should ever be at my heels."

'So the drunken squires cursed the shepherd and rode onwards. But soon their skins turned cold, for there came a sound of galloping across the moor, and the black mare, dabbled with white from, went past with trailing bridle and empty saddle. Then the revellers rode close together, for a great fear was on them, but they still followed over the moor, though each, had he been alone, would have been right glad to have turned his horse's head. Riding slowly in this fashion, they came at last upon the hounds. These, though known for their valour and their breed, were whimpering in a cluster at the head of a deep dip or goyal, as we call it, upon the moor, some slinking away and some, with starting hackles and staring eyes, gazing down the narrow valley before them.

ganze Gesellschaft, dreizehn an der Zahl, stieg zu Pferde und nahm die Verfolgung auf. Der Mond schien klar über ihren Häuptern, und sie ritten eilig Seite an Seite in Richtung des Weges, den das Mädchen genommen haben musste, um nach Hause zu gelangen.

Sie waren ein oder zwei Meilen geritten, als sie einem der Schäfer begegneten, die nachts auf dem Moor ihre Schafe hüteten, und sie riefen ihm zu, ob er einen Reiter und Hunde gesehen hätte. Und der Mann, so berichtet die Überlieferung, war so von Furcht gelähmt, dass er kaum sprechen konnte; schließlich aber sagte er, er habe das unglückliche Mädchen tatsächlich gesehen, und die Hunde seien ihr auf der Spur gewesen. »Aber ich habe noch mehr gesehen als das!«, sagte er. »Denn Hugo Baskerville ritt auf seiner schwarzen Stute an mir vorbei, und stumm verfolgte ihn ein solcher Höllenhund, wie Gott ihn mir niemals auf die Fersen hetzen möge!«

Da verfluchten die betrunkenen Junker den Schäfer und ritten weiter. Bald jedoch lief ihnen ein eisiger Schauer über den Rücken, denn sie hörten etwas über das Moor galoppieren, und die schwarze Stute, von weißem Schaum überdeckt, zog mit schleifenden Zügeln und leerem Sattel an ihnen vorbei. Da drängten sich die Zechbrüder zu einem dichten Pulk zusammen, denn eine große Angst überkam sie; trotzdem blieben sie auf dem Moor, obwohl jeder von ihnen, wäre er allein gewesen, herzlich gern sein Pferd herumgerissen hätte. So ritten sie langsam weiter und stießen schließlich auf die Hunde. Diese lagen, obwohl berühmt für ihren Mut und ihre edle Rasse, winselnd zu einem Haufen zusammengedrängt am Rande einer tiefen Senke im Moor oder eines Kessels, wie wir es nennen; einige schlichen sich sogar davon, andere starrten mit aufgestellten Nackenhaaren und stierem Blick in das schmale Tal, das vor ihnen lag.

'The company had come to a halt, more sober men, as you may guess, than when they started. The most of them would by no means advance, but three of them, the boldest, or, it may be the most drunken, rode forward down the goyal. Now it opened into a broad space in which stood two of those great stones, still to be seen there, which were set by certain forgotten peoples in the days of old. The moon was shining bright upon the clearing, and there in the centre lay the unhappy maid where she had fallen, dead of fear and of fatigue. But it was not the sight of her body, nor yet was it that of the body of Hugo Baskerville lying near her, which raised the hair upon the heads of these three dare-devil roisterers, but it was that, standing over Hugo, and plucking at his throat, there stood a foul thing, a great, black beast, shaped like a hound, yet larger than any hound that ever mortal eye has rested upon. And even as they looked the thing tore the throat out of Hugo Baskerville, on which, as it turned its blazing eyes and dripping jaws upon them, the three shrieked with fear and rode for dear life, still screaming, across the moor. One, it is said, died that very night of what he had seen, and the other twain were but broken men for the rest of their days.

'Such is the tale, my sons, of the coming of the hound which is said to have plagued the family so sorely ever since. If I have set it down it is because that which is clearly known hath less terror than that which is but hinted at and guessed. Nor can it be denied that many of the family have been

Die Gesellschaft hatte Halt gemacht; die Männer waren, wie Sie sich denken können, nun nüchterner als bei ihrem Aufbruch. Die meisten wollten keinesfalls weiter, aber drei von ihnen, die kühnsten – oder vielleicht auch nur die betrunkensten – ritten in den Kessel hinein. Dieser öffnete sich allmählich zu einer weiten Fläche, auf der zwei jener großen Steine standen, die man auch heute noch sehen kann und die vor Urzeiten von längst vergessenen Menschen dort aufgestellt wurden. Der Mond schien hell auf den freien Platz, und dort in der Mitte lag das unglückliche Mädchen an eben der Stelle, wo sie vor Angst und Erschöpfung tot zusammengesunken war. Doch nicht der Anblick ihres Leichnams, auch nicht der des unweit neben ihr liegenden Leichnams von Hugo Baskerville war es, was diesen drei gottlosen Raufbolden das Haar zu Berge steigen ließ, sondern dieser: Über Hugo gebeugt und seine Kehle zerfleischend stand ein grausiges Wesen, eine große schwarze Bestie von der Gestalt eines Hundes, nur viel größer als jeder Hund, den je ein menschliches Auge erblickt hat. Und vor ihren Augen riss das Tier Hugo Baskerville die Kehle heraus und schaute sie mit glühenden Augen und triefenden Lefzen an, worauf die drei Reiter vor Entsetzen aufschrien und schreiend durch das Moor davonritten, als gälte es ihr Leben. Einer, so erzählt man, starb noch in derselben Nacht aufgrund des schrecklichen Anblicks, die anderen zwei waren gebrochene Männer für den Rest ihrer Tage.

Dieses, meine Söhne, ist die Geschichte von der Ankunft des Hundes, der, wie man sagt, seither unsere Familie so schmerzlich heimsucht. Wenn ich sie hier niederschrieb, so deshalb, weil das allseits Bekannte uns weniger Grauen einflößt als das, was nur angedeutet oder vermutet wird. Es lässt sich zudem nicht leugnen, dass viele unserer

> unhappy in their deaths, which have been sudden, bloody, and mysterious. Yet may we shelter ourselves in the infinite goodness of Providence, which would not for ever punish the innocent beyond that third or fourth generation which is threatened in Holy Writ. To that Providence, my sons, I hereby commend you, and I counsel you by way of caution to forbear from crossing the moor in those dark hours when the powers of evil are exalted.
>
> '(This from Hugo Baskerville to his sons Rodger and John, with instructions that they say nothing thereof to their sister Elizabeth.)'

When Dr Mortimer had finished reading this singular narrative he pushed his spectacles up on his forehead and stared across at Mr Sherlock Holmes. The latter yawned and tossed the end of his cigarette into the fire.

'Well?' said he.

'Do you find it interesting?'

'To a collector of fairy-tales.'

Dr Mortimer drew a folded newspaper out of his pocket.

'Now, Mr Holmes, we will give you something a little more recent. This is the *Devon County Chronicle* of June 14th of this year. It is a short account of the facts elicited at the death of Sir Charles Baskerville which occurred a few days before that date.'

My friend leaned a little forward and his expression became intent. Our visitor readjusted his glasses and began:

Familienmitglieder eines unseligen Todes gestorben sind, der plötzlich, blutig und geheimnisvoll über sie kam. Und doch mögen wir in der unendlichen Güte der Vorsehung Schutz finden, welche die Unschuldigen über die dritte oder vierte Generation hinaus niemals bestraft, so wie die Heilige Schrift drohend verkündet. Dieser Vorsehung, meine Söhne, empfehle ich Euch hiermit, und ich rate Euch, vorsichtig zu sein und das Moor in jenen finsteren Stunden nicht zu durchqueren, da die bösen Mächte ihr Spiel treiben.

(Dies von Hugo Baskerville für seine Söhne Rodger und John mit der Anweisung, hiervon nichts ihrer Schwester Elizabeth zu berichten.)«

Als Doktor Mortimer mit dem Vorlesen dieser seltsamen Geschichte fertig war, schob er seine Brille auf die Stirn und schaute zu Sherlock Holmes hinüber. Dieser gähnte und warf seinen Zigarettenstummel ins Feuer.

»Nun?«, fragte er.

»Finden Sie die Geschichte interessant?«

»Oh ja, für einen Märchensammler.«

Doktor Mortimer zog ein gefaltetes Stück Zeitung aus seiner Tasche.

»Nun, Mr. Holmes, dann wollen wir Ihnen jetzt etwas leidlich Aktuelleres vorlegen. Dies ist der *Devon County Chronicle* vom 14. Juni diesen Jahres. Er enthält einen kurzen Bericht über die Tatbestände des Todes von Sir Charles Baskerville, der wenige Tage zuvor eingetreten war.«

Mein Freund beugte sich ein wenig vor, und seine Züge nahmen einen konzentrierten Ausdruck an. Unser Besucher rückte seine Brille zurecht und begann vorzulesen:

'The recent sudden death of Sir Charles Baskerville, whose name has been mentioned as the probable Liberal candidate for Mid-Devon at the next election, has cast a gloom over the county. Though Sir Charles had resided at Baskerville Hall for a comparatively short period his amiability of character and extreme generosity had won the affection and respect of all who had been brought into contact with him. In these days of *nouveaux riches* it is refreshing to find a case where the scion of an old county family which has fallen upon evil days is able to make his own fortune and to bring it back with him to restore the fallen grandeur of his line. Sir Charles, as is well known, made large sums of money in South African speculation. More wise than those who go on until the wheel turns against them, he realized his gains and returned to England with them. It is only two years since he took up his residence at Baskerville Hall, and it is common talk how large were those schemes of reconstruction and improvement which have been interrupted by his death. Being himself childless, it was his openly expressed desire that the whole countryside should, within his own lifetime, profit by his good fortune, and many will have personal reasons for bewailing his untimely end. His generous donations to local and county charities have been frequently chronicled in these columns.

'The circumstances connected with the death of Sir Charles cannot be said to have been entirely cleared up by the inquest, but at least enough has been done to dispose of those rumours to which local superstition has given rise. There is no reason whatever to suspect foul play, or to imagine that death could be from any but natural causes. Sir Charles was a widower, and a man who

»Der kürzliche, überraschende Tod Sir Charles Baskervilles, der als möglicher Kandidat der liberalen Partei für Mid-Devon bei der nächsten Wahl im Gespräch war, hat einen Schatten auf die Grafschaft geworfen. Obwohl Sir Charles erst seit verhältnismäßig kurzer Zeit Baskerville Hall bewohnte, hatten ihm sein liebenswürdiger Charakter und seine außerordentliche Großzügigkeit doch die Zuneigung und Achtung all derjenigen eingebracht, die seine Bekanntschaft gemacht hatten. In dieser Welt der *nouveaux riches* freut man sich, wenn es einmal dem Sprössling eines alten Geschlechts dieser Grafschaft, das dunkle Zeiten durchlebt hat, gelingt, aus eigener Kraft ein Vermögen zu erwerben und dies hier herzubringen, um damit den verblichenen Glanz seiner Ahnen wieder aufleben zu lassen. Wie jeder weiß, häufte Sir Charles enorme Summen durch Spekulationsgeschäfte in Südafrika. Er war weise genug, nicht so lange zu warten, bis das Glück sich gegen ihn wendete, sondern machte seine Gewinne zu Geld und kehrte damit nach England zurück. Es sind erst zwei Jahre vergangen, seit er Baskerville Hall bezog, und es ist allgemein bekannt, wie umfassend seine Wiederaufbau- und Verschönerungspläne waren, die durch seinen Tod vereitelt wurden. Selbst kinderlos, war es sein offen erklärter Wunsch, dass die gesamte Grafschaft zu seinen Lebzeiten von seinem Glück profitieren sollte, und viele werden ganz persönliche Gründe dafür haben, seinen vorzeitigen Tod zu beklagen. Von seinen großzügigen Schenkungen zu wohltätigen Zwecken vor Ort wie auch in der Grafschaft war in diesen Zeitungsspalten oft die Rede.

Die Umstände, die den Tod von Sir Charles begleiteten, sind freilich durch die gerichtliche Untersuchung nicht vollständig aufgeklärt worden, doch ist immerhin genug getan worden, um jenen Gerüchten entgegenzutreten, die der örtliche Aberglaube in Umlauf gebracht hat. Es gibt nicht den geringsten Grund, ein Verbrechen zu vermuten oder zu glauben, dass übernatürliche Kräfte im Spiel waren. Sir Charles war Witwer und galt als ein

may be said to have been in some ways of an eccentric habit of mind. In spite of his considerable wealth he was simple in his personal tastes, and his indoor servants at Baskerville Hall consisted of a married couple named Barrymore, the husband acting as butler and the wife as housekeeper. Their evidence, corroborated by that of several friends, tends to show that Sir Charles's health has for some time been impaired, and points especially to some affection of the heart, manifesting itself in changes of colour, breathlessness, and acute attacks of nervous depression. Dr James Mortimer, the friend and medical attendant of the deceased, has given evidence to the same effect.

'The facts of the case are simple. Sir Charles Baskerville was in the habit every night before going to bed of walking down the famous Yew Alley of Baskerville Hall. The evidence of the Barrymores shows that this had been his custom. On the 4th of June Sir Charles had declared his intention of starting next day for London, and had ordered Barrymore to prepare his luggage. That night he went out as usual for his nocturnal walk, in the course of which he was in the habit of smoking a cigar. He never returned. At twelve o'clock Barrymore, finding the hall door still open, became alarmed and, lighting a lantern, went in search of his master. The day had been wet, and Sir Charles's footmarks were easily traced down the Alley. Half-way down this walk there is a gate which leads out on to the moor. There were indications that Sir Charles had stood for some little time here. He then proceeded down the Alley, and it was at the far end of it that his body was discovered. One fact which has not been explained is the statement of Barrymore that his master's footprints altered their character from the time he passed

Mann, der in gewisser Weise exzentrisch veranlagt war. Trotz seines beträchtlichen Vermögens führte er ein einfaches Leben, und die in Baskerville Hall lebende Dienerschaft bestand lediglich aus dem Ehepaar Barrymore, wobei ihm der Mann als Butler und die Frau als Haushälterin dienten. Ihrer Aussage nach, die durch das Zeugnis mehrerer Freunde des Verstorbenen bestätigt wurde, sei Sir Charles wohl schon seit einiger Zeit bei schwacher Gesundheit gewesen und habe vor allem an einer Herzkrankheit gelitten, die sich in plötzlichen Veränderungen der Gesichtsfarbe, in Atemnot und heftigen Anfällen von nervöser Depression geäußert habe. Dr. James Mortimer, der Freund und ärztliche Berater des Verschiedenen, hat dies ebenfalls bezeugt.

Die Tatbestände dieses Falles sind einfach. Sir Charles Baskerville hatte die Angewohnheit, jede Nacht vor dem Schlafengehen noch einen Spaziergang durch die berühmte Eibenallee von Baskerville Hall zu machen. Dies geht aus dem Zeugnis der Barrymores hervor. Am 4. Juni hatte Sir Charles die Absicht geäußert, am nächsten Tag nach London zu fahren, und hatte Barrymore beauftragt, sein Gepäck vorzubereiten. An diesem Abend verließ er wie immer das Haus, um auf seinem nächtlichen Spaziergang seiner Gewohnheit gemäß eine Zigarre zu rauchen. Er kehrte nie zurück. Um Mitternacht fand Barrymore die Haustür noch immer unverschlossen, geriet in Sorge und machte sich mit einer brennenden Laterne auf die Suche nach seinem Herrn. Es hatte tagsüber geregnet, und Charles' Fußspuren waren die Eibenallee hinunter leicht zu verfolgen. Auf halbem Wege befindet sich eine Pforte, die hinaus aufs Moor führt. Es gab Anzeichen, dass Sir Charles dort eine Zeitlang gestanden hatte. Dann setzte er seinen Weg die Allee hinunter fort, und an deren äußerstem Ende wurde seine Leiche gefunden. Noch ungeklärt ist der von Barrymore bezeugte Tatbestand, dass sich die Fußspuren seines Herrn von der Pforte an veränderten, und dass

the moor-gate, and that he appeared from thence onwards to have been walking upon his toes. One Murphy, a gipsy horse-dealer, was on the moor at no great distance at the time, but he appears by his own confession to have been the worse for drink. He declares that he heard cries, but is unable to state from what direction they came. No signs of violence were to be discovered upon Sir Charles's person, and though the doctor's evidence pointed to an almost incredible facial distortion—so great that Dr Mortimer refused at first to believe that it was indeed his friend and patient who lay before him—it was explained that that is a symptom which is not unusual in cases of dyspnoea and death from cardiac exhaustion. This explanation was borne out by the post-mortem examination, which showed long-standing organic disease, and the coroner's jury returned a verdict in accordance with the medical evidence. It is well that this is so, for it is obviously of the utmost importance that Sir Charles's heir should settle at the Hall, and continue the good work which has been so sadly interrupted. Had the prosaic finding of the coroner not finally put an end to the romantic stories which have been whispered in connection with the affair, it might have been difficult to find a tenant for Baskerville Hall. It is understood that the next-of-kin is Mr Henry Baskerville, if he be still alive, the son of Sir Charles Baskerville's younger brother. The young man, when last heard of, was in America, and inquiries are being instituted with a view to informing him of his good fortune.'

Dr Mortimer refolded his paper and replaced it in his pocket.

'Those are the public facts, Mr Holmes, in connection with the death of Sir Charles Baskerville.'

er von dort an offenbar auf Zehenspitzen weitergegangen war. Ein gewisser Murphy, Zigeuner und Pferdehändler, war um jene Zeit nicht weit davon im Moor unterwegs, jedoch in etwas angetrunkenem Zustand, wie er selbst angibt. Er erklärt, er habe Schreie gehört, kann aber nicht sagen, aus welcher Richtung sie kamen. An Sir Charles' Leiche waren keinerlei Anzeichen von Gewalt zu erkennen; und obwohl nach Aussage des Arztes seine Gesichtszüge auf fast unvorstellbare Weise verzerrt waren – Doktor Mortimer wollte anfangs gar nicht glauben, dass es sein Freund und Patient war, der als Leiche vor ihm lag –, wurde erklärt, dies sei ein Symptom, das man bei Kurzatmigkeit und Tod durch Herzschlag nicht selten beobachtet. Diese Erklärung wurde durch die Autopsie bestätigt, die eine länger zurückreichende organische Erkrankung aufzeigte, und das Urteil der zur Leichenschau berufenen Gerichtskommission bestätigte den medizinischen Befund. Das fügt sich gut, denn es ist selbstverständlich von allergrößter Wichtigkeit, dass auch Sir Charles' Erbe sich auf Baskerville Hall niederlässt und die auf so traurige Weise unterbrochene wohltätige Arbeit wieder aufnimmt. Hätte der nüchterne Befund der Leichenschau die abenteuerlichen Geschichten, die in Zusammenhang mit dieser Angelegenheit die Runde machten, nicht zum Schweigen gebracht, so wäre ein neuer Bewohner für Baskerville Hall wohl schwerlich zu finden gewesen. Es wird angenommen, dass der nächste Verwandte, falls noch am Leben, Mr. Henry Baskerville ist, der Sohn von Sir Charles Baskervilles jüngerem Bruder. Als man das letzte Mal von ihm hörte, befand sich der junge Herr in Amerika, und Nachforschungen sind bereits angestellt worden, um ihn von der ihm zugefallenen Erbschaft in Kenntnis zu setzen.«

Doktor Mortimer faltete die Zeitung wieder zusammen und steckte sie zurück in seine Tasche.

»Dies, Mr. Holmes, sind die öffentlich bekannten Tatsachen im Zusammenhang mit dem Tod von Sir Charles Baskerville.«

'I must thank you,' said Sherlock Holmes, 'for calling my attention to a case which certainly presents some features of interest. I had observed some newspaper comment at the time, but I was exceedingly preoccupied by that little affair of the Vatican cameos, and in my anxiety to oblige the Pope I lost touch with several interesting English cases. This article, you say, contains all the public facts?'

'It does.'

'Then let me have the private ones.' He leaned back, put his finger-tips together, and assumed his most impassive and judicial expression.

'In doing so,' said Dr Mortimer, who had begun to show signs of some strong emotion, 'I am telling that which I have not confided to anyone. My motive for withholding it from the coroner's inquiry is that a man of science shrinks from placing himself in the public position of seeming to endorse a popular superstition. I had the further motive that Baskerville Hall, as the paper says, would certainly remain untenanted if anything were done to increase its already rather grim reputation. For both these reasons I thought that I was justified in telling rather less than I knew, since no practical good could result from it, but with you there is no reason why I should not be perfectly frank.

'The moor is very sparsely inhabited, and those who live near each other are thrown very much together. For this reason I saw a good deal of Sir Charles Baskerville. With the exception of Mr Frankland, of Lafter Hall, and Mr Stapleton, the naturalist, there are no other men of education within many miles. Sir Charles was a retiring man, but the chance of his illness brought us together, and a

»Ich muss Ihnen meinen Dank aussprechen«, sagte Sherlock Holmes, »dass Sie meine Aufmerksamkeit auf einen Fall gelenkt haben, der sicherlich einige interessante Aspekte bereithält. Mir waren seinerzeit eine Reihe von Zeitungskommentaren aufgefallen, doch ich war vollkommen in Anspruch genommen von jenem unbedeutenden Fall der vatikanischen Kameen, und in meinem Eifer, dem Papst einen Gefallen zu erweisen, verlor ich die Fühlung mit verschiedenen interessanten Fällen in England. Sie sagten doch, dieser Artikel enthalte alle öffentlich bekannten Tatsachen?«

»So ist es.«

»Dann lassen Sie mich nun die vertraulichen hören.« Er lehnte sich zurück, legte die Fingerspitzen aufeinander und setzte eine höchst unbewegte, kritische Miene auf.

»Wenn ich das tue«, sagte Doktor Mortimer, der augenscheinlich von einer starken Erregung ergriffen war, »sage ich Ihnen etwas, das ich bisher niemandem anvertraut habe. Ich habe es vor der Kommission der Leichenschau verschwiegen, weil ein Mann der Wissenschaft davor zurückschreckt, in aller Öffentlichkeit den Anschein zu erwecken, er wolle einem Volksaberglauben beipflichten. Außerdem bewog mich der Gedanke, dass Baskerville Hall ganz gewiss, wie auch die Zeitung bemerkt, keinen neuen Bewohner finden würde, wenn sein ohnehin schon recht grausiger Ruf noch verschlimmert würde. Aus diesen beiden Gründen glaubte ich das Recht zu haben, nicht alles zu sagen, was ich wusste, zumal kein praktischer Nutzen je hätte daraus hervorgehen können. Aber Ihnen gegenüber kann ich nun völlig offen sprechen.

Das Moor ist sehr dünn besiedelt und die, die nahe beieinanderwohnen, sind sehr aufeinander angewiesen. Dies war auch der Grund, dass Sir Charles Baskerville und ich uns häufig sahen. Mit Ausnahme von Mr. Frankland von Lafter Hall und dem Naturforscher Mr. Stapleton gibt es im Umkreis von vielen Meilen keine gebildeten Menschen. Sir Charles lebt sehr zurückgezogen, aber das Unglück seiner Krankheit brachte uns zusam-

community of interests in science kept us so. He had brought back much scientific information from South Africa, and many a charming evening we have spent together discussing the comparative anatomy of the Bushman and the Hottentot.

'Within the last few months it became increasingly plain to me that Sir Charles's nervous system was strained to breaking point. He had taken this legend which I have read you exceedingly to heart—so much so that, although he would walk in his own grounds, nothing would induce him to go out upon the moor at night. Incredible as it may appear to you, Mr Holmes, he was honestly convinced that a dreadful fate overhung his family, and certainly the records which he was able to give of his ancestors were not encouraging. The idea of some ghastly presence constantly haunted him, and on more than one occasion he has asked me whether I had on my medical journeys at night ever seen any strange creature or heard the baying of a hound. The latter question he put to me several times, and always with a voice which vibrated with excitement.

'I can well remember driving up to his house in the evening, some three weeks before the fatal event. He chanced to be at his hall door. I had descended from my gig and was standing in front of him, when I saw his eyes fix themselves over my shoulder, and stare past me with an expression of the most dreadful horror. I whisked round and had just time to catch a glimpse of something which I took to be a large black calf passing at the head of the drive. So excited and alarmed was he that I was compelled to go down to the spot where the animal had been and look around for it. It was gone, however, and the incident

men, und unsere gemeinsamen wissenschaftlichen Interessen haben unsere Beziehung gefestigt. Er hatte viele wissenschaftliche Kenntnisse aus Südafrika mitgebracht, und so manchen köstlichen Abend verlebten wir zusammen im Gespräch über den Vergleich der anatomischen Eigentümlichkeiten der Buschmänner und der Hottentotten.

In den letzten Monaten verstärkte sich zunehmend meine Überzeugung, dass Sir Charles Baskerville nervlich kurz vor dem Zusammenbruch stehe. Er hatte sich diese Legende, die ich Ihnen vorlas, sehr zu Herzen genommen – so sehr, dass ihn nichts und niemand dazu bewegen konnte, nachts das Moor zu betreten, obwohl es zu seinem eigenen Grundstück gehörte. Es mag Ihnen unglaublich erscheinen, Mr. Holmes, aber er war allen Ernstes davon überzeugt, dass ein fürchterliches Verhängnis über seinem Geschlecht schwebte, und tatsächlich waren die Geschichten, die er über seine Vorfahren zu erzählen wusste, wenig ermutigend. Der Gedanke, von irgendwelchen bösen Geistern umgeben zu sein, verfolgte ihn ständig, und mehr als einmal fragte er mich, ob ich je auf dem Weg zu meinen nächtlichen Krankenbesuchen eine seltsame Erscheinung gesehen oder Hundegebell gehört hätte. Diese letzte Frage richtete er mehrmals an mich, und das stets mit einer Stimme, die vor Erregung zitterte.

Eines Abends – ich entsinne mich des Vorfalls noch sehr gut; es war ungefähr drei Wochen vor dem traurigen Ereignis – fuhr ich bei seinem Haus vor. Er war zufällig an der Tür. Ich war von meinem Einspänner gestiegen und stand vor ihm; plötzlich sah ich, wie seine Augen in furchtbarstem Entsetzen über meine Schulter hinwegstarrten. Ich drehte mich um und sah am Ende des Weges gerade noch eine Gestalt, die ich für ein großes schwarzes Kalb hielt. Er war so aufgeregt und verängstigt, dass ich gezwungen war, zu der Stelle zu gehen, wo er das Tier gesehen hatte, und nach ihm zu suchen. Es war jedoch verschwunden, und der Zwischenfall schien eine

appeared to make the worst impression upon his mind. I stayed with him all the evening, and it was on that occasion, to explain the emotion which he had shown, that he confided to my keeping that narrative which I read to you when first I came. I mention this small episode because it assumes some importance in view of the tragedy which followed, but I was convinced at the time that the matter was entirely trivial and that his excitement had no justification.

'It was at my advice that Sir Charles was about to go to London. His heart was, I knew, affected, and the constant anxiety in which he lived, however chimerical the cause of it might be, was evidently having a serious effect upon his health. I thought that a few months among the distractions of town would send him back a new man. Mr Stapleton, a mutual friend who was much concerned at his state of health, was of the same opinion. At the last instant came this terrible catastrophe.

'On the night of Sir Charles's death Barrymore the butler, who made the discovery, sent Perkins the groom on horseback to me, and as I was sitting up late I was able to reach Baskerville Hall within an hour of the event. I checked and corroborated all the facts which were mentioned at the inquest. I followed the footsteps down the Yew Alley, I saw the spot at the moor-gate where he seemed to have waited. I remarked the change in the shape of the prints after that point, I noted that there were no other footsteps save those of Barrymore on the soft gravel, and finally I carefully examined the body, which had not been touched until my arrival. Sir Charles lay on his face, his arms out, his fingers dug into the ground, and his features convulsed with some strong emotion to such an extent that I could hardly have sworn to his identity. There was certainly no physical injury of

schlimme Wirkung auf seinen Zustand zu haben. Ich blieb den ganzen Abend bei ihm, und bei dieser Gelegenheit, um mir seine Aufregung zu erklären, vertraute er mir das Dokument an, das ich Ihnen vorlas, als ich kam. Ich erwähne diesen kleinen Vorfall, weil er im Hinblick auf die darauffolgende Tragödie eine gewisse Bedeutung gewinnt; damals allerdings war ich überzeugt, die Sache sei völlig belanglos und seine Aufregung unbegründet.

Zu der Reise nach London entschloss sich Sir Charles auf mein Anraten. Ich wusste, dass sein Herz angegriffen war; die ständige Aufregung, in der er lebte, so trügerisch deren Auslöser auch sein mochte, schädigte offenbar ernstlich seine Gesundheit. Ich glaubte, ein paar Monate inmitten der Zerstreuungen der Stadt würden einen neuen Menschen aus ihm machen. Unser gemeinsamer Freund Mr. Stapleton, der sich ebenfalls große Sorgen um Sir Charles' Gesundheitszustand machte, teilte meine Ansicht. Im letzten Augenblick geschah dann diese furchtbare Katastrophe.

In der Todesnacht schickte Barrymore, der den Leichnam gefunden hatte, den Stallknecht Perkins auf dem Pferd zu mir, und da ich so spät noch auf war, war es mir möglich, binnen einer Stunde nach Entdeckung der Leiche auf Baskerville Hall einzutreffen. Ich prüfte und bestätigte alle bei der Untersuchung erwähnten Einzelheiten. Ich verfolgte die Fußspuren auf der Eibenallee, ich sah die Stelle an der Pforte zum Moor, wo er wahrscheinlich gewartet hat. Ich bemerkte die Veränderung der Fußspuren von jener Stelle an und stellte fest, dass auf dem weichen Boden keine anderen Spuren vorhanden waren als die von Barrymore. Zuletzt untersuchte ich sorgfältig den Leichnam, der bis zu meiner Ankunft nicht berührt worden war. Sir Charles lag mit dem Gesicht zur Erde, die Arme ausgestreckt, die Finger in den Boden gekrallt, und seine Gesichtszüge waren von irgendeiner starken Erregung derartig verzerrt, dass ich kaum hätte beschwören können, dass er es war. Es lag mit Sicherheit keine körperliche Ver-

any kind. But one false statement was made by Barrymore at the inquest. He said that there were no traces upon the ground round the body. He did not observe any. But I did–some little distance off, but fresh and clear.'

'Footprints?'

'Footprints.'

'A man's or a woman's?'

Dr Mortimer looked strangely at us for an instant, and his voice sank almost to a whisper as he answered:

'Mr Holmes, they were the footprints of a gigantic hound!'

letzung irgendwelcher Art vor. Eine falsche Aussage jedoch hat Barrymore bei der Untersuchung gemacht. Er behauptete, es seien um den Leichnam herum auf dem Boden keinerlei Spuren zu sehen gewesen. Er hatte keine gesehen. Ich allerdings schon – ein kleines Stück entfernt, aber frisch und deutlich.«

»Fußspuren?«

»Fußspuren.«

»Von einem Mann oder einer Frau?«

Doktor Mortimer sah uns einen Augenblick lang merkwürdig an, und dann sagte er leise, fast flüsternd:

»Mr. Holmes, es waren die Abdrücke eines riesengroßen Hundes.«

Chapter III

The Problem

I confess that at these words a shudder passed through me. There was a thrill in the doctor's voice which showed that he was himself deeply moved by that which he told us. Holmes leaned forward in his excitement, and his eyes had the hard, dry glitter which shot from them when he was keenly interested.

'You saw this?'

'As clearly as I see you.'

'And you said nothing?'

'What was the use?'

'How was it that no one else saw it?'

'The marks were some twenty yards from the body, and no one gave them a thought. I don't suppose I should have done so had I not known this legend.'

'There are many sheep-dogs on the moor?'

'No doubt, but this was no sheep-dog.'

'You say it was large?'

'Enormous.'

'But it had not approached the body?'

'No.'

'What sort of night was it?'

'Damp and raw.'

'But not actually raining?'

'No.'

'What is the alley like?'

'There are two lines of old yew hedge, twelve feet high and impenetrable. The walk in the centre is about eight feet across.'

Kapitel 3

Das Problem

Ich gestehe, dass ich bei diesen Worten erschauderte. Die bebende Stimme des Doktors gab zu erkennen, dass er selbst tief ergriffen war von dem, was er uns erzählt hatte. Holmes beugte sich aufregt vor und seine Augen zeigten jenen harten, trockenen Glanz, der stets aus ihnen sprühte, wenn ihn etwas besonders interessierte.

»Sie sahen es?«

»So deutlich, wie ich Sie jetzt sehe.«

»Und Sie haben nichts gesagt?«

»Was hätte es für einen Sinn gemacht?«

»Wie kam es, dass es sonst niemand sah?«

»Die Spuren waren etwa zwanzig Yards vom Leichnam entfernt, und kein Mensch beachtete sie. Ich glaube nicht, dass ich selbst sie bemerkt hätte, wenn ich nicht die Legende gekannt hätte.«

»Gibt es im Moor nicht viele Schäferhunde?«

»Gewiss, aber dies war kein Schäferhund.«

»Sie sagten, er war groß?«

»Riesengroß.«

»Aber das Tier hatte sich dem Leichnam nicht genähert?«

»Nein.«

»Wie war die Nacht?«

»Feucht und rau.«

»Aber es regnete nicht?«

»Nein.«

»Wie sieht die Allee aus?«

»Sie besteht aus zwei alten Eibenhecken, zwölf Fuß hoch und undurchdringlich. Der Weg dazwischen ist ungefähr acht Fuß breit.«

'Is there anything between the hedges and the walk?'

'Yes, there is a strip of grass about six feet broad on either side.'

'I understand that the yew hedge is penetrated at one point by a gate?'

'Yes, the wicket-gate which leads on to the moor.'

'Is there any other opening?'

'None.'

'So that to reach the Yew Alley one either has to come down it from the house or else to enter it by the moor-gate?'

'There is an exit through a summer-house at the far end.'

'Had Sir Charles reached this?'

'No; he lay about fifty yards from it.'

'Now, tell me, Dr Mortimer—and this is important—the marks which you saw were on the path and not on the grass?'

'No marks could show on the grass.'

'Were they on the same side of the path as the moor-gate?'

'Yes; they were on the edge of the path on the same side as the moor-gate.'

'You interest me exceedingly. Another point. Was the wicket-gate closed?'

'Closed and padlocked.'

'How high was it?'

'About four feet high.'

'Then anyone could have got over it?'

'Yes.'

'And what marks did you see by the wicket-gate?'

'None in particular.'

'Good Heaven! Did no one examine?'

»Ist irgendetwas zwischen den Hecken und dem Weg?«

»Ja, an jeder Seite ein ungefähr sechs Fuß breiter Grasstreifen.«

»Soviel ich weiß, wird die Eibenhecke an einer Stelle von einer Pforte unterbrochen?«

»Ja, von einem Gattertor, das auf das Moor hinausführt.«

»Ist noch eine andere Öffnung vorhanden?«

»Nein, keine.«

»Man muss also, um in die Eibenallee zu gelangen, entweder aus dem Haus kommen oder durch die Moorpforte hineingehen?«

»Es gibt noch einen Zugang durch eine Gartenlaube am äußersten Ende des Weges.«

»War Sir Charles so weit gekommen?«

»Nein, er lag ungefähr fünfzig Yards davon entfernt.«

»Nun sagen Sie mir, Doktor Mortimer, – und dies ist wichtig – die Spuren, die Sie sahen, befanden sich auf dem Weg und nicht auf dem Gras?«

»Auf dem Gras wären Spuren überhaupt nicht zu sehen gewesen.«

»Waren sie auf der Seite des Weges, wo sich die Moorpforte befindet?«

»Ja, am Rande des Weges, auf derselben Seite wie das Gattertor.«

»Sie genießen meine vollste Aufmerksamkeit. Noch eins: War das Gattertor geschlossen?«

»Geschlossen und verriegelt.«

»Wie hoch ist es?«

»Ungefähr vier Fuß hoch.«

»Dann hätte also jeder hinübersteigen können?«

»Ja.«

»Und welche Spuren haben Sie an der Pforte bemerkt?«

»Keine besonderen.«

»Gütiger Himmel! Hat denn niemand die Stelle untersucht?«

'Yes, I examined myself.'

'And found nothing?'

'It was all very confused. Sir Charles had evidently stood there for five or ten minutes.'

'How do you know that?'

'Because the ash had twice dropped from his cigar.'

'Excellent! This is a colleague, Watson, after our own heart. But the marks?'

'He had left his own marks all over that small patch of gravel. I could discern no others.'

Sherlock Holmes struck his hand against his knee with an impatient gesture.

'If I had only been there!' he cried. 'It is evidently a case of extraordinary interest, and one which presented immense opportunities to the scientific expert. That gravel page upon which I might have read so much has been long ere this smudged by the rain and defaced by the clogs of curious peasants. Oh, Dr Mortimer, Dr Mortimer, to think that you should not have called me in! You have indeed much to answer for.'

'I could not call you in, Mr Holmes, without disclosing these facts to the world, and I have already given my reasons for not wishing to do so. Besides, besides–'

'Why do you hesitate?'

'There is a realm in which the most acute and most experienced of detectives is helpless.'

'You mean that the thing is supernatural?'

'I did not positively say so.'

'No, but you evidently think it.'

'Since the tragedy, Mr Holmes, there have come to my ears several incidents which are hard to reconcile with the settled order of Nature.'

»Doch, ich selbst.«

»Und haben nichts gefunden?«

»Es war alles sehr zertreten. Sir Charles hatte dort offenbar fünf bis zehn Minuten lang gestanden.«

»Woher wissen Sie das?«

»Weil zweimal Asche von seiner Zigarre gefallen ist.«

»Ausgezeichnet! Das ist ein Kollege nach unserem Geschmack, Watson. Aber die Spuren?«

»Seine eigenen Fußspuren befanden sich überall auf dem kleinen Stück Sand. Andere konnte ich nicht entdecken.«

Mit einer ungeduldigen Bewegung schlug sich Sherlock Holmes mit der Hand aufs Knie.

»Wäre ich doch nur dort gewesen!«, rief er. »Es handelt sich hier offensichtlich um einen außerordentlich interessanten Fall, der einem wissenschaftlichen Experten ungeheure Möglichkeiten geboten hätte. Das Stückchen Sand, aus dem ich wie aus einem Blatt Papier so viel hätte lesen können, ist nun längst vom Regen durchweicht und von den Holzschuhen neugieriger Bauern zertrampelt. Oh, Doktor Mortimer, Doktor Mortimer! Dass Sie mich nicht eher hinzugezogen haben! Sie haben eine große Verantwortung auf sich geladen.«

»Ich konnte Sie nicht hinzuziehen, Mr. Holmes, ohne meine Entdeckung vor den Augen der Welt zu enthüllen, und ich habe Ihnen bereits meine Gründe dafür genannt. Davon abgesehen ...«

»Warum zögern Sie?«

»Es gibt einen Bereich, in dem auch der scharfsinnigste und erfahrenste Detektiv machtlos ist.«

»Sie meinen, es handle sich um etwas Übernatürliches?«

»Das habe ich so nicht gesagt.«

»Nein, aber offenbar denken Sie es.«

»Seit jener tragischen Nacht, Mr. Holmes, sind mir mehrere Vorfälle zu Ohren gekommen, die sich nur schwer mit der unveränderlichen Ordnung der Natur in Einklang bringen lassen.«

'For example?'

'I find that before the terrible event occurred several people had seen a creature upon the moor which corresponds with this Baskerville demon, and which could not possibly be any animal known to science. They all agreed that it was a huge creature, luminous, ghastly, and spectral. I have cross-examined these men, one of them a hard-headed countryman, one a farrier, and one a moorland farmer, who all tell the same story of this dreadful apparition, exactly corresponding to the hell-hound of the legend. I assure you that there is a reign of terror in the district, and that it is a hardy man who will cross the moor at night.'

'And you, a trained man of science, believe it to be supernatural?'

'I do not know what to believe.'

Holmes shrugged his shoulders. 'I have hitherto confined my investigations to this world,' said he. 'In a modest way I have combated evil, but to take on the Father of Evil himself would, perhaps, be too ambitious a task. Yet you must admit that the footmark is material.'

'The original hound was material enough to tug a man's throat out, and yet he was diabolical as well.'

'I see that you have quite gone over to the supernaturalists. But now, Dr Mortimer, tell me this. If you hold these views, why have you come to consult me at all? You tell me in the same breath that it is useless to investigate Sir Charles's death, and that you desire me to do it.'

»Zum Beispiel?«

»Mir ist bekannt, dass verschiedene Leute, bevor es zu diesem schrecklichen Ereignis kam, auf dem Moor eine Kreatur gesehen hatten, die der Beschreibung nach diesem Dämon von Baskerville entspricht und bei der es sich unmöglich um irgendein der Wissenschaft bekanntes Tier handeln kann. Sie waren sich alle darin einig, dass es ein riesiges Geschöpf war, leuchtend, schauderhaft und gespenstisch. Ich habe diese Leute ins Kreuzverhör genommen; einer von ihnen ist ein starrköpfiger Landmann, der zweite ein Hufschmied und der dritte ein Moorbauer. Sie alle erzählen die gleiche Geschichte über diese fürchterliche Erscheinung, und sie passt genau auf die Beschreibung des Höllenhundes in der Legende. Ich versichere Ihnen, dass in der Gegend Furcht und Schrecken regieren und dass nur der Verwegenste nachts noch das Moor betritt.«

»Und Sie, ein erfahrener Mann der Wissenschaft, glauben, die Erscheinung sei übernatürlichem Ursprungs?«

»Ich weiß nicht, was ich glauben soll.«

Holmes zuckte mit den Schultern und sagte: »Ich habe bis jetzt meine Nachforschungen auf diese Welt beschränkt. Nach meinen bescheidenen Kräften habe ich das Böse bekämpft; mich aber nun an den Vater alles Bösen heranzuwagen, das wäre vielleicht ein zu ehrgeiziges Unterfangen. Und doch müssen Sie zugeben, dass die Fußspuren irdischer Natur sind.«

»Der Hund der Legende war wirklich genug, um einem Menschen die Kehle herauszureißen, und doch war er zugleich diabolisch.«

»Ich sehe, Sie sind ganz und gar zu den Anhängern des Übernatürlichen gewechselt. Aber nun, Doktor Mortimer, beantworten Sie mir eine Frage: Wenn Sie sich zu solchen Ansichten bekennen, warum sind Sie dann überhaupt zu mir gekommen? Sie sagen mir, es sei zwecklos, nach der Ursache von Sir Charles' Tod zu suchen, und bitten mich im selben Atemzug, es dennoch zu tun.«

'I did not say that I desired you to do it.'

'Then, how can I assist you?'

'By advising me as to what I should do with Sir Henry Baskerville, who arrives at Waterloo Station'—Dr Mortimer looked at his watch—'in exactly one hour and a quarter.'

'He being the heir?'

'Yes. On the death of Sir Charles we inquired for this young gentleman, and found that he had been farming in Canada. From the accounts which have reached us he is an excellent fellow in every way. I speak now not as a medical man but as a trustee and executor of Sir Charles's will.'

'There is no other claimant, I presume?'

'None. The only other kinsman whom we have been able to trace was Rodger Baskerville, the youngest of three brothers of whom poor Sir Charles was the elder. The second brother, who died young, is the father of this lad Henry. The third, Rodger, was the black sheep of the family. He came of the old masterful Baskerville strain, and was the very image, they tell me, of the family picture of old Hugo. He made England too hot to hold him, fled to Central America, and died there in 1876 of yellow fever. Henry is the last of the Baskervilles. In one hour and five minutes I meet him at Waterloo Station. I have had a wire that he arrived at Southampton this morning. Now, Mr Holmes, what would you advise me to do with him?'

'Why should he not go to the home of his fathers?'

'It seems natural, does it not? And yet, consider that every Baskerville who goes there meets with an evil fate. I feel sure that if Sir Charles could have spoken with me before his death he would have warned me against bringing this the last of the old race, and the heir to great

»Ich habe nicht gesagt, dass ich Sie bitte, es dennoch zu tun.«

»Wie kann ich Ihnen dann helfen?«

»Indem Sie mir raten, was ich mit Sir Henry Baskerville tun soll, der in«, Doktor Mortimer sah auf die Uhr, »genau ein einviertel Stunden in Waterloo Station ankommt.«

»Er ist der Erbe?«

»Ja. Nach Sir Charles' Tod sahen wir uns nach diesem jungen Herrn um und erfuhren, dass er in Kanada Landwirtschaft betreibt. Nach allem, was wir gehört haben, ist er in jeder Beziehung ein vorzüglicher Bursche. Ich spreche jetzt nicht als Arzt, sondern als Sir Charles' Treuhänder und Erbschaftsverwalter.«

»Sonst gibt es wohl niemanden, der auf das Erbe Ansprüche erhebt?«

»Niemanden. Der einzige Verwandte, den wir außer ihm ausfindig machen konnten, war Rodger Baskerville, der jüngste der drei Brüder, von denen der arme Sir Charles der älteste war. Der zweite Bruder, der schon früh verstarb, war der Vater dieses jungen Henry. Der dritte, Rodger, war das schwarze Schaf der Familie. Er schlug nach der alten herrischen Art der Baskervilles und soll, so erzählte man mir, ganz das Ebenbild des alten Hugo gewesen sein. Als ihm der Boden in England zu heiß wurde, floh er nach Mittelamerika und starb dort im Jahre 1876 an Gelbfieber. Henry ist der letzte der Baskervilles. In einer Stunde und fünf Minuten treffe ich ihn an der Waterloo Station. Ich bekam ein Telegramm, dass er heute früh in Southampton eingetroffen sei. Nun, Mr. Holmes, was soll ich Ihrer Meinung nach mit ihm anfangen?«

»Warum sollte er nicht ins Haus seiner Vorfahren gehen?«

»Das scheint das Natürlichste zu sein, nicht wahr? Und doch, bedenken Sie, dass jeden Baskerville, der es betritt, ein furchtbares Schicksal ereilt. Ich bin überzeugt, wenn Sir Charles vor seinem Tod mit mir hätte sprechen können, er hätte mich davor gewarnt, diesen Letzten des alten Geschlechts, und Erben eines

wealth, to that deadly place. And yet it cannot be denied that the prosperity of the whole poor, bleak country-side depends upon his presence. All the good work which has been done by Sir Charles will crash to the ground if there is no tenant of the Hall. I fear lest I should be swayed too much by my own obvious interest in the matter, and that is why I bring the case before you and ask for your advice.'

Holmes considered for a little time. 'Put into plain words, the matter is this,' said he. 'In your opinion there is a diabolical agency which makes Dartmoor an unsafe abode for a Baskerville–that is your opinion?'

'At least I might go the length of saying that there is some evidence that this may be so.'

'Exactly. But surely if your supernatural theory be correct, it could work the young man evil in London as easily as in Devonshire. A devil with merely local powers like a parish vestry would be too inconceivable a thing.'

'You put the matter more flippantly, Mr Holmes, than you would probably do if you were brought into personal contact with these things. Your advice, then, as I understand it, is that the young man will be as safe in Devonshire as in London. He comes in fifty minutes. What would you recommend?'

'I recommend, sir, that you take a cab, call off your spaniel, who is scratching at my front door, and proceed to Waterloo to meet Sir Henry Baskerville.'

'And then?'

'And men you will say nothing to him at all until I have made up my mind about the matter.'

großen Vermögens, in dieses Haus des Todes zu bringen. Und dennoch lässt sich nicht leugnen, dass das Wohlergehen des ganzen armen, kargen Landstrichs von seiner Anwesenheit abhängt. All die gute Arbeit, die Sir Charles getan hat, wird verlorene Mühe sein, wenn Baskerville Hall unbewohnt bleibt. Ich fürchte, das natürliche Interesse, das ich selbst in dieser Angelegenheit hege, hat zu großen Einfluss auf mich, und deshalb trage ich Ihnen den Fall vor und bitte um Ihren Rat.«

Holmes dachte einen Moment lang nach und sagte dann: »Vereinfacht gesprochen, handelt es sich also darum, dass Ihrer Meinung nach eine teuflische Macht am Werk ist und Dartmoor zu einem unsicheren Aufenthaltsort für einen Baskerville macht. Ist das Ihre Ansicht?«

»Jedenfalls möchte ich so weit gehen zu sagen, dass einige Anzeichen dafürsprechen, dass dem so ist.«

»Ganz recht. Aber wenn Ihre Annahme, dass übernatürliche Kräfte im Spiel seien, richtig ist, dann könnten sie ihr böses Werk an diesem jungen Mann sicherlich ebenso leicht in London wie in Devonshire vollbringen. Ein Teufel mit örtlich beschränkter Macht, wie sie etwa ein Kirchenvorstand besitzt, ist doch nun wahrlich nicht vorstellbar.«

»Sie würden nicht so leichtfertig über diese Sache reden, Mr. Holmes, wenn Sie persönlich mit diesen Dingen in Berührung kämen. Wenn ich Sie also recht verstehe, wird der junge Herr in Devonshire ebenso sicher sein wie in London. In fünfzig Minuten kommt er an. Was würden Sie mir empfehlen?«

»Ich empfehle Ihnen, Sir, sich einen Wagen zu nehmen, Ihren Hund zurückzurufen, der meine Haustür zerkratzt, und sich zur Waterloo Station zu begeben, um Sir Henry Baskerville abzuholen.«

»Und dann?«

»Dann werden Sie absolut nichts über die Sache verlauten lassen, bis ich einen Entschluss gefasst habe.«

'How long will it take you to make up your mind?'

'Twenty-four hours. At ten o'clock to-morrow, Dr Mortimer, I will be much obliged to you if you will call upon me here, and it will be of help to me in my plans for the future if you will bring Sir Henry Baskerville with you.'

'I will do so, Mr Holmes.'

He scribbled the appointment on his shirt-cuff and hurried off in his strange, peering, absent-minded fashion. Holmes stopped him at the head of the stair.

'Only one more question, Dr Mortimer. You say that before Sir Charles Baskerville's death several people saw this apparition upon the moor?'

'Three people did.'

'Did any see it after?'

'I have not heard of any.'

'Thank you. Good morning.'

Holmes returned to his seat with that quiet look of inward satisfaction which meant that he had a congenial task before him.

'Going out, Watson?'

'Unless I can help you.'

'No, my dear fellow, it is at the hour of action that I turn to you for aid. But this is splendid, really unique from some points of view. When you pass Bradley's, would you ask him to send up a pound of the strongest shag tobacco? Thank you. It would be as well if you could make it convenient not to return before evening. Then I should be very glad to compare impressions as to this most interesting problem which has been submitted to us this morning.'

»Wie lange werden Sie brauchen, um einen Entschluss zu fassen?«

»Vierundzwanzig Stunden. Morgen früh um zehn Uhr, Doktor Mortimer, werde ich Ihnen sehr verbunden sein, wenn Sie mich hier aufsuchen wollen, und es wird mir bei meinen Planungen für alles Künftige eine Hilfe sein, wenn Sie Sir Henry Baskerville mitbrächten.«

»Das werde ich tun, Mr. Holmes.«

Er kritzelte die Verabredung auf seine Manschette und rannte in seiner sonderbaren, starrenden, geistesabwesenden Art davon. Holmes rief ihn auf dem Treppenabsatz zurück.

»Nur noch eine Frage, Doktor Mortimer. Sie sagen, vor Sir Charles Baskervilles Tod hätten mehrere Leute diese Erscheinung auf dem Moor gesehen?«

»Ja, es waren drei.«

»Hat irgendjemand sie danach noch gesehen?«

»Davon ist mir nichts zu Ohren gekommen.«

»Danke. Guten Morgen.«

Holmes setzte sich mit jenem stillen Ausdruck innerer Befriedigung wieder auf seinen Stuhl, was bedeutete, dass eine Aufgabe vor ihm lag, die ihm gemäß war.

»Gehen Sie aus, Watson?«

»Nur, wenn ich Ihnen nicht behilflich sein kann.«

»Nein, mein lieber Freund. Erst wenn es zu handeln gilt, brauche ich Ihre Hilfe. Dieser Fall ist großartig, geradezu einzigartig in mancherlei Hinsicht. Wenn Sie bei Bradleys vorbeikommen, würden Sie ihm bitte sagen, er möchte mir ein Pfund seines stärksten Shagtabaks zuschicken? Ich danke Ihnen. Es wäre zudem gut, wenn Sie es so einrichten könnten, dass Sie nicht vor dem Abend zurückkämen. Dann allerdings würde ich sehr gerne unsere Eindrücke hinsichtlich dieses höchst interessanten Problems, das uns heute früh zugetragen wurde, miteinander vergleichen.«

I knew that seclusion and solitude were very necessary for my friend in those hours of intense mental concentration during which he weighed every particle of evidence, constructed alternative theories, balanced one against the other, and made up his mind as to which points were essential and which immaterial. I therefore spent the day at my club, and did not return to Baker Street until evening. It was nearly nine o'clock when I found myself in the sitting-room once more.

My first impression as I opened the door was that a fire had broken out, for the room was so filled with smoke that the light of the lamp upon the table was blurred by it. As I entered, however, my fears were set at rest, for it was the acrid fumes of strong, coarse tobacco, which took me by the throat and set me coughing. Through the haze I had a vague vision of Holmes in his dressing-gown coiled up in an arm-chair with his black clay pipe between his lips. Several rolls of paper lay around him.

'Caught cold, Watson? said he.

'No, it's this poisonous atmosphere.'

'I suppose it *is* pretty thick, now that you mention it.'

'Thick! It is intolerable.'

'Open the window, then! You have been at your club all day, I perceive.'

'My dear Holmes!'

'Am I right?'

'Certainly, but how–?'

He laughed at my bewildered expression.

'There is a delightful freshness about you, Watson, which makes it a pleasure to exercise any small powers which I possess at your expense. A gentleman goes forth on a showery and miry day. He returns immaculate in the

Ich wusste, dass Abgeschiedenheit und Einsamkeit für meinen Freund in jenen Stunden konzentriertester Denkarbeit notwendig waren, in denen er jedes noch so kleine Beweisstück bedachte, unterschiedliche Theorien aufstellte, diese gegeneinanderhielt und sich darüber klar wurde, welche wesentlich und welche ohne Belang waren. Ich verbrachte daher den Tag in meinem Club und kehrte erst abends in die Baker Street zurück. Es war fast neun Uhr, als ich mich wieder im Wohnzimmer einfand.

Als ich die Tür öffnete, war mein erster Gedanke, es sei ein Feuer ausgebrochen, denn das Zimmer war so von Rauch erfüllt, dass das Licht der Lampe auf dem Tisch fast vollständig vernebelt war. Als ich jedoch das Zimmer betrat, zerstreuten sich meine Ängste, denn es war nur der beißende Rauch starken, groben Tabaks, der mir die Kehle zuschnürte und mich husten ließ. Durch den Dunst sah ich Holmes schemenhaft in einem Sessel kauern, in seinen Schlafrock gehüllt und seine schwarze Tonpfeife zwischen den Lippen. Mehrere Rollen Papier lagen um ihn herum.

»Haben Sie sich erkältet, Watson?«, fragte er.

»Nein, es ist nur diese verpestete Luft hier.«

»Die Luft scheint in der Tat nicht gut zu sein, nun, wo Sie es sagen.«

»Nicht gut? Es ist nicht auszuhalten.«

»So öffnen Sie doch das Fenster! Sie haben, wie ich bemerke, den ganzen Tag in Ihrem Club verbracht.«

»Mein lieber Holmes!«

»Habe ich recht?«

»Gewiss, aber wie …?«

Er lachte über mein verblüfftes Gesicht.

»Sie haben so eine entzückende Unschuld an sich, Watson, dass es mir ein wahres Vergnügen bereitet, jede meiner bescheidenen Fähigkeiten auf Ihre Kosten zur Anwendung zu bringen. Ein Gentleman verlässt an einem regnerischen, schlammigen Tag das

evening with the gloss still on his hat and his boots. He has been a fixture therefore all day. He is not a man with intimate friends. Where, then, could he have been? Is it not obvious?'

'Well, it is rather obvious.'

'The world is full of obvious things which nobody by any chance ever observes. Where do you think that I have been?'

'A fixture also.'

'On the contrary, I have been to Devonshire.'

'In spirit?'

'Exactly. My body has remained in this arm-chair, and has, I regret to observe, consumed in my absence two large pots of coffee and an incredible amount of tobacco. After you left I sent down to Stanford's for the Ordnance map of this portion of the moor, and my spirit has hovered over it all day. I flatter myself that I could find my way about.'

'A large scale map, I presume?'

'Very large.' He unrolled one section and held it over his knee. 'Here you have the particular district which concerns us. That is Baskerville Hall in the middle.'

'With a wood round it?'

'Exactly. I fancy the Yew Alley, though not marked under that name, must stretch along this line, with the moor, as you perceive, upon the right of it. This small clump of buildings here is the hamlet of Grimpen, where our friend Dr Mortimer has his headquarters. Within a radius of five miles there are, as you see, only a very few scattered dwellings. Here is Lafter Hall, which was mentioned in the narrative. There is a house indicated here which may be the residence of the naturalist–Stapleton, if I remember right, was his name. Here are two moor-

Haus. Am Abend kehrt er zurück und sieht aus wie aus dem Ei gepellt, Hut und Stiefel noch tadellos glänzend. Folglich ist er den ganzen Tag über an einem Ort gewesen. Er hat keine nahen Freunde. Wo also kann er gewesen sein? Ist es nicht offensichtlich?«

»Nun ja, es ist ziemlich offensichtlich.«

»Die Welt ist voll von offensichtlichen Dingen, die niemand je bemerkt. Wo, glauben Sie, bin ich gewesen?«

»Ebenfalls den ganzen Tag an einem Ort.«

»Im Gegenteil, ich war in Devonshire.«

»Im Geiste?«

»Ganz recht. Mein Körper ist in diesem Sessel geblieben und hat, wie ich mit Bedauern feststelle, in meiner Abwesenheit zwei große Kannen Kaffee und eine unglaubliche Menge Tabak vertilgt. Nachdem Sie gegangen waren, ließ ich mir von Stanfords die Vermessungskarte von diesem Teil des Moores bringen, und mein Geist hat den ganzen Tag über jenem Erdfleck geschwebt. Ich bilde mir ein, dass ich mich dort nun nicht mehr verlaufen würde.«

»Eine Karte in großem Maßstab, nehme ich an?«

»In sehr großem Maßstab.« Er rollte einen Teil der Karte aus und breitete ihn über sein Knie. »Die ist exakt die Gegend, die uns interessiert. Da in der Mitte liegt Baskerville Hall.«

»Von einem Wald umgeben?«

»Genau. Ich nehme an, dass die Eibenallee, obwohl unter diesem Namen nicht auf der Karte verzeichnet, sich in dieser Richtung erstreckt und das Moor, wie Sie sehen, rechts davon liegt. Diese kleine Gruppe von Häusern hier ist das Dörfchen Grimpen, wo unser Freund Doktor Mortimer sein Hauptquartier hat. In einem Radius von fünf Meilen gibt es, wie Sie erkennen können, nur ein paar wenige, verstreute Gebäude. Hier ist Lafter Hall, von der in der Erzählung die Rede war. Da ist ein Haus eingezeichnet, das vielleicht der Wohnsitz des Naturforschers ist – Stapleton war sein Name, wenn ich mich recht entsinne. Und hier sind zwei

land farmhouses, High Tor and Foulmire. Then fourteen miles away the great convict prison of Princetown. Between and around these scattered points extends the desolate, lifeless moor. This, then, is the stage upon which tragedy has been played, and upon which we may help to play it again.'

'It must be a wild place.'

'Yes, the setting is a worthy one. If the devil did desire to have a hand in the affairs of men–'

'Then you are yourself inclining to the supernatural explanation.'

'The devil's agents may be of flesh and blood, may they not? There are two questions waiting for us at the outset. The one is whether any crime has been committed at all; the second is, what is the crime and how was it committed? Of course, if Dr Mortimer's surmise should be correct, and we are dealing with forces outside the ordinary laws of Nature, there is an end of our investigation. But we are bound to exhaust all other hypotheses before falling back upon this one. I think we'll shut that window again, if you don't mind. It is a singular thing, but I find that a concentrated atmosphere helps a concentration of thought. I have not pushed it to the length of getting into a box to think, but that is the logical outcome of my convictions. Have you turned the case over in your mind?'

'Yes, I have thought a good deal of it in the course of the day.'

'What do you make of it?'

'It is very bewildering.'

Moorbauernhäuser, High Tor und Foulmire. Dann in vierzehn Meilen Entfernung das große Zuchthaus von Princetown. Zwischen diesen weit verstreuten Punkten und rund um diese herum erstreckt sich das trostlose, unbelebte Moor. Dies also ist die Bühne, auf welcher sich die Tragödie abgespielt hat und vielleicht mit unserer Hilfe ein weiteres Mal aufgeführt wird.«

»Es muss eine schaurige Gegend sein.«

»Ja, der Schauplatz passt zu unserem Verbrechen. Wenn der Teufel je den Wunsch hatte, sich in menschliche Angelegenheiten einzumischen …«

»Sie sind also auch geneigt, an übernatürliche Erklärungen zu glauben?«

»Des Teufels Handlanger sind zuweilen auch aus Fleisch und Blut, nicht wahr? Zwei Fragen stellen sich uns zu Beginn. Erstens, ob überhaupt ein Verbrechen begangen wurde; und zweitens, worin das Verbrechen bestand und wie es verübt wurde. Natürlich, wenn Doktor Mortimers Vermutung korrekt ist und wir es mit Mächten zu tun haben, die außerhalb der geordneten Naturgesetze liegen, so enden unsere Nachforschungen hier. Aber wir haben die Pflicht, alle anderen Hypothesen bis zum Ende zu verfolgen, ehe wir diese eine gelten lassen. Ich denke, wir können das Fenster nun wieder schließen, wenn es Ihnen nichts ausmacht. Es ist sonderbar, aber ich finde, dass konzentrierter Dunst konzentrierte Gedankengänge unterstützt. Ich bin noch nicht so weit, dass ich mich zum Nachdenken in eine Kiste begeben würde, aber es wäre die logische Konsequenz meiner Überzeugung. Haben Sie sich den Fall durch den Kopf gehen lassen?«

»Ja, ich habe im Laufe des Tages viel darüber nachgedacht.«

»Was halten Sie von der Sache?«

»Es ist sehr verwirrend.«

'It has certainly a character of its own. There are points of distinction about it. That change in the footprints, for example. What do you make of that?'

'Mortimer said that the man had walked on tiptoe down that portion of the alley.'

'He only repeated what some fool had said at the inquest. Why should a man walk on tiptoe down the alley?'

'What then?'

'He was running, Watson—running desperately, running for his life, running until he burst his heart and fell dead upon his face.'

'Running from what?'

'There lies our problem. There are indications that the man was crazed with fear before ever he began to run.'

'How can you say that?'

'I am presuming that the cause of his fears came to him across the moor, if that were so, and it seems most probable, only a man who had lost his wits would have run *from the* house instead of towards it. If the gipsy's evidence may be taken as true, he ran with cries for help in the direction where help was least likely to be. Then again, whom was he waiting for that night, and why was he waiting for him in the Yew Alley rather than in his own house?'

'You think that he was waiting for someone?'

'The man was elderly and infirm. We can understand his taking an evening stroll, but the ground was damp and the night inclement. Is it natural that he should stand for five or ten minutes, as Dr Mortimer, with more practical sense than I should have given him credit for, deduced from the cigar ash?'

»Der Fall hat sicherlich einen sehr speziellen Charakter. Er bietet einige Auffälligkeiten. Die Veränderung der Fußspuren zum Beispiel. Wie erklären Sie sich diesen Umstand?«

»Mortimer sagte, der Mann sei jenen Teil der Allee auf Zehenspitzen gegangen.«

»Er wiederholte lediglich, was irgendein Dummkopf während der Untersuchung von sich gegeben hatte. Warum sollte ein Mann auf Zehenspitzen die Allee hinuntergehen?«

»Was also dann?«

»Er rannte, Watson – rannte aus voller Verzweiflung, rannte um sein Leben, bis ihn der Herzschlag traf und er tot aufs Gesicht fiel.«

»Wovor rannte er weg?«

»Da liegt unser Problem. Gewisse Anzeichen sprechen dafür, dass er vor Angst schon verrückt war, ehe er überhaupt zu laufen begann.«

»Woraus schließen Sie das?«

»Ich gehe davon aus, dass die Ursache seines Schreckens über das Moor auf ihn zukam. Wenn dies der Fall war, und alle Wahrscheinlichkeit spricht dafür, dann konnte nur ein Mann, der die Besinnung verloren hatte, vom Haus weglaufen anstatt darauf zu. Wenn man die Aussage des Zigeuners für wahr nehmen darf, rannte Sir Charles um Hilfe schreiend gerade in die Richtung, wo Hilfe am allerwenigsten zu erwarten war. Andererseits fragt man sich: Auf wen wartete er in jener Nacht, und warum wartete er auf ihn in der Eibenallee und nicht in seinem Haus?«

»Sie glauben, er hat auf jemanden gewartet?«

»Der Mann war alt und gebrechlich. Wir haben Verständnis für seinen Abendspaziergang, aber der Boden war nass und die Nacht unwirtlich. Ist es unter diesen Umständen normal, dass er fünf oder zehn Minuten auf der Stelle stand, wie Doktor Mortimer mit mehr Sinn fürs Praktische, als ich ihm zugetraut hätte, aus der Zigarrenasche folgerte?«

'But he went out every evening.'

'I think it unlikely that he waited at the moor-gate every evening. On the contrary, the evidence is that he avoided the moor. That night he waited there. It was the night before he was to take his departure for London. The thing takes shape, Watson. It becomes coherent. Might I ask you to hand me my violin, and we will postpone all further thought upon this business until we have had the advantage of meeting Dr Mortimer and Sir Henry Baskerville in the morning.'

»Aber er ging doch jeden Abend spazieren.«

»Ich halte es für unwahrscheinlich, dass er auch jeden Abend wartend an der Pforte zum Moor stand. Im Gegenteil, es wurde ausgesagt, dass er das Moor mied. An jenem Abend wartete er dort. Es war der Abend vor seiner geplanten Abreise nach London. Die Sache nimmt Gestalt an, Watson. Sie gewinnt an Zusammenhang. Darf ich Sie bitten, mir meine Geige zu reichen? Wir wollen jedes weitere Nachdenken über die Angelegenheit verschieben, bis wir morgen früh in den gütigen Vorzug des Besuches von Doktor Mortimer und Sir Henry Baskerville gelangt sind.«

Chapter IV

Sir Henry Baskerville

Our breakfast-table was cleared early, and Holmes waited in his dressing-gown for the promised interview. Our clients were punctual to their appointment, for the clock had just struck ten when Dr Mortimer was shown up, followed by the young Baronet. The latter was a small, alert, dark-eyed man about thirty years of age, very sturdily built, with thick black eyebrows and a strong, pugnacious face. He wore a ruddy-tinted tweed suit, and had the weather-beaten appearance of one who has spent most of his time in the open air, and yet there was something in his steady eye and the quiet assurance of his bearing which indicated the gentleman.

'This is Sir Henry Baskerville,' said Dr Mortimer.

'Why, yes,' said he, 'and the strange thing is, Mr Sherlock Holmes, that if my friend here had not proposed coming round to you this morning I should have come on my own. I understand that you think out little puzzles, and I've had one this morning which wants more thinking out than I am able to give it.'

'Pray take a seat, Sir Henry. Do I understand you to say that you have yourself had some remarkable experience since you arrived in London?'

'Nothing of much importance, Mr Holmes. Only a joke, as like as not. It was this letter, if you can call it a letter, which reached me this morning.'

He laid an envelope upon the table, and we all bent over it. It was of common quality, greyish in colour. The

Kapitel 4

Sir Henry Baskerville

Unser Frühstückstisch war zeitig abgeräumt, und Holmes wartete in seinem Morgenmantel auf die angekündigte Unterredung. Unsere Klienten kamen pünktlich, denn die Uhr hatte gerade zehn geschlagen, als Doktor Mortimer gefolgt vom jungen Baronet hereingeführt wurde. Letzterer war ein kleiner, aufgeweckter, dunkeläugiger Mann von ungefähr dreißig Jahren, sehr kräftig gebaut, mit buschigen schwarzen Augenbrauen und kampflustigem Gesichtsausdruck. Er trug einen rötlichen Tweed-Anzug und hatte das wettergegerbte Aussehen eines Menschen, der die meiste Zeit seines Lebens im Freien verbracht hat; trotzdem lag in seinem festen Blick und in der ruhigen Sicherheit seines Auftretens etwas, das den Gentleman verriet.

»Dies ist Sir Henry Baskerville«, sagte Doktor Mortimer.

»Ja, also, das bin ich«, sagte er, »und das Seltsame ist, Mr. Sherlock Holmes, dass ich auch aus eigener Veranlassung gekommen wäre, wenn mein Freund hier nicht vorgeschlagen hätte, sie heute früh zu besuchen. Ich hörte, dass Sie sich gerne mit kleinen Rätseln beschäftigen, und mir ist heute Morgen eines aufgegeben worden, das mehr Kopfzerbrechen erfordert, als ich aufbringen kann.«

»Bitte nehmen Sie Platz, Sir Henry. Verstehe ich Sie richtig, dass Ihnen selbst seit Ihrer Ankunft in London bereits etwas Ungewöhnliches zugestoßen ist?«

»Nichts von großer Bedeutung, Mr. Holmes. Wahrscheinlich nur ein Scherz. Es handelt sich um diesen Brief – wenn man es überhaupt einen Brief nennen kann –, der mich heute Morgen erreichte.«

Er legte einen Umschlag auf den Tisch, und wir alle beugten uns über ihn. Er war grau und von gewöhnlicher Beschaffenheit.

address, 'Sir Henry Baskerville, Northumberland Hotel', was printed in rough characters; the post-mark 'Charing Cross', and the date of posting the preceding evening.

'Who knew that you were going to the Northumberland Hotel?' asked Holmes, glancing keenly across at our visitor.

'No one could have known. We only decided after I met Dr Mortimer.'

'But Dr Mortimer was, no doubt, already stopping there?'

'No, I had been staying with a friend,' said the doctor. 'There was no possible indication that we intended to go to this hotel.'

'Hum! Someone seems to be very deeply interested in your movements.' Out of the envelope he took a half-sheet of foolscap paper folded into four. This he opened and spread flat upon the table. Across the middle of it a single sentence had been formed by the expedient of pasting printed words upon it. It ran: 'as you value your life or your reason keep away from the moor.' The word 'moor' only was printed in ink.

'Now,' said Sir Henry Baskerville, 'perhaps you will tell me, Mr Holmes, what in thunder is the meaning of that, and who it is that takes so much interest in my affairs?'

'What do you make of it, Dr Mortimer? You must allow that there is nothing supernatural about this, at any rate?'

'No, sir, but it might very well come from someone who was convinced that the business is supernatural.'

'What business?' asked Sir Henry, sharply. 'It seems to me that all you gentlemen know a great deal more than I do about my own affairs.'

Die Adresse »Sir Henry Baskerville, Northumberland Hotel« war von ungelenker Hand geschrieben, und der Poststempel »Charing Cross« datierte auf den vergangenen Abend.

»Wer wusste, dass Sie im Northumberland Hotel absteigen würden?«, fragte Holmes und sah unseren Besucher scharf an.

»Niemand konnte davon gewusst haben. Wir haben uns erst dazu entschieden, nachdem ich Doktor Mortimer getroffen hatte.«

»Aber Doktor Mortimer wohnte gewiss bereits dort, oder nicht?«

»Nein, ich hatte mich bei einem Freund einquartiert«, sagte der Doktor. »Es gab keinerlei Hinweis darauf, dass wir vorhatten, in dieses Hotel zu gehen.«

»Hm! Irgendjemand scheint ein ganz außergewöhnliches Interesse an Ihren Aufenthaltsorten zu haben.« Aus dem Umschlag zog Holmes einen halben Bogen Kanzleipapier, der zweimal gefaltet war. Diesen öffnete er und legte ihn flach auf den Tisch. Quer über die Mitte des Blattes waren gedruckte Wörter geklebt, die einen einzigen Satz bildeten: »wenn Sie Wert auf Ihr Leben oder Ihren Verstand legen, dann müssen Sie sich fernhalten von diesem Moor«. Nur das Wort »Moor« war mit Tinte geschrieben.

»Nun«, fragte Sir Henry Baskerville, »vielleicht können Sie mir sagen, Mr. Holmes, was zum Donnerwetter es damit auf sich hat und wer dieser Mensch ist, der ein so großes Interesse an meinen Angelegenheiten hat?«

»Was halten Sie davon, Doktor Mortimer? Sie müssen zugeben, an diesem Brief ist zumindest nichts Übernatürliches.«

»Nein, Sir, das nicht, aber er könnte sehr wohl von jemandem stammen, der überzeugt ist, dass es sich insgesamt um übernatürliche Vorgänge handelt.«

»Welche Vorgänge?«, fragte Sir Henry in scharfem Ton. »Mir scheint, meine Herren, dass Sie alle sehr viel besser über meine Angelegenheiten Bescheid wissen als ich.«

'You shall share our knowledge before you leave this room, Sir Henry. I promise you that,' said Sherlock Holmes. 'We will confine ourselves for the present, with your permission, to this very interesting document, which must have been put together and posted yesterday evening. Have you yesterday's *Times,* Watson?'

'It is here in the corner.'

'Might I trouble you for it—the inside page, please, with the leading articles?' He glanced swiftly over it, running his eyes up and down the columns. 'Capital article this on Free Trade. Permit me to give you an extract from it. "You may be cajoled into imagining that your own special trade or your own industry will be encouraged by a protective tariff, but it stands to reason that such legislation must in the long run keep away wealth from the country, diminish the value of our imports, and lower the general conditions of life in this island." What do you think of that, Watson?' cried Holmes, in high glee, rubbing his hands together with satisfaction. 'Don't you think that is an admirable sentiment?'

Dr Mortimer looked at Holmes with an air of professional interest, and Sir Henry Baskerville turned a pair of puzzled dark eyes upon me.

'I don't know much about the tariff and things of that kind,' said he; 'but it seems to me we've got a bit off the trail so far as that note is concerned.'

'On the contrary, I think we are particularly hot upon the trail, Sir Henry. Watson here knows more about my methods than you do, but I fear that even he has not quite grasped the significance of this sentence.'

'No, I confess that I see no connection.'

»Sie sollen in unser Wissen eingeweiht werden, bevor Sie diesen Raum verlassen, Sir Henry. Das verspreche ich Ihnen«, sagte Sherlock Holmes. »Für den Augenblick wollen wir, mit Ihrer Erlaubnis, unsere Aufmerksamkeit ganz auf dieses sehr interessante Dokument lenken. Es muss gestern Abend zusammengestellt und aufgegeben worden sein. Haben Sie die *Times* von gestern, Watson?«

»Sie liegt hier in der Ecke.«

»Darf ich Sie darum bemühen – die Seite 2, bitte, die mit den Leitartikeln?« Er überflog mit raschem Blick die Spalten. »Großartiger Artikel über den Freihandel. Erlauben Sie mir, Ihnen einen Auszug daraus vorzulesen: ›Sie mögen zu der Vorstellung überredet worden sein, dass Ihr eigener Handel oder Ihre heimische Industrie durch Schutzzölle angekurbelt würde, doch mit gesundem Verstand muss man feststellen, dass eine solche Gesetzgebung auf lange Sicht den Wohlstand von diesem Land fernhalten, den Wert unserer Importe vermindern und die allgemeinen Lebensbedingungen auf dieser Insel verschlechtern wird.‹ Was sagen Sie dazu, Watson?«, rief Holmes in hellem Entzücken und rieb sich zufrieden die Hände. »Meinen Sie nicht, dass hier ein bewundernswerter Standpunkt vertreten wird?«

Doktor Mortimer betrachtete Holmes mit einem Anflug von beruflichem Interesse, während mich Sir Henry Baskerville aus dunklen Augen entgeistert ansah.

»Ich verstehe nicht viel von Zolltarifen und solchem Zeug«, sagte er. »Aber mir scheint, wir sind in Bezug auf diesen Brief ein bisschen von der Spur gekommen.«

»Im Gegenteil, ich bin der Meinung, dass wir einer ganz heißen Fährte folgen, Sir Henry. Watson hier weiß mehr über meine Methoden als Sie, aber ich fürchte, dass sogar er die Bedeutung dieses Satzes nicht ganz erfasst hat.«

»Nein, ich muss gestehen, dass ich keinen Zusammenhang sehe.«

'And yet, my dear Watson, there is so very close a connection that the one is extracted out of the other. "You", "your", "your", "life", "reason", "value", "keep away", "from the". Don't you see now whence these words have been taken?'

'By thunder, you're right! Well, if that isn't smart!' cried Sir Henry.

'If any possible doubt remained it is settled by the fact that "keep away" and "from the" are cut out in one piece.'

'Well, now—so it is!'

'Really, Mr Holmes, this exceeds anything which I could have imagined,' said Dr Mortimer, gazing at my friend in amazement. 'I could understand anyone saying that the words were from a newspaper; but that you should name which, and add that it came from the leading article, is really one of the most remarkable things which I have ever known. How did you do it?'

'I presume, doctor, that you could tell the skull of a negro from that of an Esquimaux?'

'Most certainly.'

'But how?'

'Because that is my special hobby. The differences are obvious. The supra-orbital crest, the facial angle, the maxillary curve, the—'

'But this is my special hobby, and the differences are equally obvious. There is as much difference to my eyes between the leaded bourgeois type of a *Times* article and the slovenly print of an evening halfpenny paper as there could be between your Negro and your Esquimaux. The detection of types is one of the most elementary branches of knowledge to the special expert in crime, though I confess that once when I was very young I con-

»Und doch, mein lieber Watson, gibt es einen so überaus engen Zusammenhang, dass der eine Satz aus dem anderen stammt. ›Sie‹, ›Ihr‹, ›Leben‹, ›Verstand‹, ›Wert‹, ›fernhalten‹ und ›von diesem‹. Sehen Sie jetzt endlich, woher diese Worte genommen sind?«

»Donnerwetter, Sie haben recht! Wenn das nicht clever ist!«, rief Sir Henry aus.

»Wenn überhaupt noch ein Zweifel bestünde, dann würde er durch die Tatsache widerlegt, dass ›fernhalten‹ und ›von diesem‹ in einem Stück ausgeschnitten wurden.«

»Wahrhaftig, so ist es!«

»Mr. Holmes, das übertrifft wirklich alles, was ich mir hätte vorstellen können«, sagte Doktor Mortimer, der meinen Freund verwundert anstarrte. »Ich würde jeden verstehen, der mir sagt, die Wörter seien aus einer Zeitung; aber dass Sie sogar wissen, aus welcher, und hinzufügen, dass es der Leitartikel war, ist sicherlich eine der bemerkenswertesten Leistungen, die mir je untergekommen ist. Wie haben Sie das angefangen?«

»Ich vermute, Doktor, Sie können den Schädel eines Negriden von dem eines Eskimos unterscheiden?«

»Natürlich!«

»Aber wieso?«

»Weil dies mein besonderes Hobby ist. Die Unterschiede sind offensichtlich. Die Erhöhung über den Augenhöhlen, der Gesichtswinkel, die Kieferbildung, der …«

»Nun, dies hier ist mein besonderes Hobby, und die Unterschiede sind ebenso offensichtlich. Für meine Augen liegen die durchschossene Borgis eines Artikels in der *Times* und das unsaubere Druckbild eines billigen Abendblattes genauso weit auseinander wie Ihr Negrid und Ihr Eskimo. Die Ermittlung der verschiedenen Drucktypen ist einer der elementarsten Wissenszweige eines Kriminalisten, obwohl ich zugeben muss, dass ich einmal in frühester Jugend den *Leeds Mercury* und die *Western*

fused the *Leeds Mercury* with the *Western Morning News.* But a *Times* leader is entirely distinctive, and these words could have been taken from nothing else. As it was done yesterday the strong probability was that we should find the words in yesterday's issue.'

'So far as I can follow you, then, Mr Holmes,' said Sir Henry Baskerville, 'someone cut out this message with a scissors–'

'Nail-scissors,' said Holmes. 'You can see that it was a very short-bladed scissors, since the cutter had to take two snips over "keep away".'

'That is so. Someone, then, cut out the message with a pair of short-bladed scissors, pasted it with paste–'

'Gum,' said Holmes.

'With gum on to the paper. But I want to know why the word "moor" should have been written?'

'Because he could not find it in print. The other words were all simple, and might be found in any issue, but "moor" would be less common.'

'Why, of course, that would explain it. Have you read anything else in this message, Mr Holmes?'

'There are one or two indications, and yet the utmost pains have been taken to remove all clues. The address, you observe, is printed in rough characters. But *The Times* is a paper which is seldom found in any hands but those of the highly educated. We may take it, therefore, that the letter was composed by an educated man who wished to pose as an uneducated one, and his effort to conceal his own writing suggests that that writing might be known, or come to be known, by you. Again, you will observe that the words are not gummed on in an accurate line, but that some are much higher than others. "Life", for example, is quite out of its proper place.

Morning News miteinander verwechselte. Aber ein Leitartikel der *Times* ist absolut unverkennbar, und diese Worte konnten aus nichts anderem stammen. Da der Brief gestern geschrieben wurde, war die Wahrscheinlichkeit hoch, dass wir die Wörter in der Ausgabe von gestern auch finden würden.«

»Soweit ich Ihnen folgen kann, Mr. Holmes«, sagte Sir Henry Baskerville, »hat jemand diese Wörter mit einer Schere …«

»Nagelschere ausgeschnitten«, sagte Holmes. »Wie Sie sehen können, war es eine Schere mit sehr kurzer Klinge, denn für die Wörter ›von diesem‹ waren zwei Schnitte nötig.«

»Richtig. Also hat jemand den Text dieses Briefes mit einer Nagelschere ausgeschnitten, klebte ihn mit Kleister …«

»Papierkleber«, sagte Holmes.

»Mit Papierkleber auf das Blatt. Aber ich möchte wissen, warum das Wort ›Moor‹ dann mit Tinte geschrieben ist?«

»Weil er das Wort nicht gedruckt finden konnte. Alle anderen Wörter waren einfach und lassen sich in jeder Ausgabe finden, aber ›Moor‹ ist weniger gebräuchlich.«

»Ja, natürlich, das erklärt es. Haben Sie sonst aus dem Brief noch etwas herauslesen können, Mr. Holmes?«

»Es gibt ein oder zwei Hinweise, obgleich sich jemand die größte Mühe gegeben hat, diese Anhaltspunkte zu entfernen. Die Adresse ist, wie Sie sehen, in ungelenken Buchstaben geschrieben. Aber die *Times* ist ein Blatt, das man kaum je in anderen Händen als in denen sehr gebildeter Leute findet. Wir können deshalb annehmen, dass der Brief von einem gebildeten Mann verfasst wurde, der ungebildet erscheinen wollte, und sein Bemühen, die eigene Handschrift zu verbergen, legt den Schluss nahe, die Handschrift sei Ihnen bekannt oder könnte Ihnen bekannt werden. Ferner werden Sie bemerkt haben, dass die Wörter nicht in gerader Linie aufgeklebt wurden, sondern dass einige von ihnen viel höher stehen als andere. ›Leben‹ zum Beispiel

That may point to carelessness or it may point to agitation and hurry upon the part of the cutter. On the whole I incline to the latter view, since the matter was evidently important, and it is unlikely that the composer of such a letter would be careless. If he were in a hurry it opens up the interesting question why he should be in a hurry, since any letter posted up to early morning would reach Sir Henry before he would leave his hotel. Did the composer fear an interruption–and from whom?'

'We are coming now rather into the region of guesswork,' said Dr Mortimer.

'Say, rather, into the region where we balance probabilities and choose the most likely. It is the scientific use of the imagination, but we have always some material basis on which to start our speculations. Now, you would call it a guess, no doubt, but I am almost certain that this address has been written in an hotel.'

'How in the world can you say that?'

'If you examine it carefully you will see that both the pen and the ink have given the writer trouble. The pen has spluttered twice in a single word, and has run dry three times in a short address, showing that there was very little ink in the bottle. Now, a private pen or ink-bottle is seldom allowed to be in such a state, and the combination of the two must be quite rare. But you know the hotel ink and the hotel pen, where it is rare to get anything else. Yes, I have very little hesitation in saying that could we examine the waste-paper baskets of the hotels round Charing Cross until we found the remains of the mutilated *Times* leader we could lay our hands straight upon the person who sent this singular message. Hullo! Hullo! What's this?'

steht ganz außerhalb der Reihe. Das kann entweder auf Unachtsamkeit hindeuten oder aber darauf, dass der Ausschneidende aufgeregt und in Eile war. Im Ganzen neige ich zu letzterer Ansicht, da die Sache ganz offenkundig wichtig war und da es unwahrscheinlich ist, dass der Verfasser eines solchen Briefes unachtsam wäre. War er in Eile, stellt sich die interessante Frage, warum er in Eile gewesen sein sollte, da jeder Brief, der bis zum frühen Morgen auf die Post gegeben wurde, Sir Henry erreicht hätte, bevor er das Hotel verließ. Fürchtete der Verfasser, gestört zu werden? – Und durch wen?«

»Jetzt gelangen wir eigentlich in den Bereich der Vermutungen«, sagte Doktor Mortimer.

»Sagen wir eher in den Bereich, wo wir verschiedene Möglichkeiten abwägen und uns für die wahrscheinlichste entscheiden. Das ist der wissenschaftliche Gebrauch unserer Vorstellungskraft, doch bleibt uns stets eine reelle Grundlage, auf der wir unsere Spekulationen aufbauen können. Sie werden das Folgende zweifellos reine Vermutung nennen, aber ich bin beinahe sicher, dass diese Adresse in einem Hotel geschrieben worden ist.«

»Wie um alles in der Welt können Sie das behaupten?«

»Wenn Sie den Umschlag sorgfältig prüfen, werden Sie bemerken, dass dem Schreiber sowohl die Feder als auch die Tinte Schwierigkeiten bereitet haben. Die Feder hat in einem einzigen Wort zweimal gespritzt, und ist beim Schreiben dieser kurzen Adresse dreimal trocken geworden, ein Beweis, dass sehr wenig Tinte im Fass war. Nun ist eine eigene Feder oder ein eigenes Tintenfass selten in solch einem Zustand, beides zugleich aber kommt gewiss sehr selten vor. Dagegen kennen Sie Tinte und Federn in Hotels, wo irgendetwas anderes ebenfalls sehr selten ist. Ja, ich zögere nicht zu behaupten, dass, wenn wir die Papierkörbe der Hotels rund um Charing Cross solange durchsuchen könnten, bis wir die Reste des zerschnittenen Leitartikels aus der *Times* fänden, wir sofort auch diejenige Person finden würden,

He was carefully examining the foolscap, upon which the words were pasted, holding it only an inch or two from his eyes.

'Well?'

'Nothing,' said he, throwing it down. 'It is a blank half-sheet of paper, without even a water-mark upon it. I think we have drawn as much as we can from this curious letter; and now, Sir Henry, has anything else of interest happened to you since you have been in London?'

'Why, no, Mr Holmes. I think not'

'You have not observed anyone follow or watch you?'

'I seem to have walked right into the thick of a dime novel,' said our visitor. 'Why in thunder should anyone follow or watch me?'

'We are coming to that. You have nothing else to report to us before we go into this matter?'

'Well, it depends upon what you think worth reporting.'

'I think anything out of the ordinary routine of life well worth reporting.'

Sir Henry smiled. 'I don't know much of British life yet, for I have spent nearly all my time in the States and in Canada. But I hope that to lose one of your boots is not part of the ordinary routine of life over here.'

'You have lost one of your boots?'

'My dear sir,' cried Dr Mortimer, 'it is only mislaid. You will find it when you return to the hotel. What is the use of troubling Mr Holmes with trifles of this kind?'

die diese seltsame Nachricht geschickt hat. Oh, was haben wir denn hier?«

Er untersuchte sorgfältig den Bogen, auf den die Wörter aufgeklebt waren, und hielt ihn dabei nur wenige Zentimeter von seinen Augen entfernt.

»Nun?«

»Nichts«, sagte er und legte das Blatt beiseite. »Es handelt sich um einen unbeschriebenen halben Bogen Papier, der nicht einmal ein Wasserzeichen trägt. Ich denke, wir haben diesem sonderbaren Brief alle erdenklichen Hinweise entnommen. Und nun, Sir Henry, ist Ihnen sonst irgendetwas Erwähnenswertes zugestoßen, seit Sie sich in London befinden?«

»Nein, ich denke nicht, Mr. Holmes.«

»Sie haben niemanden bemerkt, der Sie verfolgt oder beobachtet hätte?«

»Ich scheine schnurstracks mitten in einem Groschenroman gelandet zu sein«, sagte unser Besucher. »Warum zum Donnerwetter sollte mich irgendjemand verfolgen oder beobachten?«

»Dazu kommen wir noch. Sie haben uns also weiter nichts zu berichten, bevor wir auf diese Sache näher eingehen?«

»Nun ja, das hängt davon ab, was Sie für berichtenswert halten.«

»Ich denke, dass alles berichtenswert ist, was vom gewohnten Gang des Lebens abweicht.«

Sir Henry lächelte. »Bis jetzt weiß ich wenig über das Leben in England, da ich fast all meine Jahre in den Vereinigten Staaten und in Kanada verbracht habe. Aber ich hoffe, dass es hier nicht zum gewohnten Gang des Lebens gehört, wenn man einen seiner Stiefel verliert.«

»Sie haben einen Ihrer Stiefel verloren?«

»Mein lieber Sir Henry«, rief Doktor Mortimer, »Sie haben ihn nur verlegt. Sie werden ihn finden, wenn Sie ins Hotel zurückkehren. Warum behelligen Sie Mr. Holmes mit solchen Lappalien?«

'Well, he asked me for anything outside the ordinary routine.'

'Exactly,' said Holmes, 'however foolish the incident may seem. You have lost one of your boots, you say?'

'Well, mislaid it, anyhow. I put them both outside my door last night, and there was only one in the morning. I could get no sense out of the chap who cleans them. The worst of it is that I only bought the pair last night in the Strand, and I have never had them on.'

'If you have never worn them, why did you put them out to be cleaned?'

'They were tan boots, and had never been varnished. That was why I put them out.'

'Then I understand that on your arrival in London yesterday you went out at once and bought a pair of boots?'

'I did a good deal of shopping. Dr Mortimer here went round with me. You see, if I am to be squire down there I must dress the part, and it may be that I have got a little careless in my ways out West. Among other things I bought these brown boots–gave six dollars for them–and had one stolen before ever I had them on my feet.'

'It seems a singularly useless thing to steal,' said Sherlock Holmes. 'I confess that I share Dr Mortimer's belief that it will not be long before the missing boot is found.'

'And now, gentlemen,' said the Baronet, with decision, 'it seems to me that I have spoken quite enough about the little that I know. It is time that you kept your promise, and gave me a full account of what we are all driving at.'

»Er wollte doch wissen, ob irgendetwas außerhalb meiner alltäglichen Routine geschehen ist.«

»Ganz recht«, sagte Holmes, »so töricht der Vorfall auch scheinen mag. Sie haben also einen Ihrer Stiefel verloren?«

»Oder ihn verlegt, meinetwegen. Ich habe sie gestern Abend beide vor meine Tür gestellt, und heute Morgen war nur noch einer da. Ich konnte aus dem Burschen, der sie putzt, nichts Vernünftiges herausbekommen. Das Schlimmste ist, dass ich das Paar erst gestern Abend auf der Strand gekauft hatte und ich sie kein einziges Mal getragen habe.«

»Wenn Sie ganz neu waren, warum haben Sie sie dann zum Putzen vor die Tür gestellt?«

»Es waren hellbraune Stiefel, die noch völlig unbehandelt waren. Deshalb habe ich sie rausgestellt.«

»Sie gingen also nach Ihrer gestrigen Ankunft in London sofort los und kauften ein Paar Stiefel?«

»Ich habe alles Mögliche gekauft. Doktor Mortimer hier begleitete mich. Wissen Sie, wenn ich da unten Gutsherr sein soll, dann muss ich mich entsprechend kleiden; und es kann sein, dass ich im fernen Westen in dieser Hinsicht etwas nachlässig geworden bin. Ich habe unter anderem diese braunen Stiefel gekauft und sechs Dollar für sie bezahlt, und dann wird einer davon gestohlen, bevor ich sie einmal an den Füßen hatte.«

»Es scheint doch ein recht ungeeigneter Gegenstand für einen Diebstahl«, sagte Sherlock Holmes. »Ich gebe zu, dass ich Doktor Mortimers Ansicht teile, dass es nicht lange dauern wird, bis der verlorene Schuh wieder auftaucht.«

»Und nun, meine Herren«, sagte der Baronet in entschlossenem Ton, »habe ich, wie mir scheint, über das Wenige, das ich weiß, genug gesprochen. Es ist Zeit, dass Sie Ihr Versprechen einlösen und mir ausführlich darlegen, um was es hier überhaupt geht.«

'Your request is a very reasonable one,' Holmes answered. 'Dr Mortimer, I think you could not do better than to tell your story as you told it to us.'

Thus encouraged, our scientific friend drew his papers from his pocket, and presented the whole case as he had done upon the morning before. Sir Henry Baskerville listened with the deepest attention and with an occasional exclamation of surprise.

'Well, I seem to have come into an inheritance with a vengeance,' said he, when the long narrative was finished. 'Of course, I've heard of the hound ever since I was in the nursery. It's the pet story of the family, though I never thought of taking it seriously before. But as to my uncle's death—well, it all seems boiling up in my head, and I can't get it clear yet. You don't seem quite to have made up your mind whether it's a case for a policeman or a clergyman.'

'Precisely.'

'And now there's this affair of the letter to me at the hotel. I suppose that fits into its place.'

'It seems to show that someone knows more than we do about what goes on upon the moor,' said Dr Mortimer.

'And also,' said Holmes, 'that someone is not ill-disposed towards you, since they warn you of danger.'

'Or it may be that they wish for their own purposes to scare me away.'

'Well, of course, that is possible also. I am very much indebted to you, Dr Mortimer, for introducing me to a problem which presents several interesting alternatives. But the practical point which we now have to decide, Sir Henry, is whether it is or is not advisable for you to go to Baskerville Hall.'

'Why should I not go?'

»Ihr Wunsch ist sehr berechtigt«, antwortete Holmes. »Doktor Mortimer, ich denke, es wäre das Beste, wenn Sie die Geschichte erzählen, so wie Sie sie uns erzählt haben.«

Durch diese Worte ermutigt zog unser wissenschaftlicher Freund seine Papiere aus der Tasche und erläuterte den ganzen Fall auf dieselbe Weise, wie er es am Morgen zuvor getan hatte. Sir Henry Baskerville hörte mit größter Aufmerksamkeit zu und ließ von Zeit zu Zeit einen Ausruf der Überraschung verlauten.

»Nun, da scheine ich ja auch gleich ein fürchterliches Erbe zu übernehmen«, sagte er, als die lange Geschichte beendet war. »Natürlich habe ich von dem Hund schon als kleiner Junge gehört. Es ist die Lieblingsgeschichte unserer Familie, obwohl es mir nie eingefallen wäre, sie ernst zu nehmen. Doch was den Tod meines Onkels betrifft – wissen Sie, da geht mir alles durcheinander, und ich bringe noch keine Ordnung hinein. Sie scheinen sich selbst auch nicht ganz im Klaren darüber, ob dies ein Fall für die Polizei oder einen Geistlichen ist.«

»Sehr richtig.«

»Und nun auch noch die Geschichte mit dem Brief an mich im Hotel. Ich nehme an, das passt ins Bild.«

»Es scheint zu zeigen, dass jemand mehr über die Vorgänge im Moor weiß als wir«, sagte Doktor Mortimer.

»Und außerdem«, sagte Holmes, »dass dieser Jemand Ihnen nicht feindlich gesinnt ist, denn man warnt Sie vor einer Gefahr.«

»Es kann aber auch sein, dass man mich aus eigenem Interesse verjagen will.«

»Nun, dies ist natürlich ebenso möglich. Ich bin Ihnen sehr zu Dank verpflichtet, Doktor Mortimer, dass Sie mich mit einem Problem vertraut gemacht haben, das verschiedene interessante Alternativen bereithält. Aus praktischer Sicht ist es nun aber nötig zu entscheiden, Sir Henry, ob es ratsam oder nicht ratsam für Sie ist, nach Baskerville Hall zu gehen.«

»Warum sollte ich nicht gehen?«

'There seems to be danger.'

'Do you mean danger from this family fiend or do you mean danger from human beings?'

'Well, that is what we have to find out.'

'Whichever it is, my answer is fixed. There is no devil in hell, Mr Holmes, and there is no man upon earth who can prevent me from going to the home of my own people, and you may take that to be my final answer.' His dark brows knitted and his face flushed to a dusky red as he spoke. It was evident that the fiery temper of the Baskervilles was not extinct in this their last representative. 'Meanwhile,' said he, 'I have hardly had time to think over all that you have told me. It's a big thing for a man to have to understand and to decide at one sitting. I should like to have a quiet hour by myself to make up my mind. Now, look here, Mr Holmes, it's half-past eleven now, and I am going back right away to my hotel. Suppose you and your friend, Dr Watson, come round and lunch with us at two? I'll be able to tell you more clearly then how this thing strikes me.'

'Is that convenient to you, Watson?'

'Perfectly.'

'Then you may expect us. Shall I have a cab called?'

'I'd prefer to walk, for this affair has flurried me rather.'

'I'll join you in a walk, with pleasure,' said his companion.

'Then we meet again at two o'clock. Au revoir, and good morning!'

We heard the steps of our visitors descend the stair and the bang of the front door. In an instant Holmes had changed from the languid dreamer to the man of action.

»Es scheint gefährlich zu sein.«

»Meinen Sie eine Gefahr, die von diesem Familiendämon ausgeht, oder Gefahr von menschlicher Seite?«

»Eben dies gilt es herauszufinden.«

»Was immer es sei – meine Antwort steht fest. Kein Teufel der Hölle, Mr. Holmes, und kein Mensch auf Erden kann mich davon abhalten, in das Haus meiner eigenen Vorfahren zurückzukehren. Das ist mein letztes Wort.« Während er sprach, zogen sich seine dunklen Brauen zusammen, und sein Gesicht ertrank in düsterem Rot. Offensichtlich war das feurige Temperament der Baskervilles in diesem ihrem letzten Nachkommen noch nicht erloschen. »Bislang«, sagte er, »blieb mir kaum Zeit, all das zu durchdenken, was Sie mir erzählt haben. Es ist kein Leichtes, das zu verstehen und darüber sofort zu entscheiden. Ich möchte eine Weile allein sein und in Ruhe zu einem Entschluss kommen. Hören Sie, Mr. Holmes, es ist jetzt halb zwölf, und ich gehe jetzt gleich zurück in mein Hotel. Was halten Sie davon, wenn Sie und Ihr Freund, Dr. Watson, um zwei Uhr zum Lunch vorbeikommen? Ich werde Ihnen dann genauer sagen können, was ich von der Sache halte.«

»Passt Ihnen das, Watson?«

»Vollkommen.«

»Dann dürfen Sie uns erwarten. Soll ich Ihnen einen Wagen rufen lassen?«

»Ich ziehe es vor zu laufen; diese Angelegenheit hat mich doch sehr beunruhigt.«

»Ich schließe mich Ihnen mit Vergnügen an«, sagte Doktor Mortimer.

»Dann sehen wir uns um zwei Uhr wieder. Au revoir und einen schönen Tag!«

Wir hörten unsere Besucher die Treppe hinuntersteigen und die Haustür ins Schloss fallen. Im Handumdrehen hatte sich Holmes vom matten Träumer in einen Mann der Tat verwandelt.

'Your hat and boots, Watson, quick! Not a moment to lose!' He rushed into his room in his dressing-gown, and was back again in a few seconds in a frock-coat. We hurried together down the stairs and into the street. Dr Mortimer and Baskerville were still visible about two hundred yards ahead of us in the direction of Oxford Street.

'Shall I run on and stop them?'

'Not for the world, my dear Watson. I am perfectly satisfied with your company, if you will tolerate mine. Our friends are wise, for it is certainly a very fine morning for a walk.'

He quickened his pace until we had decreased the distance which divided us by about half. Then, still keeping a hundred yards behind, we followed into Oxford Street and so down Regent Street. Once our friends stopped and stared into a shop window, upon which Holmes did the same. An instant afterwards he gave a little cry of satisfaction, and, following the direction of his eager eyes, I saw that a hansom cab with a man inside which had halted on the other side of the street was now walking slowly onwards again.

'There's our man, Watson! Come along! We'll have a good look at him, if we can do no more.'

At that instant I was aware of a bushy black beard and a pair of piercing eyes turned upon us through the side window of the cab. Instantly the trap-door at the top flew up, something was screamed to the driver, and the cab flew madly off down Regent Street. Holmes looked eagerly round for another, but no empty one was in sight. Then he dashed in wild pursuit amid the stream of the traffic, but the start was too great, and already the cab was out of sight.

»Ihren Hut und Ihre Stiefel, Watson, schnell! Wir haben keinen Augenblick zu verlieren!« Er stürzte im Morgenmantel in sein Zimmer und erschien wenige Sekunden darauf in seinem Gehrock. Wir eilten die Treppe hinunter und traten gemeinsam auf die Straße. Doktor Mortimer und Baskerville waren noch etwa zweihundert Yards vor uns in Richtung Oxford Street zu sehen.

»Soll ich vorauslaufen und sie anhalten?«

»Auf keinen Fall, mein lieber Watson. Ihre Gesellschaft genügt mir vollkommen, wenn Sie die meinige erdulden wollen. Unsere Freunde wissen, was sie tun, denn es ist wahrlich ein sehr schöner Morgen für einen Spaziergang.«

Er beschleunigte seinen Schritt, bis wir den Abstand zu ihnen auf etwa die Hälfte verkürzt hatten. Dann folgten wir ihnen, weiterhin hundert Yards Abstand haltend, in die Oxford Street und von dort die Regent Street hinunter. Einmal blieben unsere Freunde stehen und blickten in ein Schaufenster, worauf Holmes dasselbe tat. Einen Augenblick später stieß er einen kurzen Ausruf der Befriedung aus, und als ich der Blickrichtung seiner ungeduldigen Augen folgte, sah ich, wie eine zweisitzige Hansom-Kutsche mit einem Fahrgast im Innern, die auf der anderen Straßenseite gehalten hatte, nun langsam weiterfuhr.

»Das ist unser Mann, Watson! Vorwärts! Wir wollen ihn zumindest in Augenschein nehmen, wenn wir schon sonst nichts tun können.«

In diesem Moment bemerkte ich einen buschigen schwarzen Bart und ein Paar stechender Augen, die uns aus dem seitlichen Kutschfenster ansahen. Unmittelbar darauf flog die Klappe des Wagendachs in die Höhe, dem Fahrer wurde etwas zugerufen und die Kutsche raste wild die Regent Street hinunter. Holmes sah sich schnell nach einer anderen um, aber es war keine leere in Sicht. Daraufhin stürzte er sich in wilder Verfolgung in das Gewühl des Verkehrs, aber der Vorsprung war zu groß und die Kutsche bereits außer Sichtweite.

'There now!' said Holmes, bitterly, as he emerged panting and white with vexation from the tide of vehicles. 'Was ever such bad luck and such bad management, too? Watson, Watson, if you are an honest man you will record this also and set it against my successes!'

'Who was the man?'

'I have not an idea.'

'A spy?'

'Well, it was evident from what we have heard that Baskerville has been very closely shadowed by someone since he has been in town. How else could it be known so quickly that it was the Northumberland Hotel which he had chosen? If they had followed him the first day I argued that they would follow him also the second. You may have observed that I twice strolled over to the window while Dr Mortimer was reading his legend.'

'Yes, I remember.'

'I was looking out for loiterers in the street, but I saw none. We are dealing with a clever man, Watson. This matter cuts very deep, and though I have not finally made up my mind whether it is a benevolent or a malevolent agency which is in touch with us, I am conscious always of power and design. When our friends left I at once followed them in the hopes of marking down their invisible attendant. So wily was he that he had not trusted himself upon foot, but he had availed himself of a cab, so that he could loiter behind or dash past them and so escape their notice. His method had the additional advantage that if they were to take a cab he was all ready to follow them. It has, however, one obvious disadvantage.'

'It puts him in the power of the cabman.'

»Da haben wir's!«, sagte Holmes bitter, als er keuchend und ganz weiß vor Empörung aus der Flut der Wagen wieder auftauchte. »Hat man je von solchem Pech und so schlechter Planung gehört? Watson, Watson, wenn Sie ein redlicher Mann sind, dann müssen Sie auch davon berichten und es gegen meine Erfolge aufrechnen.«

»Wer war der Mann?«

»Ich habe keine Ahnung.«

»Ein Spion?«

»Nun, nach allem, was wir gehört haben, ist Baskerville seit seiner Ankunft in der Stadt äußerst gründlich von jemandem beschattet worden. Wie hätte sonst der Betreffende so schnell wissen können, dass er im Northumberland abgestiegen ist? Und wenn man ihn am ersten Tag beschattet, würde man – so meine Schlussfolgerung – dies auch am zweiten Tag tun. Sie haben vielleicht bemerkt, dass ich zweimal zum Fenster ging, während Doktor Mortimer seine Geschichte vorlas.«

»Ja, ich erinnere mich.«

»Ich sah nach, ob jemand auf der Straße herumlungerte, konnte aber niemanden entdecken. Wir haben es hier mit einem gerissenen Mann zu tun, Watson. Diese Geschichte ist sehr ernst, und obwohl ich mir noch nicht ganz im Klaren darüber bin, ob wir es mit einer gut- oder böswilligen Macht zu tun haben, spüre ich doch stets die Entschlossenheit und Strategie hinter allem. Als unsere Besucher fortgingen, folgte ich ihnen unverzüglich in der Hoffnung, ihren unsichtbaren Verfolger ausfindig machen zu können. Er war so schlau, sich nicht auf seine Beine zu verlassen, sondern sich eine Kutsche zu nehmen, sodass er zurückbleiben oder ihnen vorausfahren konnte, ohne bemerkt zu werden. Diese Taktik hatte zudem den Vorteil, dass er ihnen ganz einfach hätte folgen können, wenn auch sie eine Kutsche genommen hätten. Einen Haken hatte die Strategie aber dennoch.«

»Er war damit in der Hand des Kutschers.«

'Exactly.'

'What a pity we did not get the number!'

'My dear Watson, clumsy as I have been, you surely do not seriously imagine that I neglected to get the number? 2704 is our man. But that is no use to us for the moment.'

'I fail to see how you could have done more.'

'On observing the cab I should have instantly turned and walked in the other direction. I should then at my leisure have hired a second cab and followed the first at a respectful distance, or, better still, have driven to the Northumberland Hotel and waited there. When our unknown had followed Baskerville home we should have had the opportunity of playing his own game upon himself, and seeing where he made for. As it is, by an indiscreet eagerness, which was taken advantage of with extraordinary quickness and energy by our opponent, we have betrayed ourselves and lost our man.'

We had been sauntering slowly down Regent Street during this conversation, and Dr Mortimer, with his companion, had long vanished in front of us.

'There is no object in our following them,' said Holmes. 'The shadow has departed and will not return. We must see what further cards we have in our hands, and play them with decision. Could you swear to that man's face within the cab?'

'I could swear only to the beard.'

'And so could I—from which I gather that in all probability it was a false one. A clever man upon so delicate an errand has no use for a beard save to conceal his features. Come in here, Watson!'

»Richtig.«

»Wie schade, dass wir die Nummer der Kutsche nicht haben.«

»Mein lieber Watson, so ungeschickt ich auch gewesen bin, Sie glauben doch nicht ernsthaft, dass ich versäumt hätte, die Nummer zu notieren? 2704 ist unser Mann. Aber das nützt uns im Augenblick gar nichts.«

»Ich wüsste nicht, was Sie mehr hätten tun können.«

»Ich hätte, als ich die Kutsche bemerkte, augenblicklich umkehren und in die entgegengesetzte Richtung laufen müssen. Dann hätte ich in Ruhe eine zweite Kutsche nehmen und der ersten in angemessener Entfernung folgen sollen, oder besser noch, ich hätte zum Northumberland Hotel fahren und dort warten sollen. Wenn unser Unbekannter dem jungen Baskerville nach Hause gefolgt wäre, hätten wir sein eigenes Spiel mit ihm spielen und selbst sehen können, wohin er fährt. So aber hat unser Gegner mit außerordentlicher Schnelligkeit und Entschlossenheit aus unserem unbesonnenen Eifer seinen Vorteil gezogen, und wir haben uns selbst verraten und unseren Mann verloren.«

Während dieses Gesprächs waren wir langsam die Regent Street entlanggeschlendert, und Doktor Mortimer und sein Begleiter waren längst unseren Blicken entschwunden.

»Es hat keinen Zweck, ihnen weiter zu folgen«, sagte Holmes. »Ihr Schatten ist verschwunden und wird nicht zurückkehren. Wir müssen überlegen, welche Trümpfe wir jetzt noch in der Hand haben und diese mit Entschlossenheit ausspielen. Würden Sie das Gesicht des Mannes in der Kutsche wiedererkennen?«

»Ich weiß nur, dass er einen Bart trug.«

»So geht es auch mir – woraus ich schließe, dass es aller Wahrscheinlichkeit nach ein falscher gewesen ist. Ein kluger Mann, der in einer so heiklen Angelegenheit unterwegs ist, hat nur dann Verwendung für einen Bart, wenn er seine Gesichtszüge dahinter verbergen will. Folgen Sie mir, Watson.«

He turned into one of the district messenger offices, where he was warmly greeted by the manager.

'Ah, Wilson, I see you have not forgotten the little case in which I had the good fortune to help you?'

'No, sir, indeed I have not. You saved my good name, and perhaps my life.'

'My dear fellow, you exaggerate. I have some recollection, Wilson, that you had among your boys a lad named Cartwright, who showed some ability during the investigation.'

'Yes, sir, he is still with us.'

'Could you ring him up? Thank you! And I should be glad to have change of this five-pound note.'

A lad of fourteen, with a bright, keen face, had obeyed the summons of the manager. He stood now gazing with great reverence at the famous detective.

'Let me have the Hotel Directory,' said Holmes. 'Thank you! Now, Cartwright, there are the names of twenty-three hotels here, all in the immediate neighbourhood of Charing Cross. Do you see?'

'Yes, sir.'

'You will visit each of these in turn.'

'Yes, sir.'

'You will begin in each case by giving the outside porter one shilling. Here are twenty-three shillings.'

'Yes, sir.'

'You will tell him that you want to see the waste paper of yesterday. You will say that an important telegram has miscarried, and that you are looking for it. You understand?'

'Yes, sir.'

'But what you are really looking for is the centre page of *The Times* with some holes cut in it with scissors. Here

Er betrat eines der Botenämter des Bezirks, wo ihn der Amtsleiter herzlich begrüßte.

»Ah, Wilson, wie ich sehe, haben Sie den kleinen Fall nicht vergessen, in dem ich das Glück hatte, Ihnen helfen zu dürfen?«

»Nein, Sir, das habe ich ganz gewiss nicht. Sie haben meinen guten Namen gerettet und vielleicht sogar mein Leben.«

»Mein lieber Freund, Sie übertreiben. Wenn ich mich recht erinnere, Wilson, gab es unter Ihren Botenjungen einen gewissen Cartwright, der sich im Zuge unserer Nachforschungen als recht fähig erwies.«

»Ja, Sir, er arbeitet noch immer hier.«

»Könnten Sie ihn herkommen lassen? Danke! Und wenn Sie so freundlich wären, mir diese Fünf-Pfund-Note zu wechseln?«

Ein vierzehnjähriger Junge mit offenem, aufgewecktem Gesicht war dem Ruf des Amtsleiters gefolgt und stand nun ehrfurchtsvoll vor dem berühmten Detektiv.

»Geben Sie mir doch bitte das Hotelverzeichnis«, sagte Holmes. »Danke. Nun, Cartwright, hier stehen die Namen von dreiundzwanzig Hotels, alle in unmittelbarer Nähe von Charing Cross. Hier, siehst du?«

»Ja, Sir.«

»Du wirst sie alle der Reihe nach aufsuchen.«

»Ja, Sir.«

»Du beginnst jedes Mal damit, dem Portier vor dem Eingang einen Schilling zu geben. Hier hast du dreiundzwanzig Schillinge.«

»Ja, Sir.«

»Du wirst ihm sagen, dass du den Papierabfall von gestern sehen willst. Du sagst, dass ein wichtiges Telegramm verlorengegangen ist und dass du es suchst. Hast du verstanden?«

»Ja, Sir.«

»In Wirklichkeit suchst du aber die Seite 2 der *Times*, in die mit einer Schere ein paar Löcher geschnitten wurden. Hier hast

is a copy of *The Times.* It is this page. You could easily recognize it, could you not?'

'Yes, sir.'

'In each case the outside porter will send for the hall porter, to whom also you will give a shilling. Here are twenty-three shillings. You will then learn in possibly twenty cases out of the twenty-three that the waste of the day before has been burned or removed. In the three other cases you will be shown a heap of paper, and will look for this page of *The Times* among it. The odds are enormously against your finding it. There are ten shillings over in case of emergencies. Let me have a report by wire at Baker Street before evening. And now, Watson, it only remains for us to find out by wire the identity of the cabman, No. 2704, and then we will drop into one of the Bond Street picture-galleries and fill in the time until we are due at the hotel.'

du ein Exemplar dieser Ausgabe. Es handelt sich um diese Seite. Die wirst du doch leicht wiedererkennen, oder?«

»Ja, Sir.«

»Der Portier an der Eingangstür wird jedes Mal den Portier der Empfangshalle rufen lassen, dem du ebenfalls einen Schilling geben wirst. Hier sind weitere dreiundzwanzig Schillinge. In zwanzig von dreiundzwanzig Fällen wirst du hören, dass der Inhalt der Papierkörbe vom Vortag verbrannt oder sonst wie fortgeschafft worden sei. In den drei anderen Fällen wird man dir einen Haufen Papier zeigen, und du wirst darin nach dieser Seite der *Times* suchen. Die Wahrscheinlichkeit, dass du sie finden wirst, ist ungeheuer gering. Hier sind weitere zehn Schillinge für den Notfall. Gib mir noch vor heute Abend telegrafisch Nachricht in die Baker Street. Und nun, Watson, bleibt uns nur noch, telegrafisch die Identität des Kutschers mit der Nummer 2704 ausfindig zu machen, und dann wollen wir in eine der Kunstgalerien auf der Bond Street gehen, um uns die Zeit zu vertreiben, bis wir im Hotel erwartet werden.«

Chapter V

Three Broken Threads

Sherlock Holmes had, in a very remarkable degree, the power of detaching his mind at will. For two hours the strange business in which we had been involved appeared to be forgotten, and he was entirely absorbed in the pictures of the modern Belgian masters. He would talk of nothing but art, of which he had the crudest ideas, from our leaving the gallery until we found ourselves at the Northumberland Hotel.

'Sir Henry Baskerville is upstairs expecting you,' said the clerk. 'He asked me to show you up at once when you came.'

'Have you any objection to my looking at your register?' said Holmes.

'Not in the least.'

The book showed that two names had been added after that of Baskerville. One was Theophilus Johnson and family, of Newcastle; the other Mrs Oldmore and maid, of High Lodge, Alton.

'Surely that must be the same Johnson whom I used to know,' said Holmes to the porter. 'A lawyer, is he not, grey-headed, and walks with a limp?'

'No, sir, this is Mr Johnson the coal-owner, a very active gentleman, not older than yourself.'

'Surely you are mistaken about his trade?'

'No, sir; he has used this hotel for many years, and he is very well known to us.'

'Ah, that settles it. Mrs Oldmore, too; I seem to remember the name. Excuse my curiosity, but often in

Kapitel 5

Drei gerissene Fäden

Sherlock Holmes besaß die Fähigkeit, seine Gedanken nach Belieben freimachen zu können, und das in äußerst bemerkenswertem Maß. In den nächsten zwei Stunden schien der rätselhafte Fall, in den wir verwickelt waren, wie vergessen, und er war gänzlich versunken in die Gemälde der modernen belgischen Meister. Nachdem wir die Galerie verlassen hatten, sprach er bis zu unserer Ankunft im Northumberland Hotel von nichts anderem als von der Kunst, über die er die ungehobeltsten Ansichten hatte.

»Sir Henry Baskerville erwartet Sie oben«, sagte der Hotelportier. »Er trug mir auf, Sie sofort nach Ihrer Ankunft nach oben zu führen.«

»Hätten Sie etwas dagegen, wenn ich einen Blick auf Ihre Gästeliste werfe?«, sagte Holmes.

»Nicht im geringsten.«

Das Buch wies zwei weitere Namen hinter dem von Baskerville auf. Der erste war Theophilus Johnson und Familie, Newcastle, der andere Mrs. Oldmore und Dienstmädchen von High Lodge, Alton.

»Das ist doch mit Sicherheit derselbe Johnson, den ich einmal gekannt habe«, sagte Holmes zu dem Portier. »Ein Rechtsanwalt, nicht wahr? Graue Haare, ein leichtes Hinken?«

»Nein, Sir, dies hier ist Mr. Johnson, der Minenbesitzer, ein sehr agiler Herr, nicht älter als Sie selbst.«

»Sicher irren Sie sich in Hinblick auf seinen Beruf?«

»Nein, Sir. Er kommt schon seit vielen Jahren in unser Hotel und ist uns wohlbekannt.«

»Nun, das ist etwas anderes. Und auch Mrs. Oldmore; mir ist, als wäre mir ihr Name bekannt. Entschuldigen Sie meine

calling upon one friend one finds another.'

'She is an invalid lady, sir. Her husband was once Mayor of Gloucester. She always comes to us when she is in town.'

'Thank you; I am afraid I cannot claim her acquaintance. We have established a most important fact by these questions, Watson,' he continued, in a low voice, as we went upstairs together. 'We know now that the people who are so interested in our friend have not settled down in his own hotel. That means that while they are, as we have seen, very anxious to watch him, they are equally anxious that he should not see them. Now, this is a most suggestive fact.'

'What does it suggest?'

'It suggests–hullo, my dear fellow, what on earth is the matter?'

As we came round the top of the stairs we had run up against Sir Henry Baskerville himself. His face was flushed with anger, and he held an old and dusty boot in one of his hands. So furious was he that he was hardly articulate, and when he did speak it was in a much broader and more Western dialect than any which we had heard from him in the morning.

'Seems to me they are playing me for a sucker in this hotel,' he cried. 'They'll find they've started in to monkey with the wrong man unless they are careful. By thunder, if that chap can't find my missing boot there will be trouble. I can take a joke with the best, Mr Holmes, but they've got a bit over the mark this time.'

'Still looking for your boot?'

'Yes, sir, and mean to find it.'

'But surely, you said that it was a new brown boot?'

Neugierde, aber wie so oft, wenn man einen Freund sucht, stößt man auf einen anderen.«

»Sie ist eine kränkliche Dame, Sir. Ihr Mann war ehemals Bürgermeister von Gloucester. Sie nächtigt immer bei uns, wenn sie in der Stadt ist.«

»Ich danke Ihnen. Ich fürchte, dass ich mich ihrer Bekanntschaft nicht rühmen kann. Wir haben durch diese Fragen eine äußerst wichtige Tatsache erwiesen, Watson«, fuhr Holmes mit leiser Stimme fort, als wir die Treppe hinaufgingen. »Wir wissen nun, dass die Leute, die sich so für unseren Freund interessieren, nicht in seinem Hotel abgestiegen sind. Das bedeutet, dass ihnen nicht nur, wie wir gesehen haben, viel daran gelegen ist, ihn zu beobachten, sondern dass ihnen ebensoviel daran liegt, dass wiederum er sie nicht sehen kann. Dies ist ein höchst aufschlussreicher Tatbestand.«

»Und was erschließt sich daraus?«

»Es erschließt … mein Gott, lieber Freund, was um Himmels willen ist nur geschehen?«

Als wir oben an der Treppe ankamen, stürmte uns Sir Henry Baskerville persönlich in die Arme. Sein Gesicht war dunkelrot vor Zorn, und in einer Hand hielt er einen alten und verstaubten Stiefel. Er war so wütend, dass er kaum sprechen konnte, und als er dann doch endlich sprach, tat er es in einem viel breiteren, amerikanischeren Akzent, als wir noch am Vormittag von ihm gehört hatten.

»Sieht aus, als halten die mich in diesem Hotel für einen Idioten!«, rief er. »Sie werden schon merken, dass sie mit ihren Spielchen an den Falschen geraten sind, wenn sie nicht aufpassen. Himmel, Arsch und Zwirn, wenn dieser Kerl meinen fehlenden Schuh nicht findet, dann kracht es. Ich bin für einen guten Spaß immer zu haben, Mr. Holmes, aber diesmal sind sie zu weit gegangen.«

»Suchen Sie immer noch nach Ihrem Stiefel?«

»Ja, Sir, und bin fest entschlossen, ihn zu finden.«

»Aber Sie sagten doch, dass es ein neuer brauner Stiefel war?«

'So it was, sir. And now it's an old black one.'

'What! you don't mean to say–?'

'That's just what I do mean to say. I only had three pairs in the world–the new brown, the old black, and the patent leathers, which I am wearing. Last night they took one of my brown ones, and to-day they have sneaked one of the black. Well, have you got it? Speak out, man, and don't stand staring!'

An agitated German waiter had appeared upon the scene.

'No, sir; I have made inquiry all over the hotel, but I can hear no word of it.'

'Well, either that boot comes back before sundown or I'll see the manager and tell him that I go right straight out of this hotel.'

'It shall be found, sir–I promise you that if you will have a little patience it will be found.'

'Mind it is, for it's the last thing of mine that I'll lose in this den of thieves. Well, well, Mr Holmes, you'll excuse my troubling you about such a trifle–'

'I think it's well worth troubling about.'

'Why, you look very serious over it.'

'How do you explain it?'

'I just don't attempt to explain it. It seems the very maddest, queerest tiling that ever happened to me.'

'The queerest, perhaps,' said Holmes, thoughtfully.

'What do you make of it yourself?'

'Well, I don't profess to understand it yet. This case of yours is very complex, Sir Henry. When taken in conjunction with your uncle's death I am not sure that of all the five hundred cases of capital importance which I have

»Das war er auch, Sir. Und nun ist es ein alter schwarzer.«

»Was? Sie wollen doch nicht sagen, dass …?«

»Doch, genau das wollte ich sagen. Ich besaß überhaupt nur drei Paar Schuhe: das neue braune, ein altes schwarzes und die Lackschuhe, die ich jetzt anhabe. Letzte Nacht haben sie einen von den braunen und heute einen von den schwarzen geklaut. Na, haben Sie ihn endlich? Heraus mit der Sprache, Mann, und glotzen Sie mich nicht so an!«

Ein aufgeregter deutscher Hotelangestellter war aufgetaucht.

»Nein, Sir. Ich habe im ganzen Hotel nachgefragt, aber niemand weiß etwas darüber.«

»Nun, entweder ist der Schuh bis Sonnenuntergang wieder da, oder ich will den Hoteldirektor sprechen und werde ihm sagen, dass ich dieses Hotel unverzüglich verlasse.«

»Wir werden den Schuh finden, Sir … Ich verspreche Ihnen, dass wir ihn finden, wenn Sie nur ein wenig Geduld haben.«

»Das will ich hoffen, denn es wird das letzte Mal sein, dass ich mir in dieser Räuberhöhle von meinen Sachen etwas stehlen lasse. Mr. Holmes, bitte entschuldigen Sie, dass ich Sie mit einer solchen Lappalie behelligen musste …«

»Ich denke, dies ist mehr als eine Lappalie.«

»Warum? Sie machen ja ein ganz ernstes Gesicht.«

»Wie erklären Sie sich die Sache?«

»Ich versuche erst gar nicht, eine Erklärung zu finden. Es scheint die verrückteste, sonderbarste Geschichte zu sein, die mir je passiert ist.«

»Die sonderbarste, wohl möglich«, sagte Holmes nachdenklich.

»Was halten Sie selber davon?«

»Ich kann bis jetzt nicht behaupten, dass ich sie verstünde. Ihr Fall ist sehr vielschichtig, Sir Henry. Wenn man den Tod Ihres Onkels hinzunimmt, so weiß ich wirklich nicht, ob mir bei den fünfhundert wichtigsten Fällen, die ich gelöst habe, jemals ein so

handled there is one which cuts so deep. But we hold several threads in our hands, and the odds are that one or other of them guides us to the truth. We may waste time in following the wrong one, but sooner or later we must come upon the right.'

We had a pleasant luncheon in which little was said of the business which had brought us together. It was in the private sitting-room to which we afterwards repaired that Holmes asked Baskerville what were his intentions.

'To go to Baskerville Hall.'

'And when?'

'At the end of the week.'

'On the whole,' said Holmes, 'I think that your decision is a wise one. I have ample evidence that you are being dogged in London, and amid the millions of this great city it is difficult to discover who these people are or what their object can be. If their intentions are evil they might do you a mischief, and we should be powerless to prevent it. You did not know, Dr Mortimer, that you were followed this morning from my house?'

Dr Mortimer started violently. 'Followed! By whom?'

'That, unfortunately, is what I cannot tell you. Have you among your neighbours or acquaintances on Dartmoor any man with a black, full beard?'

'No–or, let me see–why, yes. Barrymore, Sir Charles's butler, is a man with a full, black beard.'

'Ha! Where is Barrymore?'

'He is in charge of the Hall.'

'We had best ascertain if he is really there, or if by any possibility he might be in London.'

'How can you do that?'

abgründiger untergekommen ist. Aber wir halten verschiedene Fäden in der Hand, und die Chancen liegen gut, dass uns dieser oder jener zur Wahrheit führen wird. Vielleicht verlieren wir etwas Zeit, wenn wir der falschen Fährte folgen, aber früher oder später müssen wir auf die richtige stoßen.«

Wir verbrachten ein angenehmes Mittagessen, bei dem wenig über die Angelegenheit gesprochen wurde, die uns zusammengebracht hatte. Erst nachdem wir uns im Anschluss in den privaten Salon zurückzogen hatten, fragte Holmes Sir Baskerville nach seinen Plänen.

»Ich gehe nach Baskerville Hall.«

»Und wann?«

»Ende dieser Woche.«

»Alles in allem denke ich«, sagte Holmes, »dass ihre Entscheidung vernünftig ist. Ich habe reichlich Beweise dafür, dass Sie in London verfolgt werden, und in dieser Millionenstadt herauszufinden, wer diese Leute sind und was sie vorhaben, ist schwer. Sollten sie böse Absichten hegen, könnten sie Ihnen Schaden zufügen, und wir wären machtlos, es zu verhindern. Sie waren sich wohl nicht bewusst, Doktor Mortimer, dass Sie heute Morgen verfolgt wurden, als Sie mein Haus verließen?«

Doktor Mortimer zuckte heftig zusammen. »Wir wurden verfolgt? Von wem?«

»Das eben kann ich Ihnen unglücklicherweise nicht sagen. Gibt es unter Ihren Nachbarn oder Bekannten in Dartmoor irgendeinen Mann mit schwarzem Vollbart?«

»Nein … Oder? Lassen sie mich überlegen … Aber ja! Barrymore, Sir Charles' Butler, er trägt einen schwarzen Vollbart.«

»Ha! Wo ist Barrymore?«

»Er kümmert sich um Baskerville Hall.«

»Wir sollten uns schnellstens vergewissern, ob er tatsächlich dort ist oder ob er sich möglicherweise nicht doch in London befindet.«

»Wie wollen Sie das herausfinden?«

'Give me a telegraph form. "Is all ready for Sir Henry?" That will do. Address to Mr Barrymore, Baskerville Hall. Which is the nearest telegraph-office? Grimpen. Very good, we will send a second wire to the postmaster, Grimpen: "Telegram to Mr Barrymore, to be delivered into his own hand. If absent, please return wire to Sir Henry Baskerville, Northumberland Hotel." That should let us know before evening whether Barrymore is at his post in Devonshire or not.'

'That's so,' said Baskerville. 'By the way, Dr Mortimer, who is this Barrymore, anyhow?'

'He is the son of the old caretaker, who is dead. They have looked after the Hall for four generations now. So far as I know, he and his wife are as respectable a couple as any in the county.'

'At the same time,' said Baskerville, 'it's clear enough that so long as there are none of the family at the Hall these people have a mighty fine home and nothing to do.'

'That is true.'

'Did Barrymore profit at all by Sir Charles's will?' asked Holmes.

'He and his wife had five hundred pounds each.'

'Ha! Did they know that they would receive this?'

'Yes; Sir Charles was very fond of talking about the provisions of his will.'

'That is very interesting.'

'I hope,' said Dr Mortimer, 'that you do not look with suspicious eyes upon everyone who received a legacy from Sir Charles, for I also had a thousand pounds left to me.'

'Indeed! And anyone else?'

»Geben Sie mir ein Telegrammformular. ›Ist für Sir Henry alles bereit?‹ Das wird reichen. Adressiert an Mr. Barrymore, Baskerville Hall. Wo liegt das nächste Telegrafenamt? In Grimpen. Sehr gut, wir schicken ein zweites Telegramm an den Postmeister in Grimpen: ›Telegramm für Mr. Barrymore, nur ihm persönlich auszuhändigen; falls abwesend, bitte zurück an Sir Henry Baskerville, Northumberland Hotel‹. Das sollte uns noch vor heute Abend Gewissheit verschaffen, ob Barrymore auf seinem Posten in Devonshire ist oder nicht.«

»Sie haben recht«, sagte Baskerville. »Nebenbei, Doktor Mortimer, wer ist eigentlich dieser Barrymore?«

»Er ist der Sohn des ehemaligen, mittlerweile verstorbenen Hausverwalters. Sie kümmern sich seit nunmehr vier Generationen um Baskerville Hall. Soviel ich weiß, sind er und seine Frau ein ebenso angesehenes Ehepaar wie jedes andere in der Grafschaft.«

»Und doch ist zugleich klar«, sagte Baskerville, »dass, solange niemand von der Familie Baskerville dort wohnt, die Leute ein prachtvolles Heim für sich und nichts zu tun haben.«

»Das ist wahr.«

»Hat Barrymore durch Sir Charles' Testament irgendeinen Vorteil erlangt?«, fragte Holmes.

»Er und seine Frau bekamen je fünfhundert Pfund.«

»Ha! Wussten sie, dass sie diese Summe erhalten würden?«

»Ja, Sir Charles sprach gerne über die Einzelheiten seines Testaments.«

»Das ist äußerst interessant.«

»Ich hoffe«, sagte Doktor Mortimer, »dass Sie nicht jeden mit misstrauischen Augen betrachten, der von Sir Charles mit einer Erbschaft bedacht wurde, denn mir hat er auch tausend Pfund hinterlassen.«

»Tatsächlich! Und sonst noch jemandem?«

'There were many insignificant sums to individuals and a large number of public charities. The residue all went to Sir Henry.'

'And how much was the residue?'

'Seven hundred and forty thousand pounds.'

Holmes raised his eyebrows in surprise. 'I had no idea that so gigantic a sum was involved,' said he.

'Sir Charles had the reputation of being rich, but we did not know how very rich he was until we came to examine his securities. The total value of the estate was close on to a million.'

'Dear me! It is a stake for which a man might well play a desperate game. And one more question, Dr Mortimer. Supposing that anything happened to our young friend here–you will forgive the unpleasant hypothesis!–who would inherit the estate?'

'Since Rodger Baskerville, Sir Charles's younger brother, died unmarried, the estate would descend to the Desmonds, who are distant cousins. James Desmond is an elderly clergyman in Westmorland.'

'Thank you. These details are all of great interest. Have you met Mr James Desmond?'

'Yes; he once came down to visit Sir Charles. He is a man of venerable appearance and of saintly life. I remember that he refused to accept any settlement from Sir Charles, though he pressed it upon him.'

'And this man of simple tastes would be the heir to Sir Charles's thousands?'

'He would be the heir to the estate, because that is entailed. He would also be the heir to the money unless it were willed otherwise by the present owner, who can, of course, do what he likes with it.'

»Viele unbedeutende Beträge gingen an einzelne Personen und an zahlreiche öffentliche Wohltätigkeitseinrichtungen. Den gesamten Rest erhielt Sir Henry.«

»Und worauf belief sich dieser Rest?«

»Siebenhundertvierzigtausend Pfund.«

Holmes zog überrascht seine Augenbrauen hoch. »Mir war nicht bewusst, dass eine so riesenhafte Summe im Spiel war«, sagte er.

»Sir Charles hatte den Ruf, reich zu sein, aber wir wussten nicht, wie überaus reich er wirklich war, bis wir seine Wertpapiere prüften. Der Gesamtwert der Besitzung betrug beinahe eine Million.«

»Du liebe Zeit! Für diesen Einsatz ist wohl mancher bereit, bis zum Äußersten zu gehen. Noch eine Frage, Doktor Mortimer. Angenommen, unserem jungen Freund hier stieße etwas zu – sicher verzeihen Sie diese unerfreuliche Hypothese –, wer würde dann das Vermögen erben?«

»Da Sir Charles' jüngerer Bruder, Rodger Baskerville, unverheiratet gestorben ist, würde der Besitz an die Desmonds übergehen. Sie sind entfernte Verwandte. James Desmond ist ein schon älterer Geistlicher in Westmorland.«

»Danke. All diese Einzelheiten sind von großer Bedeutung. Haben Sie James Desmond kennengelernt?«

»Ja, er hat Sir Charles einmal besucht. Er ist ein Mann von ehrwürdiger Erscheinung und religiösem Lebenswandel. Ich erinnere mich, dass er sich weigerte, von Sir Charles jedwede finanzielle Zuwendung anzunehmen, obwohl dieser es ihm geradezu aufdrängte.«

»Und dieser einfache, schlichte Mann würde Sir Charles' Vermögen erben?«

»Er wäre Erbe der Besitzung, weil diese Familiengut ist. Und er würde das Geld erben, es sei denn, der derzeitige Eigentümer vermacht es jemand anderem, was zu tun ihm natürlich freisteht.«

'And have you made your will, Sir Henry?'

'No, Mr Holmes, I have not. I've had no time, for it was only yesterday that I learned how matters stood. But in any case I feel that the money should go with the title and estate. That was my poor uncle's idea. How is the owner going to restore the glories of the Baskervilles if he has not money enough to keep up the property? House, land, and dollars must go together.'

'Quite so. Well, Sir Henry, I am of one mind with you as to the advisability of your going down to Devonshire without delay. There is only one provision which I must make. You certainly must not go alone.'

'Dr Mortimer returns with me.'

'But Dr Mortimer has his practice to attend to, and his house is miles away from yours. With all the good will in the world, he may be unable to help you. No, Sir Henry, you must take with you someone, a trusty man, who will be always by your side.'

'Is it possible that you could come yourself, Mr Holmes?'

'If matters came to a crisis I should endeavour to be present in person; but you can understand that, with my extensive consulting practice and with the constant appeals which reach me from many quarters, it is impossible for me to be absent from London for an indefinite time. At the present instant one of the most revered names in England is being besmirched by a blackmailer, and only I can stop a disastrous scandal. You will see how impossible it is for me to go to Dartmoor.'

'Whom would you recommend, then?'

Holmes laid his hand upon my arm.

»Und haben Sie Ihr Testament gemacht, Sir Henry?«

»Nein, Mr. Holmes, das habe ich nicht. Ich habe bis jetzt keine Zeit dazu gehabt, da ich ja gestern erst erfuhr, wie die Dinge liegen. Aber nach meinem Empfinden sollte das Geld an den gehen, der Titel und Landbesitz erhält. So hat es auch mein armer Onkel gewollt. Wie soll denn der Besitzer den alten Glanz der Baskervilles wiederherstellen, wenn er nicht ausreichend Geld hat, um den Besitz in Stand zu halten? Haus, Land und Dollars müssen beisammenbleiben.«

»Ganz richtig. Nun, Sir Henry, ich bin einer Meinung mit Ihnen; Sie sollten sich unverzüglich nach Devonshire begeben. Aber auf einer Vorkehrung muss ich bestehen: Sie dürfen auf keinen Fall alleine fahren.«

»Doktor Mortimer fährt mit mir zurück.«

»Aber Doktor Mortimer muss sich um seine Praxis kümmern und wohnt mehrere Meilen von Ihnen entfernt. Er wird beim besten Willen vielleicht nicht in der Lage sein, Ihnen zu helfen. Nein, Sir Henry, Sie müssen jemanden mitnehmen, einen zuverlässigen Mann, der nicht von Ihrer Seite weicht.«

»Wäre es möglich, dass Sie selber mitkämen, Mr. Holmes?«

»Sollte sich die Lage zuspitzen, werde ich mich nach Kräften bemühen, persönlich anwesend zu sein. Aber Sie werden verstehen, dass ich mich bei meiner ausgedehnten Beratungstätigkeit und in Anbetracht der fortwährenden Hilfegesuche, die von allen Seiten an mich herangetragen werden, unmöglich für unbestimmte Zeit von London entfernen kann. Gerade in diesem Augenblick wird einer der geachtetsten Namen in England von einem Erpresser besudelt, und nur ich bin in der Lage, einen verheerenden Skandal zu verhindern. Sicher verstehen Sie, dass ich unmöglich selbst mit Ihnen nach Dartmoor fahren kann.«

»Wen würden Sie mir dann empfehlen?«

Holmes legte seine Hand auf meinen Arm.

'If my friend would undertake it there is no man who is better worth having at your side when you are in a tight place. No one can say so more confidently than I.'

The proposition took me completely by surprise, but before I had time to answer Baskerville seized me by the hand and wrung it heartily.

'Well, now, that is real kind of you, Dr Watson,' said he. 'You see how it is with me, and you know just as much about the matter as I do. If you will come down to Baskerville Hall and see me through I'll never forget it.'

The promise of adventure had always a fascination for me, and I was complimented by the words of Holmes and by the eagerness with which the Baronet hailed me as a companion.

'I will come with pleasure,' said I. 'I do not know how I could employ my time better.'

'And you will report very carefully to me,' said Holmes. 'When a crisis comes, as it will do, I will direct how you shall act. I suppose that by Saturday all might be ready?'

'Would that suit Dr Watson?'

'Perfectly.'

'Then on Saturday, unless you hear to the contrary, we shall meet at the 10.30 train from Paddington.'

We had risen to depart when Baskerville gave a cry of triumph, and diving into one of the corners of the room he drew a brown boot from under a cabinet.

'My missing boot!' he cried.

'May all our difficulties vanish as easily!' said Sherlock Holmes.

»Wenn mein Freund bereit wäre – ich kenne niemanden, den ich im Augenblick der Gefahr lieber an meiner Seite wüsste als ihn. Das kann niemand besser beurteilen als ich.«

Der Vorschlag kam völlig überraschend für mich, aber bevor ich Zeit hatte etwas zu erwidern, ergriff Baskerville meine Hand und schüttelte sie kräftig.

»Nun, das ist wirklich sehr liebenswürdig von Ihnen, Dr. Watson«, sagte er. »Sie sehen, wie es um mich steht, und Sie wissen über diese Angelegenheit genauso gut Bescheid wie ich. Wenn Sie mit nach Baskerville Hall kommen und mir beistehen wollen, so werde ich Ihnen das nie vergessen.«

Die Aussicht auf ein Abenteuer hatte mich schon immer fasziniert, und ich fühlte mich durch Holmes' anerkennende Worte und die Freude, mit der der Baronet mich als Begleiter begrüßte, sehr geschmeichelt.

»Ich werde Sie mit Vergnügen begleiten«, sagte ich. »Ich wüsste nicht, wie ich meine Zeit besser nutzen sollte.«

»Und Sie werden mir ausführlich Bericht erstatten«, sagte Holmes. »Wenn sich die Situation zuspitzt, und das wird sie, werde ich Ihnen mitteilen, wie Sie zu handeln haben. Ich nehme an, dass bis zum Samstag alles vorbereitet ist?«

»Wäre Ihnen das recht, Dr. Watson?«

»Vollkommen.«

»Dann also am Samstag, wenn Sie nichts Gegenteiliges hören; wir treffen uns am Zug um zehn Uhr dreißig ab Paddington.«

Wir waren aufgestanden, um uns zu verabschieden, als Baskerville plötzlich einen Triumphschrei ausstieß und in eine der Zimmerecken stürzte, um einen braunen Stiefel unter einem Schrank hervorzuziehen.

»Mein verschwundener Stiefel!«, schrie er.

»Mögen all unsere Probleme sich so schnell in Luft auflösen!«, sagte Sherlock Holmes.

'But it is a very singular thing,' Dr Mortimer remarked. 'I searched this room carefully before lunch.'

'And so did I,' said Baskerville. 'Every inch of it.'

'There was certainly no boot in it then.'

'In that case the waiter must have placed it there while we were lunching.'

The German was sent for, but professed to know nothing of the matter, nor could any inquiry clear it up. Another item had been added to that constant and apparently purposeless series of small mysteries which had succeeded each other so rapidly. Setting aside the whole grim story of Sir Charles's death, we had a line of inexplicable incidents all within the limits of two days, which included the receipt of the printed letter, the black-bearded spy in the hansom, the loss of the new brown boot, the loss of the old black boot, and now the return of the new brown boot. Holmes sat in silence in the cab as we drove back to Baker Street, and I knew from his drawn brows and keen face that his mind, like my own, was busy in endeavouring to frame some scheme into which all these strange and apparently disconnected episodes could be fitted. All afternoon and late into the evening he sat lost in tobacco and thought.

Just before dinner two telegrams were handed in. The first ran:

Have just heard that Barrymore is at the Hall—BASKERVILLE.

The second:

Visited twenty-three hotels as directed, but sorry to report unable to trace cut sheet of *Times*—CARTWRIGHT.

»Dennoch ist es sehr sonderbar«, bemerkte Doktor Mortimer. »Ich habe das Zimmer vor dem Mittagessen gründlich durchsucht.«

»Ich tat dasselbe«, sagte Baskerville. »Jeden Zentimeter.«

»Es war ganz sicher kein Stiefel in diesem Zimmer.«

»In diesem Fall muss der Kellner ihn dort hingestellt haben, als wir beim Essen waren.«

Man schickte nach dem Deutschen, aber dieser beteuerte, dass er von nichts wüsste; alle weiteren Nachforschungen führten ebenso zu keinem Ergebnis. Zu der endlosen und augenscheinlich sinnlosen Serie mysteriöser Zwischenfälle, die so schnell aufeinander gefolgt waren, war nun ein weiterer hinzugekommen. Abgesehen von der grauenvollen Geschichte um Sir Charles' Tod hatten wir innerhalb von zwei Tagen eine Reihe von unerklärlichen Vorfällen erlebt, darunter den Erhalt des anonymen Briefes, den schwarzbärtigen Spion in der Hansom-Kutsche, das Verschwinden des neuen braunen Stiefels, das Verschwinden des alten schwarzen Stiefels und nun das Wiederauftauchen des neuen braunen Stiefels. Holmes saß schweigend im Wagen, als wir zurück in die Baker Street fuhren, und ich sah an seinen gerunzelten Brauen und seinen angespannten Gesichtszügen, dass er in Gedanken ebenso wie ich damit beschäftigt war, ein Schema zu entwerfen, in das sich all diese merkwürdigen und anscheinend zusammenhangslosen Ereignisse einfügen ließen. Den ganzen Nachmittag über und bis spät in den Abend hinein saß er in Tabakqualm gehüllt gedankenverloren da.

Kurz vor dem Abendessen wurden zwei Telegramme gebracht. Das erste lautete:

Habe soeben erfahren, dass Barrymore auf Baskerville Hall ist – BASKERVILLE.

Das zweite:

Dreiundzwanzig Hotels wie angewiesen aufgesucht, zerschnittene *Times*-Seite leider nicht auffindbar – CARTWRIGHT.

'There go two of my threads, Watson. There is nothing more stimulating than a case where everything goes against you. We must cast round for another scent.'

'We have still the cabman who drove the spy.'

'Exactly. I have wired to get his name and address from the Official Registry. I should not be surprised if this were an answer to my question.'

The ring at the bell proved to be something even more satisfactory than an answer, however, for the door opened and a rough-looking fellow entered who was evidently the man himself.

'I got a message from the head office that a gent at this address had been inquiring for 2704,' said he. 'I've driven my cab this seven years and never a word of complaint. I came here straight from the Yard to ask you to your face what you had against me.'

'I have nothing in the world against you, my good man,' said Holmes. 'On the contrary, I have half a sovereign for you if you will give me a clear answer to my questions.'

'Well, I've had a good day and no mistake,' said the cabman, with a grin. 'What was it you wanted to ask, sir?'

'First of all your name and address, in case I want you again.'

'John Clayton, 3, Turpey Street, the Borough. My cab is out of Shipley's Yard, near Waterloo Station.'

Sherlock Holmes made a note of it.

'Now, Clayton, tell me all about the fare who came and watched this house at ten o'clock this morning and afterwards followed the two gentlemen down Regent Street.'

The man looked surprised and a little embarrassed.

»So reißen zwei der Fäden, die ich in der Hand hielt, Watson. Nichts ist stimulierender als ein Fall, wo sich alles gegen dich wendet. Wir müssen uns nach einer anderen Fährte umsehen.«

»Wir haben immer noch den Kutscher, der den Spion gefahren hat.«

»Richtig. Ich habe dem Registrierungsamt telegrafiert, um Namen und Adresse des Mannes zu erhalten. Ich würde mich nicht wundern, wenn sich dahinter die Antwort auf meine Frage verbirgt.«

Als noch befriedigender freilich als eine Antwort erwies sich das Läuten der Türglocke, denn als die Tür sich öffnete, trat ein grobschlächtiger Bursche ein, bei dem es sich offenbar um den Kutscher selbst handelte.

»Ich habe von der Zentrale gehört, dass ein Herr mit dieser Adresse nach 2704 gefragt hat«, sagte er. »Ich fahre meine Kutsche schon seit sieben Jahren, und es gab nie Beschwerden. Deshalb bin ich vom Yard direkt zu Ihnen gekommen, um gleich selbst zu fragen, was Sie gegen mich haben.«

»Ich habe ganz und gar nichts gegen Sie, guter Mann«, sagte Holmes. »Im Gegenteil, ich habe einen halben Sovereign für Sie, wenn Sie mir eine klare Antwort auf meine Fragen geben.«

»Nun, ich habe einen guten Tag gehabt und keinen Ärger«, sagte der Fahrer grinsend. »Was wollten Sie fragen, Sir?«

»Zuerst Ihren Namen und Ihre Adresse, für den Fall, dass ich Sie noch einmal brauche.«

»John Clayton, Turpey Street 3, The Borough. Mein Wagen gehört zu Shipley's Yard, nahe Waterloo Station.«

Sherlock Holmes notierte die Adresse.

»Und nun, Clayton, erzählen Sie mir alles über den Fahrgast, der heute Morgen um zehn Uhr in Ihrem Wagen mein Haus beobachtete und dann zwei Herren die Regent Street hinunter verfolgen ließ.«

Der Mann sah überrascht und etwas verlegen aus.

'Why, there's no good my telling you things, for you seem to know as much as I do already,' said he. 'The truth is that the gentleman told me that he was a detective, and that I was to say nothing about him to anyone.'

'My good fellow, this is a very serious business, and you may find yourself in a pretty bad position if you try to hide anything from me. You say that your fare told you that he was a detective?'

'Yes, he did.'

'When did he say this?'

'When he left me.'

'Did he say anything more?'

'He mentioned his name.'

Holmes cast a swift glance of triumph at me.

'Oh, he mentioned his name, did he? That was imprudent. What was the name that he mentioned?'

'His name,' said the cabman, 'was Mr Sherlock Holmes.'

Never have I seen my friend more completely taken aback than by the cabman's reply. For an instant he sat in silent amazement. Then he burst into a hearty laugh.

'A touch, Watson—an undeniable touch!' said he. 'I feel a foil as quick and supple as my own. He got home upon me very prettily that time. So his name was Sherlock Holmes, was it?'

'Yes, sir, that was the gentleman's name.'

'Excellent! Tell me where you picked him up and all that occurred.'

'He hailed me at half-past nine in Trafalgar Square. He said that he was a detective, and he offered me two guineas if I would do exactly what he wanted all day and ask no questions. I was glad enough to agree. First we drove down to the Northumberland Hotel and waited there until two gentlemen came out and took a cab from

»Na, hat wohl nicht viel Sinn, Ihnen was zu erzählen, da Sie genauso viel zu wissen scheinen wie ich«, sagte er. »Die Wahrheit ist, dass der Herr mir gesagt hat, er wäre Detektiv und ich dürfe niemandem was über ihn sagen.«

»Guter Freund, es handelt sich hier um eine sehr ernste Angelegenheit, und Sie könnten ganz schön in der Klemme stecken, wenn Sie versuchen sollten, mir irgendetwas zu verheimlichen. Sie sagen, Ihr Fahrgast erzählte Ihnen, er wäre Detektiv?«

»Ja, das tat er.«

»Wann hat er das gesagt?«

»Als er ausstieg.«

»Hat er sonst noch etwas gesagt?«

»Er erwähnte seinen Namen.«

Holmes warf mir einen schnellen triumphierenden Blick zu.

»Oh, er nannte also seinen Namen? Das war unklug. Welchen Namen hat er genannt?«

»Sein Name«, sagte der Kutscher, »war Sherlock Holmes.«

Noch nie hatte ich meinen Freund verblüffter gesehen als nach dieser Antwort des Fahrers. Einen Augenblick lang saß er in stillem Staunen da. Dann brach er in ein herzliches Lachen aus.

»Touché, Watson! Ganz unbestreitbar ein Treffer!«, sagte er. »Ich wittere ein Florett, so schlagfertig und geschmeidig wie mein eigenes. Diesmal hat er mir einen hübsch wirkungsvollen Schlag verpasst. Sein Name war also Sherlock Holmes, sagten Sie?«

»Ja, Sir, so nannte sich der Herr.«

»Ausgezeichnet! Erzählen Sie mir, wo er eingestiegen ist, und alles, was sich dann zutrug.«

»Um halb zehn hat er mich am Trafalgar Square angehalten. Er sagte, er sei Detektiv, und bot mir zwei Guineen, wenn ich den ganzen Tag genau das täte, was er verlangte, und keine Fragen stellte. Natürlich habe ich angenommen. Zuerst fuhren wir zum Northumberland Hotel und warteten dort, bis zwei Herren herauskamen und in eine der wartenden Kutschen stiegen.

the rank. We followed their cab until it pulled up somewhere near here.'

'This very door,' said Holmes.

'Well, I couldn't be sure of that, but I dare say my fare knew all about it. We pulled up half-way down the street and waited an hour and a half. Then the two gentlemen passed us, walking, and we followed down Baker Street and along–'

'I know,' said Holmes.

'Until we got three-quarters down Regent Street. Then my gentleman threw up the trap, and he cried that I should drive right away to Waterloo Station as hard as I could go. I whipped up the mare and we were there under the ten minutes. Then he paid up his two guineas, like a good one, and away he went into the station. Only just as he was leaving he turned round and said: "It might interest you to know that you have been driving Mr Sherlock Holmes." That's how I came to know the name.'

'I see. And you saw no more of him?'

'Not after he went into the station.'

'And how would you describe Mr Sherlock Holmes?'

The cabman scratched his head. 'Well, he wasn't altogether such an easy gentleman to describe. I'd put him at forty years of age, and he was of a middle height, two or three inches shorter than you, sir. He was dressed like a toff, and he had a black beard, cut square at the end, and a pale face. I don't know as I could say more than that.'

'Colour of his eyes?'

'No, I can't say that.'

'Nothing more that you can remember?'

'No, sir; nothing.'

Wir fuhren ihrem Wagen nach, bis sie irgendwo hier in der Nähe anhielten.«

»Genau vor meiner Tür«, sagte Holmes.

»Nun, das konnte ich so genau nicht wissen, aber ich glaube, mein Fahrgast wusste genau, was er tat. Wir hielten ein Stück weiter die Straße hinunter und warteten anderthalb Stunden. Dann kamen die beiden Herren zu Fuß an uns vorbei, und wir folgten ihnen die Baker Street entlang und dann …«

»Ich weiß«, sagte Holmes.

»Bis wir drei Viertel der Regent Street zurückgelegt hatten. Dann stieß mein Herr die Dachklappe auf und schrie mir zu, ich solle sofort und so schnell wie möglich zur Waterloo Station fahren. Ich gab meiner Stute die Peitsche, und wir waren in weniger als zehn Minuten dort. Er bezahlte mir meine zwei Guineen, wie es sich gehört, und verschwand im Bahnhof. Erst als er schon im Begriff war zu gehen, drehte er sich um und sagte: ›Vielleicht interessiert es Sie zu hören, dass Sie Mr. Sherlock Holmes gefahren haben.‹ Auf diese Weise erfuhr ich seinen Namen.«

»Ich verstehe. Und danach haben Sie ihn nicht mehr gesehen?«

»Nicht, nachdem er den Bahnhof betreten hatte.«

»Und wie würden Sie Mr. Sherlock Holmes beschreiben?«

Der Kutscher kratzte sich am Kopf. »Nun ja, es war eigentlich kein Herr, den man so einfach beschreiben kann. Ich würde ihn auf ungefähr vierzig Jahre schätzen, und er war mittelgroß, ein paar Zentimeter kleiner als Sie, Sir. Gekleidet war er wie ein feiner Pinkel, und er trug einen schwarzen Bart, an den Enden kantig gestutzt, und er hatte ein blasses Gesicht. Ich weiß nicht, was ich mehr über ihn sagen soll.«

»Seine Augenfarbe?«

»Nein, Sir, weiß ich nicht.«

»Sie können sich an nichts anderes mehr erinnern?«

»Nein, Sir, das ist alles.«

'Well, then, here is your half-sovereign. There's another one waiting for you if you can bring any more information. Good-night!'

'Good-night, sir, and thank you!'

John Clayton departed, chuckling, and Holmes turned to me with a shrug of the shoulders and a rueful smile.

'Snap goes our third thread, and we end where we began,' said he. 'The cunning rascal! He knew our number, knew that Sir Henry Baskerville had consulted me, spotted who I was in Regent Street, conjectured that I had got the number of the cab and would lay my hands on the driver, and so sent back this audacious message. I tell you, Watson, this time we have got a foeman who is worthy of our steel. I've been checkmated in London. I can only wish you better luck in Devonshire. But I'm not easy in my mind about it.'

'About what?'

'About sending you. It's an ugly business, Watson, an ugly, dangerous business, and the more I see of it the less I like it. Yes, my dear fellow, you may laugh, but I give you my word that I shall be very glad to have you back safe and sound in Baker Street once more.'

»Nun gut, hier haben Sie Ihren halben Sovereign. Noch einer wartet auf Sie, wenn Sie mir weitere Informationen beschaffen können. Guten Abend!«

»Guten Abend, Sir, und danke sehr.«

John Clayton ging und lachte leise in sich hinein, Holmes wandte sich mit einem Schulterzucken und einem betrübten Lächeln zu mir um.

»Da reißt auch unser dritter Faden, und wir stehen wieder am Anfang«, sagte er. »Ein gerissener Schuft! Er kannte unsere Hausnummer, wusste, dass Sir Henry Baskerville mich um Rat gefragt hatte, und sah in der Regent Street sofort, wer ich war. Dann dachte er sich, dass ich mir die Nummer der Kutsche notieren und den Fahrer ausfindig machen würde, und schickte mir dann diese unverfrorene Nachricht. Ich sage Ihnen, Watson, diesmal haben wir es mit einem Gegner zu tun, der unserer Klinge würdig ist. Ich bin in London schachmatt gesetzt worden. Ich kann nur hoffen, dass Sie in Devonshire mehr Glück haben. Aber wohl ist mir nicht dabei.«

»Weshalb nicht?«

»Weil ich Sie dort hinschicke. Es ist eine hässliche Angelegenheit, Watson, hässlich und gefährlich, und je mehr ich davon zu sehen bekomme, desto weniger gefällt mir die Sache. Ja, mein lieber Freund, Sie lachen, aber ich versichere Ihnen, ich werde sehr froh sein, wenn ich Sie heil und gesund wieder hier in der Baker Street habe.«

CHAPTER VI

Baskerville Hall

Sir Henry Baskerville and Dr Mortimer were ready upon the appointed day, and we started as arranged for Devonshire. Mr Sherlock Holmes drove with me to the station, and gave me his last parting injunctions and advice.

'I will not bias your mind by suggesting theories or suspicions, Watson,' said he; 'I wish you simply to report facts in the fullest possible manner to me, and you can leave me to do the theorizing.'

'What sort of facts?' I asked.

'Anything which may seem to have a bearing, however indirect, upon the case, and especially the relations between young Baskerville and his neighbours, or any fresh particulars concerning the death of Sir Charles. I have made some inquiries myself in the last few days, but the results have, I fear, been negative. One tiling only appears to be certain, and that is that Mr James Desmond, who is the next heir, is an elderly gentleman of a very amiable disposition, so that this persecution does not arise from him. I really think that we may eliminate him entirely from our calculations. There remain the people who will actually surround Sir Henry Baskerville upon the moor.'

'Would it not be well in the first place to get rid of this Barrymore couple?'

'By no means. You could not make a greater mistake. If they are innocent it would be a cruel injustice, and if they are guilty we should be giving up all chance of bringing it home to them. No, no, we will preserve them upon

KAPITEL 6

Baskerville Hall

Zum verabredeten Tag waren Sir Henry Baskerville und Doktor Mortimer reisefertig, und wie vorgesehen machten wir uns auf den Weg nach Devonshire. Mr. Sherlock Holmes begleitete mich zum Bahnhof und gab mir zum Abschied letzte Anweisungen und Ratschläge.

»Ich will Sie nicht beeinflussen, indem ich Hypothesen oder Vermutungen vorschlage, Watson«, sagte er. »Ich möchte einfach, dass Sie mir sämtliche Fakten so ausführlich wie möglich schildern, dann können Sie das Aufstellen der Hypothesen mir überlassen.«

»Welche Art von Fakten?«, fragte ich.

»Alles, was in irgendeiner Weise mit unserem Fall in Zusammenhang steht, und sei es noch so indirekt, besonders in Hinsicht auf das Verhältnis zwischen dem jungen Baskerville und seinen Nachbarn oder hinsichtlich irgendwelcher neuen Einzelheiten über den Tod von Sir Charles. Ich habe in den letzten Tagen selbst einige Nachforschungen angestellt, jedoch ohne Ergebnis, wie ich fürchte. Ganz sicher scheint nur eines, und zwar, dass James Desmond, der nächste Erbe, ein älterer Herr von sehr liebenswürdigem Wesen ist, der also nicht der Grund für diese Verfolgung sein kann. Ich glaube wirklich, wir können ihn aus unseren Überlegungen gänzlich streichen. Es bleiben also die Leute, die sich dort draußen im Moor tatsächlich in Sir Henry Baskervilles Nähe befinden.«

»Wäre es nicht gut, zu allererst dieses Ehepaar Barrymore loszuwerden?«

»Auf gar keinen Fall. Sie könnten keinen größeren Fehler machen. Wenn sie unschuldig sind, dann wäre es eine grausame Ungerechtigkeit; sind sie aber schuldig, beraubten wir uns damit jeder Aussicht, sie dieser Schuld zu überführen. Nein, nein, wir

our list of suspects. Then there is a groom at the Hall, if I remember right. There are two moorland farmers. There is our friend Dr Mortimer, whom I believe to be entirely honest, and there is his wife, of whom we know nothing. There is this naturalist Stapleton, and there is his sister, who is said to be a young lady of attractions. There is Mr Frankland, of Lafter Hall, who is also an unknown factor, and there are one or two other neighbours. These are the folk who must be your very special study.'

'I will do my best.'

'You have arms, I suppose?'

'Yes, I thought it as well to take them.'

'Most certainly. Keep your revolver near you night and day, and never relax your precautions.'

Our friends had already secured a first-class carriage, and were waiting for us upon the platform.

'No, we have no news of any kind,' said Dr Mortimer, in answer to my friend's questions. 'I can swear to one thing, and that is that we have not been shadowed during the last two days. We have never gone out without keeping a sharp watch, and no one could have escaped our notice.'

'You have always kept together, I presume?'

'Except yesterday afternoon. I usually give up one day to pure amusement when I come to town, so I spent it at the Museum of the College of Surgeons.'

'And I went to look at the folk in the park,' said Baskerville. 'But we had no trouble of any kind.'

'It was imprudent, all the same,' said Holmes, shaking his head and looking very grave. 'I beg, Sir Henry, that you will not go about alone. Some great misfortune will befall you if you do. Did you get your other boot?'

werden sie auf unserer Liste der Verdächtigen belassen. Dann gibt es noch einen Stallknecht auf Baskerville Hall, wenn ich mich recht erinnere. Außerdem zwei Moorbauern. Und unseren Freund Doktor Mortimer, den ich für absolut aufrichtig halte, und seine Frau, über die wir nichts wissen. Dann diesen Naturforscher Stapleton und seine Schwester, die eine reizvolle junge Dame sein soll. Mr. Frankland von Lafter Hall ist ebenfalls ein unbekannter Faktor, und es gibt noch ein oder zwei andere Nachbarn. Dies sind die Personen, denen Ihre ganze Aufmerksamkeit gelten muss.«

»Ich werde mein Bestes tun.«

»Sie haben Waffen bei sich, nehme ich an?«

»Ja, ich dachte, es wäre gut, welche mitzunehmen.«

»Ganz bestimmt. Behalten Sie Ihren Revolver Tag und Nacht bei sich, und seien Sie stets auf der Hut.«

Unsere Freunde hatten bereits ein Abteil erster Klasse belegt und warteten auf dem Bahnsteig auf uns.

»Nein, wir haben keinerlei Neuigkeiten«, sagte Doktor Mortimer auf die Frage meines Freundes. »Eines aber kann ich beschwören, und zwar, dass wir während der letzten zwei Tage nicht beobachtet wurden. Wann immer wir das Haus verließen, haben wir alles scharf im Auge behalten, und niemand hätte unserer Aufmerksamkeit entgehen können.«

»Ich nehme an, Sie sind immer zusammengeblieben?«

»Bis auf gestern Nachmittag. Wenn ich in der Stadt bin, widme ich für gewöhnlich einen Tag dem reinen Vergnügen, und so besuchte ich das Museum des Instituts für Chirurgie.«

»Und ich habe die Leute im Park beobachtet«, sagte Baskerville. »Aber es gab keinerlei Probleme.«

»Es war aber dennoch unvorsichtig«, sagte Holmes kopfschüttelnd und mit sehr ernstem Blick. »Ich bitte Sie, Sir Henry, nie mehr alleine vor die Tür zu gehen. Andernfalls wird Ihnen irgendein großes Unglück zustoßen. Haben Sie Ihren anderen Stiefel wiederbekommen?«

'No, sir, it is gone for ever.'

'Indeed. That is very interesting. Well, good-bye,' he added, as the train began to glide down the platform. 'Bear in mind, Sir Henry, one of the phrases in that queer old legend which Dr Mortimer has read to us, and avoid the moor in those hours of darkness when the powers of evil are exalted.'

I looked back at the platform when we had left it far behind, and saw the tall, austere figure of Holmes standing motionless and gazing after us.

The journey was a swift and pleasant one, and I spent it in making the more intimate acquaintance of my two companions, and in playing with Dr Mortimer's spaniel. In a very few hours the brown earth had become ruddy, the brick had changed to granite, and red cows grazed in well-hedged fields where the lush grasses and more luxuriant vegetation spoke of a richer, if a damper, climate. Young Baskerville stared eagerly out of the window, and cried aloud with delight as he recognized the familiar features of the Devon scenery.

'I've been over a good part of the world since I left it, Dr Watson,' said he; 'but I have never seen a place to compare with it.'

'I never saw a Devonshire man who did not swear by his county,' I remarked.

'It depends upon the breed of men quite as much as on the county,' said Dr Mortimer. 'A glance at our friend here reveals the rounded head of the Celt, which carries inside it the Celtic enthusiasm and power of attachment. Poor Sir Charles's head was of a very rare type, half Gaelic, half Ivernian in its characteristics. But you

»Nein, Sir, er ist für immer verschwunden.«

»Tatsächlich. Das ist sehr interessant. Dann auf Wiedersehen«, fügte er hinzu, als der Zug sich vom Bahnsteig entfernte. »Denken Sie immer an einen der Sätze aus jener seltsamen Geschichte, die Doktor Mortimer uns vorgelesen hat, und meiden Sie das Moor in jenen Stunden der Finsternis, da die bösen Mächte ihr Unwesen treiben.«

Ich blickte zum Bahnsteig zurück, als wir diesen schon weit hinter uns gelassen hatten, und sah die große, asketische Gestalt von Holmes, die reglos dastand und uns nachschaute.

Die Reise verlief schnell und angenehm; ich nutzte sie, um mich mit meinen Begleitern besser bekannt zu machen und mit Doktor Mortimers Spaniel zu spielen. Nach nur wenigen Stunden hatte die braune Erde eine rötliche Färbung angenommen, aus Ziegeln war Granit geworden, und rotbraune Kühe grasten auf dicht von Hecken umwachsenen Wiesen, wo das saftige Gras und die üppigere Vegetation von einem reicheren, wenn auch feuchteren Klima zeugten. Der junge Baskerville sah eifrig aus dem Fenster und stieß einen Laut des Entzückens aus, als er die vertrauten Züge der Landschaft von Devonshire erkannte.

»Ich habe ein gutes Stück von der Welt gesehen, seitdem ich von hier fortging, Dr. Watson, aber niemals sah ich einen Ort, der den Vergleich mit diesem standgehalten hätte.«

»Ich habe noch nie einen Menschen aus Devonshire kennengelernt, der nicht auf seine Grafschaft geschworen hätte«, bemerkte ich.

»Das hängt ebenso von der Art der Menschen wie von der Gegend selbst ab«, sagt Doktor Mortimer. »Ein flüchtiger Blick auf unseren Freund hier verrät den rundlichen Schädel eines Kelten, der in sich die keltische Begeisterungsfähigkeit birgt sowie die Gabe, sich zu binden. Der Schädel des armen Sir Charles gehörte einem sehr seltenen Typus an, die Charakteristika halb gälisch,

were very young when you last saw Baskerville Hall, were you not?'

'I was a boy in my teens at the time of my father's death, and had never seen the Hall, for he lived in a little cottage on the south coast. Thence I went straight to a friend in America. I tell you it is all as new to me as it is to Dr Watson, and I'm as keen as possible to see the moor.'

'Are you? Then your wish is easily granted, for there is your first sight of the moor,' said Dr Mortimer, pointing out of the carriage window.

Over the green squares of the fields and the low curve of a wood there rose in the distance a grey, melancholy hill, with a strange jagged summit, dim and vague in the distance, like some fantastic landscape in a dream. Baskerville sat for a long time, his eyes fixed upon it, and I read upon his eager face how much it meant to him, this first sight of that strange spot where the men of his blood had held sway so long and left their mark so deep. There he sat, with his tweed suit and his American accent, in the corner of a prosaic railway-carriage, and yet as I looked at his dark and expressive face I felt more than ever how true a descendant he was of that long line of high-blooded, fiery, and masterful men. There were pride, valour, and strength in his thick brows, his sensitive nostrils, and his large hazel eyes. If on that forbidding moor a difficult and dangerous quest should lie before us, this was at least a comrade for whom one might venture to take a risk with the certainty that he would bravely share it.

The train pulled up at a small wayside station, and we all descended. Outside, beyond the low, white fence, a wagonette with a pair of cobs was waiting. Our coming

halb irisch. Sie waren doch noch sehr jung, als Sie Baskerville Hall das letzte Mal sahen, nicht wahr?«

»Als mein Vater starb, war ich noch ein junger Bursche und hatte Baskerville Hall noch nie gesehen, da wir in einem kleinen Cottage an der Südküste lebten. Von dort bin ich direkt zu einem Freund nach Amerika gegangen. Ich sage Ihnen, für mich ist alles ebenso neu wie für Dr. Watson, und ich bin sehr gespannt darauf, das Moor zu sehen.«

»Wirklich? Nun, Ihr Wunsch ist schnell erfüllt, denn hier haben Sie den ersten Blick auf das Moor«, sagte Doktor Mortimer und zeigte aus dem Fenster des Waggons.

Über den grünen Wiesenvierecken und einem niedrigen Wald erhob sich in der Ferne ein grauer, melancholischer Hügel mit seltsam zerklüftetem Scheitel, verschwommen und unbestimmt wie eine fantastische Traumlandschaft. Baskerville saß lange Zeit da, die Augen auf dieses Bild geheftet, und ich las in seinem angespannten Gesicht, wie sehr ihn der erste Anblick dieses merkwürdigen Fleckchens Erde berührte, wo seine Vorfahren so lange geherrscht und so tiefe Spuren hinterlassen hatten. Da saß er nun, in seinem Tweed-Anzug und mit seinem amerikanischen Akzent, in der Ecke eines prosaischen Eisenbahnabteils; und doch, als ich in sein dunkles, ausdrucksstarkes Gesicht sah, da fühlte ich mehr denn je, dass er ein echter Nachkomme jener langen Linie von hochgeborenen, feurigen und herrischen Männern war. In seinen dichten Brauen, den beweglichen Nasenflügeln und den großen haselnussbraunen Augen lagen Stolz, Tapferkeit und Kraft. Wenn uns auf diesem gefährlichen Moor ein schwieriges und gefährliches Rätsel erwarten sollte, war er zumindest ein Gefährte, für den man ein Wagnis eingehen konnte, wohl wissend, dass er es tapfer teilen würde.

Der Zug hielt an einer kleinen Zwischenstation, und wir stiegen alle aus. Jenseits der weißen, niedrigen Umzäunung wartete eine offene Kutsche mit zwei kleinen, stämmigen Pferden. Un-

was evidently a great event, for station-master and porters clustered round us to carry out our luggage. It was a sweet, simple country spot, but I was surprised to observe that by the gate there stood two soldierly men in dark uniforms, who leaned upon their short rifles and glanced keenly at us as we passed. The coachman, a hard-faced, gnarled little fellow, saluted Sir Henry Baskerville, and in a few minutes we were flying swiftly down the broad, white road. Rolling pasture lands curved upwards on either side of us, and old gabled houses peeped out from amid the thick green foliage, but behind the peaceful and sunlit country-side there rose ever, dark against the evening sky, the long, gloomy curve of the moor, broken by the jagged and sinister hills.

The wagonette swung round into a side road, and we curved upwards through deep lanes worn by centuries of wheels, high banks on either side, heavy with dripping moss and fleshy hart's-tongue ferns. Bronzing bracken and mottled bramble gleamed in the light of the sinking sun. Still steadily rising, we passed over a narrow granite bridge, and skirted a noisy stream, which gushed swiftly down, foaming and roaring amid the grey boulders. Both road and stream wound up through a valley dense with scrub oak and fir. At every turning Baskerville gave an exclamation of delight, looking eagerly about him and asking countless questions. To his eyes all seemed beautiful, but to me a tinge of melancholy lay upon the country-side, which bore so clearly the mark of the waning year. Yellow leaves carpeted the lanes and fluttered down upon us as we passed. The rattle of our wheels died away as we drove through drifts of rotting vegetation–sad gifts, as it seemed to me, for Nature to throw

sere Ankunft war offensichtlich ein großes Ereignis, denn Bahnhofsvorsteher und Träger drängten sich um uns, um unser Gepäck hinauszuschleppen. Es war ein hübscher, einfacher, ländlicher Ort, doch ich bemerkte überrascht, dass am Eingang zwei soldatisch aussehende Männer in dunkler Uniform standen, die sich auf ihre kurzen Gewehre stützten und uns scharf musterten, als wir an ihnen vorbeigingen. Der Kutscher, ein kleiner, knorriger Mann mit harten Gesichtszügen, begrüßte Sir Henry Baskerville, und wenige Minuten später fuhren wir rasch die breite, weiße Straße hinunter. Wogendes Weideland zog sich zu beiden Seiten des Weges empor, und alte Giebelhäuser lugten aus dichtem grünen Laubwerk hervor, jenseits der friedlichen, sonnenüberfluteten Landschaft allerdings erhob sich gegen den Abendhimmel dunkel die lange, düstere Linie des Moors, nur von diesen zerklüfteten, unheimlichen Hügeln unterbrochen.

Die Kutsche bog in eine Seitenstraße, und wir fuhren bergauf durch tiefe Wege, die Jahrhunderte von Wagenrädern ausgefahren hatten, auf beiden Seiten von hohen Böschungen gesäumt, die von feuchtem Moos und üppigem Hirschzungenfarn überwuchert waren. Scheckiges Farnkraut und rostbraune Brombeersträucher schimmerten im Licht der untergehenden Sonne. Immer weiter bergauf überquerten wir eine schmale Granitbrücke und fuhren einen tosenden Bach entlang, der schäumend und brausend zwischen grauen Felsenblöcken bergab schoss. Weg und Bach gemeinsam wanden sich durch ein Tal von dichtem Eichen- und Tannengehölz. An jeder Wegbiegung jubelte Baskerville auf, sah sich erwartungsvoll um und stellte unzählige Fragen. Seinen Augen erschien alles schön, für mich aber lag ein Hauch von Melancholie über der Landschaft, die bereits deutlich erste Anzeichen des schwindenden Jahres offenbarte. Gelbes Laub bedeckte die Wege und schwebte während unserer Fahrt auf uns herab. Das Rollen unserer Räder erstarb, als wir über modernde Pflanzenberge fuhren – ein trauriges Willkommens-

before the carriage of the returning heir of the Baskervilles.

'Hullo!' cried Dr Mortimer, 'what is this?'

A steep curve of heath-clad land, an outlying spur of the moor, lay in front of us. On the summit, hard and clear like an equestrian statue upon its pedestal, was a mounted soldier, dark and stern, his rifle poised ready over his forearm. He was watching the road along which we travelled.

'What is this, Perkins?' asked Dr Mortimer.

Our driver half turned in his seat.

'There's a convict escaped from Princetown, sir. He's been out three days now, and the warders watch every road and every station, but they've had no sight of him yet. The farmers about here don't like it, sir, and that's a fact.'

'Well, I understand that they get five pounds if they can give information.'

'Yes, sir, but the chance of five pounds is but a poor thing compared to the chance of having your throat cut. You see, it isn't like any ordinary convict. This is a man that would stick at nothing.'

'Who is he, then?'

'It is Selden, the Notting Hill murderer.'

I remembered the case well, for it was one in which Holmes had taken an interest on account of the peculiar ferocity of the crime and the wanton brutality which had marked all the actions of the assassin. The commutation of his death sentence had been due to some doubts as to his complete sanity, so atrocious was his conduct. Our wagonette had topped a rise and in front of us rose the huge expanse of the moor, mottled with gnarled and craggy cairns and tors. A cold wind swept

geschenk, wie mir schien, das die Natur dem heimkehrenden Erben der Baskervilles vor die Kutsche warf.

»Hallo!«, schrie Doktor Mortimer, »was ist denn das?«

Eine steile, mit Heidekraut bewachsene Erhebung, ein Ausläufer des Moors, lag vor uns. Auf der Spitze des Hügels, hart und klar umrissen wie ein Reiterstandbild auf seinem Sockel, stand ein berittener Soldat, finster und ernst, das Gewehr schussbereit über seinen Unterarm gelegt. Er bewachte die Straße, auf der wir fuhren.

»Was bedeutet das, Perkins?«, fragte Doktor Mortimer.

Unser Fahrer drehte sich um.

»Ein Sträfling ist aus Princetown entflohen, Sir, schon vor drei Tagen. Die Wärter bewachen jede Straße und jeden Bahnhof, aber sie haben bis jetzt noch keine Spur von ihm entdeckt. Den Bauern hier in der Gegend gefällt das nicht, Sir, soviel steht fest.«

»Nun, ich dachte, sie bekämen fünf Pfund, wenn sie einen Hinweis zur Ergreifung geben.«

»Ja, Sir, aber was ist schon die Aussicht auf fünf Pfund verglichen mit der Aussicht, dass einem die Kehle durchgeschnitten wird? Sehen Sie, der Mann ist kein gewöhnlicher Sträfling. Das ist einer, der würde vor nichts zurückschrecken.«

»Um wen handelt es sich denn?«

»Selden, den Mörder von Notting Hill.«

Ich erinnerte mich gut an den Fall. Holmes hatte sich wegen der außergewöhnlichen Grausamkeit des Verbrechens dafür interessiert, und weil der Mörder mit einer so zügellosen Brutalität vorgegangen war. Die Umwandlung der Todesstrafe in eine lebenslange Haftstrafe erfolgte, weil man Zweifel an seiner völligen Zurechnungsfähigkeit hegte, so unmenschlich war sein Verhalten gewesen. Unsere Kutsche hatte eine Steigung erklommen, und vor uns erstreckte sich die weite Fläche des Moors, das von wirren Steinhaufen und felsigen Anhöhen durchsetzt war. Ein kalter Wind wehte

down from it and set us shivering. Somewhere there, on that desolate plain, was lurking this fiendish man, hiding in a burrow like a wild beast, his heart full of malignancy against the whole race which had cast him out. It needed but this to complete the grim suggestiveness of the barren waste, the chilling wind, and the darkling sky. Even Baskerville fell silent and pulled his overcoat more closely around him.

We had left the fertile country behind and beneath us. We looked back on it now, the slanting rays of a low sun turning the streams to threads of gold and glowing on the red earth new turned by the plough and the broad tangle of the woodlands. The road in front of us grew bleaker and wilder over huge russet and olive slopes, sprinkled with giant boulders. Now and then we passed a moorland cottage, walled and roofed with stone, with no creeper to break its harsh outline. Suddenly we looked down into a cup-like depression, patched with stunted oaks and firs which had been twisted and bent by the fury of years of storm. Two high, narrow towers rose over the trees. The driver pointed with his whip.

'Baskerville Hall,' said he.

Its master had risen, and was staring with flushed cheeks and shining eyes. A few minutes later we had reached the lodge-gates, a maze of fantastic tracery in wrought iron, with weather-bitten pillars on either side, blotched with lichens, and surmounted by the boars' heads of the Baskervilles. The lodge was a ruin of black granite and bared ribs of rafters, but facing it was a new building, half constructed, the first fruit of Sir Charles's South African gold.

herüber und ließ uns frösteln. Irgendwo auf der trostlosen Ebene lauerte dieser teuflische Unhold, wie ein wildes Tier in einer Höhle verkrochen, das Herz erfüllt von Rachegelüsten gegen das gesamte Menschengeschlecht, das ihn ausgestoßen hatte. Diese Vorstellung fehlte noch, um das schaurige Gefühl zu vervollständigen, das die karge Einöde, der eisige Wind und der sich verdüsternde Himmel in uns erweckten. Sogar Baskerville verstummte und hüllte sich noch dichter in seinen Mantel.

Das fruchtbare Land hatten wir weit unter und hinter uns gelassen. Als wir darauf zurückblickten, verwandelten die schrägen Strahlen der sinkenden Sonne die Bäche in goldene Fäden und ließen die frisch gepflügten braunroten Äcker und das breite dichte Waldstück rot erglühen. Der Weg vor uns wurde immer öder und wilder und führte uns durch ausgedehnte rotgelbe und olivenfarbene Hänge, die mit riesigen Steinblöcken übersät waren. Hier und da kamen wir an einem Moorbauernhaus mit steinernen Mauern und Dächern vorbei, dem jegliche Kletterpflanzen fehlten, die die harten Umrisse gemildert hätten. Plötzlich sahen wir in eine muldenförmige Vertiefung, in der vereinzelt verkümmerte Eichen und Tannen standen, die durch wütende Stürme vieler Jahre verbogen und verdreht worden waren. Zwei hohe, schlanke Türme ragten über die Bäume. Der Kutscher wies mit seiner Peitsche darauf.

»Baskerville Hall«, sagte er.

Sein neuer Herr war aufgestanden und betrachtete es mit geröteten Wangen und glänzenden Augen. Ein paar Minuten später hatten wir das Parktor erreicht, ein schmiedeeisernes Labyrinth von Ornamenten, das zwischen zwei verwitterten und mit Flechten übersäten Steinpfeilern angebracht war, auf denen die Eberköpfe des Wappens der Baskervilles thronten. Das Pförtnerhaus war eine Ruine aus schwarzem Granit und bloßen Dachsparren, gegenüber jedoch erhob sich ein neues Gebäude, halb vollendet – die erste Frucht von Sir Charles' südafrikanischem Gold.

Through the gateway we passed into the avenue, where the wheels were again hushed amid the leaves, and the old trees shot their branches in a sombre tunnel over our heads. Baskerville shuddered as he looked up the long, dark drive to where the house glimmered like a ghost at the farther end.

'Was it here?' he asked, in a low voice.

'No, no, the Yew Alley is on the other side.'

The young heir glanced round with a gloomy face.

'It's no wonder my uncle felt as if trouble were coming on him in such a place as this,' said he. 'It's enough to scare any man. I'll have a row of electric lamps up here inside of six months, and you won't know it again with a thousand-candle-power Swan and Edison right here in front of the hall door.'

The avenue opened into a broad expanse of turf, and the house lay before us. In the fading light I could see that the centre was a heavy block of building from which a porch projected. The whole front was draped in ivy, with a patch clipped bare here and there where a window or a coat-of-arms broke through the dark veil. From this central block rose the twin towers, ancient, crenellated, and pierced with many loopholes. To right and left of the turrets were more modern wings of black granite. A dull light shone through heavy mullioned windows, and from the high chimneys which rose from the steep, high-angled roof there sprang a single black column of smoke.

'Welcome, Sir Henry! Welcome, to Baskerville Hall!'

A tall man had stepped from the shadow of the porch to open the door of the wagonette. The figure of a woman was silhouetted against the yellow light of the

Durch das Tor gelangten wir auf eine Allee, auf der das gefallene Laub abermals das Rollen unserer Räder dämpfte und die von Bäumen gesäumt war, deren Astwerk über unseren Köpfen einen düsteren Tunnel bildete. Baskerville schauderte, als er am Ende der langen dunklen Allee das Haus erblickte, das geisterhaft durch die Bäume schimmerte.

»War es hier?«, fragte er mit gedämpfter Stimme.

»Nein, nein, die Eibenallee befindet sich auf der anderen Seite.«

Der junge Erbe sah mit düsterem Gesicht um sich.

»Es wundert mich nicht, dass mein Onkel an einem solchen Ort das Gefühl hatte, ihm würde ein Unglück zustoßen«, sagte er. »Jedem Menschen würde hier angst und bange. Innerhalb der nächsten sechs Monate werde ich hier eine Reihe von elektrischen Laternen anbringen lassen, und Sie werden die Allee nicht wiedererkennen, mit einer Eintausender-Kerzenstärke-Glühlampe von ›Swan and Edison‹ genau hier vor dem Eingang zum Haus.«

Die Allee führte auf eine weite Rasenfläche, und da lag vor uns das Haus. Im schwindenden Licht konnte ich sehen, dass das mittlere Gebäude einen gewaltigen Komplex bildete, aus dem eine Vorhalle herausragte. Die Vorderfront war mit Efeu überzogen, der nur hier und da beschnitten war, wo sich ein Fenster oder ein Wappenschild durch seinen dunklen Schleier Raum brach. Über diesem Mittelbau erhoben sich die beiden alten, mit Zinnen versehenen und von Schießscharten durchlöcherten Türme. Rechts und links der Geschütztürme erstreckten sich modernere Flügel aus schwarzem Granit. Ein trübes Licht fiel aus schweren Fenstern, die mit Mittelpfosten versehen waren, und von den hohen Schornsteinen, die sich über das steile, spitzwinklige Dach erhoben, stieg eine einzelne schwarze Rauchsäule gen Himmel.

»Willkommen, Sir Henry! Willkommen auf Baskerville Hall!«

Ein großer Mann war aus dem Schatten der Vorhalle getreten, um die Tür der Kutsche zu öffnen. Die Silhouette einer Frau zeichnete sich vor dem gelben Licht der Halle ab. Sie trat

hall. She came out and helped the man to hand down our bags.

'You don't mind my driving straight home, Sir Henry?' said Dr Mortimer. 'My wife is expecting me.'

'Surely you will stay and have some dinner?'

'No, I must go. I shall probably find some work awaiting me. I would stay to show you over the house, but Barrymore will be a better guide than I. Good-bye, and never hesitate night or day to send for me if I can be of service.'

The wheels died away down the drive while Sir Henry and I turned into the hall, and the door clanged heavily behind us. It was a fine apartment in which we found ourselves, large, lofty, and heavily raftered with huge balks of age-blackened oak. In the great old-fashioned fireplace behind the high iron dogs a log-fire crackled and snapped. Sir Henry and I held out our hands to it, for we were numb from our long drive. Then we gazed round us at the high, thin window of old stained glass, the oak panelling, the stags' heads, the coats-of-arms upon the walls, all dim and sombre in the subdued light of the central lamp.

'It's just as I imagined it,' said Sir Henry. 'Is it not the very picture of an old family home? To think that this should be the same hall in which for five hundred years my people have lived! It strikes me solemn to think of it.'

I saw his dark face lit up with a boyish enthusiasm as he gazed about him. The light beat upon him where he stood, but long shadows trailed down the walls and hung like a black canopy above him. Barrymore had returned from taking our luggage to our rooms. He stood in front

heraus und half dem Mann, unsere Taschen vom Wagen zu nehmen.

»Sie haben doch nichts dagegen, wenn ich gleich nach Hause fahre, Sir Henry?«, sagte Doktor Mortimer. »Meine Frau erwartet mich.«

»Sie bleiben doch sicher noch zum Essen?«

»Nein, ich muss gehen. Wahrscheinlich erwartet mich ein Berg von Arbeit. Ich würde bleiben, um Ihnen das Haus zu zeigen, aber Barrymore wird Ihnen ein besserer Führer sein als ich. Auf Wiedersehen, und zögern Sie nie, bei Tag oder Nacht, mich rufen zu lassen, falls Sie mich brauchen.«

Das Geräusch der Räder verhallte auf der Straße, als Sir Henry und ich die Halle betraten. Mit dumpfem Schlag fiel die Tür hinter uns zu. Wir befanden uns in einem schönen, weiten, hohen Raum mit einer schweren Decke aus Eichenbalken, die vom Alter geschwärzt waren. In dem großen altmodischen Kamin prasselte und knisterte hinter den hohen eisernen Böcken ein Holzfeuer. Sir Henry und ich streckten unsere Hände danach aus, denn wir waren von der langen Fahrt noch ganz starr. Dann blickten wir uns um und sahen das hohe, schmale Fenster aus altem, bunten Glas, die Eichentäfelung, die Hirschgeweihe und Wappen an den Wänden, alles trübe und dämmrig im gedämpften Licht der Lampe in der Mitte des Raums.

»Es ist genau so, wie ich es mir vorgestellt habe«, sagte Sir Henry. »Ist dies nicht der Inbegriff eines alten Familienbesitzes? Wenn ich daran denke, dass dies die Räume sind, in denen fünf Jahrhunderte lang meine Vorfahren gelebt haben! Mir wird ganz feierlich zumute bei dem Gedanken.«

Ich sah, wie jungenhafte Begeisterung sein dunkles Gesicht erhellte, als er sich umsah. Das Licht fiel auf ihn, wo er stand, aber lange Schatten bedeckten die Wände und hingen wie ein schwarzer Baldachin über ihm. Barrymore war zurückgekommen, nachdem er das Gepäck auf unsere Zimmer gebracht hatte.

of us now with the subdued manner of a well-trained servant. He was a remarkable-looking man, tall, handsome, with a square black beard, and pale, distinguished features.

'Would you wish dinner to be served at once, sir?'

'Is it ready?'

'In a very few minutes, sir. You will find hot water in your rooms. My wife and I will be happy, Sir Henry, to stay with you until you have made your fresh arrangements, but you will understand that under the new conditions this house will require a considerable staff.'

'What new conditions?'

'I only meant, sir, that Sir Charles led a very retired life, and we were able to look after his wants. You would, naturally, wish to have more company, and so you will need changes in your household.'

'Do you mean that your wife and you wish to leave?'

'Only when it is quite convenient to you, sir.'

'But your family have been with us for several generations, have they not? I should be sorry to begin my life here by breaking an old family connection.'

I seemed to discern some signs of emotion upon the butler's white face.

'I feel that also, sir, and so does my wife. But to tell the truth, sir, we were both very much attached to Sir Charles, and his death gave us a shock and made these surroundings very painful to us. I fear that we shall never again be easy in our minds at Baskerville Hall.'

'But what do you intend to do?'

'I have no doubt, sir, that we shall succeed in establishing ourselves in some business. Sir Charles's generos-

Er stand jetzt vor uns mit der unaufdringlichen Haltung eines gut erzogenen Dieners. Er hatte ein bemerkenswertes Aussehen, groß, stattlich, mit einem kantigen schwarzen Bart und blassen, edel geformten Gesichtszügen.

»Wünschen Sie, dass Ihr Dinner sofort aufgetragen wird, Sir?«

»Ist es denn fertig?«

»In wenigen Minuten, Sir. Sie finden heißes Wasser in Ihren Zimmern. Meine Frau und ich bleiben gerne solange bei Ihnen, Sir Henry, bis Sie neue Anordnungen getroffen haben, aber Sie werden verstehen, dass der Haushalt unter diesen neuen Umständen eine beträchtliche Dienerschaft erfordern wird.«

»Welche neuen Umstände?«

»Ich will nur sagen, Sir, dass Sir Charles ein sehr zurückgezogenes Leben geführt hat und wir in der Lage waren, für ihn zu sorgen. Sie werden selbstverständlich mehr Gesellschaft um sich haben wollen, und deshalb werden Sie auch im Haushalt Veränderungen vornehmen müssen.«

»Bedeuten Sie mir damit, dass Sie und Ihre Frau uns verlassen wollen?«

»Erst zu einem für Sie passenden Zeitpunkt, Sir.«

»Aber Ihre Familie ist doch seit vielen Generationen bei uns gewesen, nicht wahr? Es täte mir leid, wenn ich mein Leben hier damit beginnen müsste, eine so alte Familienverbindung zu lösen.«

Es kam mir vor, als nähme ich im blassen Gesicht des Butlers Anzeichen von Rührung wahr.

»Ich empfinde genauso, Sir, und so auch meine Frau. Aber um die Wahrheit zu sagen, Sir, wir hingen beide sehr an Sir Charles, und sein Tod hat uns sehr getroffen, und seitdem ist dies für uns eine sehr schmerzvolle Umgebung. Ich befürchte, dass wir uns auf Baskerville Hall nie wieder wirklich wohl fühlen werden.«

»Aber was wollen Sie tun?«

»Ich bin sehr zuversichtlich, Sir, dass es uns gelingen wird, irgendein Geschäft zu eröffnen. Dank Sir Charles' Großzügig-

ity has given us the means to do so. And now, sir, perhaps I had best show you to your rooms.'

A square balustraded gallery ran round the top of the old hall, approached by a double stair. From this central point two long corridors extended the whole length of the building, from which all the bedrooms opened. My own was in the same wing as Baskerville's and almost next door to it. These rooms appeared to be much more modern than the central part of the house, and the bright paper and numerous candles did something to remove the sombre impression which our arrival had left upon my mind.

But the dining-room which opened out of the hall was a place of shadow and gloom. It was a long chamber with a step separating the dais where the family sat from the lower portion reserved for their dependents. At one end a minstrels' gallery overlooked it. Black beams shot across above our heads, with a smoke-darkened ceiling beyond them. With rows of flaring torches to light it up, and the colour and rude hilarity of an old-time banquet, it might have softened; but now, when two black-clothed gentlemen sat in the little circle of light thrown by a shaded lamp, one's voice became hushed and one's spirit subdued. A dim line of ancestors, in every variety of dress, from the Elizabethan knight to the buck of the Regency, stared down upon us and daunted us by their silent company. We talked little, and I for one was glad when the meal was over and we were able to retire into the modern billiard-room and smoke a cigarette.

keit stehen uns die Mittel dazu zur Verfügung. Und nun, Sir, ist es wohl am besten, wenn ich Ihnen Ihre Zimmer zeige.«

Um den oberen Teil der alten Halle lief eine quadratische, geländerumsäumte Galerie, die man über eine Doppeltreppe erreichte. Von diesem zentralen Punkt aus verliefen zwei lange Korridore durch das ganze Gebäude, von denen sämtliche Schlafzimmer abgingen. Mein Zimmer lag in demselben Flügel wie das von Sir Henry, beinahe Tür an Tür. Diese Zimmer schienen viel moderner als der Mittelbau des Hauses, und ihre hellen Tapeten sowie die zahlreichen Kerzen taten das ihre, um den düsteren Eindruck zu verscheuchen, den unsere Ankunft bei mir hinterlassen hatte.

Der Speisesaal jedoch, in den man von der Halle aus gelangte, war ein dunkler und finsterer Ort. Es handelte sich um ein langgestrecktes Zimmer mit einer Stufe, die den erhöhten Platz, wo die Familie zu speisen pflegte, vom niedrigeren Teil trennte, der der Dienerschaft vorbehalten war. An einem Ende des Saals befand sich eine Galerie für Spielleute. Schwarze Balken zogen sich über unseren Köpfen entlang, darüber eine rauchgeschwärzte Decke. Reihen lodernder Fackeln, die alles erhellen, sowie die bunten Farben und die ungezügelte Ausgelassenheit eines Banketts aus alten Zeiten hätten dem Raum vielleicht eine mildere Wirkung verliehen. Doch nun, da hier nur zwei schwarz gekleidete Männer in dem kleinen Lichtkegel einer beschirmten Lampe saßen, verlor sich die Stimme zu einem Flüstern und die Stimmung war gedrückt. Eine verschwommene Reihe von Ahnenbildern in jedem nur denkbaren Kleidungsstil, vom Elisabethanischen Ritter bis zum Dandy des Regency, blickte auf uns herab und entmutigte uns durch ihre schweigende Gesellschaft. Wir sprachen wenig, und ich für meinen Teil war froh, als das Essen vorüber war und wir uns in das moderne Billardzimmer zurückziehen und eine Zigarette rauchen konnten.

'My word, it isn't a very cheerful place,' said Sir Henry. 'I suppose one can tone down to it, but I feel a bit out of the picture at present. I don't wonder that my uncle got a little jumpy if he lived all alone in such a house as this. However, if it suits you, we will retire early to-night, and perhaps things may seem more cheerful in the morning.'

I drew aside my curtains before I went to bed and looked out from my window. It opened upon the grassy space which lay in front of the hall door. Beyond, two copses of trees moaned and swung in a rising wind. A half moon broke through the rifts of racing clouds. In its cold light I saw beyond the trees a broken fringe of rocks and the long, low curve of the melancholy moor. I closed the curtain, feeling that my last impression was in keeping with the rest.

And yet it was not quite the last. I found myself weary and yet wakeful, tossing restlessly from side to side, seeking for the sleep which would not come. Far away a chiming clock struck out the quarters of the hours, but otherwise a deathly silence lay upon the old house. And then suddenly, in the very dead of the night, there came a sound to my ears, clear, resonant, and unmistakable. It was the sob of a woman, the muffled, strangling gasp of one who is torn by an uncontrollable sorrow. I sat up in bed and listened intently. The noise could not have been far away, and was certainly in the house. For half an hour I waited with every nerve on the alert, but there came no other sound save the chiming clock and the rustle of the ivy on the wall.

»Dies ist wahrlich kein besonders fröhlicher Ort«, sagte Sir Henry. »Ich nehme an, dass man sich daran gewöhnt, doch im Augenblick fühle ich mich etwas fehl am Platz. Mich wundert nicht, dass mein Onkel ein wenig nervös wurde, wenn er ganz allein in einem solchen Haus gelebt hat. Wie dem auch sei, wenn es Ihnen recht ist, wollen wir uns heute früh auf unsere Zimmer zurückziehen, und vielleicht sehen die Dinge morgen schon freundlicher aus.«

Bevor ich zu Bett ging, zog ich die Vorhänge zurück und sah aus dem Fenster. Man konnte auf den Rasenplatz vor der Eingangshalle blicken. Im Hintergrund ächzten und wiegten sich zwei Baumgruppen im aufkommenden Wind. Der Halbmond brach durch die eilig dahinziehenden Wolken. In seinem kalten Licht sah ich jenseits der Bäume die Umrisse zackiger Felsklippen und die lange, flache Horizontlinie des melancholischen Moors. Ich zog die Vorhänge zu und hatte das Gefühl, dass dieser letzte Eindruck zu meinen bisherigen passte.

Und doch war es nicht ganz der allerletzte. Ich war erschöpft und dennoch schlaflos, warf mich unruhig von einer auf die andere Seite auf der Suche nach Schlaf, der sich nicht einstellen wollte. In der Ferne schlug eine Uhr die Viertelstunden, sonst aber lag eine Todesstille über dem alten Haus. Dann plötzlich, im Grabesschweigen der Nacht, klar, sonor und unverkennbar, vernahm ich ein Geräusch. Es war das Schluchzen einer Frau, das unterdrückte, halberstickte Ächzen eines Menschen, der von einem unbeherrschbaren Kummer gequält wird. Ich setzte mich im Bett auf und horchte konzentriert. Das Geräusch konnte nicht weit weg sein und kam bestimmt aus dem Haus. Eine halbe Stunde lang wartete ich unter größter Anspannung, aber kein Ton war mehr zu hören außer dem Schlagen der Uhr und dem Rascheln des Efeus an der Wand.

CHAPTER VII

The Stapletons of Merripit House

The fresh beauty of the following morning did something to efface from our minds the grim and grey impression which had been left upon both of us by our first experience at Baskerville Hall. As Sir Henry and I sat at breakfast the sunlight flooded in through the high mullioned windows, throwing watery patches of colour from the coats-of-arms which covered them. The dark panelling glowed like bronze in the golden rays, and it was hard to realize that this was indeed the chamber which had struck such a gloom into our souls upon the evening before.

'I guess it is. ourselves and not the house that we have to blame!' said the Baronet. 'We were tired with our journey and chilled by our drive, so we took a grey view of the place. Now we are fresh and well, so it is all cheerful once more.'

'And yet it was not entirely a question of imagination,' I answered. 'Did you, for example, happen to hear someone, a woman I think, sobbing in the night?'

'That is curious, for I did when I was half asleep fancy that I heard something of the sort. I waited quite a time, but there was no more of it, so I concluded that it was all a dream.'

'I heard it distinctly, and I am sure that it was really the sob of a woman.'

'We must ask about this right away.'

He rang the bell and asked Barrymore whether he could account for our experience. It seemed to me that the pallid features of the butler turned a shade paler still as he listened to his master's question.

Kapitel 7

Die Stapletons von Merripit House

Der schöne, frische Morgen des nächsten Tages trug seinen Teil dazu bei, den grauen und trübseligen Eindruck von Baskerville Hall auszulöschen, den die Erfahrungen des ersten Tages bei uns hinterlassen hatten. Als Sir Henry und ich am Frühstückstisch saßen, flutete das Sonnenlicht durch die hohen, zweiflügeligen Fenster und warf bunte Farbflecken von den Wappen, mit denen sie verziert waren. In den goldenen Strahlen leuchtete die dunkle Vertäfelung bronzefarben, und wir konnten uns kaum vorstellen, dass dies derselbe Raum war, der uns am Abend zuvor in solch trübselige Stimmung versetzt hatte.

»Ich nehme an, dass wir uns selbst und nicht dem Haus die Schuld geben müssen!«, sagte der Baronet. »Wir waren müde von der Reise und durchfroren von der Fahrt, deshalb kam uns das Haus so grau vor. Jetzt sind wir frisch und munter, und die Welt sieht wieder fröhlich aus.«

»Dennoch war es nicht nur bloße Einbildung«, erwiderte ich. »Haben Sie zum Beispiel nicht jemanden – ich glaube, es war eine Frau – im Laufe der Nacht schluchzen hören?«

»Das ist ja sonderbar, denn als ich halb eingeschlafen war, kam es mir in der Tat so vor, als hörte ich so etwas. Ich wartete ziemlich lange, aber es wiederholte sich nicht, also nahm ich an, dass ich es nur geträumt hätte.«

»Ich hörte es ganz genau und bin mir sicher, dass es tatsächlich das Schluchzen einer Frau war.«

»Wir müssen uns sofort danach erkundigen.«

Er läutete und fragte Barrymore, ob er uns diesen Vorfall erklären könne. Mir schien, dass die blassen Züge des Butlers noch eine Spur blasser wurden, als er die Frage seines Herrn hörte.

'There are only two women in the house, Sir Henry,' he answered. 'One is the scullery-maid, who sleeps in the other wing. The other is my wife, and I can answer for it that the sound could not have come from her.'

And yet he lied as he said it, for it chanced that after breakfast I met Mrs Barrymore in the long corridor with the sun full upon her face. She was a large, impassive, heavy-featured woman with a stern, set expression of mouth. But her tell-tale eyes were red and glanced at me from between swollen lids. It was she, then, who wept in the night, and if she did so her husband must know it. Yet he had taken the obvious risk of discovery in declaring that it was not so. Why had he done this? And why did she weep so bitterly? Already round this pale-faced, handsome, black-bearded man there was gathering an atmosphere of mystery and of gloom. It was he who had been the first to discover the body of Sir Charles, and we had only his word for all the circumstances which led up to the old man's death. Was it possible that it was Barrymore, after all, whom we had seen in the cab in Regent Street? The beard might well have been the same. The cabman had described a somewhat shorter man, but such an impression might easily have been erroneous. How could I settle the point for ever? Obviously the first thing to do was to see the Grimpen postmaster, and find whether the test telegram had really been placed in Barrymore's own hands. Be the answer what it might, I should at least have something to report to Sherlock Holmes.

Sir Henry had numerous papers to examine after breakfast, so that the time was propitious for my excursion. It was a pleasant walk of four miles along the edge of the moor, leading me at last to a small grey hamlet, in

»Es gibt nur zwei Frauen in diesem Haus, Sir Henry«, antwortete er. »Die eine ist das Küchenmädchen, die im vorderen Flügel schläft; die andere ist meine Frau, und ich gebe Ihnen Brief und Siegel, dass das Geräusch von ihr ganz sicher nicht stammte.«

Und dennoch log er, als er das sagte. Denn zufällig begegnete ich nach dem Frühstück Mrs. Barrymore in dem langen Korridor, wo ihr die Sonne direkt ins Gesicht schien. Sie war eine große, teilnahmslos wirkende Frau mit grob geschnittenen Gesichtszügen und einem starren, ernsten Zug um den Mund. Ihre Augen jedoch waren verräterisch gerötet und blickten mich aus geschwollenen Lidern an. Sie war es also gewesen, die in der Nacht geweint hatte; und wenn dies der Fall war, so musste ihr Mann davon wissen. Trotzdem war er das offenkundige Risiko eingegangen, ertappt zu werden, als er vorgab, dass sie es nicht gewesen sei. Wieso hatte er das getan? Und warum hatte sie so bitterlich geweint? Diesen blassen, hübschen, schwarzbärtigen Mann umgab bereits eine geheimnisvolle, düstere Aura. Er war es gewesen, der als erster Sir Charles' Leichnam entdeckt hatte, und wir konnten uns bezüglich der Umstände, die zum Tod des alten Mannes führten, auf nichts als sein Wort verlassen. War es am Ende doch vielleicht Barrymore, den wir in der Regent Street in dem Wagen gesehen hatten? Der Bart mochte derselbe sein. Der Fahrer beschrieb uns einen kleineren Mann, aber ein solcher Eindruck kann leicht täuschen. Wie konnte ich in diesem Punkt völlige Klarheit erlangen? Ganz offensichtlich musste ich nun als Erstes den Postmeister von Grimpen aufsuchen und mich vergewissern, dass das Testtelegramm wirklich Barrymore selbst ausgehändigt worden war. Wie auch immer die Antwort ausfallen mochte, jedenfalls würde ich Sherlock Holmes etwas zu berichten haben.

Nach dem Frühstück hatte Sir Henry am Schreibtisch zu tun, die Zeit war also günstig für meinen Ausflug. Es war ein angenehmer Spaziergang von vier Meilen am Rande des Moores entlang, und er führte mich schließlich zu einem kleinen grauen

which two larger buildings, which proved to be the inn and the house of Dr Mortimer, stood high above the rest. The postmaster, who was also the village grocer, had a clear recollection of the telegram.

'Certainly, sir,' said he, 'I had the telegram delivered to Mr Barrymore exactly as directed.'

'Who delivered it?'

'My boy here. James, you delivered that telegram to Mr Barrymore at the Hall last week, did you not?'

'Yes, father, I delivered it.'

'Into his own hands?' I asked.

'Well, he was up in the loft at the time, so that I could not put it into his own hands, but I gave it into Mrs Barrymore's hands, and she promised to deliver it at once.'

'Did you see Mr Barrymore?'

'No, sir; I tell you he was in the loft.'

'If you didn't see him, how do you know he was in the loft?'

'Well, surely his own wife ought to know where he is,' said the postmaster, testily. 'Didn't he get the telegram? If there is any mistake it is for Mr Barrymore himself to complain.'

It seemed hopeless to pursue the inquiry any further, but it was clear that in spite of Holmes's ruse we had no proof that Barrymore had not been in London all the time. Suppose that it were so–suppose that the same man had been the last who had seen Sir Charles alive, and the first to dog the new heir when he returned to England. What then? Was he the agent of others, or had he some sinister design of his own? What interest could he have in persecuting the Baskerville family? I thought of the strange warning clipped out of the leading article of

Weiler, in dem zwei größere Gebäude, der Gasthof und das Haus von Doktor Mortimer, wie sich herausstellte, die anderen weit überragten. Der Postmeister, der zugleich auch den Dorfladen führte, erinnerte sich gut an das Telegramm.

»Gewiss, Sir«, antwortete er, »ich habe das Telegramm Mr. Barrymore genau nach Anweisung überbringen lassen.«

»Wer hat es übergeben?«

»Mein Junge hier. James, du hast letzte Woche Mr. Barrymore von Baskerville Hall das Telegramm überbracht, nicht wahr?«

»Ja, Vater, ich habe es dort abgegeben.«

»Hast du es ihm persönlich überreicht?«

»Also, er war zu der Zeit gerade oben auf dem Dachboden, deshalb konnte ich es ihm nicht persönlich übergeben, aber ich gab es Mrs. Barrymore, und sie versprach mir, ihm das Telegramm sofort zu bringen.«

»Hast du Mr. Barrymore gesehen?«

»Nein, Sir, wie ich Ihnen sagte, er war auf dem Dachboden.«

»Wenn du ihn nicht gesehen hast, wie kannst du dann wissen, dass er auf dem Dachboden war?«

»Na, seine eigene Frau wird doch wohl wissen, wo er ist«, sagte der Postmeister gereizt. »Hat er das Telegramm denn nicht bekommen? Falls irgendein Fehler unterlaufen ist, dann muss sich Mr. Barrymore selbst bei mir beschweren.«

Es schien aussichtslos, die Befragung weiter fortzuführen, aber es war immerhin klar, dass wir trotz Sherlock Holmes' List keinen Beweis dafür hatten, dass Barrymore nicht doch die ganze Zeit in London gewesen war. Angenommen, dass es so war, angenommen, dass der Mann, der Sir Charles zuletzt lebend gesehen hatte, derselbe Mann war, der als Erster den neuen Erben nach seiner Rückkehr nach England beschattete. Was dann? Handelte er im Auftrag anderer, oder hegte er eigene, finstere Absichten? Was für ein Interesse konnte er daran haben, die Familie der Baskervilles zu verfolgen? Mir fiel die seltsame Warnung ein, die aus dem Leit-

The Times. Was that his work or was it possibly the doing of someone who was bent upon counteracting his schemes? The only conceivable motive was that which had been suggested by Sir Henry, that if the family could be scared away a comfortable and permanent home would be secured for the Barrymores. But surely such an explanation as that would be quite inadequate to account for the deep and subtle scheming which seemed to be weaving an invisible net round the young baronet. Holmes himself had said that no more complex case had come to him in all the long series of his sensational investigations. I prayed, as I walked back along the grey, lonely road, that my friend might soon be freed from his preoccupations and able to come down to take this heavy burden of responsibility from my shoulders.

Suddenly my thoughts were interrupted by the sound of running feet behind me and by a voice which called me by name. I turned, expecting to see Dr Mortimer, but to my surprise it was a stranger who was pursuing me. He was a small, slim, clean-shaven, prim-faced man, flaxen-haired and lean-jawed, between thirty and forty years of age, dressed in a grey suit and wearing a straw hat. A tin box for botanical specimens hung over his shoulder, and he carried a green butterfly-net in one of his hands.

'You will, I am sure, excuse my presumption, Dr Watson,' said he, as he came panting up to where I stood. 'Here on the moor we are homely folk, and do not wait for formal introductions. You may possibly have heard my name from our mutual friend, Mortimer. I am Stapleton, of Merripit House.'

'Your net and box would have told me as much,' said I, 'for I knew that Mr Stapleton was a naturalist. But how did you know me?'

artikel der *Times* ausgeschnitten worden war. War das sein Werk, oder trieb hier möglicherweise jemand sein Unwesen, der fest entschlossen war, dessen Pläne zu durchkreuzen? Das einzig denkbare Motiv war die Vermutung von Sir Henry, dass sich die Barrymores ein angenehmes, dauerhaftes Heim sichern würden, wenn es ihnen gelänge, die Familie zu vergraulen. Doch gewiss reichte eine solche Erklärung bei Weitem nicht aus, um die wohldurchdachten und raffinierten Pläne zu rechtfertigen, die sich wie ein unsichtbares Netz um den jungen Baronet zu spinnen schienen. Holmes selbst hatte gesagt, dass ihm in der langen Reihe seiner aufsehenerregenden Ermittlungen nie ein komplexerer Fall untergekommen sei. Als ich die graue, einsame Straße zurückging, betete ich, dass mein Freund sich bald von seinen Verpflichtungen frei machen und herkommen könne, um die schwere Last der Verantwortung von meinen Schultern zu nehmen.

Plötzlich wurden meine Gedanken vom Geräusch schneller Schritte hinter mir und einer Stimme unterbrochen, die meinen Namen rief. Ich drehte mich um in der Erwartung, Doktor Mortimer zu erblicken, aber zu meiner Überraschung war es ein Fremder, der mir nachlief. Es war ein kleiner, schmaler, ordentlich rasierter Mann mit steifen Gesichtszügen, flachsblond und hohlwangig, zwischen dreißig und vierzig Jahre alt, und er trug einen grauen Anzug und einen Strohhut. Eine Botanisiertrommel hing über seiner Schulter, und in der einen Hand trug er ein grünes Schmetterlingsnetz.

»Gewiss werden Sie mir meine Aufdringlichkeit verzeihen, Dr. Watson«, sagte er, als er schnaufend auf mich zukam. »Wir sind einfache Leute hier auf dem Moor, und wir warten nicht darauf, einander förmlich vorgestellt zu werden. Vielleicht haben Sie meinen Namen bereits von unserem gemeinsamen Freund Mortimer gehört. Ich bin Stapleton, von Merripit House.«

»Ihr Netz und Ihre Trommel hätten mir dies ohnehin verraten«, sagte ich, »denn ich wusste, dass Mr. Stapleton Naturforscher ist. Aber wie kommt es, dass Sie mich kennen?«

'I have been calling on Mortimer, and he pointed you out to me from the window of his surgery as you passed. As our road lay the same way I thought that I would overtake you and introduce myself. I trust that Sir Henry is none the worse for his journey?'

'He is very well, thank you.'

'We were all rather afraid that after the sad death of Sir Charles the new baronet might refuse to live here. It is asking much of a wealthy man to come down and bury himself in a place of this kind, but I need not tell you that it means a very great deal to the country-side. Sir Henry has, I suppose, no superstitious fears in the matter?'

'I do not think that it is likely.'

'Of course you know the legend of the fiend dog which haunts the family?'

'I have heard it.'

'It is extraordinary how credulous the peasants are about here! Any number of them are ready to swear that they have seen such a creature upon the moor.' He spoke with a smile, but I seemed to read in his eyes that he took the matter more seriously. 'The story took a great hold upon the imagination of Sir Charles, and I have no doubt that it led to his tragic end.'

'But how?'

'His nerves were so worked up that the appearance of any dog might have had a fatal effect upon his diseased heart. I fancy that he really did see something of the kind upon that last night in the Yew Alley. I feared that some disaster might occur, for I was very fond of the old man, and I knew that his heart was weak.'

'How did you know that?'

»Ich hatte bei Mortimer vorbeigeschaut, und er zeigte Sie mir vom Fenster seiner Praxis aus, als Sie vorbeigingen. Da wir denselben Weg haben, dachte ich, ich könnte Sie einholen und mich vorstellen. Ich nehme an, dass Sir Henry seine Reise gut überstanden hat?«

»Es geht ihm sehr gut, danke.«

»Wir befürchteten eigentlich alle, dass nach Sir Charles' traurigem Ende der neue Baronet vielleicht nicht hier würde wohnen wollen. Es ist von einem reichen Mann viel verlangt, hierher zu kommen und sich an einem solchen Ort zu vergraben, aber ich brauche Ihnen wohl nicht zu sagen, dass es für die Gegend von sehr großer Bedeutung ist. Sir Henry ist, wie ich annehme, in dieser Angelegenheit nicht abergläubisch?«

»Das halte ich nicht für wahrscheinlich.«

»Natürlich kennen Sie die Legende von dem Höllenhund, der die Familie Baskerville verfolgt?«

»Ich habe davon gehört.«

»Es ist unvorstellbar, wie leichtgläubig die Bauern hier sind! Jeder einzelne von ihnen ist bereit, darauf zu schwören, er hätte solch ein Geschöpf auf dem Moor gesehen.« Er sagte dies mit einem Lächeln, aber ich meinte in seinen Augen zu lesen, dass er die Sache doch ernster nahm. »Die Geschichte hat Sir Charles' Fantasie in hohem Maße belastet, und ich habe keinen Zweifel daran, dass dies zu seinem tragischen Ende führte.«

»Aber wie das?«

»Seine Nerven waren so überreizt, dass der Anblick jedes beliebigen Hundes eine tödliche Wirkung auf sein krankes Herz hätte haben können. Meiner Meinung nach hat er in jener letzten Nacht in der Eibenallee tatsächlich etwas Derartiges gesehen. Ich fürchtete längst, dass ihm etwas Schlimmes zustoßen könnte, denn ich hatte den alten Mann sehr gern und wusste, dass sein Herz schwach war.«

»Woher wussten Sie das?«

'My friend Mortimer told me.'

'You think then, that some dog pursued Sir Charles, and that he died of fright in consequence?'

'Have you any better explanation?'

'I have not come to any conclusion.'

'Has Mr Sherlock Holmes?'

The words took away my breath for an instant, but a glance at the placid face and steadfast eyes of my companion showed no surprise was intended.

'It is useless for us to pretend that we do not know you, Dr Watson,' said he. 'The records of your detective have reached us here, and you could not celebrate him without being known yourself. When Mortimer told me your name he could not deny your identity. If you are here, then it follows that Mr Sherlock Holmes is interesting himself in the matter, and I am naturally curious to know what view he may take.'

'I am afraid that I cannot answer that question.'

'May I ask if he is going to honour us with a visit himself?'

'He cannot leave town at present. He has other cases which engage his attention.'

'What a pity! He might throw some light on that which is so dark to us. But as to your own researches, if there is any possible way in which I can be of service to you, I trust that you will command me. If I had any indication of the nature of your suspicions, or how you propose to investigate the case, I might perhaps even now give you some aid or advice.'

'I assure you that I am simply here upon a visit to my friend Sir Henry, and that I need no help of any kind.'

»Mein Freund Mortimer erzählte mir davon.«

»Sie glauben also, dass irgendein Hund Sir Charles verfolgte und dass der Tod eine Folge seiner Erschütterung war?«

»Haben Sie eine bessere Erklärung?«

»Ich bin noch zu keinem Schluss gekommen.«

»Und Mr. Sherlock Holmes?«

Für einen Augenblick raubten mir diese Worte den Atem, aber ein kurzer Blick auf das friedfertige Gesicht und die ruhigen Augen meines Begleiters zeigte mir, dass er mich nicht hatte überrumpeln wollen.

»Es hat keinen Sinn, so zu tun, als wären Sie uns nicht bekannt, Dr. Watson«, sagte er. »Die Verdienste Ihres Detektivs sind auch bis zu uns vorgedrungen, und Sie konnten ihn nicht rühmen, ohne selbst bekannt zu werden. Als Mortimer mir Ihren Namen nannte, konnte er Ihre Identität nicht verbergen. Ihre Anwesenheit lässt darauf schließen, dass sich Mr. Sherlock Holmes selbst für die Sache interessiert, und natürlich bin ich neugierig zu erfahren, welchen Standpunkt er wohl vertritt.«

»Ich fürchte, ich kann Ihnen diese Frage nicht beantworten.«

»Darf ich fragen, ob er uns mit einem persönlichen Besuch beehren wird?«

»Zurzeit kann er die Stadt nicht verlassen. Er hat andere Fälle, die seine Aufmerksamkeit beanspruchen.«

»Wie schade! Er hätte vielleicht etwas Licht in das Dunkel bringen können, in dem wir tappen. Was aber Ihre eigenen Nachforschungen angeht: wenn ich Ihnen in irgendeiner Weise von Nutzen sein kann, bitte ich Sie, über mich zu verfügen. Wenn ich eine Ahnung hätte, welcher Art Ihre Verdachtsmomente sind oder in welche Richtung Ihre Ermittlungen gehen, könnte ich Ihnen vielleicht sogar jetzt schon behilflich sein oder einen Rat geben.«

»Ich versichere Ihnen, dass ich lediglich hier bin, um meinem Freund Sir Henry einen Besuch abzustatten, und dass ich keinerlei Hilfe benötige.«

'Excellent!' said Stapleton. 'You are perfectly right to be wary and discreet. I am justly reproved for what I feel was an unjustifiable intrusion, and I promise you that I will not mention the matter again.'

We had come to a point where a narrow grassy path struck off from the road and wound away across the moor. A steep, boulder-sprinkled hill lay upon the right which had in bygone days been cut into a granite quarry. The face which was turned towards us formed a dark cliff, with ferns and brambles growing in its niches. From over a distant rise there floated a grey plume of smoke.

'A moderate walk along this moor-path brings us to Merripit House,' said he. 'Perhaps you will spare an hour that I may have the pleasure of introducing you to my sister.'

My first thought was that I should be by Sir Henry's side. But then I remembered the pile of papers and bills with which his study table was littered. It was certain that I could not help him with those. And Holmes had expressly said that I should study the neighbours upon the moor. I accepted Stapleton's invitation, and we turned together down the path.

'It is a wonderful place, the moor,' said he, looking round over the undulating downs, long green rollers, with crests of jagged granite foaming up into fantastic surges. 'You never tire of the moor. You cannot think the wonderful secrets which it contains. It is so vast, and so barren, and so mysterious.'

'You know it well, then?'

»Ausgezeichnet!«, sagte Stapleton. »Sie haben vollkommen recht, wenn Sie so bedacht und verschwiegen sind. Sie haben mir für meine, wie ich sehe, unentschuldbare Aufdringlichkeit die wohlverdiente Zurechtweisung erteilt, und ich verspreche Ihnen, die Sache nicht wieder zu erwähnen.«

Wir waren nun an eine Stelle gekommen, an der ein schmaler, grasbewachsener Pfad von der Straße abzweigte und sich über das Moor in die Ferne wand. Zur Rechten lag ein steiler, mit Felsblöcken übersäter Hügel, in den in vergangenen Zeiten ein Steinbruch gesprengt worden war. Die offene, uns zugewandte Seite bildete einen dunklen Felsabhang, aus dessen Spalten Farne und Brombeersträucher wuchsen. Von einer entfernten Anhöhe zog eine graue Rauchfahne herüber.

»Ein kurzer Spaziergang über diesen Moorpfad führt uns nach Merripit House«, sagte er. »Wenn Sie vielleicht ein Stündchen erübrigen könnten, wäre es mir eine Freude, Sie meiner Schwester vorzustellen.«

Mein erster Gedanke war, dass ich an Sir Henrys Seite sein sollte. Aber dann fielen mir die Berge von Papieren und Rechnungen ein, die seinen Schreibtisch bedeckten. Dabei konnte ich ihm sicherlich nicht helfen. Und Holmes hatte ausdrücklich gesagt, dass ich mir die Nachbarn auf dem Moor genau ansehen sollte. Ich nahm Stapletons Einladung an, und wir gingen gemeinsam den Pfad entlang.

»Es ist ein wundervoller Ort, dieses Moor«, sagte er, während er seinen Blick über die wellige Hügellandschaft und die langen grünen Wogen mit Kämmen aus zerklüftetem Granit schweifen ließ, die zu fantastischen Brandungen aufschäumten. »Man wird des Moors nie überdrüssig. Sie können sich nicht vorstellen, welch wundervolle Geheimnisse es birgt. Es ist so weitläufig, so öde, so mysteriös.«

»Sie kennen es gut, nicht wahr?«

'I have only been here two years. The residents would call me a new-comer. We came shortly after Sir Charles settled. But my tastes led me to explore every part of the country round, and I should think that there are few men who know it better than I do.'

'Is it so hard to know?'

'Very hard. You see, for example, this great plain to the north here, with the queer hills breaking out of it. Do you observe anything remarkable about that?'

'It would be a rare place for a gallop.'

'You would naturally think so, and the thought has cost folk their lives before now. You notice those bright green spots scattered thickly over it?'

'Yes, they seem more fertile than the rest.'

Stapleton laughed. 'That is the great Grimpen Mire,' said he. 'A false step yonder means death to man or beast. Only yesterday I saw one of the moor ponies wander into it. He never came out. I saw his head for quite a long time craning out of the bog-hole, but it sucked him down at last. Even in dry seasons it is a danger to cross it, but after these autumn rains it is an awful place. And yet I can find my way to the very heart of it and return alive. By George, there is another of those miserable ponies!'

Something brown was rolling and tossing among the green sedges. Then a long, agonized, writhing neck shot upwards and a dreadful cry echoed over the moor. It turned me cold with horror, but my companion's nerves seemed to be stronger than mine.

'It's gone!' said he. 'The Mire has him. Two in two days, and many more, perhaps, for they get in the way of going

»Ich bin erst seit zwei Jahren hier. Die Einheimischen würden mich einen Neuankömmling nennen. Wir kamen, kurz nachdem Sir Charles sich hier niedergelassen hatte. Aber meine Interessen haben mich jeden Fleck dieser Gegend erforschen lassen, und ich glaube, dass es wenige Leute gibt, die das Moor besser kennen als ich.«

»Ist es denn schwer, sich darin zurechtzufinden?«

»Sehr schwer. Sehen Sie hier, zum Beispiel, die große Ebene dort im Norden, aus der diese eigentümlichen Hügel herausragen. Fällt Ihnen irgendetwas Besonderes daran auf?«

»Es wäre ein ausgezeichneter Ort für einen Galopp.«

»So meint man, natürlich, und der Gedanke hat bis heute so manchen das Leben gekostet. Sie bemerken die hellgrünen Flecken, mit denen die Fläche dicht übersät ist?«

»Ja, sie sehen fruchtbarer aus als der Rest.«

Stapleton lachte. »Das ist der große Sumpf von Grimpen«, sagte er. »Ein falscher Tritt bedeutet dort drüben den Tod für Mensch oder Tier. Erst gestern sah ich eins von den Moorponys hineinlaufen. Es kam nie wieder heraus. Ich sah, wie es eine ganze Zeitlang seinen Kopf aus dem Sumpfloch reckte, aber dann ist es doch vom Moor verschluckt worden. Sogar in den trockenen Jahreszeiten ist es gefährlich, über das Moor zu gehen, aber jetzt, nach diesen fürchterlichen Herbstregenfällen ist es ein entsetzlicher Ort. Dennoch bin ich in der Lage, meinen Weg bis ins Innerste zu finden und lebendig wieder zurückzukehren. Beim Himmel, da ist schon wieder eins dieser armen Ponys!«

Etwas Braunes rollte und wälzte sich zwischen den grünen Riedgräsern. Dann schoss ein langer gekrümmter Hals, mit dem Tode ringend, in die Höhe, und ein furchtbarer Schrei hallte über das Moor. Es lief mir vor Entsetzen kalt den Rücken herunter, mein Begleiter jedoch schien stärkere Nerven zu besitzen als ich.

»Es ist verschwunden!«, sagte er. »Der Sumpf hat es genommen. Zwei innerhalb von zwei Tagen, und vielleicht noch viele mehr,

there in the dry weather, and never know the difference until the Mire has them in its clutch. It's a bad place, the great Grimpen Mire.'

'And you say you can penetrate it?'

'Yes, there are one or two paths which a very active man can take. I have found them out.'

'But why should you wish to go into so horrible a place?'

'Well, you see the hills beyond? They are really islands cut off on all sides by the impassable Mire, which has crawled round them in the course of years. That is where the rare plants and the butterflies are, if you have the wit to reach them.'

'I shall try my luck some day.'

He looked at me with a surprised face. 'For God's sake put such an idea out of your mind,' said he. 'Your blood would be upon my head. I assure you that there would not be the least chance of your coming back alive. It is only by remembering certain complex landmarks that I am able to do it.'

'Hullo,' I cried. 'What is that?'

A long, low moan, indescribably sad, swept over the moor. It filled the whole air, and yet it was impossible to say whence it came. From a dull murmur it swelled into a deep roar and then sank back into a melancholy, throbbing murmur once again. Stapleton looked at me with a curious expression on his face.

'Queer place, the moor!' said he.

'But what is it?'

'The peasants say it is the Hound of the Baskervilles calling for its prey. I've heard it once or twice before, but never quite so loud.'

denn sie gewöhnen sich daran, bei trockenem Wetter dort herumzustreifen, und merken den Unterschied nicht, bis der Sumpf sie gepackt hat. Ein schlimmer Ort, der große Sumpf von Grimpen.«

»Und Sie sagen, Sie können ihn betreten?«

»Ja, es gibt ein oder zwei Pfade, die ein geschickter Mann nehmen kann. Ich habe sie gefunden.«

»Aber warum sollten Sie einen so schrecklichen Ort betreten wollen?«

»Nun ja, sehen Sie die Hügel dahinten? Das sind richtige Inseln, auf allen Seiten abgeschnitten vom unüberwindlichn Sumpf, der sie im Laufe der Jahre umschlossen hat. Genau dort findet man seltene Pflanzen und Schmetterlinge, wenn man geschickt genug ist, sie zu erreichen.«

»Ich werde mein Glück eines Tages versuchen.«

Er schaute mich überrascht an. »Schlagen Sie sich um Himmels willen eine solche Idee aus dem Kopf«, sagte er. »Ihr Blut klebte an meinen Händen. Ich versichere Ihnen, Sie hätten nicht die geringste Chance, lebendig wieder zurückzukehren. Ich selbst vermag dies nur, indem ich mich an bestimmte ineinandergreifende Orientierungspunkte erinnere.«

»Um Gottes willen«, rief ich. »Was ist das?«

Ein langes, tiefes Stöhnen von unbeschreiblicher Traurigkeit tönte über das Moor. Es erfüllte die ganze Luft, und zugleich war es unmöglich auszumachen, woher es kam. Von einem dumpfen Murmeln schwoll es zu einem tiefen Gebrüll an, um dann wieder in einem melancholischen, bebenden Gemurmel zu verhallen. Stapleton schaute mich mit einem merkwürdigen Gesichtsausdruck an.

»Sonderbarer Ort, dieses Moor«, sagte er.

»Aber was war das?«

»Die Bauern sagen, es sei der Hund der Baskervilles, der seine Beute zu sich ruft. Ich habe es schon ein- oder zweimal gehört, aber niemals so laut.«

I looked round, with a chill of fear in my heart, at the huge swelling plain, mottled with the green patches of rushes. Nothing stirred over the vast expanse save a pair of ravens, which croaked loudly from a tor behind us.

'You are an educated man. You don't believe such nonsense as that?' said I. 'What do you think is the cause of so strange a sound?'

'Bogs make queer noises sometimes. It's the mud settling, or the water rising, or something.'

'No, no, that was a living voice.'

'Well, perhaps it was. Did you ever hear a bittern booming?'

'No, I never did.'

'It's a very rare bird—practically extinct—in England now, but all things are possible upon the moor. Yes, I should not be surprised to learn that what we have heard is the cry of the last of the bitterns.'

'It's the weirdest, strangest thing that ever I heard in my life.'

'Yes, it's rather an uncanny place altogether. Look at the hillside yonder. What do you make of those?'

The whole steep slope was covered with grey circular rings of stone, a score of them at least.

'What are they? Sheep-pens?'

'No, they are the homes of our worthy ancestors. Prehistoric man lived thickly on the moor, and as no one in particular has lived there since, we find all his little arrangements exactly as he left them. These are his wigwams with the roofs off. You can even see his hearth and his couch if you have the curiosity to go inside.'

Fröstelnde Angst beschlich mein Herz, und ich blickte rings um mich über die ausgedehnte, ansteigende Ebene, die von grünen Binsenflecken durchsetzt war. Nichts regte sich auf der weiten Fläche außer ein Rabenpaar, das mit lautem Gekrächz auf einer felsigen Anhöhe hinter uns saß.

»Sie sind ein gebildeter Mann. Sie glauben doch nicht an solchen Unsinn, oder?«, fragte ich. »Was ist Ihrer Meinung nach die Ursache dieser seltsamen Laute?«

»Sümpfe erzeugen zuweilen merkwürdige Geräusche. Es ist der Schlamm, der sich setzt, oder das ansteigende Wasser oder sonst irgendwas.«

»Nein, nein, dies war der Laut eines Lebewesens.«

»Nun, vielleicht war es das. Haben Sie schon mal eine Rohrdommel brüllen hören?«

»Nein, noch nie.«

»Es ist ein sehr seltener Vogel in England, so gut wie ausgestorben, aber auf dem Moor ist alles möglich. Ja, es würde mich nicht überraschen, wenn das, was wir eben hörten, der Schrei der letzten Rohrdommel war.«

»Das war das beklemmendste und sonderbarste Geräusch, das ich je im Leben gehört habe.«

»Ja, es ist schon eine unheimliche Gegend hier. Schauen Sie mal zu den Hügeln dahinten. Was erkennen Sie?«

Der ganze steile Abhang war mit kreisförmig angeordneten grauen Steinen bedeckt, die mindestens zwanzig solcher Ringe bildeten.

»Was sind das für Dinger? Schafpferche?«

»Nein, es sind die Heimstätten unserer ehrwürdigen Vorfahren. In der Vorzeit war das Moor von Menschen dicht besiedelt, und da seither kaum jemand hier gewohnt hat, sind ihre Stätten noch genauso erhalten, wie sie sie verlassen haben. Dies hier sind ihre Hütten, die Dächer fehlen. Sie können sogar noch ihre Feuerstellen und Lagerstätten sehen, wenn Sie neugierig genug sind, hineinzugehen.«

'But it is quite a town. When was it inhabited?'

'Neolithic man—no date.'

'What did he do?'

'He grazed his cattle on these slopes, and he learned to dig for tin when the bronze sword began to supersede the stone axe. Look at the great trench in the opposite hill. That is his mark. Yes, you will find some very singular points about the moor, Dr Watson. Oh, excuse me an instant! It is surely Cyclopides.'

A small fly or moth had fluttered across our path, and in an instant Stapleton was rushing with extraordinary energy and speed in pursuit of it. To my dismay the creature flew straight for the great Mire, but my acquaintance never paused for an instant, bounding from tuft to tuft behind it, his green net waving in the air. His grey clothes and jerky, zigzag, irregular progress made him not unlike some huge moth himself. I was standing watching his pursuit with a mixture of admiration for his extraordinary activity and fear lest he should lose his footing in the treacherous Mire, when I heard the sound of steps, and, turning round, found a woman near me upon the path. She had come from the direction in which the plume of smoke indicated the position of Merripit House, but the dip of the moor had hid her until she was quite close.

I could not doubt that this was the Miss Stapleton of whom I had been told, since ladies of any sort must be few upon the moor, and I remembered that I had heard someone describe her as being a beauty. The woman who approached me was certainly that, and of a most uncommon type. There could not have been a greater

»Aber das ist ja fast eine ganze Stadt! Wann war sie bewohnt?«

»Jungsteinzeit, nicht weiter eingrenzbar.«

»Was taten die Menschen hier?«

»Sie weideten ihr Vieh auf diesen Abhängen und lernten, nach Zinn zu graben, als das Bronzeschwert das Steinbeil zu verdrängen begann. Schauen Sie sich die großartige Grabenanlage auf dem gegenüberliegenden Hügel an. Das ist ihre Kennzeichnung. Ja, auf dem Moor werden Sie auf einige sehr spezielle Dinge stoßen, Dr. Watson. Oh, entschuldigen Sie mich kurz. Das ist gewiss ein Cyclopides.«

Eine kleine Fliege oder Motte war vor uns über den Weg geflattert, und augenblicklich rannte Stapleton mit außerordentlicher Gewandtheit und Geschwindigkeit hinter ihr her. Zu meinem Bedauern flog das Ding genau auf den großen Sumpf zu, doch meine Bekanntschaft zögerte keinen Augenblick und hüpfte ihr von Grasbüschel zu Grasbüschel nach, während sein grünes Fangnetz durch die Luft flatterte. Seine graue Kleidung und die sprunghafte, unkontrollierte Art, wie er sich im Zickzack fortbewegte, ließen ihn selbst wie eine große Motte erscheinen. Ich beobachtete seine Jagd mit einer Mischung aus Bewunderung für seine außerordentliche Geschicklichkeit und Angst, er könne in diesem verräterischen Sumpf den Boden unter den Füßen verlieren, als ich Schritte hörte und im Umdrehen ganz in meiner Nähe auf dem Pfad eine Frau entdeckte. Sie war aus der Richtung gekommen, in welcher, nach der Rauchfahne zu urteilen, Merripit House lag, aber die Senkung des Moors hatte sie meinen Blicken entzogen, bis sie ganz dicht bei mir war.

Ich hatte keinerlei Veranlassung, daran zu zweifeln, dass dies die Miss Stapleton war, von der man mir erzählt hatte, da Damen von Rang gewiss nur selten auf dem Moor anzutreffen sind und ich mich erinnerte, dass von ihr als einer Schönheit gesprochen worden war. Dies traf auf die Frau, die sich mir näherte, mit Sicherheit zu, außerdem war sie eine Schönheit höchst ungewöhnlicher Art. Ver-

contrast between brother and sister, for Stapleton was neutral tinted, with light hair and grey eyes, while she was darker than any brunette whom I have seen in England–slim, elegant, and tall. She had a proud, finely cut face, so regular that it might have seemed impassive were it not for the sensitive mouth and the beautiful dark, eager eyes. With her perfect figure and elegant dress she was, indeed, a strange apparition upon a lonely moorland path. Her eyes were on her brother as I turned, and then she quickened her pace towards me. I had raised my hat, and was about to make some explanatory remark, when her own words turned all my thoughts into a new channel.

'Go back!' she said. 'Go straight back to London, instantly.'

I could only stare at her in stupid surprise. Her eyes blazed at me, and she tapped the ground impatiently with her foot.

'Why should I go back?' I asked.

'I cannot explain.' She spoke in a low, eager voice, with a curious lisp in her utterance. 'But for God's sake do what I ask you. Go back and never set foot upon the moor again.'

'But I have only just come.'

'Man, man!' she cried. 'Can you not tell when a warning is for your own good? Go back to London! Start tonight! Get away from this place at all costs! Hush, my brother is coming! Not a word of what I have said. Would you mind getting that orchid for me among the mare's-tails yonder? We are very rich in orchids on the moor, though, of course, you are rather late to see the beauties of the place.'

schiedener konnten Bruder und Schwester nicht sein, denn Stapleton war ein unauffälliger Farbtyp, helles Haar und graue Augen; sie dagegen war die dunkelste Brünette, die ich bis dahin in England gesehen hatte – schlank, elegant und hoch gewachsen. Sie hatte ein stolzes, fein geschnittenes Gesicht, so ebenmäßig, dass es fast ausdruckslos gewirkt hätte, wären da nicht ihre sinnlichen Lippen und die wunderschönen, lebhaften dunklen Augen gewesen. Mit ihrer tadellosen Figur und der eleganten Kleidung war sie auf einem einsamen Moorpfad in der Tat eine sonderbare Erscheinung. Als ich mich umdrehte, ruhten ihre Augen auf ihrem Bruder, dann kam sie rasch auf mich zu. Ich hatte meinen Hut gezogen und wollte gerade irgendeine erläuternde Bemerkung machen, als ihre Worte all meine Gedanken in eine neue Richtung lenkten.

»Gehen Sie zurück!«, sagte sie. »Gehen Sie unverzüglich nach London zurück.«

Ich konnte sie in blödem Erstaunen nur anstarren. Ihre Augen funkelten mich an, und sie stampfte ungeduldig mit ihrem Fuß auf.

»Warum sollte ich fortgehen?«

»Ich kann es nicht erklären.« Sie sprach mit leiser, hastiger Stimme und einem eigentümlichen Lispeln. »Aber tun Sie um Himmels willen, worum ich Sie bitte. Gehen Sie zurück, und setzen Sie nie wieder einen Fuß auf das Moor.«

»Aber ich bin doch gerade erst angekommen.«

»Gütiger Himmel!«, rief sie. »Merken Sie nicht, wenn eine Warnung nur zu Ihrem Besten ist? Gehen Sie zurück nach London! Noch heute Abend! Verlassen Sie um jeden Preis diesen Ort! Still, da kommt mein Bruder. Kein Wort über das, was ich Ihnen gesagt habe. Würden Sie so freundlich sein und mir die Orchidee dort hinten zwischen den Tannwedeln pflücken? Wir haben hier im Moor sehr viele Orchideen, auch wenn Sie natürlich ein bisschen spät dran sind, um die Schönheiten der Gegend zu genießen.«

Stapleton had abandoned the chase and came back to us breathing hard and flushed with his exertions.

'Hullo, Beryl!' said he, and it seemed to me that the tone of his greeting was not altogether a cordial one.

'Well, Jack, you are very hot.'

'Yes, I was chasing a Cyclopides. He is very rare, and seldom found in the late autumn. What a pity that I should have missed him!'

He spoke unconcernedly, but his small light eyes glanced incessantly from the girl to me.

'You have introduced yourselves, I can see.'

'Yes. I was telling Sir Henry that it was rather late for him to see the true beauties of the moor.'

'Why, who do you think this is?'

'I imagine that it must be Sir Henry Baskerville.'

'No, no,' said I. 'Only a humble commoner, but his friend. My name is Dr Watson.'

A flush of vexation passed over her expressive face.

'We have been talking at cross purposes,' said she.

'Why, you had not very much time for talk,' her brother remarked, with the same questioning eyes.

'I talked as if Dr Watson were a resident instead of being merely a visitor,' said she. 'It cannot much matter to him whether it is early or late for the orchids. But you will come on, will you not, and see Merripit House?'

A short walk brought us to it, a bleak moorland house, once the farm of some grazier in the old prosperous days, but now put into repair and turned into a modern dwelling. An orchard surrounded it, but the trees, as is usual upon the moor, were stunted and nipped, and the effect of the whole place was mean and melancholy. We

Stapleton hatte die Jagd aufgegeben und kam mit geröteten Wangen und schwer atmend zu uns zurück.

»Hallo Beryl«, sagte er, und mir schien, dass der Ton seiner Begrüßung nicht gerade sehr herzlich war.

»Aber Jack, du bist ja ganz erhitzt.«

»Ganz richtig, ich war einem Cyclopides auf den Fersen. Er ist sehr selten, vor allem im Spätherbst. Wie schade, dass ich ihn nicht fangen konnte.«

Er sprach unbeteiligt, doch seine kleinen, hellen Augen wanderten fortwährend zwischen dem Mädchen und mir hin und her.

»Sie haben sich einander schon bekannt gemacht, wie ich sehe.«

»Ja. Ich habe Sir Henry gerade erzählt, dass es schon recht spät sei, um die wahren Schönheiten des Moors zu Gesicht zu bekommen.«

»Wieso? Wer, glaubst du, ist dieser Herr?«

»Ich nehme an, dass es Sir Henry Baskerville ist.«

»Nein, nein«, sagte ich. »Nur ein schlichter Bürgerlicher, aber sein Freund. Mein Name ist Dr. Watson.«

Ein Anflug von Verärgerung huschte über ihr ausdrucksstarkes Gesicht.

»Dann haben wir aneinander vorbeigeredet.«

»Nun gut, Ihr hattet ja auch nicht viel Zeit zum Reden«, bemerkte ihr Bruder mit demselben fragenden Blick.

»Ich sprach mit Dr. Watson, als ob er ein Anwohner sei und nicht bloß ein Besucher«, sagte sie. »Ihm wird es eher gleichgültig sein, ob es für die Orchideen früh oder spät ist. Aber Sie werden doch mitkommen, nicht wahr, und sich Merripit House ansehen?«

Es war nur ein kurzer Weg bis zu dem freudlosen Moorbauernhaus, einst in ertragreicheren Zeiten der Hof eines Viehzüchters, nun aber instand gesetzt und in ein modernes Wohnhaus verwandelt. Ein Obstgarten umgab es, aber die Bäume waren, wie auf dem Moor gang und gäbe, verkrüppelt und verkümmert, und der ganze Ort wirkte armselig und melancholisch. Wir wurden

were admitted by a strange, wizened, rusty-coated old manservant, who seemed in keeping with the house. Inside, however, there were large rooms furnished with an elegance in which I seemed to recognize the taste of the lady. As I looked from their windows at the interminable granite-flecked moor rolling unbroken to the farthest horizon I could not but marvel at what could have brought this highly educated man and this beautiful woman to live in such a place.

'Queer spot to choose, is it not?' said he, as if in answer to my thought. 'And yet we manage to make ourselves fairly happy, do we not, Beryl?'

'Quite happy,' said she, but there was no ring of conviction in her words.

'I had a school,' said Stapleton. 'It was in the north country. The work to a man of my temperament was mechanical and uninteresting, but the privilege of living with youth, of helping to mould those young minds and of impressing them with one's own character and ideals, was very dear to me. However, the fates were against us. A serious epidemic broke out in the school, and three of the boys died. It never recovered from the blow, and much of my capital was irretrievably swallowed up. And yet, if it were not for the loss of the charming companionship of the boys, I could rejoice over my own misfortune, for, with my strong tastes for botany and zoology, I find an unlimited field of work here, and my sister is as devoted to Nature as I am. All this, Dr Watson, has been brought upon your head by your expression as you surveyed the moor out of our window.'

'It certainly did cross my mind that it might be a little dull–less for you, perhaps, than for your sister.'

von einem sonderbaren, runzeligen alten Diener in rostfarbener Uniform empfangen, der ganz zum Haus zu passen schien. Die geräumigen Zimmer im Innern jedoch waren eingerichtet mit einer Eleganz, in der ich den Geschmack der Dame zu erkennen glaubte. Als ich durch das Fenster einen Blick auf das unendliche, granitdurchsetzte Moor warf, das sich ohne Unterbrechung bis zum fernsten Horizont erstreckte, fragte ich mich unwillkürlich, was diesen hochgebildeten Mann und diese schöne Frau nur veranlasst hatte, sich an einem solchen Ort niederzulassen.

»Sonderbarer Fleck, den wir uns da ausgesucht haben, was?«, sagte er wie als Antwort auf meine Gedanken. »Und doch gelingt es uns, hier recht glücklich zu sein, nicht wahr, Beryl?«

»Sehr glücklich«, sagte sie, aber ihre Worte klangen nicht überzeugend.

»Ich hatte eine Schule«, sagt Stapleton. »In Nordengland. Für einen Mann meiner Veranlagung war die Arbeit mechanisch und uninteressant, aber das Privileg, mit der Jugend zusammenleben und diese jungen Geister formen zu helfen und den eigenen Charakter, die eigenen Ideale auf sie übertragen zu können, das war mir sehr wertvoll. Leider war das Schicksal uns nicht gnädig gestimmt. In der Schule brach eine gefährliche Epidemie aus, und drei Jungen starben. Von diesem Schlag hat sich die Schule nie wieder erholt, und ein Großteil meines Kapitals ist unwiederbringlich verloren. Und wäre es nicht der erquickliche Umgang mit den Jungen, der mir fehlt, ich würde mich über mein Unglück freuen, denn vor mir liegt – bei meinem besonderen Interesse für Botanik und Zoologie – ein unbegrenztes Tätigkeitsfeld, und meine Schwester liebt die Natur ebenso sehr wie ich. All das, Dr. Watson, haben Sie lediglich Ihrem Gesichtsausdruck zu verdanken, als Sie eben aus unserem Fenster auf das Moor blickten.«

»Es ging mir tatsächlich durch den Kopf, dass es hier wohl ein bisschen langweilig sei – weniger für Sie vielleicht als für Ihre Schwester.«

'No, no, I am never dull,' said she quickly.

'We have books, we have our studies, and we have interesting neighbours. Dr Mortimer is a most learned man in his own line. Poor Sir Charles was also an admirable companion. We knew him well, and miss him more than I can tell. Do you think that I should intrude if I were to call this afternoon and make the acquaintance of Sir Henry?'

'I am sure that he would be delighted.'

'Then perhaps you would mention that I propose to do so. We may in our humble way do something to make things more easy for him until he becomes accustomed to his new surroundings. Will you come upstairs, Dr Watson, and inspect my collection of Lepidoptera? I think it is the most complete one in the south-west of England. By the time that you have looked through them lunch will be almost ready.'

But I was eager to get back to my charge. The melancholy of the moor, the death of the unfortunate pony, the weird sound which had been associated with the grim legend of the Baskervilles–all these things tinged my thoughts with sadness. Then on the top of these more or less vague impressions there had come the definite and distinct warning of Miss Stapleton, delivered with such intense earnestness that I could not doubt that some grave and deep reason lay behind it. I resisted all pressure to stay for lunch, and I set off at once upon my return journey, taking the grass-grown path by which we had come.

It seems, however, that there must have been some short cut for those who knew it, for before I had reached the road I was astounded to see Miss Stapleton sitting upon a rock

»Nein, nein, ich langweile mich nie«, sagte sie schnell. »Wir haben Bücher, wir haben unsere Studien, und wir haben interessante Nachbarn. Doktor Mortimer ist ein sehr gebildeter Mann auf seinem Gebiet. Der arme Sir Charles war ebenfalls ein prächtiger Gesellschafter. Wir kannten ihn gut und vermissen ihn mehr, als ich sagen kann. Glauben Sie, es wäre zudringlich, wenn ich heute Nachmittag vorbeikäme, um Sir Henrys Bekanntschaft zu machen?«

»Ich bin mir sicher, er wäre entzückt.«

»Dann könnten Sie ihm vielleicht sagen, dass ich es vorhabe. Wir könnten mit unseren bescheidenen Mitteln dazu beitragen, ihm das Leben zu erleichtern, bis er sich in der neuen Umgebung eingelebt hat. Wollen Sie nicht mit mir hochkommen, Dr. Watson, und meine Sammlung der Lepidoptera ansehen? Ich glaube, sie ist die vollständigste im Südwesten von England. Bis Sie die durchgesehen haben, ist das Mittagessen fast fertig.«

Mir lag jedoch sehr daran, wieder zu meinem Schützling zurückzukehren. Die Melancholie des Moors, der Tod des unglückseligen Ponys, das eigenartige Geräusch, das mit der düsteren Legende der Baskervilles in Verbindung gebracht worden war – all diese Dinge erfüllten meine Gedanken mit Schwermut. Zu diesen mehr oder weniger unbestimmten Eindrücken war dann auch noch Miss Stapletons eindeutige und entschiedene Warnung gekommen, die sie mit so eindringlichem Ernst ausgesprochen hatte, dass ohne Zweifel irgendein schwerwiegender und bedeutsamer Grund dafür vorlag. Ich widerstand den nachdrücklichen Einladungen zum Mittagessen und machte mich sofort auf den Rückweg, den grasigen Pfad entlang, den wir gekommen waren.

Offenbar gab es jedoch, für Eingeweihte, eine Abkürzung, denn bevor ich die Straße erreichte, sah ich zu meinem Erstaunen Miss Stapleton auf einem Stein am Wegrand sitzen. Ihr Ge-

by the side of the track. Her face was beautifully flushed with her exertions, and she held her hand to her side.

'I have run all the way in order to cut you off, Dr Watson,' said she. 'I had not even time to put on my hat. I must not stop, or my brother may miss me. I wanted to say to you how sorry I am about the stupid mistake I made in thinking that you were Sir Henry. Please forget the words I said, which have no application whatever to you.'

'But I can't forget them, Miss Stapleton,' said I. 'I am Sir Henry's friend, and his welfare is a very close concern of mine. Tell me why it was that you were so eager that Sir Henry should return to London.'

'A woman's whim, Dr Watson. When you know me better you will understand that I cannot always give reasons for what I say or do.'

'No, no. I remember the thrill in your voice. I remember the look in your eyes. Please, please, be frank with me, Miss Stapleton, for ever since I have been here I have been conscious of shadows all round me. Life has become like that great Grimpen Mire, with little green patches everywhere into which one may sink and with no guide to point the track. Tell me, then, what it was that you meant, and I will promise to convey your warning to Sir Henry.'

An expression of irresolution passed for an instant over her face, but her eyes had hardened again when she answered me.

'You make too much of it, Dr Watson,' said she. 'My brother and I were very much shocked by the death of Sir Charles. We knew him very intimately, for his favourite walk was over the moor to our house. He was deeply impressed with the curse which hung over his family, and

sicht war auf reizende Weise vor Anstrengung gerötet, und sie hielt sich ihre Seite mit der Hand.

»Ich bin das ganze Stück gerannt, um Sie abzufangen, Dr. Watson«, sagte sie. »Ich hatte noch nicht einmal Zeit, mir meinen Hut aufzusetzen. Ich muss mich beeilen, sonst fragt mein Bruder nach mir. Ich wollte Ihnen sagen, wie sehr mir mein dummes Versehen leid tut, als ich Sie für Sir Henry hielt. Bitte vergessen Sie die Worte, die ich an Sie richtete, da sie für Sie von keinerlei Bedeutung sind.«

»Aber ich kann sie nicht vergessen, Miss Stapleton«, erwiderte ich. »Ich bin Sir Henrys Freund, und sein Wohlergehen liegt mir sehr am Herzen. Sagen Sie mir, warum Sie so dringlich auf Sir Henrys Rückkehr nach London bestanden.«

»Die Laune einer Frau, Dr. Watson. Wenn Sie mich besser kennenlernen, werden Sie verstehen, dass ich nicht immer Gründe nennen kann für das, was ich sage oder tue.«

»Nein, nein. Ich erinnere mich an die Erregung in Ihrer Stimme. Ich erinnere mich an den Blick in Ihren Augen. Bitte, bitte, seien Sie ehrlich zu mir, Miss Stapleton, denn seit meiner Ankunft hier fühle ich mich von Schatten umgeben. Aus meinem Leben ist gewissermaßen der große Sumpf von Grimpen geworden, mit kleinen grünen Flecken überall, in die man versinken kann und für die es keine Wegweiser gibt. Sagen Sie mir also, was Ihre Worte bedeuteten, und ich verspreche Ihnen, die Warnung an Sir Henry weiterzugeben.«

Für einen Moment umspielte ein Ausdruck von Unentschlossenheit ihr Gesicht, kalter Glanz aber war in ihre Augen zurückgekehrt, als sie mir antwortete.

»Sie messen alldem zu viel Gewicht bei, Dr. Watson«, sagte sie. »Meinen Bruder und mich hat der Tod von Sir Charles sehr erschüttert. Wir standen ihm sehr nahe, denn sein Lieblingsspaziergang führte ihn durch das Moor zu unserem Haus. Der Fluch, der über der Familie hängt, beschäftigte ihn sehr, und als

when this tragedy came I naturally felt that there must be some grounds for the fears he had expressed. I was distressed, therefore, when another member of the family came down to live here, and I felt that he should be warned of the danger which he will run. That was all which I intended to convey.'

'But what is the danger?'

'You know the story of the hound?'

'I do not believe in such nonsense.'

'But I do. If you have any influence with Sir Henry, take him away from a place which has always been fatal to his family. The world is wide. Why should he wish to live at the place of danger?'

'Because it *is* the place of danger. That is Sir Henry's nature. I fear that unless you can give me some more definite information than this it would be impossible to get him to move.'

'I cannot say anything definite, for I do not know anything definite.'

'I would ask you one more question, Miss Stapleton. If you meant no more than this when you first spoke to me, why should you not wish your brother to overhear what you said? There is nothing to which he, or anyone else, could object.'

'My brother is very anxious to have the Hall inhabited, for he thinks that it is for the good of the poor folk upon the moor. He would be very angry if he knew that I had said anything which might induce Sir Henry to go away. But I have done my duty now and I will say no more. I must get back, or he will miss me and suspect that I have seen you. Good-bye!'

sich diese Tragödie ereignete, dachte ich natürlich, dass es Gründe für die Befürchtungen geben muss, die er geäußert hatte. Deshalb war ich besorgt, als ein weiteres Familienmitglied kam, um sich hier niederzulassen, und ich hatte das Gefühl, dass er vor der Gefahr gewarnt werden sollte, in die er sich begibt. Das war alles, was ich mitteilen wollte.«

»Aber worin besteht die Gefahr?«

»Sie kennen die Geschichte von dem Hund?«

»Ich glaube nicht an solchen Unsinn.«

»Aber ich. Wenn Sie irgendwelchen Einfluss auf Sir Henry haben, dann bringen Sie ihn weg von einem Ort, der für seine Familie schon immer verhängnisvoll gewesen ist. Die Welt ist groß. Warum sollte er ausgerechnet an dem Ort leben wollen, wo ihm Gefahr droht?«

»Eben weil es ein Ort der Gefahr ist. Das liegt in Sir Henrys Natur. Ich fürchte, wenn Sie mir keine eindeutigeren Informationen geben können als diese, werde ich ihn unmöglich zum Fortgehen bewegen.«

»Ich kann nichts Eindeutiges sagen, da ich nichts Eindeutiges weiß.«

»Ich möchte Ihnen noch eine letzte Frage stellen, Miss Stapleton. Wenn Sie nur dies sagen wollten, als Sie das erste Mal mit mir sprachen, warum wollten Sie dann nicht, dass Ihr Bruder es hört? Daran ist nichts, wogegen er oder irgendjemand anderes etwas einwenden könnte.«

»Meinem Bruder liegt viel daran, dass Baskerville Hall bewohnt ist, denn er denkt, das sei gut für die armen Leute im Moor. Er wäre sehr verärgert, wenn er wüsste, dass ich etwas gesagt habe, was Sir Henry zum Fortgehen veranlassen könnte. Aber ich habe meine Pflicht nun erfüllt und werde mehr nicht sagen. Ich muss zurück, sonst merkt er, dass ich fort bin, und wird vermuten, dass ich mit Ihnen gesprochen habe. Auf Wiedersehen!«

She turned, and had disappeared in a few minutes among the scattered boulders, while I, with my soul full of vague fears, pursued my way to Baskerville Hall.

Sie wandte sich um und war innerhalb weniger Minuten zwischen den verstreuten Felsblöcken verschwunden. Ich dagegen setzte meinen Weg nach Baskerville Hall fort, das Herz von unbestimmten Ängsten beschwert.

CHAPTER VIII

First Report of Dr Watson

From this point onwards I will follow the course of events by transcribing my own letters to Mr Sherlock Holmes which lie before me on the table. One page is missing, but otherwise they are exactly as written, and show my feelings and suspicions of the moment more accurately than my memory, clear as it is upon these tragic events, can possibly do.

Baskerville Hall, Oct. 13th

My Dear Holmes,

My previous letters and telegrams have kept you pretty well up-to-date as to all that has occurred in this most Godforsaken corner of the world. The longer one stays here the more does the spirit of the moor sink into one's soul, its vastness, and also its grim charm. When you are once out upon its bosom you have left all traces of modern England behind you, but on the other hand you are conscious everywhere of the homes and the work of prehistoric people. On all sides of you as you walk are the houses of these forgotten folk, with their graves and the huge monoliths which are supposed to have marked their temples. As you look at their grey stone huts against the scarred hillsides you leave your own age behind you, and if you were to see a skin-clad, hairy man crawl out from the low door, fitting a flint-tipped arrow on to the string of his bow, you would feel that his presence there was more natural than your own. The strange thing is that they should have lived so thickly on what must always have been most unfruitful soil. I am no antiquarian, but I could

Kapitel 8

Erster Bericht von Dr. Watson

Von jetzt an schildere ich den Verlauf der Ereignisse anhand meiner eigenen Briefe an Mr. Sherlock Holmes, die vor mir auf dem Tisch liegen. Eine Seite fehlt, doch ansonsten sind es wörtliche Abschriften. Sie geben meine Gefühle und Verdachtsgründe getreuer wieder, als mein Gedächtnis es irgend vermag, obwohl ich mich der tragischen Ereignisse noch klar und deutlich erinnere.

Baskerville Hall, den 13. Oktober

Mein lieber Holmes,

Meine bisherigen Briefe und Telegramme haben Sie wohl recht gut über die Dinge, die sich in diesem gottverlassenen Winkel der Erde zugetragen haben, auf dem Laufenden gehalten. Je länger man hier ist, desto stärker bemächtigt sich der Geist des Moores der Seele und erdrückt einen mit seiner ungeheuren Weite und seinem düsteren Charme. Hat man sich einmal hinaus in den Schoß des Moores begeben, ist man vom modernen England völlig abgeschnitten; dafür sind einem auf Schritt und Tritt die Wohnstätten und Erzeugnisse prähistorischer Menschen gegenwärtig. Wohin man auch geht, überall stößt man auf die Häuser dieser vergessenen Menschen, auf ihre Gräber und die riesigen Monolithe, die Kennzeichen ihrer Tempel gewesen sein sollen. Betrachtet man ihre grauen Steinhütten vor den zernarbten Hängen, vergisst man das Zeitalter, in dem man lebt, und kröche aus einer der niedrigen Türen ein fellbekleideter, behaarter Mann, der einen Pfeil mit Feuersteinspitze auf die Sehne seines Bogen spannt, käme einem seine Gegenwart natürlicher vor als die eigene. Das Sonderbare ist, dass sie so zahlreich auf einem Boden gelebt haben sollen, der schon immer höchst unfruchtbar gewesen sein muss. Ich bin kein

imagine that they were some unwarlike and harried race who were forced to accept that which none other would occupy.

All this, however, is foreign to the mission on which you sent me, and will probably be very uninteresting to your severely practical mind. I can still remember your complete indifference as to whether the sun moved round the earth or the earth round the sun. Let me, merefore, return to the facts concerning Sir Henry Baskerville.

If you have not had any report within the last few days it is because up till to-day mere was nothing of importance to relate. Then a very surprising circumstance occurred, which I shall tell you in due course. But, first of all, I must keep you in touch with some of the other factors in the situation.

One of these, concerning which I have said little, is the escaped convict upon the moor. There is strong reason now to believe that he has got right away, which is a considerable relief to the lonely householders of this district. A fortnight has passed since his flight, during which he has not been seen and nothing has been heard of him. It is surely inconceivable that he could have held out upon the moor during all that time. Of course, so far as his concealment goes there is no difficulty at all. Any one of these stone huts would give him a hiding-place. But there is nothing to eat unless he were to catch and slaughter one of the moor sheep. We think, therefore, that he has gone, and the outlying farmers sleep the better in consequence.

We are four able-bodied men in this household, so that we could take good care of ourselves, but I confess that I have had uneasy moments when I have thought of the Stapletons. They live miles from any help. There are

Frühgeschichtler, aber ich könnte mir vorstellen, dass sie ein unkriegerisches, gebeuteltes Volk waren, das mit einer Gegend vorlieb nehmen musste, die keiner sonst in Anspruch nahm.

All dies jedoch liegt außerhalb der Mission, auf die Sie mich geschickt haben, und dürfte Ihrem streng aufs Praktische gerichteten Geist äußerst uninteressant erscheinen. Ich erinnere mich noch gut, wie gleichgültig sie gegenüber der Frage waren, ob die Sonne sich um die Erde dreht oder die Erde um die Sonne. Daher will ich mich nun wieder den Tatsachen zuwenden, die Sir Henry Baskerville betreffen.

Wenn Sie in den letzten Tagen keinen Bericht erhielten, so deshalb, weil bis heute nichts von Bedeutung zu berichten war. Dann aber nahmen die Dinge eine überraschende Wendung, die ich Ihnen zu gegebener Zeit schildern werde. Zuerst aber muss ich Sie über einige andere Einzelheiten in Kenntnis setzen.

Ein Umstand, von dem ich bisher nur wenig berichtet habe, ist der geflohene Sträfling hier auf dem Moor. Es spricht vieles dafür, dass er die Gegend wieder verlassen hat, was für die einsamen Bewohner dieses Landstrichs eine beträchtliche Erleichterung ist. Seit seiner Flucht sind zwei Wochen vergangen, in denen man nichts von ihm gesehen oder gehört hat. Es ist kaum vorstellbar, dass er die ganze Zeit auf dem Moor hätte ausharren können. Natürlich wäre es ein Leichtes für ihn gewesen, sich irgendwo zu verbergen. Jede dieser Steinhütten könnte ihm als Versteck dienen. Aber er hätte nichts zu essen, es sei denn, er würde eins der Moorschafe fangen und schlachten. Deshalb sind wir der Ansicht, dass er fort ist, und folglich schlafen die Bauern der abgelegenen Höfe wieder besser.

Wir sind vier kräftige Männer auf diesem Anwesen, sodass wir uns zu helfen wüssten, aber ich gebe zu, dass ich manchmal besorgt war, wenn ich an die Stapletons dachte. Sie leben meilenweit von jeglicher Hilfe entfernt. Es gibt dort nur ein Dienstmäd-

one maid, an old manservant, the sister, and the brother, the latter not a very strong man. They would be helpless in the hands of a desperate fellow like this Notting Hill criminal, if he could once effect an entrance. Both Sir Henry and I were concerned at their situation, and it was suggested that Perkins the groom should go over to sleep there, but Stapleton would not hear of it.

The fact is that our friend the baronet begins to display a considerable interest in our fair neighbour. It is not to be wondered at, for time hangs heavily in this lonely spot to an active man like him, and she is a very fascinating and beautiful woman. There is something tropical and exotic about her which forms a singular contrast to her cool and unemotional brother. Yet he also gives the idea of hidden fires. He has certainly a very marked influence over her, for I have seen her continually glance at him as she talked as if seeking approbation for what she said. I trust that he is kind to her. There is a dry glitter in his eyes, and a firm set of his thin lips, which go with a positive and possibly a harsh nature. You would find him an interesting study.

He came over to call upon Baskerville on that first day, and the very next morning he took us both to show us the spot where the legend of the wicked Hugo is supposed to have had its origin. It was an excursion of some miles across the moor to a place which is so dismal that it might have suggested the story. We found a short valley between rugged tors which led to an open, grassy space flecked over with the white cotton grass. In the middle of it rose two great stones, worn and sharpened at the upper end, until they looked like the huge, corroding fangs of some monstrous beast. In every way it cor-

chen, einen alten Diener, die Schwester und den Bruder, wobei dieser kein besonders starker Mann ist. Sie wären hilflos in den Händen eines so verzweifelten Kerls wie dieses Verbrechers von Notting Hill, sollte er sich erst einmal Zutritt verschaffen. Sowohl Sir Henry als auch ich waren deswegen beunruhigt und schlugen vor, dass Perkins, der Stallknecht, bei ihnen schlafen soll, aber Stapleton wollte davon nichts wissen.

Tatsache ist, dass unser Freund, der Baronet, ein beträchtliches Interesse an unserer schönen Nachbarin zu zeigen beginnt. Das ist auch kein Wunder, denn einem so lebhaften Menschen wie ihm wird die Zeit an diesem einsamen Ort sicher lang, und sie ist eine sehr faszinierende und bildhübsche Frau. Sie hat etwas Tropisches, Exotisches an sich, das einen merkwürdigen Kontrast zu ihrem kühlen und leidenschaftslosen Bruder bildet. Jedoch scheint auch in ihm ein verborgenes Feuer zu lodern. Mit Sicherheit hat er einen sehr ausgeprägten Einfluss auf sie, denn ich habe bemerkt, dass sie beim Sprechen die ganze Zeit zu ihm hinüberblickt, als wolle sie sich seiner Zustimmung versichern. Ich hoffe, dass er gut zu ihr ist. In seinen Augen liegt ein kalter Glanz, und seine dünnen Lippen sind eng aufeinandergepresst, was seinem entschiedenen und möglicherweise strengen Charakter entspricht. Er wäre ein interessantes Studienobjekt für Sie.

Bereits am ersten Tag stattete er Baskerville einen Besuch ab, und schon am nächsten Morgen brachte er uns beide zu der Stelle, wo die Legende vom gottlosen Hugo ihren Ursprung haben soll. Es war ein Gang von mehreren Meilen über das Moor bis zu einem Ort, der so trostlos ist, dass er die Geschichte durchaus angeregt haben mag. Wir stießen auf ein kleines Tal zwischen schroffen, felsigen Anhöhen, das zu einer offenen, grasigen Fläche führte, die von weißem Baumwollgras übersäht war. In der Mitte ragten zwei große Steine empor, die am oberen Rand so verwittert und abgeschliffen waren, dass sie wie die riesigen, zerstörerischen Fangzähne eines ungeheuren Raubtieres

responded with the scene of the old tragedy. Sir Henry was much interested, and asked Stapleton more than once whether he did really believe in the possibility of the interference of the supernatural in the affairs of men. He spoke lightly, but it was evident that he was very much in earnest. Stapleton was guarded in his replies, but it was easy to see that he said less than he might, and that he would not express his whole opinion out of consideration for the feelings of the Baronet. He told us of similar cases where families had suffered from some evil influence, and he left us with the impression that he shared the popular view upon the matter.

On our way back we stayed for lunch at Merripit House, and it was there that Sir Henry made the acquaintance of Miss Stapleton. From the first moment that he saw her he appeared to be strongly attracted by her, and I am much mistaken if the feeling was not mutual. He referred to her again and again on our walk home, and since then hardly a day has passed that we have not seen something of the brother and sister. They dine here tonight, and there is some talk of our going to them next week. One would imagine that such a match would be very welcome to Stapleton, and yet I have more than once caught a look of the strongest disapprobation in his face when Sir Henry has been paying some attention to his sister. He is much attached to her, no doubt, and would lead a lonely life without her, but it would seem the height of selfishness, if he were to stand in the way of her making so brilliant a marriage. Yet I am certain that he does not wish their intimacy to ripen into love, and I have several times observed that he has taken pains to prevent them from being *tête-à-tête*. By the way, your instructions to me never to allow Sir Henry to go out

aussahen. Dieser Ort stimmt in jeder Hinsicht mit dem Schauplatz der alten Tragödie überein. Sir Henry war sehr interessiert und fragte Stapleton mehr als einmal, ob er wirklich an die Möglichkeit glaube, dass übernatürliche Mächte sich in die Geschicke der Menschen einmischen könnten. Er sagte es in leichtfertigem Ton, doch war offensichtlich, dass es ihm damit sehr ernst war. Stapleton wählte seine Worte mit Bedacht, aber man spürte deutlich, dass er weniger sagte, als er wusste, und dass er aus Rücksicht auf die Gefühle des Baronets seine wahre Meinung zurückhielt. Er erzählte von ähnlichen Fällen, in denen Familien unter bösen Mächten gelitten hatten, und machte uns glauben, dass er in dieser Frage die landläufigen Ansichten teilte.

Auf dem Rückweg blieben wir zum Mittagessen in Merripit House, und es war hier, dass Sir Henry Bekanntschaft mit Miss Stapleton machte. Vom ersten Augenblick an schien er sich stark zu ihr hingezogen zu fühlen, und ich müsste mich schon sehr irren, wenn das nicht auf Gegenseitigkeit beruhte. Auf dem Heimweg sprach er immer wieder von ihr, und seitdem ist kaum ein Tag vergangen, an dem wir Bruder und Schwester nicht gesehen hätten. Heute Abend essen sie bei uns, und es geht das Gerücht, dass wir nächste Woche bei ihnen eingeladen sind. Man sollte meinen, dass Stapleton eine solche Verbindung willkommen sein müsste, indessen habe ich mehr als einmal einen Ausdruck der schärfsten Missbilligung auf seinem Gesicht entdeckt, als Sir Henry seiner Schwester einige Aufmerksamkeit schenkte. Zweifellos hängt er sehr an ihr und würde ohne sie ein einsames Leben führen, aber es wäre doch der Gipfel der Selbstsucht, wenn er sich einer so glänzenden Heirat in den Weg stellen wollte. Und doch bin ich sicher, dass er nicht wünscht, dass ihre Vertrautheit zu Liebe reift, und ich habe mehrmals beobachtet, wie er sich mühte, ein Zusammensein der beiden unter vier Augen zu verhindern. Übrigens wird es um ein Vielfaches mühseliger, Ihre Weisung zu befolgen, Sir Henry niemals alleine aus dem

alone will become very much more onerous if a love affair were to be added to our other difficulties. My popularity would soon suffer if I were to carry out your orders to the letter.

The other day—Thursday, to be more exact—Dr Mortimer lunched with us. He has been excavating a barrow at Long Down, and has got a prehistoric skull which fills him with great joy. Never was there such a single-minded enthusiast as he! The Stapletons came in afterwards, and the good doctor took us all to the Yew Alley, at Sir Henry's request, to show us exactly how everything occurred upon that fatal night. It is a long, dismal walk, the Yew Alley, between two high walls of clipped hedge, with a narrow band of grass upon either side. At the far end is an old, tumble-down summer-house. Halfway down is the moor-gate, where the old gentleman left his cigar ash. It is a white wooden gate with a latch. Beyond it lies the wide moor. I remembered your theory of the affair and tried to picture all that had occurred. As the old man stood there he saw something coming across the moor, something which terrified him so that he lost his wits, and ran and ran until he died of sheer horror and exhaustion. There was the long, gloomy tunnel down which he fled. And from what? A sheep-dog of the moor? Or a spectral hound, black, silent, and monstrous? Was there a human agency in the matter? Did the pale, watchful Barrymore know more than he cared to say? It was all dim and vague, but always there is the dark shadow of crime behind it.

One other neighbour I have met since I wrote last. This is Mr Frankland, of Lafter Hall, who lives some four miles to the south of us. He is an elderly man, red-faced, white-haired, and choleric. His passion is for the British law, and

Haus gehen zu lassen, wenn zu allen übrigen Schwierigkeiten auch noch eine Liebesgeschichte hinzukommt. Meine Beliebtheit würde sehr bald Schaden nehmen, wenn ich Ihre Befehle wortwörtlich befolge.

Neulich, genauer gesagt am Donnerstag, aß Doktor Mortimer mit uns zu Mittag. Er hat in Long Down ein Hügelgrab geöffnet und dort einen prähistorischen Schädel gefunden, der ihn mit großer Freude erfüllt. Ich habe noch nie einen so aufrichtigen Enthusiasten gesehen wie ihn. Die Stapletons kamen später dazu, und auf Sir Henrys Wunsch führte uns der gute Doktor gemeinsam zur Eibenallee, um uns dort genau zu erklären, wie sich in jener verhängnisvollen Nacht alles zugetragen hat. Die Eibenallee ist ein langer, düsterer Weg zwischen zwei hohen Wänden aus gestutzten Hecken, gesäumt von schmalen Grasstreifen zu beiden Seiten. Ganz am Ende befindet sich eine alte, eingefallene Gartenlaube. Auf halbem Weg liegt die Moorpforte, wo der alte Herr seine Zigarrenasche hinterließ. Es handelt sich um ein weißes Holztor mit einem Schnappriegel. Dahinter erstreckt sich das weitläufige Moor. Ich erinnerte mich an Ihre Sicht der Dinge und versuchte mir ein Bild davon zu machen, wie alles geschehen war. Als der alte Herr dort am Tor stand, sah er irgendetwas über das Moor kommen, etwas, das ihm solche Angst einjagte, dass er die Besinnung verlor und rannte und rannte, bis er vor blankem Entsetzen und Erschöpfung tot umfiel. Da war dieser lange, düstere Tunnel, durch den er floh. Aber wovor? Vor einem Schäferhund aus dem Moor? Oder vor einem Geisterhund, schwarz, stumm und fürchterlich? War Menschenhand im Spiel? Wusste der blasse, wachsame Barrymore mehr, als er zugeben wollte? Es war alles verschwommen und vage, doch immer hängt der dunkle Schatten des Verbrechens darüber.

Seit meinem letzten Brief habe ich einen weiteren Nachbarn kennengelernt. Es ist Mr. Frankland von Lafter Hall, der ungefähr vier Meilen südlich von uns wohnt. Ein älterer Herr mit rotem Gesicht und weißen Haaren, und cholerisch. Seine Leidenschaft ist

he has spent a large fortune in litigation. He fights for the mere pleasure of fighting, and is equally ready to take up either side of a question, so that it is no wonder that he has found it a costly amusement. Sometimes he will shut up a right of way and defy the parish to make him open it. At others he will with his own hands tear down some other man's gate and declare that a path has existed there from time immemorial, defying the owner to prosecute him for trespass. He is learned in old manorial and communal rights, and he applies his knowledge sometimes in favour of the villagers of Fernworthy and sometimes against them, so that he is periodically either carried in triumph down the village street or else burned in effigy, according to his latest exploit. He is said to have about seven lawsuits upon his hands at present, which will probably swallow up the remainder of his fortune, and so draw his sting and leave him harmless for the future. Apart from the law he seems a kindly, good-natured person, and I only mention him because you were particular that I should send some description of the people who surround us. He is curiously employed at present, for, being an amateur astronomer, he has an excellent telescope, with which he lies upon the roof of his own house and sweeps the moor all day in the hope of catching a glimpse of the escaped convict. If he would confine his energies to this all would be well, but there are rumours that he intends to prosecute Dr Mortimer for opening a grave without the consent of the next-of-kin, because he dug up the neolithic skull in the barrow on Long Down. He helps to keep our lives from being monotonous and gives a little comic relief where it is badly needed.

And now, having brought you up to date on the escaped convict, the Stapletons, Dr Mortimer, and Frank-

das britische Gesetz, und er hat ein Vermögen für Prozesse ausgegeben. Er streitet aus reiner Streitlust, und es ist ihm gleich, welche Seite er in einer Rechtsfrage vertritt, folglich wundert es nicht, dass ihm ein kostspieliges Vergnügen daraus erwachsen ist. Mal verweigert er ein Wegrecht und zwingt die Gemeinde, gegen ihn vorzugehen. Dann wieder reißt er eigenhändig das Tor eines anderen ein und behauptet, es habe schon seit Menschengedenken ein Weg dort existiert, sodass er den Eigentümer zwingt, ihn wegen widerrechtlichen Betretens zu verklagen. Er kennt sich im alten Guts- und Gemeinderecht aus und wendet seine Kenntnisse mal zu Gunsten der Bewohner von Fernworthy, mal zu ihren Ungunsten an, sodass er abwechselnd im Triumphzug durch die Dorfstraße getragen oder ›in effigie‹ verbrannt wird, abhängig von seiner letzten Heldentat. Gegenwärtig soll er in sieben Prozesse verwickelt sein, die wahrscheinlich sein restliches Vermögen verschlingen und ihm so den Stachel ziehen und ihn für alle Zeit unschädlich machen werden. Abgesehen von seiner Prozesssucht scheint er ein freundlicher und gutmütiger Mensch zu sein, und ich erwähne ihn nur, da Sie solchen Wert darauf legten, dass ich Ihnen die Personen in unserer Umgebung beschreibe. Augenblicklich geht er einer kuriosen Beschäftigung nach; denn als Amateurastronom besitzt er ein ausgezeichnetes Fernrohr, mit dem er den ganzen Tag auf dem Dach seines Hauses liegt und auf das Moor hinaussieht in der Hoffnung, den entlaufenen Sträfling vor die Linse zu bekommen. Wenn er seinen Eifer darauf beschränken würde, wäre ja alles in Ordnung, aber es wird gemunkelt, dass er beabsichtigt, Doktor Mortimer wegen der Ausgrabung des neolithischen Schädels im Hügelgrab von Long Down einen Prozess anzuhängen, da er ohne Einwilligung der nächsten Verwandten ein Grab geöffnet habe. Er trägt dazu bei, dass unser Leben hier nicht eintönig wird, und sorgt für ein wenig humorvolle Abwechslung, die wir bitter nötig haben.

Und nun, da ich Sie über den entlaufenen Sträfling, die Stapletons, Doktor Mortimer und Frankland von Lafter Hall auf

land of Lafter Hall, let me end on that which is most important and tell you more about the Barrymores, and especially about the surprising development of last night.

First of all about the test telegram, which you sent from London in order to make sure that Barrymore was really here. I have already explained that the testimony of the postmaster shows that the test was worthless and that we have no proof one way or the other. I told Sir Henry how the matter stood, and he at once, in his downright fashion, had Barrymore up and asked him whether he had received the telegram himself. Barrymore said that he had.

'Did the boy deliver it into your own hands?' asked Sir Henry.

Barrymore looked surprised, and considered for a little time.

'No,' said he, 'I was in the box-room at the time, and my wife brought it up to me.'

'Did you answer it yourself?'

'No; I told my wife what to answer, and she went down to write it.'

In the evening he returned to the subject of his own accord.

'I could not quite understand the object of your questions this morning, Sir Henry,' said he. 'I trust that they do not mean that I have done anything to forfeit your confidence?'

Sir Henry had to assure him that it was not so and pacify him by giving him a considerable part of his old wardrobe, the London outfit having now all arrived.

Mrs Barrymore is of interest to me. She is a heavy, solid person, very limited, intensely respectable, and inclined to be puritanical. You could hardly conceive a

den neuesten Stand gebracht habe, will ich mit dem Wichtigsten schließen und Ihnen mehr über die Barrymores berichten, vor allem über die erstaunliche Entwicklung der letzten Nacht.

Zunächst zum Telegramm, das Sie aus London geschickt hatten, um festzustellen, ob Barrymore tatsächlich hier war. Ich habe Ihnen bereits erklärt, dass die Aussage des Postmeisters zeigt, dass der Test wertlos war und dass er so oder so nichts beweist. Ich berichtete Sir Henry, wie die Dinge lägen, und in seiner direkten Art ließ er Barrymore sofort kommen und fragte ihn, ob er das Telegramm persönlich entgegengenommen hätte. Barrymore bejahte die Frage.

»Hat der Junge es Ihnen eigenhändig übergeben?«, fragte Sir Henry.

Barrymore machte ein überraschtes Gesicht und überlegte eine Weile.

»Nein«, sagte er. »Ich war zu dem Zeitpunkt in der Dachkammer, und meine Frau brachte es mir herauf.«

»Haben Sie es selbst beantwortet?«

»Nein, ich sagte meiner Frau, was sie antworten sollte, und sie ging hinunter, um es aufzuschreiben.«

Am Abend kam Barrymore von sich aus auf die Sache zurück.

»Ich habe nicht ganz verstehen können, worauf ihre Fragen heute morgen abzielten, Sir Henry«, sagte er. »Ich hoffe, sie bedeuteten nicht, dass ich etwas getan habe, das Ihr Vertrauen in mich erschüttert hat?«

Sir Henry musste ihm versichern, dass dem nicht so war, und beruhigte ihn, indem er ihm einen beträchtlichen Teil seiner alten Garderobe schenkte, nachdem seine Londoner Kleidung nun sämtlich eingetroffen war.

Mrs. Barrymore interessiert mich sehr. Sie ist eine üppige, derbe Person, sehr beschränkt, durch und durch anständig und neigt zu übertriebener Sittenstrenge. Man kann sich einen ge-

less emotional subject. Yet I have told you how, on the first night here, I heard her sobbing bitterly, and since then I have more than once observed traces of tears upon her face. Some deep sorrow gnaws ever at her heart. Sometimes I wonder if she has a guilty memory which haunts her, and sometimes I suspect Barrymore of being a domestic tyrant. I have always felt that there was something singular and questionable in this man's character, but the adventure of last night brings all my suspicions to a head.

And yet it may seem a small matter in itself. You are aware that I am not a very sound sleeper, and since I have been on guard in this house my slumbers have been lighter than ever. Last night, about two in the morning, I was aroused by a stealthy step passing my room. I rose, opened my door, and peeped out. A long black shadow was trailing down the corridor. It was thrown by a man who walked softly down the passage with a candle held in his hand. He was in shirt and trousers, with no covering to his feet. I could merely see the outline, but his height told me that it was Barrymore. He walked very slowly and circumspectly, and there was something indescribably guilty and furtive in his whole appearance.

I have told you that the corridor is broken by the balcony which runs round the hall, but that it is resumed upon the farther side. I waited until he had passed out of sight, and then I followed him. When I came round the balcony he had reached the end of the farther corridor, and I could see from the glimmer of light through an open door that he had entered one of the rooms. Now, all these rooms are unfurnished and unoccupied, so that his expedition became more mysterious than ever. The

fühlskälteren Menschen kaum vorstellen. Und doch hörte ich sie, wie berichtet, in der ersten Nacht hier bitterlich weinen und habe seitdem mehr als einmal Spuren von Tränen in ihrem Gesicht entdeckt. Irgendein tiefer Kummer nagt stetig an ihrem Herzen. Manchmal frage ich mich, ob es ihr schlechtes Gewissen ist, das sie verfolgt, und dann wieder habe ich Barrymore in Verdacht, ein Haustyrann zu sein. Ich hatte von Anfang an das Gefühl, dass im Wesen dieses Mannes etwas Seltsames und Fragwürdiges liegt, doch das Erlebnis der letzten Nacht bestärkt mich in all meinen Vermutungen.

Und doch mag die ganze Angelegenheit unbedeutend erscheinen. Wie Sie wissen, habe ich keinen sehr tiefen Schlaf, und seitdem ich hier auf Bewachungsposten bin, ist mein Schlaf noch leichter als gewöhnlich. Letzte Nacht, es war gegen zwei Uhr morgens, weckten mich schleichende Schritte vor meiner Tür. Ich stand auf, öffnete die Tür und spähte hinaus. Ein langer, schwarzer Schatten kroch den Flur entlang. Er stammte von einem Mann, der mit einer Kerze in der Hand leise den Korridor hinunterging. Er trug Hemd und Hose, und seine Füße waren nackt. Ich konnte nur Umrisse erkennen, doch aus seiner Größe schloss ich, dass es Barrymore war. Er ging sehr langsam und vorsichtig, und in seiner ganzen Erscheinung lag etwas unbeschreiblich Schuldbewusstes und Verstohlenes.

Ich sagte bereits, dass der Korridor von der Galerie unterbrochen wird, die um die große Halle führt, sich auf der anderen Seite aber fortsetzt. Ich wartete, bis er außer Sichtweite war, und ging ihm nach. Als ich die Galerie passiert hatte, war er bereits am Ende des jenseitigen Korridors angekommen, und ich erkannte am Lichtschein, der aus einer offenen Tür fiel, dass er eines der Zimmer betreten hatte. Da all diese Räume unmöbliert und nicht bewohnt sind, erschien mir sein Ausflug mysteriöser denn je. Der Lichtschein fiel gleichmäßig,

light shone steadily, as if he were standing motionless. I crept down the passage as noiselessly as I could and peeped round the corner of the door.

Barrymore was crouching at the window withi the candle held against the glass. His profile was half turned towards me, and his face seemed to be rigid with expectation as he stared out into the blackness of the moor. For some minutes he stood watching intently. Then he gave a deep groan and with an impatient gesture he put out the light. Instantly I made my way back to my room, and very shortly came the stealthy steps passing once more upon their return journey. Long afterwards when I had fallen into a light sleep I heard a key turn somewhere in a lock, but I could not tell whence the sound came. What it all means I cannot guess, but there is some secret business going on in this house of gloom which sooner or later we shall get to the bottom of. I do not trouble you with my theories, for you asked me to furnish you only with facts. I have had a long talk with Sir Henry this morning, and we have made a plan of campaign founded upon my observations of last night. I will not speak about it just now, but it should make my next report interesting reading.

als stünde er regungslos da. Ich schlich so geräuschlos wie möglich den Korridor entlang und blickte verstohlen um die Tür.

Barrymore hockte am Fenster und hielt die Kerze dicht vor das Glas. Sein Profil war mir halb zugewandt, und seine Gesichtszüge schienen starr vor Erwartung, als er in die Finsternis des Moores hinausstierte. Einige Minuten lang stand er so da und hielt angespannt Ausschau. Dann stieß er einen tiefen Seufzer aus und löschte mit ungeduldiger Geste die Kerze. Ich ging sofort in mein Zimmer zurück, und kurz darauf vernahm ich in entgegengesetzter Richtung erneut die schleichenden Schritte. Viel später, als ich bereits in leichten Schlaf gesunken war, hörte ich, wie sich irgendwo ein Schlüssel in einem Schloss drehte, aber ich konnte nicht ausmachen, woher das Geräusch kam. Was das alles bedeutet, kann ich nicht sagen, aber etwas Geheimnisvolles geht in diesem düsteren Haus vor, das wir früher oder später aufdecken werden. Ich verschone Sie mit meinen Vermutungen, da Sie mich baten, Sie nur mit Tatsachen zu versorgen. Ich hatte heute Morgen ein langes Gespräch mit Sir Henry, und wir haben auf der Grundlage meiner Beobachtungen der gestrigen Nacht einen Schlachtplan entworfen. Ich möchte im Augenblick nichts dazu sagen, doch es sollte meinen nächsten Bericht zu einer interessanten Lektüre machen.

CHAPTER IX

The Light upon the Moor

Second report of Dr Watson

Baskerville Hall, Oct. 15th

My Dear Holmes,
If I was compelled to leave you without much news during the early days of my mission you must acknowledge that I am making up for lost time, and that events are now crowding thick and fast upon us. In my last report I ended upon my top note with Barrymore at the window, and now I have quite a budget already which will, unless I am much mistaken, considerably surprise you. Things have taken a turn which I could not have anticipated. In some ways they have within the last forty-eight hours become much clearer and in some ways they have become more complicated. But I will tell you all and you shall judge for yourself.

Before breakfast on the morning following my adventure I went down the corridor and examined the room in which Barrymore had been on the night before. The western window through which he had stared so intently has, I noticed, one peculiarity above all other windows in the house–it commands the nearest outlook on to the moor. There is an opening between two trees which enables one from this point of view to look right down upon it, while from all the other windows it is only a distant glimpse which can be obtained. It follows, therefore, that Barrymore, since only this window would serve his purpose, must have been looking out for something or somebody upon the moor. The night was very dark, so that I can hardly imagine how

KAPITEL 9

Das Licht auf dem Moor

Zweiter Bericht von Dr. Watson

Baskerville Hall, den 15. Oktober

Mein lieber Holmes,
Wenn ich in den ersten Tagen meiner Mission genötigt war, Sie mit eher spärlichen Nachrichten zu vertrösten, so werden Sie zugeben müssen, dass ich das Versäumte nun nachhole und die Ereignisse sich geradezu überstürzen. In meinem letzten Bericht schloss ich mit der Top-Meldung, dass Barrymore am Fenster stand, und nun habe ich bereits einen ganzen Fundus an Neuigkeiten, die, wenn ich mich nicht irre, Sie einigermaßen überraschen werden. Die Ereignisse haben eine Wendung genommen, die sich nicht vorhersehen ließ. Sie sind in den letzten achtundvierzig Stunden in mancher Hinsicht klarer, in mancher Hinsicht aber auch viel verworrener geworden. Ich will Ihnen nun alles berichten, urteilen Sie selbst .

Am Morgen nach meinem nächtlichen Streifzug ging ich vor dem Frühstück den Korridor hinunter und untersuchte das Zimmer, in dem Barrymore die Nacht zuvor gewesen war. Das Fenster in westlicher Richtung, durch das er so angespannt Ausschau gehalten hatte, zeichnet, wie ich bemerkte, vor allen anderen Fenstern des Gebäudes vor allem eines aus: es gewährt den besten Ausblick über das Moor. Durch eine Lücke zwischen zwei Bäumen hat man von diesem Punkt aus die Möglichkeit, geradewegs auf das Moor zu schauen, während man von allen anderen Fenstern nur einen flüchtigen Eindruck davon erhaschen kann. Es folgt daraus, dass Barrymore, denn nur dieses Fenster würde seiner Absicht dienen, nach etwas oder jemanden auf dem Moor gesucht haben muss. Es war eine sehr dunkle Nacht, sodass ich mir kaum vorstellen

he could have hoped to see anyone. It had struck me that it was possible that some love intrigue was on foot. That would have accounted for his stealthy movements and also for the uneasiness of his wife. The man is a striking-looking fellow, very well equipped to steal the heart of a country girl, so that this theory seemed to have something to support it. That opening of the door which I had heard after I had returned to my room might mean that he had gone out to keep some clandestine appointment. So I reasoned with myself in the morning, and I tell you the direction of my suspicions, however much the result may have shown that they were unfounded.

But whatever the true explanation of Barrymore's movements might be, I felt that the responsibility of keeping them to myself until I could explain them was more than I could bear. I had an interview with the baronet in his study after breakfast, and I told him all that I had seen. He was less surprised than I had expected.

'I knew that Barrymore walked about nights, and I had a mind to speak to him about it,' said he. 'Two or three times I have heard his steps in the passage, coming and going, just about the hour you name.'

'Perhaps, then, he pays a visit every night to that particular window,' I suggested.

'Perhaps he does. If so, we should be able to shadow him, and see what it is that he is after. I wonder what your friend Holmes would do if he were here?'

'I believe that he would do exactly what you now suggest,' said I. 'He would follow Barrymore and see what he did.'

'Then we shall do it together.'

'But surely he would hear us.'

kann, wie er darauf hoffen konnte, jemanden zu sehen. Mir war der Gedanke gekommen, dass möglicherweise eine Liebesintrige im Gange sei. Das hätte sowohl sein verstohlenes Umherschleichen als auch den Kummer seiner Frau erklärt. Der Mann ist ein auffallend gutaussehender Bursche, geradezu dafür geschaffen, einem Bauernmädchen das Herz zu stehlen, sodass diese Theorie nicht ganz unbegründet erschien. Das Öffnen der Tür, das ich hörte, nachdem ich auf mein Zimmer zurückgekehrt war, ließe sich damit erklären, dass er sich zu einem heimlichen Stelldichein nach draußen begab. Dies jedenfalls war am folgenden Morgen mein Resümee, und ich schildere Ihnen meinen Verdacht, wenngleich der Ausgang der Ereignisse zeigte, wie überaus unbegründet er war.

Was immer der wahre Grund für Barrymores Herumwandern sein mochte, ich fühlte, dass die Verantwortung, alles für mich zu behalten, bis ich es erklären konnte, allzu schwer auf mir lastete. Nach dem Frühstück traf ich den Baronet zu einer Unterredung in seinem Arbeitszimmer und teilte ihm alles mit, was ich gesehen hatte. Er war weniger überrascht, als ich es erwartet hatte.

»Ich wusste, dass Barrymore nachts umherwandert, und hatte die Absicht, mit ihm darüber zu reden«, sagte er. »Zwei oder drei Mal schon habe ich seine Schritte auf dem Gang gehört, wie er kam oder ging, ungefähr zu der von ihnen genannten Stunde.«

»Dann stattet er diesem einen Fenster vielleicht jede Nacht einen Besuch ab«, schlug ich vor.

»Vielleicht. Wenn ja, dann sollte es möglich sein, ihn zu beschatten und zu beobachten, wonach er dort sucht. Ich frage mich, was wohl Ihr Freund Holmes tun würde, wenn er hier wäre?«

»Ich bin sicher, genau dasselbe, was Sie gerade vorschlagen«, sagte ich. »Er würde Barrymore nachgehen und schauen, was er tut.«

»Dann sollten wir dies gemeinsam versuchen.«

»Aber er wird uns bestimmt hören.«

'The man is rather deaf, and in any case we must take our chance of that. We'll sit up in my room to-night, and wait until he passes.' Sir Henry rubbed his hands with pleasure, and it was evident that he hailed the adventure as a relief to his somewhat quiet life upon the moor.

The baronet has been in communication with the architect who prepared the plans for Sir Charles, and with a contractor from London, so that we may expect great changes to begin here soon. There have been decorators and furnishers up from Plymouth, and it is evident that our friend has large ideas, and means to spare no pains or expense to restore the grandeur of his family. When the house is renovated and refurnished, all that he will need will be a wife to make it complete. Between ourselves, there are pretty clear signs that this will not be wanting if the lady is willing, for I have seldom seen a man more infatuated with a woman than he is with our beautiful neighbour, Miss Stapleton. And yet the course of true love does not run quite as smoothly as one would under the circumstances expect. To-day, for example, its surface was broken by a very unexpected ripple, which has caused our friend considerable perplexity and annoyance.

After the conversation which I have quoted about Barrymore, Sir Henry put on his hat and prepared to go out. As a matter of course I did the same.

'What, are *you* coming, Watson?' he asked, looking at me in a curious way.

'That depends on whether you are going on the moor,' said I.

'Yes, I am.'

»Der Mann ist recht schwerhörig, und wir müssen es auf jeden Fall darauf ankommen lassen. Wir wollen heute Nacht in meinem Zimmer wach bleiben und warten, bis er vorbeikommt.« Sir Henry rieb sich vergnügt die Hände; es war offensichtlich, dass er das Abenteuer als eine erfreuliche Abwechslung in seinem eher ruhigen Leben auf dem Moor begrüßte.

Der Baronet hat sich mit dem Architekten, der die Baupläne für Sir Charles entworfen hat, und einem Londoner Bauunternehmer in Verbindung gesetzt, sodass hier bald größerer Veränderungen auf uns zukommen. Aus Plymouth waren Innenausstatter und Lieferanten hier, und man merkt, dass unser Freund große Pläne hat und weder Kosten noch Mühen scheuen wird, um den Glanz seiner Familie wieder aufleben zu lassen. Wenn das Haus renoviert und neu eingerichtet ist, wird ihm bloß noch eine Frau fehlen, um alles vollkommen zu machen. Unter uns gesagt, es gibt recht deutliche Anzeichen dafür, dass es daran nicht fehlen wird, wenn nur die Dame einverstanden ist, denn ich habe selten jemanden von einer Frau so betört gesehen, wie Sir Henry es von unseren schönen Nachbarin Miss Stapleton ist. Und doch verlaufen die Pfade wahrer Liebe nicht ganz so eben, wie man es unter diesen Umständen erwarten würde. Heute zum Beispiel kam ganz unerwartet etwas dazwischen, was unseren Freund beträchtlich verwirrt und verärgert hat.

Nach dem erwähnten Gespräch über Barrymore setzte Sir Henry seinen Hut auf und machte sich zum Ausgehen fertig. Ich tat selbstverständlich dasselbe.

»Was, gehen *Sie* denn auch aus, Watson?«, fragte er mich und sah mich dabei ganz sonderbar an.

»Das kommt darauf an, ob Sie aufs Moor hinausgehen«, sagte ich.

»Ja, das werde ich.«

'Well, you know what my instructions are. I am sorry to intrude, but you heard how earnestly Holmes insisted that I should not leave you, and especially that you should not go alone upon the moor.'

Sir Henry put his hand upon my shoulder, with a pleasant smile.

'My dear fellow,' said he, 'Holmes, with all his wisdom, did not foresee some things which have happened since I have been on the moor. You understand me? I am sure that you are the last man in the world who would wish to be a spoil-sport. I must go out alone.'

It put me in a most awkward position. I was at a loss what to say or what to do, and before I had made up my mind he picked up his cane and was gone.

But when I came to think the matter over my conscience reproached me bitterly for having on any pretext allowed him to go out of my sight. I imagined what my feelings would be if I had to return to you and to confess that some misfortune had occurred through my disregard for your instructions. I assure you my cheeks flushed at the very thought. It might not even now be too late to overtake him, so I set off at once in the direction of Merripit House.

I hurried along the road at the top of my speed without seeing anything of Sir Henry, until I came to the point where the moor path branches off. There, fearing that perhaps I had come in the wrong direction, after all, I mounted a hill from which I could command a view–the same hill which is cut into the dark quarry. Then I saw him at once. He was on the moor path, about a quarter of a mile off, and a lady was by his side who could only be Miss Stapleton. It was clear that there was already an

»Nun, Sie wissen ja, wie meine Anweisungen lauten. Es tut mir leid, wenn ich mich aufdränge, aber Sie hörten ja selbst, wie eindringlich Holmes darauf bestanden hat, dass ich nicht von Ihrer Seite weiche, insbesondere, wenn Sie aufs Moor hinauswollen.«

Sir Henry lächelte freundlich und legte seine Hand auf meine Schulter.

»Mein lieber Freund«, sagte er, »in all seiner Weisheit konnte selbst Holmes gewisse Dinge nicht vorhersehen, die sich während meines Aufenthaltes hier auf dem Moor zugetragen haben. Sie verstehen mich doch? Ich bin mir gewiss, dass Sie der letzte wären, der ein Spielverderber sein möchte. Ich muss alleine gehen.«

Das brachte mich in eine höchst unangenehme Lage. Ich wusste nicht, was ich sagen oder tun sollte, und noch ehe ich einen Entschluss fassen konnte, nahm Sir Henry seinen Stock und verschwand.

Doch als ich die Angelegenheit überdachte, befielen mich heftige Gewissensbisse, dass ich ihn unter welchem Vorwand auch immer aus den Augen gelassen hatte. Ich malte mir aus, mit welchen Gefühlen ich vor Sie treten würde, wenn ich bekennen müsste, dass sich durch meine Missachtung Ihrer Anordnungen irgendein Unglück zugetragen hätte. Ich versichere Ihnen, dass ich bei dem bloßen Gedanken daran errötete. Vielleicht war es auch jetzt noch nicht zu spät, um ihn einzuholen, und so machte ich mich unverzüglich auf den Weg nach Merripit House.

So schnell ich konnte, eilte ich die Straße entlang, ohne eine Spur von Sir Henry zu entdecken, bis ich an die Stelle gelangte, wo sich der Moorpfad teilt. In der Befürchtung, ich hätte vielleicht doch den falschen Weg genommen, erklomm ich einen Hügel, der mir gute Sicht gewährte – es war eben jener Hügel, wo sich der dunkle Steinbruch befindet. Sir Henry befand sich ungefähr eine viertel Meile entfernt auf dem Moorweg, und an seiner Seite ging eine Dame, die nur Miss Stapleton sein konnte. Es war deutlich, dass bereits Einigkeit zwischen den beiden

understanding between them and that they had met by appointment. They were walking slowly along in deep conversation, and I saw her making quick little movements of her hands as if she were very earnest in what she was saying, while he listened intently, and once or twice shook his head in strong dissent. I stood among the rocks watching them, very much puzzled as to what I should do next. To follow them and break into their intimate conversation seemed to be an outrage, and yet my clear duty was never for an instant to let him out of my sight. To act the spy upon a friend was a hateful task. Still, I could see no better course than to observe him from the hill, and to clear my conscience by confessing to him afterwards what I had done. It is true that if any sudden danger had threatened him I was too far away to be of use, and yet I am sure that you will agree with me that the position was very difficult, and that there was nothing more which I could do.

Our friend, Sir Henry, and the lady had halted on the path and were standing deeply absorbed in their conversation, when I was suddenly aware that I was not the only witness of their interview. A wisp of green floating in the air caught my eye, and another glance showed me that it was carried on a stick by a man who was moving among the broken ground. It was Stapleton with his butterfly-net. He was very much closer to the pair than I was, and he appeared to be moving in their direction. At this instant Sir Henry suddenly drew Miss Stapleton to his side. His arm was round her, but it seemed to me that she was straining away from him with her face averted. He stooped his head to hers, and she raised one hand as if in protest. Next moment I saw them spring apart and turn hurriedly round. Stapleton was the cause of the interruption. He was running wildly towards

herrschte und dass sie sich verabredet hatten. In ihr Gespräch vertieft, gingen sie langsam den Weg entlang. Oft machte sie rasche, kleine Bewegungen mit ihren Händen, als ob es ihr mit dem, was sie sagte, besonders ernst sei, während er aufmerksam zuhörte und ein- oder zweimal energisch den Kopf schüttelte. Ich stand zwischen den Felsen und beobachtete sie, und war völlig ratlos, was ich als nächstes tun sollte. Ihnen nachzugehen und mich in ihre vertrauliche Unterhaltung einzumischen, wäre äußerst taktlos gewesen, und doch war es ganz klar meine Pflicht, ihn keine Sekunde aus den Augen zu lassen. Einen Freund auszuspionieren, ist eine erbärmliche Aufgabe. Ich sah jedoch keinen besseren Ausweg, als ihn von meinem Hügel aus zu beobachten, ihm hinterher zu gestehen, was ich getan hatte, und so mein Gewissen zu erleichtern. Hätte ihm plötzlich Gefahr gedroht, dann wäre ich freilich zu weit entfernt gewesen, um noch von Nutzen zu sein. Dennoch bin ich mir sicher, dass Sie mir zustimmen werden, dass meine Lage sehr heikel war und ich mehr nicht tun konnte.

Unser Freund, Sir Henry, und die Dame waren stehengeblieben und tief in ihr Gespräch versunken, als ich plötzlich bemerkte, dass ich nicht der einzige Zeuge ihres Treffens war. Ein Hauch von Grün, das in der Luft flatterte, erregte meine Aufmerksamkeit, und als ich näher hinsah, erkannte ich, dass es an einem Stock hing, den ein Mann trug, der sich über den unebenen Boden bewegte. Es war Stapleton mit seinem Schmetterlingsnetz. Er war dem Paar sehr viel näher als ich und schien in ihre Richtung zu gehen. In diesem Moment zog Sir Henry Miss Stapleton plötzlich an sich. Er hatte den Arm um sie gelegt, aber es kam mir vor, als versuchte sie sich mit abgewandtem Gesicht von ihm loszumachen. Er beugte den Kopf zu ihr herunter, und sie hob eine Hand, wie um zu protestieren. Im nächsten Augenblick sah ich, wie die beiden auseinanderfuhren und sich abrupt umdrehten. Grund für diese Unterbrechung war Stapleton. Er

them, his absurd net dangling behind him. He gesticulated and almost danced with excitement in front of the lovers. What the scene meant I could not imagine, but it seemed to me that Stapleton was abusing Sir Henry, who offered explanations, which became more angry as the other refused to accept them. The lady stood by in haughty silence. Finally Stapleton turned upon his heel and beckoned in a peremptory way to his sister, who, after an irresolute glance at Sir Henry, walked off by the side of her brother. The naturalist's angry gestures showed that the lady was included in his displeasure. The baronet stood for a minute looking after them, and then he walked slowly back the way that he had come, his head hanging, the very picture of dejection.

What all this meant I could not imagine, but I was deeply ashamed to have witnessed so intimate a scene without my friend's knowledge. I ran down the hill, therefore, and met the baronet at the bottom. His face was flushed with anger and his brows were wrinkled, like one who is at his wits' ends what to do.

'Hullo, Watson! Where have you dropped from?' said he. 'You don't mean to say that you came after me in spite of all?'

I explained everything to him: how I had found it impossible to remain behind, how I had followed him, and how I had witnessed all that had occurred. For an instant his eyes blazed at me, but my frankness disarmed his anger, and he broke at last into a rather rueful laugh.

'You would have thought the middle of that prairie a fairly safe place for a man to be private,' said he, 'but, by thunder, the whole country-side seems to have been out

stürzte wild auf sie zu, während sein lächerliches Netz hinter ihm hin- und herschaukelte. Er gestikulierte und tanzte fast vor Aufregung vor den Liebenden herum. Was diese Szene zu bedeuten hatte, konnte ich nicht ausmachen, aber mir schien, dass Stapleton Sir Henry beschimpfte, während dieser Erklärungen vorbrachte, die immer ärgerlicher wurden, je länger sich der andere weigerte, sie zu akzeptieren. Die Dame stand in hochmütigem Schweigen daneben. Schließlich machte Stapleton auf dem Absatz kehrt und gab seiner Schwester mit gebieterischer Geste ein Zeichen, woraufhin sie sich nach einem unentschlossenen Blick auf Sir Henry an der Seite ihres Bruders entfernte. Die wütenden Gebärden des Naturforschers zeigten, dass seine Verärgerung auch ihr galt. Der Baronet stand eine Weile lang da und sah ihnen nach, dann ging er, mit gesenktem Haupt und ein Bild des Jammers, langsam den Weg zurück, den er gekommen war.

Die Bedeutung des Vorfalls war mir schleierhaft, doch ich war tief beschämt, ohne Wissen meines Freundes einer so intimen Szene beigewohnt zu haben. Deshalb eilte ich rasch den Hügel hinunter und traf unten den Baronet. Sein Gesicht war vor Zorn rot angelaufen und seine Stirn so in Falten gelegt, als wüsste er nun endgültig nicht mehr weiter.

»Hallo, Watson! Wo kommen Sie denn plötzlich her?«, fragte er. »Sie wollen mir doch nicht sagen, dass Sie mir trotzdem einfach so nachgegangen sind?«

Ich erklärte ihm alles: wie es mir unmöglich gewesen sei, zurückzubleiben, wie ich ihm gefolgt und Zeuge all dessen geworden war. Einen Moment lang blitzten seine Augen mich an, dann aber entwaffnete ihn meine Offenheit, und er brach schließlich in ein eher klägliches Lachen aus.

»Man sollte meinen, dass sich mitten in dieser Prärie ein geeigneter Ort fände, ungestört seinen Privatangelegenheiten nachzugehen«, sagte er, »aber, zum Donnerwetter, die ganze Nach-

to see me do my wooing—and a mighty poor wooing at that! Where had you engaged a seat?'

'I was on that hill.'

'Quite in the back row, eh? But her brother was well up to the front. Did you see him come out on us?'

'Yes, I did.'

'Did he ever strike you as being crazy—this brother of hers?'

'I can't say that he ever did.'

'I dare say not. I always thought him sane enough until to-day, but you can take it from me that either he or I ought to be in a strait-jacket. What's the matter with me, anyhow? You've lived near me for some weeks, Watson. Tell me straight, now! Is there anything that would prevent me from making a good husband to a woman that I loved?'

'I should say not.'

'He can't object to my worldly position, so it must be myself that he has this down on. What has he against me? I never hurt man or woman in my life that I know of. And yet he would not so much as let me touch the tips of her fingers.'

'Did he say so?'

'That, and a deal more. I tell you, Watson, I've only known her these few weeks, but from the first I just felt that she was made for me, and she, too—she was happy when she was with me, and that I'll swear. There's a light in a woman's eyes that speaks louder than words. But he has never let us get together, and it was only to-day for the first time that I saw a chance of having a few words with her alone. She was glad to meet me, but when she

barschaft scheint sich auf die Beine gemacht zu haben, um mich bei meinem Liebeswerben zu beobachten – und einem so erbärmlichen noch dazu. Wo hatten Sie denn Ihren Platz?«

»Ich war auf dem Hügel dort.«

»So ziemlich in der letzten Reihe, was? Dafür war ihr Bruder ganz vorne dabei. Haben Sie gesehen, wie er auf uns losgegangen ist?«

»Ja, das habe ich.«

»Hatten Sie je den Eindruck, dass dieser Bruder verrückt ist?«

»Bisher wohl eher nicht.«

»Das dachte ich mir. Ich selbst hielt ihn bis heute für vollkommen vernünftig, aber glauben Sie mir, entweder er oder ich gehören in eine Zwangsjacke. Was ist denn eigentlich los mit mir? Sie leben nun schon mehrere Wochen mit mir unter einem Dach, Watson. Sagen Sie es frei heraus! Habe ich irgendwas an mir, das mich daran hindert, der Frau, die ich liebe, ein guter Ehemann zu sein?«

»Ich würde sagen, nein.«

»Gegen meine gesellschaftliche Stellung kann er nichts einzuwenden haben, also bin ich es selbst, auf den er diesen Groll hat. Was hat er gegen mich? Meines Wissens habe ich in meinem ganzen Leben noch keiner Fliege etwas zuleide getan. Und dennoch will er mich nicht einmal ihre Fingerspitzen berühren lassen.«

»Hat er das so gesagt?«

»Das, und noch vieles mehr. Ich sage Ihnen, Watson, ich kenne sie erst seit ein paar Wochen, aber vom ersten Augenblick an hatte ich das Gefühl, dass sie für mich geschaffen ist, und sie – auch sie war glücklich, wenn sie mit mir zusammen war, das schwöre ich. In den Augen einer Frau liegt ein Glanz, der mehr sagt als tausend Worte. Aber er hat immer verhindert, dass wir uns treffen, und erst heute sah ich zum ersten Mal eine Möglichkeit, ein paar Worte unter vier Augen mit ihr zu wechseln. Sie war einverstanden, mich

did it was not love that she would talk about, and she wouldn't let me talk about it either if she could have stopped it. She kept coming back to it that this was a place of danger, and that she would never be happy until I had left it. I told her that since I had seen her I was in no hurry to leave it, and that if she really wanted me to go, the only way to work it was for her to arrange to go with me. With that I offered in as many words to marry her, but before she could answer down came this brother of hers, running at us with a face on him like a madman. He was just white with rage, and those light eyes of his were blazing with fury. What was I doing with the lady? How dared I offer her attentions which were distasteful to her? Did I think that because I was a baronet I could do what I liked? If he had not been her brother I should have known better how to answer him. As it was I told him that my feelings towards his sister were such as I was not ashamed of, and that I hoped that she might honour me by becoming my wife. That seemed to make the matter no better, so then I lost my temper too, and I answered him rather more hotly than I should, perhaps, considering that she was standing by. So it ended by his going off with her, as you saw, and here am I as badly puzzled a man as any in this county. Just tell me what it all means, Watson, and I'll owe you more than ever I can hope to pay.'

I tried one or two explanations, but, indeed, I was completely puzzled myself. Our friend's title, his fortune, his age, his character, and his appearance are all in his favour, and I know nothing against him, unless it be this dark fate which runs in his family. That his advances should be rejected so brusquely without any reference to the lady's own wishes, and that the lady should accept

zu treffen, aber als wir uns dann sahen, wollte sie von Liebe nicht sprechen und hätte auch mich am liebsten daran gehindert. Immer wieder kam sie darauf zurück, dass dies ein gefährlicher Ort sei und dass sie niemals glücklich sein könne, solange ich hier sei. Ich sagte ihr, dass ich es, seit ich ihr begegnet sei, mit der Abreise nicht eilig hätte, und dass der einzige Weg, mich zur Abreise zu bewegen, sollte sie tatsächlich wollen, dass ich gehe, darin bestünde, dafür zu sorgen, dass sie mit mir kommt. Mit diesen Worten machte ich ihr ja gleichzeitig einen Heiratsantrag, aber bevor sie noch antworten konnte, kam ihr Bruder wie ein Irrsinniger auf uns zugestürmt. Er war ganz weiß vor Wut, und diese hellen Augen sprühten vor Zorn. Was ich mit der Dame täte! Wie ich dazu käme, ihr gegen ihren Willen den Hof zu machen! Ob ich glaubte, nur weil ich ein Baronet sei, könne ich tun, was mir gefällt? Wäre er nicht ihr Bruder gewesen, hätte ich die passende Antwort parat gehabt. So aber begnügte ich mich damit, ihm zu sagen, dass ich mich meiner Gefühle seiner Schwester gegenüber nicht zu schämen bräuchte und dass ich die Hoffnung hegte, sie würde mir die Ehre erweisen, meine Frau zu werden. Das schien die Sache nicht besser zu machen, also verlor auch ich die Beherrschung und habe ihm vielleicht etwas schärfer geantwortet, als ich es hätte tun sollen, da sie ja neben uns stand. Das Ende vom Lied war, wie Sie ja gesehen haben, dass er mit ihr fortgegangen ist, und jetzt stehe ich da, ratloser als jeder andere in dieser Grafschaft. Sagen Sie mir einfach, was das zu bedeuten hat, Watson, und ich schulde Ihnen mehr, als ich je in der Lage sein werde zu bezahlen.«

Ich probierte es mit ein oder zwei Erklärungen, doch in Wirklichkeit war ich selbst vollkommen ratlos. Der Adelstitel unseres Freundes, sein Vermögen, sein Alter, sein Charakter und seine Erscheinung, alles spricht für ihn, und nichts fällt mir zu seinen Ungunsten ein, es sei denn, es hätte mit diesem düsteren Verhängnis zu tun, das über seiner Familie schwebt. Dass man sein Werben so schroff zurückwies, ohne dass die Dame nach ihren

the situation without protest, is very amazing. However, our conjectures were set at rest by a visit from Stapleton himself that very afternoon. He had come to offer apologies for his rudeness of the morning, and after a long private interview with Sir Henry in his study the upshot of their conversation was that the breach is quite healed, and that we are to dine at Merripit House next Friday as a sign of it.

'I don't say now that he isn't a crazy man,' said Sir Henry; 'I can't forget the look in his eyes when he ran at me this morning, but I must allow that no man could make a more handsome apology than he has done.'

'Did he give any explanation of his conduct?'

'His sister is everything in his life, he says. That is natural enough, and I am glad that he should understand her value. They have always been together, and according to his account he has been a very lonely man with only her as a companion, so that the thought of losing her was really terrible to him. He had not understood, he said, that I was becoming attached to her, but when he saw with his own eyes that it was really so, and that she might be taken away from him, it gave him such a shock that for a time he was not responsible for what he said or did. He was very sorry for all that had passed, and he recognized how foolish and how selfish it was that he should imagine that he could hold a beautiful woman like his sister to himself for her whole life. If she had to leave him he had rather it was to a neighbour like myself than to anyone else. But in any case it was a blow to him, and it would take him some time before

eigenen Wünschen überhaupt nur gefragt wurde, und dass sie sich ohne Protest in diese Lage fügte, ist wirklich verblüffend. Aber wie dem auch sei, es war Stapleton selbst, der unseren Spekulationen ein Ende setzte, als er uns am selben Nachmittag noch einen Besuch abstattete. Er war gekommen, um sich wegen seiner Unhöflichkeit am Morgen zu entschuldigen, und nach einem langen, persönlichen Gespräch mit Sir Henry in dessen Arbeitszimmer war das Ergebnis ihrer Unterredung, dass die Wunde nun wieder geheilt sei und dass wir zum Zeichen der Versöhnung am Freitag auf Merripit House zu Abend essen würden.

»Ich will noch immer nicht behaupten, dass er nicht verrückt sei«, sagte Sir Henry. »Ich kann den Ausdruck seiner Augen nicht vergessen, als er heute Morgen auf mich losstürzte, aber ich muss zugeben, dass man keine großmütigere Entschuldigung vorbringen kann, als er es getan hat.«

»Gab er irgendeine Erklärung für sein Benehmen?«

»Er sagt, seine Schwester bedeute ihm alles im Leben. Das ist nur natürlich, und ich freue mich, dass er sie zu schätzen weiß. Sie haben immer zusammen gelebt, und wie er mir erzählte, ist er stets ein sehr einsamer Mensch gewesen, der außer ihr niemanden hatte, sodass der Gedanke, sie zu verlieren, entsetzlich für ihn war. Er habe nicht wahrgenommen, sagte er, dass ich mich in sie verliebt hätte, aber als er es dann mit eigenen Augen sah und ihm klar geworden sei, dass sie ihm vielleicht genommen würde, da hätte ihm das einen solchen Stoß versetzt, dass er eine Zeitlang nicht gewusst hätte, was er sagte oder tat. Der ganze Vorfall täte ihm sehr leid, und er müsse zugeben, dass es töricht und egoistisch von ihm sei, sich einzubilden, er könne eine schöne Frau wie seine Schwester ihr ganzes Leben für sich behalten. Wenn sie ihn schon verlassen müsse, dann wäre es ihm lieber, sie ginge zu einem Nachbarn wie mir als zu sonst irgendjemandem. Jedenfalls aber sei es ein harter Schlag für ihn, und es würde einige Zeit brauchen, ehe er soweit sei, ihm angemessen zu be-

he could prepare himself to meet it. He would withdraw all opposition upon his part if I would promise for three months to let the matter rest, and to be content with cultivating the lady's friendship during that time without claiming her love. This I promised, and so the matter rests.'

So there is one of our small mysteries cleared up. It is something to have touched bottom anywhere in this bog in which we are floundering. We know now why Stapleton looked with disfavour upon his sister's suitor–even when that suitor was so eligible a one as Sir Henry. And now I pass on to another thread which I have extricated out of the tangled skein, the mystery of the sobs in the night, of the tear-stained face of Mrs Barrymore, of the secret journey of the butler to the western lattice-window. Congratulate me, my dear Holmes, and tell me that I have not disappointed you as an agent–that you do not regret the confidence which you showed in me when you sent me down. All these things have by one night's work been thoroughly cleared.

I have said 'by one night's work,' but, in truth, it was by two nights' work, for on the first we drew entirely blank. I sat up with Sir Henry in his room until nearly three o'clock in the morning, but no sound of any sort did we hear except the chiming clock upon the stairs. It was a most melancholy vigil, and ended by each of us falling asleep in our chairs. Fortunately we were not discouraged, and we determined to try again. The next night we lowered the lamp and sat smoking cigarettes, without making the least sound. It was incredible how slowly the hours crawled by, and yet we were helped through it by the same sort of patient interest which the

gegnen. Er wolle seinerseits auf jeden Widerstand verzichten, wenn ich im Gegenzug verspräche, die Angelegenheit drei Monate lang auf sich beruhen zu lassen und mich während dieser Zeit mit der Freundschaft dieser Dame zu begnügen und nicht um ihre Liebe zu werben. Das habe ich ihm versprochen, und somit ist die Sache vorläufig erledigt.«

Damit ist also eines unserer kleinen Rätsel gelöst, und zumindest an einer Stelle des Morasts, in dem wir stecken, sind wir auf festen Boden gestoßen. Wir wissen jetzt, warum Stapleton dem Freier seiner Schwester so feindselig gegenüberstand, auch wenn dieser Freier ein so wünschenswerter ist wie Sir Henry. Und nun komme ich zu einem weiteren Faden, den ich aus dem wirren Knäuel gelöst habe, nämlich dem Rätsel um das nächtliche Weinen, um die Tränenspuren auf Mrs. Barrymores Gesicht und die heimliche Wanderung des Butlers zu dem Bleiglasfenster im Westteil. Gratulieren Sie mir dazu, mein lieber Holmes, und sagen Sie mir, dass ich Sie als Ihr Gesandter nicht enttäuscht habe, dass Sie das Vertrauen, das Sie mir entgegenbrachten, als Sie mich hierher schickten, nicht bereuen. All diese Dinge sind durch die Arbeit einer einzigen Nacht vollkommen aufgeklärt worden.

Ich sagte »durch die Arbeit einer einzigen Nacht«, doch in Wirklichkeit brauchten wir zwei Nächte dazu, denn die erste blieb völlig ergebnislos. Ich saß mit Sir Henry bis gegen drei Uhr morgens in seinem Zimmer, aber kein Laut drang an unser Ohr, bis auf das Schlagen der Uhr auf der Treppe. Es war eine höchst melancholische Nachtwache, die damit endete, dass wir beide in unseren Stühlen einschliefen. Zum Glück ließen wir uns dadurch nicht entmutigen, sondern beschlossen, es noch einmal zu versuchen. Am nächsten Abend dämpften wir das Licht und rauchten Zigaretten, ohne den leisesten Ton von uns zu geben. Es war unglaublich, wie langsam die Stunden dahinschlichen, und doch half uns dieselbe Art von geduldiger Neu-

hunter must feel as he watches the trap into which he hopes the game may wander. One struck, and two, and we had almost for the second time given it up in despair, when in an instant we both sat bolt upright in our chairs, with all our weary senses keenly on the alert once more. We had heard the creak of a step in the passage.

Very stealthily we heard it pass along until it died away in the distance. Then the baronet gently opened his door, and we set out in pursuit. Already our man had gone round the gallery, and the corridor was all in darkness. Softly we stole along until we had come into the other wing. We were just in time to catch a glimpse of the tall, black-bearded figure, his shoulders rounded, as he tip-toed down the passage. Then he passed through the same door as before, and the light of the candle framed it in the darkness and shot one single yellow beam across the gloom of the corridor. We shuffled cautiously towards it, trying every plank before we dared to put our whole weight upon it. We had taken the precaution of leaving our boots behind us, but, even so, the old boards snapped and creaked beneath our tread. Sometimes it seemed impossible that he should fail to hear our approach. However, the man is fortunately rather deaf, and he was entirely preoccupied in that which he was doing. When at last we reached the door and peeped through we found him crouching at the window, candle in hand, his white, intent face pressed against the pane, exactly as I had seen him two nights before.

We had arranged no plan of campaign, but the baronet is a man to whom the most direct way is always the most natural. He walked into the room, and as he

gier darüber hinweg, wie wohl der Jäger sie verspürt, wenn er neben einer Falle auf der Lauer liegt, in die das Wild, wie er hofft, geraten wird. Es schlug eins, dann zwei, und wir hätten beinahe zum zweiten Mal verzweifelt aufgegeben, als wir beide jäh in unseren Stühlen aufschreckten, all unsere Sinne erneut in höchster Alarmbereitschaft. Wir hatten das Knarren eines Schrittes auf dem Gang vernommen.

Ganz verstohlen hörten wir jemanden vorbeischleichen, bis die Schritte in der Ferne verklangen. Dann öffnete der Baronet vorsichtig die Tür, und wir machten uns an die Verfolgung. Unser Mann hatte die Galerie bereits umrundet, und der Korridor lag in tiefer Dunkelheit. Leise schlichen wir den Gang hinunter, bis wir den anderen Flügel erreicht hatten – gerade noch rechtzeitig, um einen flüchtigen Blick der großen, schwarzbärtigen Gestalt zu erhaschen, die sich gebeugt und auf Zehenspitzen durch den Flur stahl. Dann verschwand sie durch dieselbe Tür wie zuvor, und das Licht der Kerze ließ in der Dunkelheit den Türrahmen leuchten und warf einen einzigen gelben Strahl quer über den düsteren Korridor. Wir tasteten uns vorsichtig näher und prüften jede Bohle, bevor wir es wagten, unser ganzes Gewicht darauf zu verlagern. Wir hatten unsere Stiefel vorsichtshalber stehen lassen, aber dennoch ächzten und knarrten die alten Bretter unter unserem Tritt. Zuweilen schien es unmöglich, dass er unser Näherkommen nicht hörte. Glücklicherweise ist der Mann aber wirklich recht schwerhörig, und zudem war er völlig in seine gegenwärtige Beschäftigung vertieft. Als wir schließlich die Tür erreichten und in das Zimmer spähten, sahen wir ihn mit der Kerze in der Hand vor dem Fenster hocken, das blasse, angespannte Gesicht gegen die Scheibe gepresst, genauso, wie ich ihn zwei Nächte zuvor gesehen hatte.

Wir hatten uns auf keine bestimmte Vorgehensweise geeinigt, aber der Baronet ist ein Mann, für den der direkteste Weg stets der selbstverständlichste ist. Er betrat das Zimmer, und sofort

did so Barrymore sprang up from the window with a sharp hiss of his breath, and stood, livid and trembling, before us. His dark eyes, glaring out of the white mask of his face, were full of horror and astonishment as he gazed from Sir Henry to me.

'What are you doing here, Barrymore?'

'Nothing, sir.' His agitation was so great that he could hardly speak, and the shadows sprang up and down from the shaking of his candle. 'It was the window, sir. I go round at night to see that they are fastened.'

'On the second floor?'

'Yes, sir, all the windows.'

'Look here, Barrymore,' said Sir Henry, sternly, 'we have made up our minds to have the truth out of you, so it will save you trouble to tell it sooner rather than later. Come, now! No lies! What were you doing at that window?'

The fellow looked at us in a helpless way, and he wrung his hands together like one who is in the last extremity of doubt and misery.

'I was doing no harm, sir. I was holding a candle to the window.'

'And why were you holding a candle to the window?'

'Don't ask me, Sir Henry—don't ask me! I give you my word, sir, that it is not my secret, and that I cannot tell it. If it concerned no one but myself I would not try to keep it from you.'

A sudden idea occurred to me, and I took the candle from the window-sill, where the butler had placed it.

'He must have been holding it as a signal,' said I. 'Let us see if there is any answer.'

I held it as he had done, and stared out into the darkness of the night. Vaguely I could discern the black

sprang Barrymore vom Fenster zurück, ließ ein erschrecktes Zischen vernehmen und stand dann bleich und zitternd vor uns. Seine dunklen Augen, die aus der weißen Maske seines Gesichtes hervorglühten, waren erfüllt von Entsetzen und Verwunderung, als er von Sir Henry zu mir herüberstarrte.

»Was machen Sie hier, Barrymore?«

»Nichts, Sir.« Seine Aufregung war so groß, dass er kaum sprechen konnte, und die zitternde Kerze in seiner Hand warf hüpfende Schatten. »Es ist wegen des Fensters, Sir. Ich mache nachts die Runde, um nachzusehen, ob sie verriegelt sind.«

»Im zweiten Stock?«

»Ja, Sir, alle Fenster.«

»Hören Sie, Barrymore«, sagte Sir Henry streng, »wir sind entschlossen, die Wahrheit aus Ihnen herauszubekommen. Deshalb ersparen Sie sich den Ärger und rücken besser früher als später damit heraus. Kommen Sie schon! Keine Lügen! Was wollten Sie an diesem Fenster?«

Der Bursche sah uns hilflos an und rang verzweifelt die Hände wie jemand, der das Alleräußerste an Zweifel und Elend erreicht hat.

»Ich habe nichts Böses getan, Sir. Ich habe eine Kerze ans Fenster gehalten.«

»Und warum haben Sie eine Kerze ans Fenster gehalten?«

»Fragen Sie mich nicht, Sir Henry, fragen Sie mich nicht! Ich gebe Ihnen mein Wort, Sir, dass es nicht mein Geheimnis ist und dass ich es nicht verraten kann. Wenn es nur mich selbst beträfe, würde ich nicht versuchen, es Ihnen vorzuenthalten.«

Ich hatte eine plötzliche Eingebung und nahm die Kerze vom Fensterbrett, auf das der Diener sie gestellt hatte.

»Er muss sie als Signal benutzt haben«, sagte ich. »Wollen wir doch mal sehen, ob jemand antwortet.«

Ich hielt die Kerze so, wie er es getan hatte, und starrte hinaus in die Dunkelheit der Nacht. Nur undeutlich konnte ich die

bank of the trees and the lighter expanse of the moor, for the moon was behind the clouds. And then I gave a cry of exultation, for a tiny pin-point of yellow light had suddenly transfixed the dark veil, and glowed steadily in the centre of the black square framed by the window.

'There it is!' I cried.

'No, no, sir, it is nothing–nothing at all,' the butler broke in; 'I assure you, sir–'

'Move your light across the window, Watson!' cried the baronet. 'See, the other moves also! Now, you rascal, do you deny that it is a signal? Come, speak up! Who is your confederate out yonder, and what is this conspiracy that is going on?'

The man's face became openly defiant.

'It is my business, and not yours. I will not tell.'

'Then you leave my employment right away.'

'Very good, sir. If I must, I must.'

'And you go in disgrace. By thunder, you may well be ashamed of yourself. Your family has lived with mine for over a hundred years under this roof, and here I find you deep in some dark plot against me.'

'No, no, sir; no, not against you!'

It was a woman's voice, and Mrs Barrymore, paler and more horror-struck than her husband, was standing at the door. Her bulky figure in a shawl and skirt might have been comic were it not for the intensity of feeling upon her face.

'We have to go, Eliza. This is the end of it. You can pack our things,' said the butler.

schwarze Masse der Bäume und die hellere Fläche des Moors erkennen, denn der Mond lag hinter den Wolken verborgen. Dann aber schrie ich triumphierend auf, denn ein winzig kleiner gelber Lichtpunkt hatte plötzlich den dunklen Schleier durchbrochen und leuchtete gleichmäßig in der Mitte des dunklen, vom Fenster umrahmten Vierecks.

»Da ist es!«, rief ich.

»Nein, nein, Sir, es ist nichts, absolut gar nichts«, fiel der Diener ein. »Ich versichere Ihnen, Sir …«

»Bewegen Sie Ihr Licht am Fenster hin und her, Watson!«, rief der Baronet. »Sehen Sie, das andere bewegt sich ebenfalls. Und nun, Sie Halunke, leugnen Sie immer noch, dass es ein Signal ist? Heraus mit der Sprache! Wer ist Ihr Verbündeter da draußen, und was für eine Verschwörung ist hier im Gange?«

Das Gesicht des Mannes offenbarte nun unverblümten Trotz.

»Das ist meine Sache, und nicht Ihre. Ich werde nichts sagen.«

»Dann verlassen Sie auf der Stelle meinen Dienst.«

»Sehr wohl, Sir. Wenn ich gehen muss, dann gehe ich.«

»Und Sie gehen in Schimpf und Schande. Zum Donnerwetter, Sie sollten sich schämen. Ihre Familie wohnt mit der meinigen seit über hundert Jahren unter diesem Dach zusammen, und nun ertappe ich Sie dabei, wie Sie in irgendwelche dunklen Machenschaften gegen mich verwickelt sind.«

»Nein, nein, Sir, nein, nicht gegen Sie!«

Es war die Stimme einer Frau, und Mrs. Barrymore, blasser und von Entsetzen noch stärker gepackt als ihr Mann, stand in der Tür. Ihre massige Gestalt in Umhang und Rock hätte komisch gewirkt, wenn ihr Gesicht nicht von so tiefer Erschütterung gezeichnet gewesen wäre.

»Wir müssen gehen, Eliza. Das ist das Ende. Du kannst unsere Sachen zusammenpacken«, sagte der Diener.

'Oh, John, John, have I brought you to this? It is my doing, Sir Henry—all mine. He has done nothing except for my sake, and because I asked him.'

'Speak out, then! What does it mean?'

'My unhappy brother is starving on the moor. We cannot let him perish at our very gates. The light is a signal to him that food is ready for him, and his light out yonder is to show the spot to which to bring it.'

'Then your brother is—'

'The escaped convict, sir Selden, the criminal.'

'That's the truth, sir,' said Barrymore. 'I said that it was not my secret, and that I could not tell it to you. But now you have heard it, and you will see that if there was a plot it was not against you.'

This, then, was the explanation of the stealthy expeditions at night and the light at the window. Sir Henry and I both stared at the woman in amazement. Was it possible that this stolidly respectable person was of the same blood as one of the most notorious criminals in the country?

'Yes, sir, my name was Selden, and he is my younger brother. We humoured him too much when he was a lad, and gave him his own way in everything, until he came to think that the world was made for his pleasure, and that he could do what he liked in it. Then, as he grew older, he met wicked companions, and the devil entered into him until he broke my mother's heart and dragged our name in the dirt. From crime to crime he sank lower and lower, until it is only the mercy of God which has snatched him from the scaffold; but to me, sir, he was always the little curly-headed boy that I had nursed and played with, as an elder sister would. That was why he broke prison, sir. He knew that I was here, and that we

»Oh John, John, habe ich dich dahin gebracht? Es ist meine Schuld, Sir Henry, meine allein. Er hat es nur mir zuliebe getan, und weil ich ihn darum gebeten habe.«

»Dann heraus mit der Sprache! Was bedeutet das alles?«

»Mein unglückseliger Bruder verhungert auf dem Moor. Wir können ihn doch nicht vor unserer Tür zugrunde gehen lassen. Das Licht ist ein Zeichen, dass wir Essen für ihn bereithalten, und sein Licht da draußen bezeichnet die Stelle, wo wir es hinbringen sollen.«

»Dann ist Ihr Bruder also ...«

»Der entflohene Sträfling, Sir ... Selden, der Verbrecher.«

»Das ist die Wahrheit, Sir«, sagte Barrymore. »Ich sagte doch, dass es nicht mein Geheimnis ist und ich es deshalb nicht verraten kann. Aber nun haben Sie es gehört, und Sie werden einsehen, dass, wenn es eine Verschwörung gab, sie nicht gegen Sie gerichtet war.«

Das also war die Erklärung für die heimlichen nächtlichen Expeditionen und das Licht am Fenster. Sir Henry und ich starrten die Frau verblüfft an. War es möglich, dass diese durch und durch respektable Person von gleichem Blut sein sollte wie einer der berüchtigtsten Verbrecher des Landes?

»Ja, Sir, mein Mädchenname ist Selden, und er ist mein jüngerer Bruder. Wir haben ihn als kleinen Jungen zu sehr verwöhnt und ließen ihm in allem seinen Willen, bis er zuletzt dachte, die ganze Welt wäre nur zu seinem Vergnügen da und er könnte darin tun, was ihm gefiel. Als er dann älter wurde, geriet er in schlechte Gesellschaft, und der Teufel ergriff von ihm Besitz, bis er schließlich meiner Mutter das Herz brach und unseren guten Namen in den Dreck zog. Mit jedem Verbrechen sank er tiefer und tiefer, bis nur noch Gottes Gnade ihn vor dem Schafott bewahrt hat. Für mich aber, Sir, war er immer der kleine, kraushaarige Junge, den ich aufgezogen und mit dem ich gespielt hatte, wie eine ältere Schwester es tut. Deshalb brach er aus dem Gefängnis aus, Sir. Er wusste, dass ich hier bin und wir ihm un-

could not refuse to help him. When he dragged himself here one night, weary and starving, with the warders hard at his heels, what could we do? We took him in and fed him and cared for him. Then you returned, sir, and my brother thought he would be safer on the moor than anywhere else until the hue and cry was over, so he lay in hiding there. But every second night we made sure if he was still there by putting a light in the window, and if there was an answer my husband took out some bread and meat to him. Every day we hoped that he was gone, but as long as he was there we could not desert him. That is the whole truth, as I am an honest Christian woman, and you will see that if there is blame in the matter it does not lie with my husband, but with me, for whose sake he has done all that he has.'

The woman's words came with an intense earnestness which carried conviction with them.

'Is this true, Barrymore?'

'Yes, Sir Henry. Every word of it.'

'Well, I cannot blame you for standing by your own wife. Forget what I have said. Go to your room, you two, and we shall talk further about this matter in the morning.'

When they were gone we looked out of the window again. Sir Henry had flung it open, and the cold night wind beat in upon our faces. Far away in the black distance there still glowed that one tiny point of yellow light.

'I wonder he dares,' said Sir Henry.

'It may be so placed as to be only visible from here.'

'Very likely. How far do you think it is?'

'Out by the Cleft Tor, I think.'

sere Hilfe nicht verweigern würden. Und als er sich dann eines Nachts erschöpft und halb verhungert vor unsere Tür schleppte und die Aufseher ihm dicht auf den Fersen waren, was sollten wir da tun? Wir ließen ihn ein, gaben ihm zu essen und pflegten ihn. Dann kehrten Sie zurück, Sir, und mein Bruder meinte, auf dem Moor sei er sicherer als irgendwo sonst, bis sich die ganze Aufregung gelegt hätte, also hat er sich dort versteckt. Aber jede zweite Nacht haben wir uns vergewissert, ob er noch dort war, indem wir ein Licht ins Fenster stellten, und wenn er antwortete, brachte mein Mann ihm Brot und Fleisch hinaus. Jeden Tag haben wir gehofft, dass er fort wäre, aber solange er da war, konnten wir ihn nicht im Stich lassen. Das ist die ganze Wahrheit, so wahr ich eine ehrliche Christin bin, und Sie werden einsehen, dass, wenn jemand in dieser Sache zu tadeln ist, dann nicht mein Mann, sondern ich, für die er all das getan hat.«

Die Frau sprach in tiefem Ernst, und ihre Worte kamen aus innerer Überzeugung.

»Ist das wahr, Barrymore?«

»Ja, Sir Henry. Jedes einzelne Wort.«

»Nun, ich kann Sie nicht dafür tadeln, dass Sie zu Ihrer Frau gestanden haben. Vergessen Sie, was ich gesagt habe. Gehen Sie beide auf Ihr Zimmer, und morgen früh wollen wir weiter über die Sache sprechen.«

Als sie gegangen waren, blickten wir wieder aus dem Fenster. Sir Henry hatte es aufgestoßen, und der kalte Nachtwind schlug uns ins Gesicht. Weit weg in der düsteren Ferne schimmerte noch immer der winzig gelbe Lichtpunkt.

»Ich bin erstaunt, dass er es wagt«, sagte Sir Henry.

»Vielleicht ist das Licht so aufgestellt, dass man es nur von hier aus sehen kann.«

»Höchstwahrscheinlich. Wie weit, glauben Sie, ist es?«

»Draußen beim Cleft Tor, denke ich.«

'Not more than a mile or two off.'

'Hardly that.'

'Well, it cannot be far if Barrymore had to carry out the food to it. And he is waiting, this villain, beside that candle. By thunder, Watson, I am going out to take that man!'

The same thought had crossed my own mind. It was not as if the Barrymores had taken us into their confidence. Their secret had been forced from them. The man was a danger to the community, an unmitigated scoundrel for whom there was neither pity nor excuse. We were only doing our duty in taking this chance of putting him back where he could do no harm. With his brutal and violent nature, others would have to pay the price if we held our hands. Any night, for example, our neighbours the Stapletons might be attacked by him, and it may have been the thought of this which made Sir Henry so keen upon the adventure.

'I will come,' said I.

'Then get your revolver and put on your boots. The sooner we start the better, as the fellow may put out his light and be off.'

In five minutes we were outside the door, starting upon our expedition. We hurried through the dark shrubbery, amid the dull moaning of the autumn wind and the rustle of the falling leaves. The night-air was heavy with the smell of damp and decay. Now and again the moon peeped out for an instant, but clouds were driving over the face of the sky, and just as we came out on the moor a thin rain began to fall. The light still burned steadily in front.

'Are you armed?' I asked.

'I have a hunting-crop.'

»Also nicht mehr als ein oder zwei Meilen von hier.«

»Eher weniger.«

»Nun, es kann nicht weit sein, wenn Barrymore das Essen dort hintragen musste. Und jetzt wartet er, dieser Schurke, neben der Kerze. Zum Donnerwetter, Watson, ich gehe raus und schnapp mir den Kerl.«

Derselbe Gedanke war auch mir schon gekommen. Schließlich hatten die Barrymores uns nicht ins Vertrauen gezogen, sondern das Geheimnis war ihnen abgerungen worden. Der Mann war eine Gefahr für die Allgemeinheit, ein abscheulicher Verbrecher, für den es weder Mitleid noch Erbarmen gab. Wir taten nur unserer Pflicht, wenn wir diese Gelegenheit wahrnahmen und ihn dahin zurückbrachten, wo er keinen Schaden anrichten konnte. Ließen wir diesen brutalen und gewalttätigen Kerl entkommen, würden andere den Preis dafür zahlen müssen. Zum Beispiel könnte er nachts jederzeit unsere Nachbarn, die Stapletons, angreifen, und vielleicht war es eben diese Vorstellung, die Sir Henry zu diesem Abenteuer trieb.

»Ich komme mit«, sagte ich.

»Dann holen Sie Ihren Revolver, und ziehen Sie Ihre Stiefel an. Je früher wir aufbrechen, desto besser, bevor dieser Kerl das Licht löscht und verschwindet.«

Fünf Minuten später waren wir draußen vor der Tür und machten uns auf den Weg. Wir eilten durch das dunkle Gebüsch, begleitet vom eintönigen Seufzen des Herbstwindes und dem Rascheln der fallenden Blätter. In der Nachtluft lag schwer der Geruch von Feuchtigkeit und Moder. Hin und wieder lugte der Mond für einen Moment zwischen den Wolken hervor, die schnell über den Himmel zogen, und gerade als wir auf das Moor hinauskamen, setzte ein feiner Regen ein. Vor uns brannte noch immer unverändert das Licht.

»Sind Sie bewaffnet?«, fragte ich.

»Ich habe einen Jagdstock dabei.«

'We must close in on him rapidly, for he is said to be a desperate fellow. We shall take him by surprise and have him at our mercy before he can resist.'

'I say, Watson,' said the baronet, 'what would Holmes say to this? How about that hour of darkness in which the power of evil is exalted?'

As if in answer to his words there rose suddenly out of the vast gloom of the moor that strange cry which I had already heard upon the borders of the great Grimpen Mire. It came with the wind through the silence of the night, a long, deep mutter, then a rising howl, and then the sad moan in which it died away. Again and again it sounded, the whole air throbbing with it, strident, wild, and menacing. The baronet caught my sleeve, and his face glimmered white through the darkness.

'Good heavens, what's that, Watson?'

'I don't know. It's a sound they have on the moor. I heard it once before.'

It died away, and an absolute silence closed in upon us. We stood straining our ears, but nothing came.

'Watson,' said the baronet, 'it was the cry of a hound.'

My blood ran cold in my veins, for there was a break in his voice which told of the sudden horror which had seized him.

'What do they call this sound?' he asked.

'Who?'

'The folk on the country-side.'

'Oh, they are ignorant people. Why should you mind what they call it?'

»Wir müssen rasch an ihn ran, denn es heißt, er sei zum Äußersten entschlossen. Wir müssen ihn überraschen und außer Gefecht setzen, bevor er Widerstand leisten kann.«

»Teufel auch, Watson«, sagte der Baronet, »was würde Holmes nur dazu sagen? Wie war das mit den Stunden der Finsternis, da die bösen Mächte ihr Unwesen treiben?«

Wie als Antwort auf seine Frage erhob sich plötzlich aus der düsteren Weite des Moors jener seltsame Schrei, den ich schon einmal am Rande des großen Sumpfes von Grimpen vernommen hatte. Der Wind trug ihn durch die nächtliche Stille zu uns heran – ein langes, tiefes Gemurmel, dann ein ansteigendes Geheul und schließlich das traurige Seufzen, in dem der Schrei verklang. Wieder und wieder hallte er über das Moor und ließ die Luft erzittern, wild, schneidend und bedrohlich. Der Baronet packte mich am Ärmel, und sein Gesicht schimmerte bleich durch die Dunkelheit.

»Um Himmels willen, was ist das, Watson?«

»Ich weiß es nicht. Es ist ein Geräusch, das es hier auf dem Moor gibt. Ich habe es schon einmal gehört.«

Der Schrei verklang, und vollkommene Stille senkte sich auf uns herab. Wir horchten angestrengt, aber es war nichts mehr zu hören.

»Watson«, sagte der Baronet, »es war das Heulen eines Hundes.«

Mir erstarrte das Blut in den Adern, denn seine gebrochene Stimme verriet das plötzliche Entsetzen, das ihn gepackt hatte.

»Wie nennen sie dieses Geräusch?«, fragte er mich.

»Wer?«

»Die Leute in der Gegend hier.«

»Ach, das sind ungebildete Menschen. Was kümmert es Sie, wie sie es nennen?«

'Tell me, Watson. What do they say of it?'

I hesitated, but could not escape the question.

'They say it is the cry of the Hound of the Baskervilles.'

He groaned, and was silent for a few moments.

'A hound it was,' he said at last, 'but it seemed to come from miles away over yonder, I think.'

'It was hard to say whence it came.'

'It rose and fell with the wind. Isn't that the direction of the great Grimpen Mire?'

'Yes, it is.'

'Well, it was up there. Come now, Watson, didn't you think yourself that it was the cry of a hound? I am not a child. You need not fear to speak the truth.'

'Stapleton was with me when I heard it last. He said that it might be the calling of a strange bird.'

'No, no, it was a hound. My God, can there be some truth in all these stories? Is it possible that I am really in danger from so dark a cause? You don't believe it, do you, Watson?'

'No, no.'

'And yet it was one thing to laugh about it in London, and it is another to stand out here in the darkness of the moor and to hear such a cry as that. And my uncle! There was the footprint of the hound beside him as he lay. It all fits together. I don't think that I am a coward, Watson, but that sound seemed to freeze my very blood. Feel my hand!'

It was as cold as a block of marble.

'You'll be all right to-morrow.'

'I don't think I'll get that cry out of my head. What do you advise that we do now?'

»Sagen Sie es mir, Watson. Was reden die Leute darüber?«
Ich zögerte, konnte der Frage aber nicht ausweichen.
»Sie sagen, es ist der Schrei des Hundes der Baskervilles.«

Er stöhnte und schwieg eine Weile.

»Ein Hund war es«, sagte er schließlich, »aber es schien meilenweit entfernt und von dort drüben zu kommen, denke ich.«

»Es ist schwer zu sagen, woher es kam.«

»Es kam und ging mit dem Wind. Liegt nicht in dieser Richtung der große Sumpf von Grimpen?«

»Ja, das stimmt.«

»Nun, es kam von dort. Sagen Sie schon, Watson, dachten Sie selbst nicht auch, dass es das Heulen eines Hundes war? Ich bin doch kein Kind. Sie müssen sich nicht davor fürchten, mir die Wahrheit zu sagen.«

»Stapleton war dabei, als ich es das letzte Mal hörte. Er sagte, es handle sich vielleicht um den Schrei eines seltsamen Vogels.«

»Nein, nein, es war ein Hund. Mein Gott, kann denn etwas Wahres an all diesen Geschichten sein? Ist es möglich, dass mir wirklich von so dunkler Seite Gefahr droht? Sie glauben nicht daran, Watson, oder?«

»Natürlich nicht.«

»Und doch ist es eine Sache, sich in London darüber zu amüsieren, und eine völlig andere, hier in der Dunkelheit auf dem Moor zu stehen und einen Schrei wie diesen zu hören. Und mein Onkel! Neben der Stelle, wo er lag, waren Fußspuren eines Hundes zu sehen. Es passt alles zusammen. Ich halte mich nicht für einen Feigling, Watson, aber dieser Laut hat mein Blut in den Adern gefrieren lassen. Fühlen Sie meine Hand!«

Sie war so kalt wie ein Stück Marmor.

»Morgen werden Sie sich wieder besser fühlen.«

»Ich glaube nicht, dass ich diesen Schrei aus meinem Kopf bekommen werde. Was sollen wir Ihrer Meinung nach jetzt tun?«

'Shall we turn back?'

'No, by thunder; we have come out to get our man, and we will do it. We are after the convict, and a hell-hound, as likely as not, after us. Come on. We'll see it through if all the fiends of the pit were loose upon the moor.'

We stumbled slowly along in the darkness, with the black loom of the craggy hills around us, and the yellow speck of light burning steadily in front. There is nothing so deceptive as the distance of a light upon a pitch-dark night, and sometimes the glimmer seemed to be far away upon the horizon and sometimes it might have been within a few yards of us. But at last we could see whence it came, and then we knew that we were indeed very close. A guttering candle was stuck in a crevice of the rocks which flanked it on each side so as to keep the wind from it, and also to prevent it from being visible, save in the direction of Baskerville Hall. A boulder of granite concealed our approach, and crouching behind it we gazed over it at the signal light. It was strange to see this single candle burning there in the middle of the moor, with no sign of life near it—just the one straight yellow flame and the gleam of the rock on each side of it.

'What shall we do now?' whispered Sir Henry.

'Wait here. He must be near his light. Let us see if we can get a glimpse of him.'

The words were hardly out of my mouth when we both saw him. Over the rocks, in the crevice of which the candle burned, there was thrust out an evil yellow face, a terrible animal face, all seamed and scored with vile passions. Foul with mire, with a bristling beard, and hung with matted hair, it might well have belonged to one of those old savages who dwelt in the burrows on the hill-sides.

»Sollen wir umkehren?«

»Nein, zum Donnerwetter. Wir sind hergekommen, um diesen Mann zu stellen, und das werden wir auch. Wir sind hinter dem Häftling her, und ein Höllenhund sehr wahrscheinlich hinter uns. Kommen Sie. Wir bringen die Sache zu Ende, und wenn sämtliche Geschöpfe der Unterwelt auf dem Moor unterwegs sind.«

Wir stolperten langsam durch die Finsternis, von den schwarzen Umrissen der zerklüfteten Hügel umgeben, und vor uns brannte ruhig der gelbe Lichtfleck. In nichts täuscht man sich so leicht als in der Entfernung eines Lichts in pechfinsterer Nacht, und so schien es manchmal weit entfernt am Horizont zu glimmen, dann wieder war uns, als wäre es nur wenige Yards von uns entfernt. Schließlich konnten wir sehen, woher der Schein kam, und da war uns klar, dass wir fast schon davorstanden. Eine tropfende Kerze war so in eine Felsspalte gesteckt worden, dass sie vom Gestein von beiden Seiten vor dem Wind geschützt war und der Lichtschein nur von Baskerville Hall aus gesehen werden konnte. Ein Granitblock verbarg unser Näherkommen, wir duckten uns dahinter und blickten über ihn hinweg auf das Signallicht. Es war seltsam, diese einsame Kerze dort brennen zu sehen, hier mitten auf dem Moor, weit und breit ohne ein Zeichen von Leben – nur diese eine gerade, gelbe Flamme und ihr Widerschein auf den Felsen zu beiden Seiten.

»Was sollen wir jetzt machen?«, flüsterte Sir Henry.

»Hier warten. Er muss in der Nähe des Lichts sein. Wir wollen versuchen, ihn irgendwie zu Gesicht zu bekommen.«

Die Worte waren kaum ausgesprochen, als wir beide ihn erblickten. Über den Felsen, in dessen Spalte die Kerze brannte, streckte jemand ein böses, gelbes Gesicht, ein furchtbares, animalisches Gesicht, von niederträchtigen Leidenschaften zernarbt und durchfurcht. Von Schlamm besudelt, mit zottigem Bart und verfilztem Haar, hätte es genauso gut das Gesicht eines jener vorgeschichtlichen Wilden sein können, die in den Höhlen an den

The light beneath him was reflected in his small, cunning eyes, which peered fiercely to right and left through the darkness, like a crafty and savage animal who has heard the steps of the hunters.

Something had evidently aroused his suspicions. It may have been that Barrymore had some private signal which we had neglected to give, or the fellow may have had some other reason for thinking that all was not well, but I could read his fears upon his wicked face. Any instant he might dash out the light and vanish in the darkness. I sprang forward, therefore, and Sir Henry did the same. At the same moment the convict screamed out a curse at us and hurled a rock which splintered up against the boulder which had sheltered us. I caught one glimpse of his short, squat, strongly-built figure as he sprang to his feet and turned to run. At the same moment by a lucky chance the moon broke through the clouds. We rushed over the brow of the hill, and there was our man running with great speed down the other side, springing over the stones in his way with the activity of a mountain goat. A lucky long shot of my revolver might have crippled him, but I had brought it only to defend myself if attacked, and not to shoot an unarmed man who was running away.

We were both fair runners and in good condition, but we soon found that we had no chance of overtaking him. We saw him for a long time in the moonlight until he was only a small speck moving swiftly among the boulders upon the side of a distant hill. We ran and ran until we were completely blown, but the space between us grew ever wider. Finally we stopped and sat panting on two rocks, while we watched him disappearing in the distance.

Hügelhängen gehaust hatten. Das Licht, das unter ihm brannte, spiegelte sich in seinen kleinen, verschlagenen Augen, die mit wildem Blick nach rechts und links die Dunkelheit durchforschten wie ein listiges, wildes Tier, das die Schritte der Jäger gehört hat.

Etwas hatte offensichtlich seinen Verdacht erregt. Vielleicht benutzte Barrymore irgendein besonderes Zeichen, das wir nicht kannten, oder der Kerl hatte einen anderen Grund anzunehmen, dass nicht alles in Ordnung war. Die Furcht jedenfalls stand ihm deutlich in seinem niederträchtigen Gesicht. Er konnte jeden Moment die Kerze ausschlagen und in der Dunkelheit verschwinden. Deshalb sprang ich auf ihn zu, und Sir Henry tat es mir nach. Im selben Augenblick schrie uns der Sträfling einen Fluch entgegen und warf einen Stein, der am Felsblock zerschellte, hinter dem wir uns versteckt hatten. Ich erhaschte einen flüchtigen Blick auf seine kleine, gedrungene, kräftige Gestalt, als er aufsprang und sich zur Flucht wandte. Durch einen glücklichen Zufall brach im selben Moment der Mond durch die Wolken. Wir hasteten über die Hügelkuppe und sahen, wie unser Mann in rasender Geschwindigkeit auf der anderen Seite herunterrannte und die Steine, die ihm im Weg lagen, mit der Geschicklichkeit einer Bergziege übersprang. Ein glücklicher, gut gezielter Schuss mit meinem Revolver hätte ihn vielleicht aufgehalten, aber ich hatte die Waffe nur zu meiner Verteidigung mitgebracht und nicht, um damit auf einen unbewaffneten Mann zu schießen, der auf der Flucht war.

Wir waren beide ganz anständige Läufer und in guter Verfassung, stellten aber bald fest, dass wir keinerlei Chance hatten, ihn einzuholen. Wir sahen ihn noch lange im Mondlicht vor uns herlaufen, bis er nur noch ein kleiner Punkt war, der sich behände zwischen den Felsblöcken am Rande eines entfernten Hügels bewegte. Wir rannten und rannten, bis wir vollkommen erschöpft waren, doch der Abstand zwischen uns wurde immer größer. Schließlich hielten wir an, setzten uns keuchend auf zwei Felsen nieder und sahen ihn in der Ferne verschwinden.

And it was at this moment that there occurred a most strange and unexpected thing. We had risen from our rocks and were turning to go home, having abandoned the hopeless chase. The moon was low upon the right, and the jagged pinnacle of a granite tor stood up against the lower curve of its silver disc. There, outlined as black as an ebony statue on that shining background, I saw the figure of a man upon the tor. Do not think that it was a delusion, Holmes. I assure you that I have never in my life seen anything more clearly. As far as I could judge, the figure was that of a tall, thin man. He stood with his legs a little separated, his arms folded, his head bowed, as if he were brooding over that enormous wilderness of peat and granite which lay behind him. He might have been the very spirit of that terrible place. It was not the convict. This man was far from the place where the latter had disappeared. Besides, he was a much taller man. With a cry of surprise I pointed him out to the baronet, but in the instant during which I had turned to grasp his arm the man was gone. There was the sharp pinnacle of granite still cutting the lower edge of the moon, but its peak bore no trace of that silent and motionless figure.

I wished to go in that direction and to search the tor, but it was some distance away. The Baronet's nerves were still quivering from that cry, which recalled the dark story of his family, and he was not in the mood for fresh adventures. He had not seen this lonely man upon the tor, and could not feel the thrill which his strange presence and his commanding attitude had given to me. 'A warder, no doubt,' said he. 'The moor has been thick with them since this fellow escaped.' Well, perhaps his explanation may be the right one, but I should like to

Und genau in diesem Moment geschah etwas höchst Seltsames und Unerwartetes. Wir hatten uns von unseren Felsen erhoben und wollten gerade nach Hause gehen, da wir die hoffnungslose Jagd aufgegeben hatten. Der Mond hing niedrig zu unserer Rechten, und vor dem unteren Rand der silbernen Mondscheibe stand die zerklüftete Spitze einer felsigen Anhöhe. Vor diesem leuchtenden Hintergrund, scharf umrissen und schwarz wie eine Ebenholzstatue, sah ich die Gestalt eines Mannes auf dem Felshügel. Glauben Sie nicht, dass es Einbildung war, Holmes. Ich versichere Ihnen, ich habe in meinem ganzen Leben nie etwas deutlicher gesehen. Soweit ich es beurteilen kann, war es die Gestalt eines großen, dünnen Mannes. Er stand da, die Beine leicht gespreizt, die Arme verschränkt und den Kopf gesenkt, als sinnierte er über die ungeheure Wildnis aus Torf und Granit, die hinter ihm lag. Er hätte der Geist dieses schrecklichen Ortes sein können. Es war nicht der Sträfling. Dieser Mann war weit von der Stelle entfernt, an der jener verschwunden war. Außerdem war er viel größer. Mit einem Ausruf des Erstaunens packte ich den Baronet am Arm, um ihm den Mann zu zeigen, aber in dem Augenblick, in dem ich mich umgedreht hatte, war der Mann verschwunden. Die scharfe Granitspitze berührte noch immer den unteren Rand der Mondscheibe, doch von der schweigenden, reglosen Gestalt fehlte jede Spur.

Ich wäre gerne in diese Richtung gegangen und hätte den Felshügel abgesucht, aber es war zu weit weg. Die Nerven des Baronets bebten noch immer von jenem Schrei, der ihn an seine düstere Familiengeschichte erinnerte, und er war nicht in der Stimmung für neue Abenteuer. Er hatte den einsamen Mann auf der Anhöhe nicht gesehen und konnte den Schauer nicht nachempfinden, den seine seltsame Gegenwart und seine gebieterische Haltung in mir ausgelöst hatten. »Ohne Zweifel ein Wächter«, sagte er. »Das Moor wimmelt nur so von ihnen, seit dieser Kerl entflohen ist.« Nun, vielleicht hat er recht mit seiner

have some further proof of it. To-day we mean to communicate to the Princetown people where they should look for their missing man, but it is hard lines that we have not actually had the triumph of bringing him back as our own prisoner. Such are the adventures of last night, and you must acknowledge, my dear Holmes, that I have done you very well in the matter of a report. Much of what I tell you is no doubt quite irrelevant, but still I feel that it is best that I should let you have all the facts and leave you to select for yourself those which will be of most service to you in helping you to your conclusions. We are certainly making some progress. So far as the Barrymores go, we have found the motive of their actions, and that has cleared up the situation very much. But the moor with its mysteries and its strange inhabitants remains as inscrutable as ever. Perhaps in my next I may be able to throw some light upon this also. Best of all would it be if you could come down to us. In any case you will hear from me again in the course of the next few days.

Erklärung, aber ich hätte gerne weitere Beweise dafür. Heute wollen wir den Leuten von Princetown mitteilen, wo sie nach ihrem entlaufenen Sträfling suchen müssen, aber es ist bitter, dass uns der eigentliche Triumph verwehrt geblieben ist, ihn als unseren eigenen Gefangenen einzuliefern. Dies also sind die Ereignisse der letzten Nacht, und Sie müssen zugeben, mein lieber Holmes, dass ich Ihnen mit diesem Bericht einen sehr guten Dienst erwiesen habe. Ohne Zweifel ist vieles von dem, was ich Ihnen schreibe, ohne jede Bedeutung, dennoch bin ich überzeugt, dass es das Beste ist, wenn ich Ihnen sämtliche Tatsachen übermittle und es Ihnen überlasse, selbst diejenigen auszuwählen, die Ihnen für Ihre Schlussfolgerungen am dienlichsten sind. Sicherlich machen wir Fortschritte. Was die Barrymores betrifft, so haben wir den Beweggrund ihres Handelns ausfindig gemacht, und das hat die Lage bedeutend geklärt. Das Moor aber mit seinen Geheimnissen und seinen sonderbaren Bewohnern bleibt so unergründlich wie zuvor. Vielleicht bin ich in meinem nächsten Brief in der Lage, auch in diese Dinge etwas Licht zu bringen. Am besten wäre natürlich, Sie kämen selbst. Auf jeden Fall werden Sie in den nächsten Tagen wieder von mir hören.

Chapter X

Extract from the Diary of Dr Watson

So far I have been able to quote from the reports which I have forwarded during these early days to Sherlock Holmes. Now, however, I have arrived at a point in my narrative where I am compelled to abandon this method and to trust once more to my recollections, aided by the diary which I kept at the time. A few extracts from the latter will carry me on to those scenes which are indelibly fixed in every detail upon my memory. I proceed, then, from the morning which followed our abortive chase of the convict and our other strange experiences upon the moor.

October 16th–A dull and foggy day, with a drizzle of rain. The house is banked in with rolling clouds, which rise now and then to show the dreary curves of the moor, with thin, silver veins upon the sides of the hills, and the distant boulders gleaming where the light strikes upon their wet faces. It is melancholy outside and in. The baronet is in a black reaction after the excitements of the night. I am conscious myself of a weight at my heart and a feeling of impending danger–ever-present, which is the more terrible because I am unable to define it.

And have I not cause for such a feeling? Consider the long sequence of incidents which have all pointed to some sinister influence which is at work around us. There is the death of the last occupant of the Hall, fulfilling so exactly the conditions of the family legend, and there are the repeated reports from peasants of the appearance of a strange crea-

Kapitel 10

Auszüge aus Dr. Watsons Tagebuch

Bis jetzt konnte ich aus den Berichten zitieren, die ich in dieser ersten Zeit an Sherlock Holmes geschickt habe. Nun aber bin ich an einem Punkt meiner Erzählung angelangt, wo ich dieses Verfahren aufgeben und mich wieder auf meine Erinnerung verlassen muss, unterstützt von meinem Tagebuch, das ich seinerzeit führte. Einige Auszüge aus demselben werden mich bis zu jenen Ereignissen bringen, die sich in allen Einzelheiten unauslöschlich in mein Gedächtnis gebrannt haben. Ich fahre nun fort an dem Morgen, der auf unsere ergebnislose Jagd nach dem Sträfling und die übrigen sonderbaren Erlebnisse auf dem Moor folgte.

16. Oktober – Ein trüber, nebeliger Tag, leichter Sprühregen. Das Haus ist in schlingernde Wolken gehüllt, die sich von Zeit zu Zeit lichten und dann einen Blick auf die trüben Hügelketten der Moorlandschaft freigeben; an den Hängen sind schmale, silberweiße Adern zu erkennen, und die Felsblöcke leuchten in der Ferne, wenn das Licht auf ihre nassen Flanken fällt. Draußen wie drinnen herrscht Melancholie. Der Baronet ist nach den Aufregungen der letzten Nacht in düsterer Laune. Ich selbst bin mir der Schwere meines Herzens bewusst und fühle drohende Gefahr – fortwährend, und umso beängstigender, da ich es nicht näher bestimmen kann.

Und gibt es nicht Grund genug für ein solches Gefühl? Man betrachte die lange Reihe von Vorfällen, die alle darauf schließen lassen, dass eine finstere Macht um uns am Werk ist. Da ist zunächst der Tod des letzten Bewohners von Baskerville Hall, der so genau die Bestimmungen der Familienlegende erfüllt, und da sind die wiederholten Berichte der Bauern, die alle eine grausige Krea-

ture upon the moor. Twice I have with my own ears heard the sound which resembled the distant baying of a hound. It is incredible, impossible, that it should really be outside the ordinary laws of Nature. A spectral hound which leaves material footmarks and fills the air with its howling is surely not to be thought of. Stapleton may fall in with such a superstition, and Mortimer also; but if I have one quality upon earth it is common sense, and nothing will persuade me to believe in such a thing. To do so would be to descend to the level of these poor peasants who are not content with a mere fiend-dog, but must needs describe him with hell-fire shooting from his mouth and eyes. Holmes would not listen to such fancies, and I am his agent. But facts are facts, and I have twice heard this crying upon the moor. Suppose that there were really some huge hound loose upon it; that would go far to explain everything. But where could such a hound lie concealed, where did it get its food, where did it come from, how was it that no one saw it by day?

It must be confessed that the natural explanation offers almost as many difficulties as the other. And always, apart from the hound, there was the fact of the human agency in London, the man in the cab, and the letter which warned Sir Henry against the moor. This at least was real, but it might have been the work of a protecting friend as easily as an enemy. Where was that friend or enemy now? Had he remained in London, or had he followed us down here? Could he—could he be the stranger whom I had seen upon the Tor?

It is true that I have had only the one glance at him, and yet there are some things to which I am ready to

tur auf dem Moor gesehen haben wollen. Zweimal hörte ich mit eigenen Ohren jenen Laut, der dem fernen Bellen eines Hundes ähnelt. Es ist unglaublich, ja unmöglich, dass dieser Laut wirklich übernatürliche Ursachen haben soll. Ein Gespensterhund, der sichtbare Fußspuren hinterlässt und die Luft mit seinem Heulen erfüllt, ist ganz und gar undenkbar. Stapleton mag sich solchem Aberglauben hingeben, und ebenso Mortimer, aber wenn ich *eine* gute Eigenschaft besitze, so ist es gesunder Menschenverstand, und nichts wird mich dazu bringen, an so etwas zu glauben. Damit würde ich mich auf das Niveau dieser armen Bauern begeben, die sich nicht mit einem einfachen Höllenhund zufriedengeben, sondern ihn unbedingt mit einem höllischen Feuer ausstatten müssen, das ihm aus Maul und Augen lodert. Holmes würde von solchen Fantastereien nichts wissen wollen, und ich bin sein Gesandter. Aber Tatsachen sind Tatsachen, und ich habe selbst zweimal dieses Heulen auf dem Moor gehört. Angenommen, es triebe sich wirklich irgendein riesiger Hund auf dem Moor herum, das wäre ja schon eine Erklärung. Aber wo könnte sich solch ein Hund verbergen, wie käme er an sein Futter, wo käme er her, und wie kommt es, dass niemand ihn bei Tage sieht?

Ich muss zugeben, dass die natürliche Erklärung fast ebenso viele Probleme aufwirft wie jene andere. Und abgesehen von dem Hund, wären da immer noch die Tatsache einer menschlichen Wirkungsmacht in London, der Mann in der Kutsche, und der Brief, der Sir Henry vor dem Moor gewarnt hat. Dieser existierte zumindest wirklich, aber er kann genauso gut aus der Feder eines beschützenden Freundes wie eines Feindes stammen. Wo hielt sich dieser Freund oder Feind jetzt auf? War er in London geblieben, oder war er uns hierher gefolgt? Könnte er – könnte er vielleicht der Fremde sein, den ich auf dem Felshügel gesehen hatte?

Zwar habe ich nur dieses eine Mal einen flüchtigen Blick auf ihn geworfen, aber dennoch: es gibt Dinge, die ich bereit bin zu

swear. He is no one whom I have seen down here, and I have now met all the neighbours. The figure was far taller than that of Stapleton, far thinner than that of Frankland. Barrymore it might possibly have been, but we had left him behind us, and I am certain that he could not have followed us. A stranger then is still dogging us, just as a stranger had dogged us in London. We have never shaken him off. If I could lay my hands upon that man, then at last we might find ourselves at the end of all our difficulties. To this one purpose I must now devote all my energies.

My first impulse was to tell Sir Henry all my plans. My second and wisest one is to play my own game and speak as little as possible to anyone. He is silent and distrait. His nerves have been strangely shaken by that sound upon the moor. I will say nothing to add to his anxieties, but I will take my own steps to attain my own end.

We had a small scene this morning after breakfast. Barrymore asked leave to speak with Sir Henry, and they were closeted in his study some little time. Sitting in the billiard-room, I more than once heard the sound of voices raised, and I had a pretty good idea what the point was which was under discussion. After a time the Baronet opened his door and called for me.

'Barrymore considers that he has a grievance,' he said. 'He thinks that it was unfair on our part to hunt his brother-in-law down when he, of his own free will, had told us the secret.'

The butler was standing, very pale but very collected, before us.

beschwören. Es ist niemand, den ich hier schon gesehen hätte, und ich habe bereits alle Nachbarn kennengelernt. Die Gestalt war viel größer als Stapleton und viel dünner als Frankland. Barrymore hätte es gerade noch sein können, aber den hatten wir im Haus zurückgelassen, und ich bin sicher, dass er uns nicht hätte folgen können. Wir werden also noch immer von einem Unbekannten verfolgt, genauso wie uns ein Unbekannter in London verfolgt hat. Wir haben ihn nie abschütteln können. Könnte ich seiner nur habhaft werden, dann hätten wir vielleicht endlich den Schlusspunkt all unserer Schwierigkeiten erreicht. Allein diesem Zweck muss ich nun meine gesamte Kraft widmen.

Mein erster Gedanke war, Sir Henry von all meinen Plänen zu berichten. Mein zweiter und gewiss klügerer war, auf eigene Faust zu handeln und so wenig wie möglich mit irgendjemandem darüber zu sprechen. Sir Henry ist schweigsam und zerstreut. Seine Nerven sind von diesem Laut auf dem Moor seltsam angegriffen worden. Ich möchte nichts sagen, was seine Ängste noch verstärken könnte, sondern meiner eigenen Wege gehen, um mein Ziel zu erreichen.

Heute Morgen nach dem Frühstück gab es eine kleine Szene. Barrymore bat Sir Henry um Erlaubnis, mit ihm zu sprechen, und für eine Weile verschwanden sie in seinem Arbeitszimmer. Ich saß im Billardzimmer und hörte mehr als einmal, wie sie ihre Stimmen erhoben, und konnte mir lebhaft vorstellen, was den Gegenstand ihrer Unterredung bildete. Nach einer Weile öffnete der Baronet die Tür und rief mich herein.

»Barrymore glaubt, Grund zur Beschwerde zu haben«, sagte er. »Er meint, dass es unredlich von uns gewesen sei, seinen Schwager zu verfolgen, nachdem er uns aus freiem Willen das Geheimnis verraten hätte.«

Der Diener stand sehr blass und sehr gefasst vor uns.

'I may have spoken too warmly, sir,' said he, 'and if I have I am sure that I beg your pardon. At the same time, I was very much surprised when I heard you two gentlemen come back this morning and learned that you had been chasing Selden. The poor fellow has enough to fight against without my putting more upon his track.'

'If you had told us of your own free will it would have been a different thing,' said the baronet. 'You only told us, or rather your wife only told us, when it was forced from you and you could not help yourself.'

'I didn't think you would have taken advantage of it, Sir Henry—indeed I didn't.'

'The man is a public danger. There are lonely houses scattered over the moor, and he is a fellow who would stick at nothing. You only want to get a glimpse of his face to see that. Look at Mr Stapleton's house, for example, with no one but himself to defend it. There's no safety for anyone until he is under lock and key.'

'He'll break into no house, sir. I give you my solemn word upon that. And he will never trouble anyone in this country again. I assure you, Sir Henry, that in a very few days the necessary arrangements will have been made and he will be on his way to South America. For God's sake, sir, I beg of you not to let the police know that he is still on the moor. They have given up the chase there, and he can lie quiet until the ship is ready for him. You can't tell on him without getting my wife and me into trouble. I beg you, sir, to say nothing to the police.'

'What do you say, Watson?'

I shrugged my shoulders. 'If he were safely out of the country it would relieve the taxpayer of a burden.'

»Ich habe vielleicht zu heftig gesprochen, Sir«, sagte er, »und wenn dem so ist, bitte ich Sie um Verzeihung. Aber ich war so überrascht, als ich die beiden Herren heute früh zurückkommen hörte und erfuhr, dass Sie Selden nachgerannt waren. Der arme Kerl hat genug durchzumachen, ohne dass ich ihm noch mehr auf die Fersen hetze.«

»Wenn Sie es uns freiwillig erzählt hätten, wäre es etwas anderes gewesen«, sagte der Baronet. »Sie aber, beziehungsweise Ihre Frau hat es uns nur erzählt, als wir Sie dazu zwangen und Sie nicht mehr anders konnten.«

»Ich dachte nicht, dass Sie es ausnützen würden, Sir Henry – das habe ich wirklich nicht von Ihnen gedacht.«

»Der Mann ist eine Gefahr für die Öffentlichkeit. Einsame Häuser liegen über das Moor verstreut, und er ist ein Bursche, der vor nichts zurückschrecken würde. Man braucht sich ja nur sein Gesicht anzusehen, um das zu erkennen. Nehmen Sie das Haus von Mr. Stapleton zum Beispiel, da ist außer ihm niemand, der es verteidigen könnte. Kein Mensch ist hier sicher, bis dieser Kerl wieder hinter Schloss und Riegeln ist.«

»Er wird in kein Haus einbrechen, Sir. Darauf gebe ich Ihnen mein feierliches Ehrenwort. Und er wird nie wieder irgendjemanden in diesem Land belästigen. Ich versichere Ihnen, Sir Henry, dass in wenigen Tagen die erforderlichen Vorkehrungen getroffen sein werden und er sich auf dem Weg nach Südamerika befinden wird. Ich bitte Sie, Sir, melden Sie um Himmels willen nicht der Polizei, dass er sich noch auf dem Moor befindet. Sie haben die Suche dort aufgegeben, und er kann sich weiter versteckt halten, bis das Schiff für ihn bereit ist. Sie können ihn nicht melden, ohne dadurch auch mich und meine Frau in Schwierigkeiten zu bringen. Ich bitte Sie, Sir, sagen Sie der Polizei nichts davon.«

»Was meinen Sie, Watson?«

Ich zuckte mit den Schultern. »Wenn er sicher außer Landes wäre, hätte der Steuerzahler eine Last weniger zu tragen.«

'But how about the chance of his holding someone up before he goes?'

'He would not do anything so mad, sir. We have provided him with all that he can want. To commit a crime would be to show where he was hiding.'

'That is true,' said Sir Henry. 'Well, Barrymore–'

'God bless you, sir, and thank you from my heart! It would have killed my poor wife had he been taken again.'

'I guess we are aiding and abetting a felony, Watson? But, after what we have heard, I don't feel as if I could give the man up, so there is an end of it. All right, Barrymore, you can go.'

With a few broken words of gratitude the man turned, but he hesitated and then came back.

'You've been so kind to us, sir, that I should like to do the best I can for you in return. I know something, Sir Henry, and perhaps I should have said it before, but it was long after the inquest that I found it out. I've never breathed a word about it yet to a mortal man. It's about poor Sir Charles's death.'

The baronet and I were both upon our feet.

'Do you know how he died?'

'No, sir, I don't know that.'

'What, then?'

'I know why he was at the gate at that hour. It was to meet a woman.'

'To meet a woman! He?'

'Yes, sir.'

'And the woman's name?'

'I can't give you the name, sir, but I can give you the initials. Her initials were L. L.'

'How do you know this, Barrymore?'

»Was aber, wenn er doch noch jemanden überfällt, bevor er abreist?«

»Etwas so Wahnsinniges würde er niemals tun. Wir haben ihn mit allem versorgt, was er brauchen kann. Ein Verbrechen zu begehen, hieße ja, sein Versteck preiszugeben.«

»Das ist wahr«, sagte Sir Henry. »Also gut, Barrymore …«

»Gott segne Sie, Sir, und ich danke Ihnen von ganzem Herzen. Es hätte meine arme Frau umgebracht, wenn man ihren Bruder wieder eingesperrt hätte.«

»Ich fürchte, wir leisten da Beihilfe zu einem Schwerverbrechen, Watson, oder? Aber nach dem, was wir gerade gehört haben, sehe ich mich nicht imstande, den Mann anzuzeigen, also Schluss damit. Es ist gut, Barrymore, Sie können gehen.«

Der Mann stammelte noch einige Worte des Dankes und wandte sich um, zögerte aber und kam dann zurück.

»Sie sind so freundlich zu uns gewesen, Sir, dass ich nun gerne auch für Sie mein Möglichstes tun möchte. Ich weiß etwas, Sir Henry, und vielleicht hätte ich es schon früher sagen sollen, aber es war lange nach der Untersuchung, dass ich es herausfand. Ich habe bis jetzt zu keiner Menschenseele davon gesprochen, kein einziges Wort. Es hat mit dem Tod des armen Sir Charles zu tun.«

Der Baronet und ich sprangen von unseren Stühlen auf.

»Wissen Sie, wie er ums Leben kam?«

»Nein, Sir, das weiß ich nicht.«

»Was wissen Sie dann?«

»Ich weiß, warum er zu jener Stunde an dem Tor war. Er hatte eine Verabredung mit einer Frau.«

»Mit einer Frau? Er?«

»Ja, Sir.«

»Und der Name der Frau?«

»Den Namen kann ich Ihnen nicht nennen, Sir, wohl aber ihre Initialen. Sie lauteten L. L.«

»Woher wissen Sie das, Barrymore?«

'Well, Sir Henry, your uncle had a letter that morning. He had usually a great many letters, for he was a public man and well known for his kind heart, so that everyone who was in trouble was glad to turn to him. But that morning, as it chanced, there was only this one letter, so I took the more notice of it. It was from Coombe Tracey, and it was addressed in a woman's hand.'

'Well?'

'Well, sir, I thought no more of the matter, and never would have done had it not been for my wife. Only a few weeks ago she was cleaning out Sir Charles's study—it had never been touched since his death—and she found the ashes of a burned letter in the back of the grate. The greater part of it was charred to pieces, but one little slip, the end of a page, hung together, and the writing could still be read, though it was grey on a black ground. It seemed to us to be a postscript at the end of the letter, and it said: "Please, please, as you are a gentleman, burn this letter, and be at the gate by ten o'clock." Beneath it were signed the initials L. L.'

'Have you got that slip?'

'No, sir, it crumbled all to bits after we moved it.'

'Had Sir Charles received any other letters in the same writing?'

'Well, sir, I took no particular notice of his letters. I should not have noticed this one only it happened to come alone.'

'And you have no idea who L. L. is?'

'No, sir. No more than you have. But I expect if we could lay our hands upon that lady we should know more about Sir Charles's death.'

'I cannot understand, Barrymore, how you came to conceal this important information.'

»Nun, Sir Henry, an jenem Morgen hatte Ihr Onkel einen Brief erhalten. Er bekam in der Regel sehr viele Briefe, da er ein Mann des öffentlichen Lebens war und für sein gütiges Herz bekannt, sodass sich jeder, der in Schwierigkeiten steckte, mit Vorliebe an Sir Charles wandte. An diesem Morgen aber bekam er zufällig nur diesen einen Brief, und deshalb ist er mir aufgefallen. Er kam aus Coombe Tracey und war von einer Frauenhand adressiert worden.«

»Und weiter?«

»Nun, Sir, ich habe nicht mehr daran gedacht und hätte es auch weiter nicht getan, wenn da nicht meine Frau gewesen wäre. Vor ein paar Wochen räumte sie Sir Charles' Arbeitszimmer auf – es war seit seinem Tod nichts angerührt worden – und fand die Reste eines verbrannten Briefes im hinteren Teil des Kamins. Der größte Teil des Papiers war zu Asche zerfallen, aber ein kleiner Streifen vom Ende der Seite hing noch zusammen und war lesbar, obwohl es graue Schrift auf schwarzem Grund war. Es schien uns ein Nachsatz am Ende des Briefs zu sein, und dieser lautete: ›Ich bitte Sie inständig, da Sie ein Gentleman sind, verbrennen Sie den Brief, und seien Sie um zehn Uhr am Tor.‹ Unterzeichnet waren diese Worte mit L. L.«

»Haben Sie den Streifen noch?«

»Nein, Sir, er zerfiel in unseren Händen zu Asche.«

»Hatte Sir Charles vorher schon Briefe mit derselben Handschrift erhalten?«

»Nun ja, Sir, ich habe nie besonders auf seine Briefe geachtet. Auch dieser wäre mir nicht aufgefallen, wenn es nicht der einzige gewesen wäre.«

»Und Sie haben keine Ahnung, wer L. L. ist?«

»Nein, Sir. Nicht mehr als Sie selber. Aber ich vermute, wir wissen mehr über den Tod von Sir Charles, wenn es gelingt, diese Dame ausfindig zu machen.«

»Ich kann nicht verstehen, Barrymore, wie Sie diese wichtige Information verschweigen konnten.«

'Well, sir, it was immediately after that our own trouble came to us. And then again, sir, we were both of us very fond of Sir Charles, as we well might be considering all that he has done for us. To rake this up couldn't help our poor master, and it's well to go carefully when there's a lady in the case. Even the best of us–'

'You thought it might injure his reputation?'

'Well, sir, I thought no good could come of it. But now you have been kind to us, and I feel as if it would be treating you unfairly not to tell you all that I know about the matter.'

'Very good, Barrymore; you can go.'

When the butler had left us, Sir Henry turned to me. 'Well, Watson, what do you think of this new light?'

'It seems to leave the darkness rather blacker than before.'

'So I think. But if we can only trace L. L. it should clear up the whole business. We have gained that much. We know that there is someone who has the facts if we can only find her. What do you think we should do?'

'Let Holmes know all about it at once. It will give him the clue for which he has been seeking. I am much mistaken if it does not bring him down.'

I went at once to my room and drew up my report of the morning's conversation for Holmes. It was evident to me that he had been very busy of late, for the notes which I had from Baker Street were few and short, with no comments upon the information which I had supplied, and hardly any reference to my mission. No doubt his blackmailing case is absorbing all his faculties. And yet

»Nun, Sir, es geschah unmittelbar, nachdem unsere eigenen Probleme anfingen. Und außerdem, Sir, waren wir beide Sir Charles sehr zugetan, wie ja nicht anders zu erwarten, nach allem, was er für uns getan hatte. Das alles wieder aufzurühren, hätte unserem armen Herrn nicht geholfen, und man tut gut daran, umsichtig vorzugehen, sobald eine Frau im Spiel ist. Selbst der tadelloseste Mensch ...«

»Sie fürchteten, es könnte seinem Ansehen schaden?«

»Jedenfalls dachte ich, Sir, dass es nicht förderlich wäre. Aber nun, da Sie so gut zu uns gewesen sind, wäre es nicht rechtens, Ihnen nicht alles zu sagen, was ich in dieser Sache weiß.«

»Sehr gut, Barrymore, Sie können gehen.«

Als der Diener gegangen war, wandte sich Sir Henry mir zu. »Nun, Watson, was halten Sie von diesem neuen Licht?«

»Es scheint das Dunkel nur noch schwärzer zu machen.«

»Das ist auch meine Meinung. Doch wenn wir L. L. auf die Spur kommen, sollte sich die ganze Sache aufklären. Immerhin habe wir soviel erreicht. Wir wissen, dass es jemanden gibt, der die Tatsachen kennt, wenn wir sie nur finden. Was sollen wir Ihrer Meinung nach tun?«

»Wir müssen Holmes sofort von allem in Kenntnis setzen. Es wird für ihn der Schlüssel sein, nach dem er die ganze Zeit gesucht hat. Ich müsste mich sehr irren, wenn es ihn nicht dazu bewegen würde zu kommen.«

Ich begab mich augenblicklich auf mein Zimmer und verfasste für Holmes meinen Bericht über die morgendliche Unterhaltung. Mir war klar, dass er in letzter Zeit sehr beschäftigt war, denn die Nachrichten, die ich aus der Baker Street erhalten hatte, waren kurz und nicht zahlreich, enthielten keinerlei Anmerkungen zu den von mir gelieferten Informationen und bezogen sich nur selten auf meine Mission. Ohne Zweifel nimmt dieser Erpresserfall all seine

this new factor must surely arrest his attention and renew his interest. I wish that he were here.

October 17th—All day to-day the rain poured down, rustling on the ivy and dripping from the eaves. I thought of the convict out upon the bleak, cold, shelterless moor. Poor fellow! Whatever his crimes, he has suffered something to atone for them. And then I thought of that other one—the face in the cab, the figure against the moon. Was he also out in that deluge—the unseen watcher, the man of darkness? In the evening I put on my waterproof and I walked far upon the sodden moor, full of dark imaginings, the rain beating upon my face and the wind whistling about my ears. God help those who wander into the Great Mire now, for even the firm uplands are becoming a morass. I found the Black Tor upon which I had seen the solitary watcher, and from its craggy summit I looked out myself across the melancholy downs. Rain squalls drifted across their russet face, and the heavy, slate-coloured clouds hung low over the landscape, trailing in grey wreaths down the sides of the fantastic hills. In the distant hollow on the left, half hidden by the mist, the two thin towers of Baskerville Hall rose above the trees. They were the only signs of human life which I could see, save only those prehistoric huts which lay thickly upon the slopes of the hills. Nowhere was there any trace of that lonely man whom I had seen on the same spot two nights before.

As I walked back I was overtaken by Dr Mortimer driving in his dog-cart over a rough moorland track, which led from the outlying farmhouse of Foulmire. He has been very attentive to us, and hardly a day has passed that he has not

Fähigkeiten in Anspruch. Und doch müsste dieser neue Aspekt seine Aufmerksamkeit fesseln und sein Interesse neu beleben. Ich wollte, er wäre hier.

17. Oktober – Den ganzen Tag über goss es in Strömen, und der Regen ließ den Efeu rascheln und die Dachrinnen triefen. Ich dachte an den Sträfling auf dem trostlosen, kalten, schutzlosen Moor. Armer Teufel! Was immer seine Verbrechen, er hat eine Menge gelitten, um dafür aufzukommen. Und dann dachte ich an den anderen – das Gesicht in der Kutsche, die Gestalt im Mondschein. War auch er da draußen in dieser Sintflut – der unsichtbare Beobachter, der Mann der Finsternis? Am Abend zog ich meinen Regenmantel über und wanderte voll düsterer Gedanken weit hinaus auf das durchweichte Moor, während mir der kalte Regen ins Gesicht schlug und der Wind um die Ohren pfiff. Gott helfe jenen, die jetzt im großen Sumpf von Grimpen umherirren, denn selbst das Hochland verwandelt sich bereits in einen Sumpf. Ich fand »Black Tor«, die Felsanhöhe, auf der ich den einsamen Beobachter gesehen hatte, und von ihrer zerklüfteten Kuppe aus blickte ich über die melancholische Hügellandschaft. Regenböen zogen über die rotbraune Erde, und die schweren, schieferfarbenen Wolken hingen tief über der Landschaft, fielen wie graue Schleier an den Hängen der unwirklich anmutenden Hügel herab. In der fernen Mulde zur Linken, halb vom Nebel verhüllt, ragten die beiden schlanken Türme von Baskerville Hall über die Bäume empor. Sie waren die einzigen Anzeichen menschlichen Lebens, die ich erblicken konnte, abgesehen von jenen prähistorischen Hütten, die dicht gedrängt auf den Abhängen der Hügel standen. Nirgends eine Spur von dem einsamen Mann, den ich zwei Nächte zuvor an eben dieser Stelle gesehen hatte.

Auf dem Rückweg holte mich Doktor Mortimer ein, der in seinem Einspänner über einen holprigen Moorweg von dem entlegenen Farmhaus Foulmire zurückkam. Er hat sich uns gegenüber sehr aufmerksam verhalten, und so ist kaum ein Tag vergangen, an

called at the Hall to see how we were getting on. He insisted upon my climbing into his dog-cart and he gave me a lift homewards. I found him much troubled over the disappearance of his little spaniel. It had wandered on to the moor and had never come back. I gave him such consolation as I might, but I thought of the pony on the Grimpen Mire, and I do not fancy that he will see his little dog again.

'By the way, Mortimer,' said I, as we jolted along the rough road, 'I suppose there are few people living within driving distance of this whom you do not know?'

'Hardly any, I think.'

'Can you, then, tell me the name of any woman whose initials are L. L.?'

He thought for a few minutes. 'No,' said he. 'There are a few gipsies and labouring folk for whom I can't answer, but among the farmers or gentry there is no one whose initials are those. Wait a bit, though,' he added, after a pause. 'There is Laura Lyons—her initials are L. L.—but she lives in Coombe Tracey.'

'Who is she?' I asked.

'She is Frankland's daughter.'

'What? Old Frankland the crank?'

'Exactly. She married an artist named Lyons, who came sketching on the moor. He proved to be a blackguard and deserted her. The fault, from what I hear, may not have been entirely on one side. Her father refused to have anything to do with her, because she had married without his consent, and perhaps for one or two other reasons as well. So, between the old sinner and the young one the girl has had a pretty bad time.'

'How does she live?'

'I fancy old Frankland allows her a pittance, but it cannot be more, for his own affairs are considerably involved.

dem er uns nicht auf Baskerville Hall besucht und sich erkundigt hätte, wie wir vorankamen. Er bestand darauf, dass ich in seinen Wagen steige, und fuhr mich nach Hause. Ich fand ihn in großer Sorge um das Verschwinden seines kleinen Spaniels. Er war auf das Moor gelaufen und nie wieder zurückgekehrt. Ich tröstete ihn, so gut ich konnte, aber ich dachte an das Pony im Sumpf von Grimpen und glaube nicht, dass er seinen kleinen Hund je wiedersieht.

»Ach, übrigens, Mortimer«, sagte ich, als wir über die unebene Straße holperten, »ich vermute, es gibt hier in erreichbarer Nähe nur wenige Leute, die Sie nicht kennen, oder?«

»So gut wie niemanden, denke ich.«

»Können Sie mir dann den Namen einer Frau mit den Initialen L. L. nennen?«

Er dachte ein paar Minuten lang nach. »Nein«, sagte er. »Es gibt hier einige Zigeuner und Tagelöhner, über die ich nichts sagen kann, doch unter den Bauern und dem Landadel gibt es niemanden mit diesen Initialen. Aber warten Sie mal«, fuhr er nach einer Pause fort. »Es gibt da eine Laura Lyons – ihre Initialen sind L. L. –, aber sie lebt in Coombe Tracey.«

»Wer ist sie?«, fragte ich.

»Sie ist Franklands Tochter.«

»Was? Vom alten Frankland, dem Kauz?«

»Ganz recht. Sie heiratete einen Künstler namens Lyons, der zum Zeichnen aufs Moor gekommen war. Er erwies sich als Lump und hat sie verlassen. Nach allem, was ich gehört habe, lag die Schuld aber nicht allein bei ihm. Ihr Vater wollte nichts mehr mit ihr zu tun haben, da sie ohne seine Zustimmung geheiratet hatte, und vielleicht noch aus dem ein oder anderen Grund mehr. Zwischen dem alten und dem jungen Sünder ging es dem Mädchen nicht gerade rosig.«

»Wovon lebt sie?«

»Ich glaube, der alte Frankland gewährt ihr ein Almosen, aber viel mehr kann es nicht sein, denn er lebt selbst in äußerst ange-

Whatever she may have deserved one could not allow her to go hopelessly to the bad. Her story got about, and several of the people here did something to enable her to earn an honest living. Stapleton did for one, and Sir Charles for another. I gave a trifle myself. It was to set her up in a typewriting business.'

He wanted to know the object of my inquiries, but I managed to satisfy his curiosity without telling him too much, for there is no reason why we should take anyone into our confidence. To-morrow morning I shall find my way to Coombe Tracey, and if I can see this Mrs Laura Lyons, of equivocal reputation, a long step will have been made towards clearing one incident in this chain of mysteries. I am certainly developing the wisdom of the serpent, for when Mortimer pressed his questions to an inconvenient extent I asked him casually to what type Frankland's skull belonged, and so heard nothing but craniology for the rest of our drive. I have not lived for years with Sherlock Holmes for nothing.

I have only one other incident to record upon this tempestuous and melancholy day. This was my conversation with Barrymore just now, which gives me one more strong card which I can play in due time.

Mortimer had stayed to dinner, and he and the Baronet played ecarte afterwards. The butler brought me my coffee into the library, and I took the chance to ask him a few questions.

'Well,' said I, 'has this precious relation of yours departed, or is he still lurking out yonder?'

'I don't know, sir. I hope to Heaven that he has gone, for he has brought nothing but trouble here! I've not

spannten Verhältnissen. Was immer man ihr vorwerfen mag, man konnte sie ja nicht hoffnungslos auf den Hund kommen lassen. Ihre Geschichte sprach sich herum, und so ließen sich verschiedene Leute hier etwas einfallen, damit sie ihren Lebensunterhalt auf ehrliche Weise verdienen konnte. Einer von ihnen war Stapleton, ein anderer Sir Charles, und auch ich habe ein wenig dazu beigesteuert. Sie lebt nun von der Arbeit als Stenotypistin.«

Er wollte den Grund für meine Fragen wissen, doch es gelang mir, seine Neugier zu stillen, ohne ihm zuviel zu verraten, denn wir haben keinerlei Anlass, jemanden ins Vertrauen zu ziehen. Morgen Vormittag werde ich mich nach Coombe Tracey aufmachen, und wenn es mir gelingt, diese Mrs. Laura Lyons, von offenbar zweifelhaftem Ruf, zu sprechen, sind wir der Aufklärung eines der Rätsel in dieser Kette geheimnisvoller Ereignisse ein gutes Stück näher. Langsam entwickle ich tatsächlich die Klugheit einer Schlange, denn als Mortimers Fragen immer unbequemer wurden, fragte ich ihn ganz beiläufig, zu welchem Typus eigentlich Franklands Schädel gehöre, und so bekam ich für den Rest unserer Fahrt einen Vortrag über Schädelkunde zu hören. Schließlich habe ich nicht umsonst viele Jahre mit Sherlock Holmes zusammengelebt.

An diesem stürmischen und melancholischen Tag habe ich nur noch von einem einzigen Vorfall zu berichten. Denn ich habe soeben eine Unterhaltung mit Barrymore geführt, die mir einen Trumpf in die Hand gab, den ich zu gegebener Zeit ausspielen werde.

Mortimer war zum Abendessen geblieben, und er und der Baronet spielten im Anschluss Ecarté. Der Diener brachte mir meinen Kaffee in die Bibliothek, und ich nutzte die Gelegenheit, um ihm ein paar Fragen zu stellen.

»Nun«, sagte ich, »ist Ihr ehrenwerter Schwager inzwischen abgereist, oder treibt er sich noch immer da draußen herum?«

»Ich weiß es nicht, Sir. Ich bete zu Gott, dass er fort ist, denn er hat uns hier nichts als Ärger gebracht. Seit ich ihm das letzte

heard of him since I left out food for him last, and that was three days ago.'

'Did you see him then?'

'No, sir; but the food was gone when next I went that way.'

'Then he was certainly there?'

'So you would think, sir, unless it was the other man who took it.'

I sat with my coffee-cup half-way to my lips, and stared at Barrymore.

'You know that there is another man, then?'

'Yes, sir; there is another man upon the moor.'

'Have you seen him?'

'No, sir.'

'How do you know of him, then?'

'Selden told me of him, sir, a week ago or more. He's in hiding, too, but he's not a convict, so far as I can make out. I don't like it, Dr Watson—I tell you straight, sir, that I don't like it.' He spoke with a sudden passion of earnestness.

'Now, listen to me, Barrymore! I have no interest in this matter but that of your master. I have come here with no object except to help him. Tell me, frankly, what it is that you don't like.'

Barrymore hesitated for a moment, as if he regretted his outburst, or found it difficult to express his own feelings in words.

'It's all these goings-on, sir,' he cried, at last, waving his hand towards the rain-lashed window which faced the moor. 'There's foul play somewhere, and there's black villainy brewing, to that I'll swear! Very glad I should be, sir, to see Sir Henry on his way back to London again!'

Mal Essen vorbeibrachte, habe ich nichts mehr von ihm gehört, und das war vor drei Tagen.«

»Haben Sie ihn da auch gesehen?«

»Nein, Sir, aber das Essen war verschwunden, als ich das nächste Mal hinkam.«

»Dann war er also ganz gewiss dort?«

»Das sollte man annehmen, Sir, wenn es nicht der andere Mann war, der es genommen hat.«

Ich wollte gerade die Kaffeetasse an meine Lippen führen, hielt aber mitten in der Bewegung inne und starrte Barrymore an.

»Sie wissen also, dass da noch ein anderer Mann ist?«

»Ja, Sir, es ist noch ein anderer Mann auf dem Moor.«

»Haben Sie ihn gesehen?«

»Nein, Sir.«

»Woher wissen Sie dann von ihm?«

»Selden hat mir von ihm erzählt, Sir, vor ungefähr einer Woche. Er hält sich ebenfalls versteckt, ist aber kein Sträfling, soweit ich weiß. Mir gefällt das nicht, Dr. Watson – ich sage es Ihnen geradeheraus, Sir, die Sache gefällt mir nicht.« Er sprach plötzlich mit leidenschaftlichem Ernst.

»Jetzt hören Sie mir zu, Barrymore! Ich verfolge in dieser Sache ausschließlich das Interesse Ihres Herrn. Ich bin aus keinem anderen Grund hier, als ihm zu helfen. Sagen Sie mir also offen heraus, was Ihnen an dieser Sache nicht gefällt.«

Barrymore zögerte einen Moment, als bereue er seinen Ausbruch oder als fiele es ihm schwer, seine Gefühle in Worte zu fassen.

»Es sind all diese Vorgänge, Sir«, entfuhr es ihm schließlich, während er mit einer Hand auf das regengepeitschte Fenster zeigte, das zum Moor hinausging. »Irgendwo da draußen geschehen Verbrechen und düstere Machenschaften werden ausgeheckt, das schwöre ich! Ich wäre nur allzu froh, Sir, wenn sich Sir Henry bald wieder auf der Rückreise nach London befände!«

'But what is it that alarms you?'

'Look at Sir Charles's death! That was bad enough, for all that the coroner said. Look at the noises on the moor at night. There's not a man would cross it after sundown if he was paid for it. Look at this stranger hiding out yonder, and watching and waiting! What's he waiting for? What does it mean? It means no good to anyone of the name of Baskerville, and very glad I shall be to be quit of it all on the day that Sir Henry's new servants are ready to take over the Hall.'

'But about this stranger,' said I. 'Can you tell me anything about him? What did Selden say? Did he find out where he hid or what he was doing?'

'He saw him once or twice, but he is a deep one, and gives nothing away. At first he thought that he was the police, but soon he found that he had some lay of his own. A kind of gentleman he was, as far as he could see, but what he was doing he could not make out.'

'And where did he say that he lived?'

'Among the old houses on the hillside–the stone huts where the old folk used to live.'

'But how about his food?'

'Selden found out that he has got a lad who works for him and brings him all he needs. I dare say he goes to Coombe Tracey for what he wants.'

'Very good, Barrymore. We may talk further of this some other time.'

When the butler had gone I walked over to the black window, and I looked through a blurred pane at the driving clouds and at the tossing outline of the wind-swept trees. It is a wild night indoors, and what must it be in a stone hut upon the moor? What passion of hatred can it

»Aber was ist es, das Sie so beunruhigt?«

»Nehmen Sie den Tod von Sir Charles! Die Umstände waren schlimm genug, nach allem, was bei der Leichenschau festgestellt wurde. Dann die Geräusche nachts auf dem Moor. Kein Mensch hier würde es wagen, nach Sonnenuntergang übers Moor zu gehen, und wenn man ihn dafür bezahlt. Dann dieser Fremde, der sich da draußen versteckt hält, wartet und uns beobachtet. Worauf wartet er? Was bedeutet das? Sicherlich nichts Gutes für jeden, der den Namen Baskerville trägt. Und ich werde froh sein, wenn mich das alles nichts mehr angeht von dem Tag an, da Sir Henrys neue Dienerschaft Baskerville Hall übernimmt.«

»Aber dieser Fremde«, sagte ich. »Können Sie mir irgendetwas über ihn sagen? Was hat Selden gesagt? Hat er herausgefunden, wo er sich versteckt hält oder was er treibt?«

»Er hat ihn ein- oder zweimal gesehen, aber er ist ein verschlossener Mensch und gibt wenig preis. Anfangs dachte er, es sei jemand von der Polizei, aber bald merkte er, dass der Kerl seine eigenen Absichten verfolgte. Soweit er es beurteilen konnte, war er eine Art Gentleman, aber was er dort treibt, fand er nicht heraus.«

»Und wo, sagte er, haust dieser Mann?«

»Irgendwo in den alten Häusern am Hügel – in den Steinhütten, wo unsere Vorfahren lebten.«

»Aber wie kommt er an sein Essen?«

»Selden fand heraus, dass er einen Jungen dabei hat, der für ihn arbeitet und ihm alles bringt, was er braucht. Ich vermute, dass er dafür nach Coombe Tracey geht.«

»Sehr gut, Barrymore. Wir können unsere Unterhaltung darüber ein anderes Mal fortsetzen.«

Als der Butler den Raum verlassen hatte, ging ich zu dem schwarzen Fenster herüber und sah durch das trübe Glas auf die vorbeiziehenden Wolken und die schwankenden Umrisse der windgepeitschten Bäume. Es war ja hier drinnen schon eine unbehagliche Nacht – wie musste sie erst auf dem Moor in einer

be which leads a man to lurk in such a place at such a time? And what deep and earnest purpose can he have which calls for such a trial? There, in that hut upon the moor, seems to lie the very centre of that problem which has vexed me so sorely. I swear that another day shall not have passed before I have done all that man can do to reach the heart of the mystery.

Steinhütte sein? Welch leidenschaftlicher Hass kann einen Mann dazu bringen, sich zu dieser Jahreszeit an einem solchen Ort zu verkriechen? Und welche tiefe und ernste Absicht mag er verfolgen, die eine solche Prüfung erfordert? Dort, in dieser Steinhütte auf dem Moor, scheint der eigentlich Kern des Problems zu liegen, das mich so sehr quält. Ich gelobe, dass kein einziger Tag mehr vergeht, bevor ich nicht alles Menschenmögliche getan haben werde, um dem Geheimnis auf den Grund zu gehen.

Chapter XI

The Man on the Tor

The extract from my private diary which forms the last chapter has brought my narrative up to the 18th of October, a time when these strange events began to move swiftly towards their terrible conclusion. The incidents of the next few days are indelibly graven upon my recollection, and I can tell them without reference to the notes made at the time. I start, then, from the day which succeeded that upon which I had established two facts of great importance, the one that Mrs Laura Lyons of Coombe Tracey had written to Sir Charles Baskerville and made an appointment with him at the very place and hour that he met his death, the other that the lurking man upon the moor was to be found among the stone huts upon the hillside. With these two facts in my possession I felt that either my intelligence or my courage must be deficient if I could not throw some further light upon these dark places.

I had no opportunity to tell the baronet what I had learned about Mrs Lyons upon the evening before, for Dr Mortimer remained with him at cards until it was very late. At breakfast, however, I informed him about my discovery, and asked him whether he would care to accompany me to Coombe Tracey. At first he was very eager to come, but on second thoughts it seemed to both of us that if I went alone the results might be better. The more formal we made the visit the less information we might obtain. I left Sir Henry behind, therefore, not without some prickings of conscience, and drove off upon my new quest.

Kapitel 11

Der Mann auf dem Felshügel

Der Auszug aus meinem privaten Tagebuch im letzten Kapitel hat meine Erzählung bis zum 18. Oktober geführt, einer Zeit, da diese sonderbaren Ereignisse sich rasch ihrem entsetzlichen Ende zu nähern begannen. Die Vorfälle der nächsten Tage sind unauslöschlich in mein Gedächtnis gebrannt, sodass ich sie wiedergeben kann, ohne auf meine Notizen von damals zurückgreifen zu müssen. Ich beginne also an dem Tag, nachdem ich zwei Tatsachen von größter Bedeutung ans Licht gebracht hatte. Zum einem, dass Mrs. Laura Lyons aus Coombe Tracey an Sir Charles Baskerville geschrieben hatte, um sich mit ihm am selben Ort und zur selben Stunde zu verabreden, da ihn sein Tod ereilte, zum anderen, dass der lauernde Mann auf dem Moor in einem der Steinhäuser am Hang zu finden sei. Im Besitz dieser beiden Informationen meinte ich, dass es mir entweder an Intelligenz oder an Mut mangeln müsste, wenn es mir nicht gelänge, mehr Licht auf diese dunklen Bezüge zu werfen.

Ich hatte keine Gelegenheit gefunden, dem Baronet zu berichten, was ich am Abend zuvor über Mrs. Lyons erfahren hatte, denn Doktor Mortimer war bis tief in die Nacht hinein mit ihm am Spieltisch sitzengeblieben. Beim Frühstück jedoch teilte ich ihm meine Entdeckung mit und fragte ihn, ob er mich nicht nach Coombe Tracey begleiten wolle. Zuerst war er Feuer und Flamme, aber nach reiflicher Überlegung erschien es uns beiden, dass ich alleine wohl mehr würde ausrichten können. Je formeller sich dieser Besuch gestaltete, desto weniger Informationen würden wir erhalten. So ließ ich Sir Henry, nicht ohne Gewissensbisse, alleine zurück und machte mich zu meiner neuen Entdeckungsfahrt auf.

When I reached Coombe Tracey I told Perkins to put up the horses, and I made inquiries for the lady whom I had come to interrogate. I had no difficulty in finding her rooms, which were central and well appointed. A maid showed me in without ceremony, and as I entered the sitting-room a lady who was sitting before a Remington typewriter sprang up with a pleasant smile of welcome. Her face fell, however, when she saw that I was a stranger, and she sat down again and asked me the object of my visit.

The first impression left by Mrs Lyons was one of extreme beauty. Her eyes and hair were of the same rich hazel colour, and her cheeks, though considerably freckled, were flushed with the exquisite bloom of the brunette, the dainty pink which lurks at the heart of the sulphur rose. Admiration was, I repeat, the first impression. But the second was criticism. There was something subtly wrong with the face, some coarseness of expression, some hardness, perhaps, of eye, some looseness of lip which marred its perfect beauty. But these, of course, are after-thoughts. At the moment I was simply conscious that I was in the presence of a very handsome woman, and that she was asking me the reasons for my visit. I had not quite understood until that instant how delicate my mission was.

'I have the pleasure,' said I, 'of knowing your father.'

It was a clumsy introduction, and the lady made me feel it.

'There is nothing in common between my father and me,' she said. 'I owe him nothing, and his friends are not

Als ich Coombe Tracey erreichte, bat ich Perkins, sich um die Pferde zu kümmern, und erkundigte mich nach der Dame, der mein Besuch galt. Ich hatte keine Mühe, ihre Wohnung zu finden, die zentral gelegen und schön eingerichtet war. Ein Dienstmädchen führte mich ohne weitere Förmlichkeiten hinein, und als ich das Wohnzimmer betrat, sprang eine Dame, die vor einer Remington-Schreibmaschine saß, auf und warf mir ein freundliches, willkommen heißendes Lächeln zu. Ihr Lächeln verflog jedoch, als sie sah, dass ich ein Unbekannter war; sie setzte sich wieder hin und fragte mich nach dem Anlass meines Besuches.

Der erste Eindruck, den Mrs. Lyons bei mir hinterließ, war der von außerordentlicher Schönheit. Ihre Augen und Haare waren von derselben vollen, haselnussbraunen Farbe, und auf ihren Wangen, wenngleich von Sommersprossen dicht bedeckt, lag die erlesene Frische der Brünetten, jener zartrosa Hauch, der sich im Herzen der Gelben Rose verbirgt. Bewunderung war – ich wiederhole es – der erste Eindruck. Beim zweiten jedoch wurde ich kritischer. Aus ihrem Gesicht sprach eine subtile Unstimmigkeit; ein Anflug von Derbheit, vielleicht eine gewisse Härte im Blick, und die Lippen wirkten ein wenig schlaff, was ihre vollkommene Schönheit trübte. Doch diese Gedanken machte ich mir natürlich erst nachträglich. In dem Moment war ich mir lediglich bewusst, dass ich mich in Gegenwart einer sehr schönen Frau befand und dass sie mich nach den Gründen meines Besuchs fragte. Bis zu diesem Augenblick hatte ich eigentlich noch gar nicht begriffen, wie heikel meine Mission war.

»Ich habe das Vergnügen«, begann ich, »Ihren Vater zu kennen.«

Das war eine plumpe Eröffnung, und die Dame ließ es mich fühlen.

»Mein Vater und ich haben nichts mehr miteinander zu tun«, sagte sie. »Ich bin ihm nichts schuldig, und seine Freunde sind

mine. If it were not for the late Sir Charles Baskerville and some other kind hearts I might have starved for all that my father cared.'

'It was about the late Sir Charles Baskerville that I have come here to see you.'

The freckles started out on the lady's face.

'What can I tell you about him?' she asked, and her fingers played nervously over the stops of her typewriter.

'You knew him, did you not?'

'I have already said that I owe a great deal to his kindness. If I am able to support myself it is largely due to the interest which he took in my unhappy situation.'

'Did you correspond with him?'

The lady looked quickly up, with an angry gleam in her hazel eyes.

'What is the object of these questions?' she asked, sharply.

'The object is to avoid a public scandal. It is better that I should ask them here than that the matter should pass outside our control.'

She was silent and her face was very pale. At last she looked up with something reckless and defiant in her manner.

'Well, I'll answer,' she said. 'What are your questions?'

'Did you correspond with Sir Charles?'

'I certainly wrote to him once or twice to acknowledge his delicacy and his generosity.'

'Have you the dates of those letters?'

'No.'

'Have you ever met him?'

nicht die meinen. Ohne den verstorbenen Sir Charles Baskerville und einige andere gütige Herzen hätte ich, wenn es nach meinen Vater gegangen wäre, ebenso gut verhungern können.«

»Ich bin gekommen, um mit Ihnen über den verstorbenen Sir Charles Baskerville zu sprechen.«

Die Sommersprossen auf ihrem Gesicht verblassten.

»Was wollen Sie über ihn wissen?«, fragte sie, und ihre Finger spielten nervös auf den Tasten der Schreibmaschine.

»Sie kannten ihn, nicht wahr?«

»Ich sagte bereits, dass ich seiner Gefälligkeit viel zu verdanken habe. Wenn ich imstande bin, selbst für mich zu sorgen, so ist das vor allem seiner Anteilnahme an meiner unglücklichen Lage zuzuschreiben.«

»Standen Sie brieflich mit ihm in Kontakt?«

Sie blickte rasch auf, und in ihren nussbraunen Augen lag ein zorniges Funkeln.

»Was bezwecken Sie mit diesen Fragen?«, fragte sie scharf.

»Ich bezwecke damit, einen öffentlichen Skandal zu vermeiden. Es ist wohl besser, ich stelle sie hier, als dass wir die Kontrolle über die Sache verlieren.«

Sie schwieg, und ihr Gesicht war sehr blass. Schließlich blickte sie auf, und in ihrer ganzen Art lag etwas Furchtloses, Herausforderndes.

»Gut, ich will Ihnen antworten«, fuhr sie fort. »Wie lauten Ihre Fragen?«

»Standen Sie mit Sir Charles brieflich in Kontakt?«

»Bestimmt habe ich ihm ein- oder zweimal geschrieben, um ihm für sein Taktgefühl und seine Großzügigkeit zu danken.«

»Wissen Sie noch, wann Sie diese Briefe geschrieben haben?«

»Nein.«

»Haben Sie ihn jemals getroffen?«

'Yes, once or twice, when he came into Coombe Tracey. He was a very retiring man, and he preferred to do good by stealth.'

'But if you saw him so seldom and wrote so seldom, how did he know enough about your affairs to be able to help you, as you say that he has done?'

She met my difficulty with the utmost readiness.

'There were several gentlemen who knew my sad history and united to help me. One was Mr Stapleton, a neighbour and intimate friend of Sir Charles. He was exceedingly kind, and it was through him that Sir Charles learned about my affairs.'

I knew already that Sir Charles Baskerville had made Stapleton his almoner upon several occasions, so the lady's statement bore the impress of truth upon it.

'Did you ever write to Sir Charles asking him to meet you?' I continued.

Mrs Lyons flushed with anger again.

'Really, sir, this is a very extraordinary question.'

'I am sorry, madam, but I must repeat it.'

'Then I answer—certainly not.'

'Not on the very day of Sir Charles's death?'

The flush had faded in an instant, and a deathly face was before me. Her dry lips could not speak the 'No' which I saw rather than heard.

'Surely your memory deceives you,' said I. 'I could even quote a passage of your letter. It ran "Please, please, as you are a gentleman, burn this letter, and be at the gate by ten o'clock." '

I thought that she had fainted, but she recovered herself by a supreme effort.

»Ja, ein- oder zweimal, als er nach Coombe Tracey kam. Er lebte sehr abgeschieden, und zog es vor, Gutes nur im Verborgenen zu tun.«

»Aber wenn Sie ihn so selten sahen und sich so selten schrieben, wie kam es dann, dass er genug über Sie wusste, um Ihnen helfen zu können, was er nach Ihren Worten ja getan hat?«

Diesem Einwand begegnete sie mit höchster Bereitwilligkeit.

»Mehrere Herren kannten meine traurige Geschichte und taten sich zusammen, um mir zu helfen. Einer von ihnen war Mr. Stapleton, ein Nachbar und enger Freund von Sir Charles. Er war außerordentlich freundlich, und durch ihn erfuhr Sir Charles von meiner Lage.«

Ich wusste bereits, dass Sir Charles Baskerville zu verschiedenen Gelegenheiten Stapleton zu seinem Almosenier gemacht hatte, sodass mir die Aussage der Dame glaubhaft erschien.

»Haben Sie Sir Charles jemals geschrieben, um ihn um ein Treffen zu bitten?«

Mrs. Lyons errötete abermals vor Zorn.

»Verzeihung, Sir, das ist eine höchst außergewöhnliche Frage.«

»Es tut mir leid, gnädige Frau, aber ich muss die Frage wiederholen.«

»Dann lautet meine Antwort – nein, gewiss nicht.«

»Auch nicht an dem Tag, als Sir Charles starb?«

Die Röte war augenblicklich verflogen, und ihr Gesicht war leichenblass. Ihre trockenen Lippen vermochten das »Nein« kaum hervorzubringen, das ich eher sah als hörte.

»Sicherlich täuscht Sie Ihr Gedächtnis«, sagte ich. »Ich kann Ihnen sogar eine Passage aus Ihrem Brief zitieren. Dort hieß es: ›Ich bitte Sie inständig, da Sie ein Gentleman sind, verbrennen Sie den Brief, und seien Sie um zehn Uhr am Tor.‹«

Ich glaubte sie bereits ohnmächtig, doch mit höchster Willenskraft erlangte sie ihre Fassung zurück.

'Is there no such thing as a gentleman?' she gasped.

'You do Sir Charles an injustice. He *did* burn the letter. But sometimes a letter may be legible even when burned. You acknowledge now that you wrote it?'

'Yes, I did write it,' she cried, pouring out her soul in a torrent of words. 'I did write it. Why should I deny it? I have no reason to be ashamed of it. I wished him to help me. I believed that if I had an interview I could gain his help, so I asked him to meet me.'

'But why at such an hour?'

'Because I had only just learned that he was going to London next day and might be away for months. There were reasons why I could not get there earlier.'

'But why a rendezvous in the garden instead of a visit to the house?'

'Do you think a woman could go alone at that hour to a bachelor's house?'

'Well, what happened when you did get there?'

'I never went.'

'Mrs Lyons!'

'No, I swear it to you on all I hold sacred. I never went. Something intervened to prevent my going.'

'What was that?'

'That is a private matter. I cannot tell it.'

'You acknowledge then, that you made an appointment with Sir Charles at the very hour and place at which he met his death, but you deny that you kept the appointment?'

'That is the truth.'

»Gibt es denn überhaupt niemanden mehr, der ein Gentleman ist?«, keuchte sie.

»Sie tun Sir Charles Unrecht. Er hat den Brief sehr wohl verbrannt. Aber manchmal ist ein Brief noch immer lesbar, obwohl er verbrannt wurde. Geben Sie nun zu, dass Sie ihn geschrieben haben?«

»Ja, ich habe ihn geschrieben«, rief sie und schüttete in einem Schwall von Worten ihr Herz aus. »Ich habe ihn geschrieben. Warum sollte ich es leugnen? Ich habe keinen Grund, mich dafür zu schämen. Ich wollte, dass er mir hilft. Und ich glaubte, er würde mir helfen, wenn ich mit ihm spreche, nur deshalb bat ich ihn, mich zu treffen.«

»Aber warum zu solch einer Stunde?«

»Weil ich gerade erst erfahren hatte, dass er am nächsten Tag nach London abreisen und vielleicht monatelang nicht zu Hause sein würde. Ich hatte meine Gründe, warum ich nicht früher dort sein konnte.«

»Aber warum ein Treffen im Garten anstelle eines Besuches im Haus?«

»Meinen Sie, eine Frau könnte um die Zeit allein das Haus eines Junggesellen betreten?«

»Und was ist passiert, als Sie dort ankamen?«

»Ich bin gar nicht hingegangen.«

»Mrs. Lyons!«

»Nein, ich schwöre es Ihnen bei allem, was mir heilig ist. Ich bin nicht hingegangen. Es kam etwas dazwischen, was mich davon abgehalten hat.«

»Was war das?«

»Das ist Privatsache. Ich kann es Ihnen nicht sagen.«

»Sie geben also zu, dass Sie mit Sir Charles zu eben der Stunde exakt an dem Ort, an dem er zu Tode kam, eine Verabredung hatten, leugnen aber, diese Verabredung eingehalten zu haben?«

»Das ist die Wahrheit.«

Again and again I cross-questioned her, but I could never get past that point.

'Mrs Lyons,' said I, as I rose from this long and inconclusive interview, 'you are taking a very great responsibility and putting yourself in a very false position by not making an absolutely clean breast of all that you know. If I have to call in the aid of the police you will find how seriously you are compromised. If your position is innocent, why did you in the first instance deny having written to Sir Charles upon that date?'

'Because I feared that some false conclusion might be drawn from it, and that I might find myself involved in a scandal.'

'And why were you so pressing that Sir Charles should destroy your letter?'

'If you have read the letter you will know.'

'I did not say that I had read all the letter.'

'You quoted some of it.'

'I quoted the postscript. The letter had, as I said, been burned, and it was not all legible. I ask you once again why it was that you were so pressing that Sir Charles should destroy this letter which he received on the day of his death.'

'The matter is a very private one.'

'The more reason why you should avoid a public investigation.'

'I will tell you, then. If you have heard anything of my unhappy history you will know that I made a rash marriage and had reason to regret it.'

'I have heard so much.'

'My life has been one incessant persecution from a husband whom I abhor. The law is upon his side, and every day I am faced by the possibility that he may force

Ich nahm sie wieder und wieder ins Kreuzverhör, kam über diesen Punkt aber nie hinaus.

»Mrs. Lyons«, sagte ich, als ich mich von diesem langen und ergebnislosen Gespräch erhob, »Sie nehmen eine große Verantwortung auf sich und bringen sich selbst in eine sehr missverständliche Lage, indem Sie nicht ganz offen eingestehen, was Sie wissen. Wenn ich die Hilfe der Polizei in Anspruch nehmen muss, werden Sie feststellen, wie ernstlich Sie gefährdet sind. Wenn Sie unschuldig sind, warum haben Sie dann zuerst geleugnet, Sir Charles an jenem Tag geschrieben zu haben?«

»Weil ich fürchtete, dass falsche Schlussfolgerungen daraus gezogen werden und ich am Ende in einen Skandal verwickelt werde.«

»Und warum war Ihnen so sehr daran gelegen, dass Sir Charles Ihren Brief vernichtet?«

»Wenn Sie den Brief gelesen haben, dann wissen Sie es.«

»Ich habe nicht gesagt, dass ich den ganzen Brief gelesen habe.«

»Sie zitierten doch etwas daraus.«

»Ich zitierte die Nachschrift. Der Brief ist, wie ich schon sagte, verbrannt worden und war nur teilweise lesbar. Ich frage Sie noch einmal, warum Sie Sir Charles so eindringlich baten, diesen Brief, den er am Tag seines Todes empfing, zu vernichten.«

»Das ist eine sehr private Angelegenheit.«

»Ein Grund mehr, warum Sie eine öffentliche Untersuchung vermeiden sollten.«

»Also gut, ich sage es Ihnen. Wenn Ihnen irgendetwas von meiner unglücklichen Geschichte bekannt ist, werden Sie wissen, dass ich überstürzt geheiratet habe und Grund hatte, dies zu bereuen.«

»Soviel ist mir bekannt.«

»Seither werde ich unaufhörlich von einem Ehemann verfolgt, den ich verabscheue. Das Gesetz ist auf seiner Seite, und jeden Tag muss ich damit rechnen, dass er mich zwingen wird, mit ihm

me to live with him. At the time that I wrote this letter to Sir Charles I had learned that there was a prospect of my regaining my freedom if certain expenses could be met. It meant everything to me—peace of mind, happiness, self-respect—everything. I knew Sir Charles's generosity, and I thought that if he heard the story from my own lips he would help me.'

'Then how is it that you did not go?'

'Because I received help in the interval from another source.'

'Why, then, did you not write to Sir Charles and explain this?'

'So I should have done had I not seen his death in the paper next morning.'

The woman's story hung coherently together, and all my questions were unable to shake it. I could only check it by finding if she had, indeed, instituted divorce proceedings against her husband at or about the time of the tragedy.

It was unlikely that she would dare to say that she had not been to Baskerville Hall if she really had been, for a trap would be necessary to take her there, and could not have returned to Coombe Tracey until the early hours of the morning. Such an excursion could not be kept secret. The probability was, therefore, that she was telling the truth, or, at least, a part of the truth. I came away baffled and disheartened. Once again I had reached that dead wall which seemed to be built across every path by which I tried to get at the object of my mission. And yet the more I thought of the lady's face and of her manner the more I felt that something was being held back from me. Why should she turn so pale? Why should she fight against every admission until it was forced from her? Why

zusammenzuleben. Als ich Sir Charles diesen Brief schrieb, hatte ich gerade erfahren, dass es eine Möglichkeit gäbe, meine Freiheit wiederzuerlangen, wenn ich gewisse Ausgaben bestreiten könnte. Es bedeutete mir alles – Seelenfrieden, Glück, Selbstachtung – alles. Ich kannte Sir Charles' Großzügigkeit, und ich nahm an, er würde mir helfen, wenn er diese Geschichte aus meinem eigenen Mund hörte.«

»Wie kam es also dazu, dass Sie nicht hingingen?«

»Weil ich in der Zwischenzeit Hilfe von anderer Seite bekommen hatte.«

»Und warum haben Sie Sir Charles nicht geschrieben und ihm das erklärt?«

»Das hätte ich, wenn ich am nächsten Tag in der Zeitung nicht von seinem Tod erfahren hätte.«

Die Geschichte der Frau war schlüssig und durch keine meiner Fragen ins Wanken zu bringen. Ich konnte dies nur überprüfen, indem ich herausfand, ob sie zu der Zeit, als die Tragödie sich abspielte, tatsächlich ein Scheidungsverfahren gegen ihren Ehemann eingeleitet hatte.

Es wahr unwahrscheinlich, dass sie es wagen würde zu behaupten, nicht auf Baskerville Hall gewesen zu sein, wenn sie in Wirklichkeit dort gewesen war, denn sie hätte eine Kutsche gebraucht, um dorthin zu gelangen, und wäre erst in den frühen Morgenstunden nach Coombe Tracey zurückgekehrt. Ein solcher Ausflug ließ sich nicht geheim halten. Wahrscheinlich war vielmehr, dass sie die Wahrheit gesagt hatte oder zumindest einen Teil der Wahrheit. Ratlos und entmutigt verließ ich sie. Erneut stand ich vor jener unüberwindlichen Mauer, die jeden Weg zu kreuzen schien, auf dem ich dem Ziel meiner Mission näher zu kommen suchte. Und doch, je mehr ich über das Gesicht und das Benehmen der Dame nachdachte, desto stärker wurde der Eindruck, dass Sie mir etwas vorenthielt. Warum war sie so blass geworden? Warum sträubte sie sich gegen jedes Zugeständnis,

should she have been so reticent at the time of the tragedy? Surely the explanation of all this could not be as innocent as she would have me believe. For the moment I could proceed no farther in that direction, but must turn back to that other clue which was to be sought for among the stone huts upon the moor.

And that was a most vague direction. I realized it as I drove back and noted how hill after hill showed traces of the ancient people. Barrymore's only indication had been that the stranger lived in one of these abandoned huts, and many hundreds of them are scattered throughout the length and breadth of the moor. But I had my own experience for a guide, since it had shown me the man himself standing upon the summit of the Black Tor. That, then, should be the centre of my search. From there I should explore every hut upon the moor until I lighted upon the right one. If this man were inside it I should find out from his own lips, at the point of my revolver if necessary, who he was and why he had dogged us so long. He might slip away from us in the crowd of Regent Street, but it would puzzle him to do so upon the lonely moor. On the other hand, if I should find the hut, and its tenant should not be within it, I must remain there, however long the vigil, until he returned. Holmes had missed him in London. It would indeed be a triumph for me if I could run him to earth where my master had failed.

Luck had been against us again and again in this inquiry, but now at last it came to my aid. And the messenger of good fortune was none other than Mr Frankland, who was standing, grey-whiskered and red-faced, outside the gate of his garden, which opened on to the high road along which I travelled.

'Good-day, Dr Watson,' cried he, with unwonted good humour, 'you must really give your horses a rest,

bis man sie dazu zwang? Warum war sie so verschwiegen, als die Tragödie geschah? Sicherlich war die Erklärung für all dies nicht so unschuldig, wie sie mir glauben machen wollte. Fürs Erste konnte ich in diese Richtung nicht weiter vordringen, sondern musste mich jener anderen Spur zuwenden, nach der ich zwischen den Steinhütten auf dem Moor zu suchen hatte.

Das wiederum war eine höchst vage Richtung. Ich wurde mir dessen bewusst, als ich auf dem Heimweg sah, dass ein Hügel nach dem anderen Spuren des alten Volkes aufwies. Barrymores einziger Hinweis war, dass der Fremde in einer dieser verlassenen Hütten hauste, und davon sind viele Hunderte kreuz und quer auf dem Moor verteilt. Immerhin würde mir meine eigene Erfahrung als Anhaltspunkt dienen, denn ich hatte den Mann auf der Spitze des »Black Tor« gesehen. Dieser Felshügel also sollte Mittelpunkt meiner Suche sein. Von dort aus würde ich jedes Haus auf dem Moor inspizieren, bis ich das richtige gefunden hatte. Sollte er sich darin aufhalten, würde ich, wenn nötig, mithilfe des vorgehaltenen Revolvers, von ihm selbst erfahren, wer er war und warum er uns so lange verfolgt hatte. Im Gedränge der Regent Street mochte er uns entkommen sein, hier auf dem einsamen Moor allerdings würde ihm das schwerlich gelingen. Sollte ich andererseits die Hütte verlassen vorfinden, müsste ich dort nur ausharren, ganz gleich wie lange es dauerte, bis er zurückkehrte. Holmes war er in London entwischt. Es wäre in der Tat ein Triumph für mich, wenn es mir gelänge, den Mann dingfest zu machen, woran mein Meister gescheitert war.

Das Glück hatte sich während dieser Ermittlung wieder und wieder gegen uns gewendet, aber nun kam es mir doch noch zu Hilfe. Und der Glücksbote war niemand anderer als Mr. Frankland, der mit seinem grauen Backenbart und rotem Gesicht vor seiner Gartenpforte auf dem Weg stand, den ich entlangkam.

»Guten Tag, Dr. Watson«, rief er ungewöhnlich gut gelaunt, »Sie müssen Ihren Pferden unbedingt eine Rast gönnen und mit

and come in to have a glass of wine and to congratulate me.'

My feelings towards him were far from being friendly after what I had heard of his treatment of his daughter, but I was anxious to send Perkins and the wagonette home, and the opportunity was a good one. I alighted and sent a message to Sir Henry that I should walk over in time for dinner. Then I followed Frankland into his dining-room.

'It is a great day for me, sir—one of the red-letter days of my life,' he cried, with many chuckles. 'I have brought off a double event. I mean to teach them in these parts that law is law, and that there is a man here who does not fear to invoke it. I have established a right of way through the centre of old Middleton's park, slap across it, sir, within a hundred yards of his own front door. What do you think of that? We'll teach these magnates that they cannot ride rough-shod over the rights of the commoners, confound them! And I've closed the wood where the Fernworthy folk used to picnic. These infernal people seem to think that there are no rights of property, and that they can swarm where they like with their papers and their bottles. Both cases decided, Dr Watson, and both in my favour. I haven't had such a day since I had Sir John Morland for trespass, because he shot in his own warren.'

'How on earth did you do that?'

'Look it up in the books, sir. It will repay reading—Frankland *v.* Morland, Court of Queen's Bench. It cost me £200, but I got my verdict.'

'Did it do you any good?'

mir hereinkommen, um ein Glas Wein zu trinken und mir zu gratulieren.«

Ich empfand ihm gegenüber durchaus keine freundschaftlichen Gefühle, nach allem, was ich über seinen Umgang mit seiner Tochter gehört hatte, aber mir lag daran, Perkins und die Kutsche endlich nach Hause schicken zu können, und die Gelegenheit war günstig. Ich stieg also aus und ließ Sir Henry bestellen, dass ich zu Fuß käme und zum Abendessen zurück wäre. Dann folgte ich Frankland in sein Speisezimmer.

»Dies ist ein großer Tag für mich, Sir, einer der wenigen, den ich rot im Kalender anstreichen werde«, rief er kichernd. »Ich habe einen doppelten Sieg errungen. Ich will den Leuten hier beibringen, dass Gesetz Gesetz ist und dass es hier einen Mann gibt, der sich nicht davor scheut, sich darauf zu berufen. Ich habe mir ein Durchgangsrecht mitten durch den Park des alten Middleton errungen, zack durch die Mitte, Sir, keine hundert Yard von seiner eigenen Haustür entfernt. Was sagen Sie dazu? Wir werden diesen Magnaten schon zeigen, dass sie die Rechte der einfachen Bürger nicht mit Füßen treten können, also zum Teufel mit ihnen! Und ich habe den Wald sperren lassen, wo die Leute aus Fernworthy immer Picknick gemacht haben. Diese verfluchte Bande glaubt anscheinend, dass es kein Eigentumsrecht gibt und sie mit ihren Flaschen und Butterbrotpapieren herumlungern kann, wo sie will. Beide Prozesse entschieden, Dr. Watson, und beide zu meinen Gunsten. Solch einen Tag habe ich nicht mehr erlebt, seit ich Sir John Morland wegen widerrechtlichen Betretens drankriegte, weil er in seinem eigenen Wildgehege gejagt hatte.«

»Wie in aller Welt haben Sie das geschafft?«

»Lesen Sie es in den Gerichtsbüchern nach, Sir. Das lohnt die Lektüre, Frankland versus Morland, Court of Queen's Bench. Hat mich 200 Pfund gekostet, aber das Urteil war meins.«

»Und was hatten Sie davon?«

'None, sir, none. I am proud to say that I had no interest in the matter. I act entirely from a sense of public duty. I have no doubt, for example, that the Fernworthy people will burn me in effigy to-night. I told the police last time they did it that they should stop these disgraceful exhibitions. The county constabulary is in a scandalous state, sir, and it has not afforded me the protection to which I am entitled. The case of Frankland *v.* Regina will bring the matter before the attention of the public. I told them that they would have occasion to regret their treatment of me, and already my words have come true.'

'How so?' I asked.

The old man put on a very knowing expression.

'Because I could tell them what they are dying to know; but nothing would induce me to help the rascals in any way.'

I had been casting round for some excuse by which I could get away from his gossip, but now I began to wish to hear more of it. I had seen enough of the contrary nature of the old sinner to understand that any strong sign of interest would be the surest way to stop his confidences.

'Some poaching case, no doubt?' said I, with an indifferent manner.

'Ha, ha, my boy, a very much more important matter than that! What about the convict on the moor?'

I started. 'You don't mean that you know where he is?' said I.

'I may not know exactly where he is, but I am quite sure that I could help the police to lay their hands on him. Has it never struck you that the way to catch that man

»Nichts, Sir, gar nichts. Ich bin stolz darauf behaupten zu können, dass ich an der Sache keinerlei persönliches Interesse hatte. Ich handle nur aus Pflichtgefühl gegenüber der Öffentlichkeit. Ich habe zum Beispiel keinen Zweifel, dass die Leute aus Fernworthy mich heute Nacht ›in effigie‹ verbrennen werden. Als sie es das letzte Mal taten, sagte ich der Polizei, sie sollte diesem schamlosen Zauber ein Ende bereiten. Die Polizei der Grafschaft ist in einer skandalösen Verfassung, Sir, und hat mir den Schutz nicht gewährt, auf den ich Anspruch habe. Der Fall Frankland versus die Krone wird die Sache an die Öffentlichkeit bringen. Ich habe ihnen gesagt, es würde ihnen noch leid tun, mich so behandelt zu haben, und schon jetzt bewahrheiten sich meine Worte.«

»Wie das?«, fragte ich.

Der alte Mann zog ein verschmitztes Gesicht.

»Weil ich Ihnen etwas sagen könnte, was sie für ihr Leben gern wüssten; aber nichts wird mich dazu bringen, diesen Schurken in irgendeiner Weise beizustehen.«

Ich hatte schon nach einem Vorwand gesucht, mich seinem Geschwätz zu entziehen, doch nun begann ich, mehr davon hören zu wollen. Ich hatte genug von dem widersprüchlichen Wesen dieses alten Sünders gesehen, um einschätzen zu können, dass eine energische Bekundung von Interesse die sicherste Methode war, seiner Diskretion ein Ende zu bereiten.

»Bestimmt ein Fall von Wilderei, oder?«, sagte ich mit gleichgültiger Miene.

»Haha, mein Junge, etwas sehr viel Gewichtigeres als das! Wie wäre es mit dem Sträfling auf dem Moor?«

Ich zuckte zusammen. »Sie wollen doch nicht sagen, dass Sie wissen, wo er sich aufhält?«, fragte ich.

»Ich kenne vielleicht seinen genauen Aufenthaltsort nicht, aber ich bin ziemlich sicher, dass ich der Polizei dabei helfen könnte, ihn zu fassen. Ist Ihnen denn nie der Gedanke gekom-

was to find out where he got his food, and so trace it to him?'

He certainly seemed to be getting uncomfortably near the truth. 'No doubt,' said I; 'but how do you know that he is anywhere upon the moor?'

'I know it because I have seen with my own eyes the messenger who takes him his food.'

My heart sank for Barrymore. It was a serious thing to be in the power of this spiteful old busybody. But his next remark took a weight from my mind.

'You'll be surprised to hear that his food is taken to him by a child. I see him every day through my telescope upon the roof He passes along the same path at the same hour, and to whom should he be going except to the convict?'

Here was luck indeed! And yet I suppressed all appearance of interest. A child! Barrymore had said that our unknown was supplied by a boy. It was on his track, and not upon the convict's, that Frankland had stumbled. If I could get his knowledge it might save me a long and weary hunt. But incredulity and indifference were evidently my strongest cards.

'I should say that it was much more likely that it was the son of one of the moorland shepherds taking out his father's dinner.'

The least appearance of opposition struck fire out of the old autocrat. His eyes looked malignantly at me, and his grey whiskers bristled like those of an angry cat.

'Indeed, sir!' said he, pointing out over the wide-stretching moor. 'Do you see that Black Tor over yon-

men, dass man diesen Mann am einfachsten fängt, indem man herausfindet, woher er sein Essen bekommt, und diese Spur bis zu ihm zurückverfolgt?«

Er schien der Wahrheit nun unangenehm nahe zu kommen. »Zweifellos«, sagte ich, »aber woher wissen Sie, dass er überhaupt irgendwo auf dem Moor ist?«

»Ich weiß es, weil ich mit eigenen Augen den Boten gesehen habe, der ihm sein Essen bringt.«

Ich begann mir Sorgen um Barrymore zu machen. Man durfte es nicht auf die leichte Schulter nehmen, in die Gewalt dieses boshaften, alten Wichtigtuers zu geraten. Bei seiner nächsten Bemerkung jedoch fiel mir ein Stein vom Herzen.

»Es wird Sie überraschen zu hören, dass ihm sein Essen von einem Jungen gebracht wird. Ich sehe ihn jeden Tag durch mein Fernrohr auf dem Dach. Er geht immer zur gleichen Stunde denselben Weg, und zu wem sonst sollte er gehen, wenn nicht zu dem Sträfling?«

Da hatte ich nun wirklich Glück! Trotzdem unterdrückte ich jegliches Anzeichen von Interesse. Ein Knabe! Barrymore hatte gesagt, dass unser Unbekannter von einem Jungen versorgt wird. Frankland war auf seine und nicht auf die Fährte des Sträflings gestoßen. Wenn ich in Erfahrungen bringen konnte, was er wusste, würde mir das eine lange und mühsame Jagd ersparen. Dennoch waren Ungläubigkeit und Teilnahmslosigkeit unverkennbar meine stärksten Trümpfe.

»Meiner Meinung nach dürfte es wahrscheinlicher sein, dass der Junge der Sohn irgendeines Moorschäfers ist und seinem Vater das Essen bringt.«

Das geringste Anzeichen von Widerspruch brachte den alten Autokraten zum Kochen. Er schaute mich giftig an, und seine grauen Barthaare stellten sich auf wie die eines wütenden Katers.

»Also wirklich, Sir!«, sagte er und deutete auf das weite Moor hinaus. »Sehen Sie den ›Black Tor‹ dahinten? Und sehen Sie

der? Well, do you see the low hill beyond with the thorn-bush upon it? It is the stoniest part of the whole moor. Is that a place where a shepherd would be likely to take his station? Your suggestion, sir, is a most absurd one.'

I meekly answered that I had spoken without knowing all the facts. My submission pleased him and led him to further confidences.

'You may be sure, sir, that I have very good grounds before I come to an opinion. I have seen the boy again and again with his bundle. Every day, and sometimes twice a day, I have been able—but wait a moment, Dr Watson. Do my eyes deceive me, or is there at the present moment something moving upon that hillside?'

It was several miles off, but I could distinctly see a small dark dot against the dull green and grey.

'Come, sir, come!' cried Frankland, rushing upstairs. 'You will see with your own eyes and judge for yourself.'

The telescope, a formidable instrument mounted upon a tripod, stood upon the flat leads of the house. Frankland clapped his eye to it and gave a cry of satisfaction.

'Quick, Dr Watson, quick, before he passes over the hill!'

There he was, sure enough, a small urchin with a little bundle upon his shoulder, toiling slowly up the hill. When he reached the crest I saw the ragged, uncouth figure outlined for an instant against the cold blue sky. He looked round him, with a furtive and stealthy air, as one who dreads pursuit. Then he vanished over the hill.

den niedrigen Hügel dahinter, den mit dem Dornbusch? Das ist der steinigste Teil des gesamten Moors. Ist das wohl ein Ort, an dem sich ein Schäfer aufhalten würde? Ihre Vermutung, Sir, ist ganz und gar absurd.«

Ich sagte kleinlaut, dass ich geantwortet hätte, ohne sämtliche Fakten zu kennen. Meine Unterwürfigkeit gefiel ihm und entlockte ihm weitere Vertraulichkeiten.

»Sie dürfen sicher sein, Sir, dass ich mir erst ein Urteil bilde, wenn ich gute Gründe dafür habe. Ich sah den Jungen wieder und wieder mit seinem Bündel. Jeden Tag, manchmal sogar zweimal am Tag konnte ich – aber warten Sie mal, Dr. Watson. Täuschen mich meine Augen, oder bewegt sich gerade in diesem Augenblick etwas den Hügel hinauf?«

Die Entfernung betrug mehrere Meilen, aber ich konnte ganz deutlich einen kleinen schwarzen Punkt erkennen, der sich gegen das trübe Grün und Grau abhob.

»Kommen Sie, Sir, kommen Sie!«, rief Frankland und rannte die Treppe hinauf. »Sie werden es mit eigenen Augen sehen und selbst urteilen können.«

Das Fernrohr, ein beeindruckendes Instrument auf einem dreibeinigen Stativ, stand auf dem flachen Bleidach des Hauses. Frankland klemmte ein Auge dahinter und stieß einen Aufschrei der Genugtuung aus.

»Schnell, Dr. Watson, schnell, bevor er hinter dem Hügel verschwindet!«

Tatsächlich, da war er, ein schmächtiger Bengel, der sich mit einem kleinen Bündel über der Schulter langsam den Hügel hinaufquälte. Als er die Spitze erreichte, sah ich einen Moment lang, wie sich die zerlumpte, linkische Gestalt gegen das kalte Blau des Himmels abzeichnete. Er sah sich scheu und verstohlen um, wie einer, der fürchtet, verfolgt zu werden. Dann verschwand er jenseits des Hügels.

'Well! Am I right?'

'Certainly, there is a boy who seems to have some secret errand.'

'And what the errand is even a county constable could guess. But not one word shall they have from me, and I bind you to secrecy also, Dr Watson. Not a word! You understand?'

'Just as you wish.'

'They have treated me shamefully—shamefully. When the facts come out in Frankland *v.* Regina I venture to think that a thrill of indignation will run through the country. Nothing would induce me to help the police in any way. For all they cared it might have been me, instead of my effigy, which these rascals burned at the stake. Surely you are not going! You will help me to empty the decanter in honour of this great occasion!'

But I resisted all his solicitations and succeeded in dissuading him from his announced intention of walking home with me. I kept the road as long as his eye was on me, and then I struck off across the moor and made for the stony hill over which the boy had disappeared. Everything was working in my favour, and I swore that it should not be through lack of energy or perseverance that I should miss the chance which Fortune had thrown in my way.

The sun was already sinking when I reached the summit of the hill, and the long slopes beneath me were all golden-green on one side and grey shadow on the other. A haze lay low upon the farthest sky-line, out of which jutted the fantastic shapes of Belliver and Vixen Tor. Over the wide expanse there was no sound and no movement. One great grey bird, a gull or curlew, soared aloft in the blue heaven. He and I seemed to be the only living things

»Na, habe ich recht?«

»Sicher, da war ein Junge, der irgendeinen geheimen Botengang zu machen scheint.«

»Und was das für ein Botengang ist, das würde sogar einem dieser Provinzpolizisten einfallen. Aber von mir werden sie kein Wort erfahren, und ich verpflichte auch Sie zur Verschwiegenheit, Dr. Watson. Nicht ein Wort! Verstehen Sie?«

»Ganz wie Sie wünschen.«

»Sie haben mich schändlich behandelt, ja, schändlich. Wenn im Fall Frankland versus die Krone die Tatsachen ans Licht kommen, so wage ich zu behaupten, wird ein Schrei der Entrüstung durchs Land gehen. Nichts könnte mich dazu bringen, der Polizei auf irgendeine Weise zu helfen. Denen wäre es doch egal gewesen, wenn diese Bande mich selbst anstatt einer Puppe auf dem Scheiterhaufen verbrannt hätte. Aber Sie wollen doch nicht etwa gehen! Sie müssen mir dabei helfen, zu Ehren dieses großen Ereignisses die Karaffe zu leeren!«

Aber ich widerstand all seinen Aufforderungen, und es gelang mir, ihn davon abzubringen, mich nach Hause zu begleiten. Ich blieb auf der Straße, solange ich noch in Sichtweite war, dann schlug ich mich quer durchs Moor und schritt auf den steinigen Hügel zu, hinter dem der Junge verschwunden war. Alles lief zu meinen Gunsten, und ich schwor, dass ich diese Gelegenheit, die Fortuna mir zugespielt hatte, nicht aufgrund mangelnder Tatkraft oder Ausdauer vertun würde.

Die Sonne ging bereits unter, als ich die Kuppel des Hügels erreichte; die langgestreckten Abhänge zu meinen Füßen glänzten auf der einen Seite in goldigem Grün und waren auf der anderen in graue Schatten gehüllt. Ein Dunstschleier lag tief über dem fernen Horizont, aus dem die fantastischen Umrisse von »Belliver Tor« und »Vixen Tor« herausragten. Auf der weiten Fläche war nirgends ein Geräusch zu vernehmen, nichts regte sich. Ein einzelner grauer Vogel, eine Möwe oder ein Brachvogel,

between the huge arch of the sky and the desert beneath it. The barren scene, the sense of loneliness, and the mystery and urgency of my task all struck a chill into my heart. The boy was nowhere to be seen. But down beneath me in a cleft of the hills there was a circle of the old stone huts, and in the middle of them there was one which retained sufficient roof to act as a screen against the weather. My heart leaped within me as I saw it. This must be the burrow where the stranger lurked. At last my foot was on the threshold of his hiding-place—his secret was within my grasp.

As I approached the hut, walking as warily as Stapleton would do when with poised net he drew near the settled butterfly, I satisfied myself that the place had indeed been used as a habitation. A vague pathway among the boulders led to the dilapidated opening which served as a door. All was silent within. The unknown might be lurking there, or he might be prowling on the moor. My nerves tingled with the sense of adventure. Throwing aside my cigarette, I closed my hand upon the butt of my revolver, and, walking swiftly up to the door, I looked in. The place was empty.

But there were ample signs that I had not come upon a false scent. This was certainly where the man lived. Some blankets rolled in a waterproof lay upon that very stone slab upon which neolithic man had once slumbered. The ashes of a fire were heaped in a rude grate. Beside it lay some cooking utensils and a bucket half-full of water. A litter of empty tins showed that the place had been occupied for some time, and I saw, as my eyes became accustomed to the chequered light, a pannikin and a half-full bottle of spirits standing in the corner. In the middle of the hut a flat stone served the purpose of

stieg in den blauen Himmel empor. Er und ich schienen die einzigen Lebewesen zwischen dem riesigen Himmelsbogen und dem Ödland darunter zu sein. Die kahle Landschaft, das Gefühl der Einsamkeit und Geheimnis und Dringlichkeit meiner Aufgabe ließen mich frösteln. Der Junge war nirgends zu sehen. Aber tief unter mir in einer Schlucht lag ein Kreis von alten Steinhütten, und in dessen Mitte bemerkte ich eine Hütte, deren Dach hinreichend erhalten war, um Schutz gegen das Wetter zu bieten. Mein Herz klopfte schneller, als ich das sah. Dies musste der Bau sein, in dem der Fremde lauerte. Endlich stand ich an der Schwelle seines Verstecks, und sein Geheimnis lag in greifbarer Nähe.

Als ich mich der Hütte mit derselben Vorsicht näherte, mit der Stapleton sich mit schwebendem Netz an einen stillsitzenden Schmetterling heranschlich, bemerkte ich zu meiner Zufriedenheit, dass der Ort tatsächlich als Wohnstätte benutzt worden war. Ein kaum erkennbarer Weg führte zwischen den Granitblöcken hindurch zu der verfallenen Öffnung, die als Tür diente. Kein Geräusch drang aus der Hütte. Der Unbekannte mochte darin lauern oder sich auf dem Moor herumtreiben. Meine Nerven kribbelten vor Abenteuerlust. Ich warf meine Zigarette weg, umklammerte den Griff meines Revolvers, ging schnellen Schrittes auf die Tür zu und sah hinein. Die Hütte war leer.

Es gab jedoch hinreichend Anzeichen dafür, dass ich keiner falschen Fährte gefolgt war. Dies war ganz sicher der Ort, an dem der Mann wohnte. In einen Regenmantel eingewickelt lagen mehrere Decken auf eben der Steinplatte, auf der schon die Menschen der Jungsteinzeit geschlummert hatten. In einem primitiven Feuerloch häufte sich die Asche eines Feuers, daneben einige Küchengeräte und ein halbvoller Wassereimer. Eine Anzahl leerer Konservendosen bewies, dass die Hütte schon seit einiger Zeit bewohnt war, und als sich meine Augen an das Halbdunkel gewöhnt hatten, sah ich in der Ecke einen Blechbecher und eine halbleere Flasche Schnaps. Mitten im Raum diente ein flacher

a table, and upon this stood a small cloth bundle–the same, no doubt, which I had seen through the telescope upon the shoulder of the boy. It contained a loaf of bread, a tinned tongue, and two tins of preserved peaches. As I set it down again, after having examined it, my heart leaped to see that beneath it there lay a sheet of paper with writing upon it. I raised it, and this was what I read, roughly scrawled in pencil:

'Dr Watson has gone to Coombe Tracey.'

For a minute I stood there with the paper in my hands thinking out the meaning of this curt message. It was I, then, and not Sir Henry, who was being dogged by this secret man. He had not followed me himself, but he had set an agent–the boy, perhaps–upon my track, and this was his report. Possibly I had taken no step since I had been upon the moor which had not been observed and repeated. Always there was this feeling of an unseen force, a fine net drawn round us with infinite skill and delicacy, holding us so lightly that it was only at some supreme moment that one realized that one was indeed entangled in its meshes.

If there was one report there might be others, so I looked round the hut in search of them. There was no trace, however, of anything of the kind, nor could I discover any sign which might indicate the character or intentions of the man who lived in this singular place, save that he must be of Spartan habits, and cared little for the comforts of life. When I thought of the heavy rains and looked at the gaping roof I understood how strong and immutable must be the purpose which had kept him in that inhospitable abode. Was he our malignant enemy,

Stein als Tisch, und auf diesem lag ein kleines Stoffbündel, zweifelsohne dasselbe, das ich durch das Fernrohr auf der Schulter des Jungen gesehen hatte. Es enthielt einen Laib Brot, eine Büchse mit Zunge und zwei Dosen mit eingemachten Pfirsichen. Nachdem ich das Bündel untersucht hatte und es gerade wieder hinlegen wollte, bemerkte ich mit Herzklopfen, dass darunter ein Blatt Papier lag, auf dem etwas geschrieben stand. Ich nahm es in die Hand und las folgende Worte, unbeholfen mit Bleistift hingekritzelt:

»Dr. Watson ist nach Coombe Tracey gefahren.«

Eine Weile lang stand ich mit dem Papier in der Hand da und überlegte, was diese kurze Nachricht zu bedeuten hatte. Ich war es also und nicht Sir Henry, der von diesem geheimnisvollen Mann belauert wurde. Er war mir nicht selbst gefolgt, sondern hatte mir einen Späher, vielleicht den Jungen, auf die Fährte gesetzt, und dies war dessen Bericht. Möglicherweise hatte ich seit meiner Ankunft auf dem Moor keinen einzigen Schritt getan, der nicht beobachtet und berichtet worden war. Beständig war da dieses Gefühl einer unsichtbaren Macht gewesen, eines feinen Netzes, das mit unendlicher Geschicklichkeit und Feinfühligkeit um uns gespannt wurde und uns so sanft umschloss, dass man im letzten Moment erst bemerkte, dass man überhaupt in seine Maschen verstrickt war.

Wenn es diesen Bericht gab, dann gab es vielleicht noch weitere, also durchsuchte ich die ganze Hütte. Es war jedoch keine Spur von etwas dergleichem zu finden, noch konnte ich irgendwelche Anzeichen entdecken, die auf den Charakter oder die Absichten des Mannes hätten schließen lassen, der an diesem ungewöhnlichen Ort lebte, abgesehen davon, dass er ein Mensch von spartanischen Lebensgewohnheiten sein musste und wenig Wert auf die Annehmlichkeiten des Lebens legte. Wenn ich an die schweren Regengüsse dachte und mir das klaffende Dach ansah, wurde mir bewusst, wie stark und unerschütterlich sein Vor-

or was he by chance our guardian angel? I swore that I would not leave the hut until I knew.

Outside the sun was sinking low and the west was blazing with scarlet and gold. Its reflection was shot back in ruddy patches by the distant pools which lay amid the Great Grimpen Mire. There were the two towers of Baskerville Hall, and there a distant blur of smoke which marked the village of Grimpen. Between the two, behind the hill, was the house of the Stapletons. All was sweet and mellow and peaceful in the golden evening light, and yet as I looked at them my soul shared none of the peace of Nature, but quivered at the vagueness and the terror of that interview which every instant was bringing nearer. With tingling nerves, but a fixed purpose, I sat in the dark recess of the hut and waited with sombre patience for the coming of its tenant.

And then at last I heard him. Far away came the sharp clink of a boot striking upon a stone. Then another and yet another, coming nearer and nearer. I shrank back into the darkest corner, and cocked the pistol in my pocket, determined not to discover myself until I had an opportunity of seeing something of the stranger. There was a long pause, which showed that he had stopped. Then once more the footsteps approached and a shadow fell across the opening of the hut.

'It is a lovely evening, my dear Watson,' said a well-known voice. 'I really think that you will be more comfortable outside than in.'

haben sein musste, das ihn an diesem unwirtlichen Ort festhielt. War er unser erbitterter Feind oder vielleicht doch unser Schutzengel? Ich nahm mir vor, die Hütte nicht eher zu verlassen, bis ich mir darüber Klarheit verschafft hatte.

Draußen versank die Sonne, und der Westen glühte in scharlachroten und goldenen Farben. Der Himmel spiegelte sich in rötlichen Flecken auf den entfernten Wassertümpeln im großen Sumpf von Grimpen. Dort drüben sah man die beiden Türme von Baskerville Hall, und dort eine schwache Rauchsäule, die auf den Ort Grimpen deutete. Zwischen diesen beiden Punkten lag hinter dem Hügel das Haus der Stapletons. So sanft und milde und friedlich war alles in goldenen Abendschimmer getaucht, und doch konnte meine Seele, als mein Blick darüber hinschweifte, diesen Frieden der Natur nicht teilen, sondern schauderte vor der Ungewissheit und dem Schrecken jenes Zusammentreffens, das jeder Augenblick näher an mich herantrug. Bebend vor Aufregung, aber voller Entschlossenheit saß ich in der finsteren Ecke der Hütte und erwartete mit düsterer Langmut die Heimkehr ihres Bewohners.

Und dann endlich hörte ich ihn. Von fern vernahm ich das deutliche Klirren eines Stiefels auf einem Felsen. Dann wieder, und da noch einmal, und es kam näher und näher. Ich verkroch mich in die hinterste Ecke und spannte den Hahn des Revolvers in meiner Tasche, fest entschlossen, meine Anwesenheit nicht eher preiszugeben, bis ich einen Blick auf den Fremden hatte werfen können. Dann trat eine längere Pause ein, er war also stehengeblieben. Dann kamen die Schritte abermals näher, und ein Schatten fiel vor die Türöffnung.

»Es ist ein wunderschöner Abend, mein lieber Watson«, sagte eine wohlbekannte Stimme. »Ich bin mir sicher, dass Sie es hier draußen bequemer haben als drinnen.«

Chapter XII

Death on the Moor

For a moment or two I sat breathless, hardly able to believe my ears. Then my senses and my voice came back to me, while a crushing weight of responsibility seemed in an instant to be lifted from my soul. That cold, incisive, ironical voice could belong to but one man in all the world.

'Holmes!' I cried—'Holmes!'

'Come out,' said he, 'and please be careful with the revolver.'

I stooped under the rude lintel, and there he sat upon a stone outside, his grey eyes dancing with amusement as they fell upon my astonished features. He was thin and worn, but clear and alert, his keen face bronzed by the sun and roughened by the wind. In his tweed suit and cloth cap he looked like any other tourist upon the moor, and he had contrived, with that cat-like love of personal cleanliness which was one of his characteristics, that his chin should be as smooth and his linen as perfect as if he were in Baker Street.

'I never was more glad to see anyone in my life,' said I, as I wrung him by the hand.

'Or more astonished, eh?'

'Well, I must confess to it.'

'The surprise was not all on one side, I assure you. I had no idea that you found my occasional retreat, still less that you were inside it, until I was within twenty paces of the door.'

'My footprint, I presume?'

Kapitel 12

Tod auf dem Moor

Für ein paar Augenblicke verschlug es mir den Atem, und ich traute meinen Ohren nicht. Dann wurde ich wieder Herr meiner Sinne und Stimme, und die erdrückende Last der Verantwortung schien augenblicklich von meiner Seele genommen. Diese kühle, schneidende, ironische Stimme konnte auf der ganzen Welt nur einem Mann gehören.

»Holmes«, schrie ich, »Holmes!«

»Kommen Sie heraus«, sagte er, »und seien Sie bitte vorsichtig mit Ihrem Revolver.«

Ich bückte mich unter dem nackten Türsturz hindurch, und da saß er auf einem Stein, und seine grauen Augen funkelten vor Vergnügen, als ihr Blick auf mein überraschtes Gesicht fiel. Er war dünn und ausgezehrt, dabei aber frisch und munter, und sein scharf geschnittenes Gesicht war von der Sonne gebräunt und vom Wind gegerbt. In seinem Tweedanzug und mit seiner Stoffmütze sah er aus wie ein gewöhnlicher Tourist auf dem Moor, und in seiner katzengleichen Vorliebe für körperliche Reinlichkeit, die für ihn sehr kennzeichnend ist, hatte er es fertiggebracht, dass sein Kinn so glatt rasiert und seine Kleidung so perfekt war, als wäre er in der Baker Street.

»Ich war noch nie in meinem Leben so froh, jemanden zu sehen«, sagte ich, als ich ihm die Hand schüttelte.

»Oder so überrascht, was?«

»Ja, das muss ich zugeben.«

»Die Überraschung war nicht nur auf Ihrer Seite, das versichere ich Ihnen. Ich hatte keine Ahnung, dass Sie meinen Schlupfwinkel ausfindig gemacht hatten, geschweige denn, dass Sie bereits drinsaßen, bis ich zwanzig Schritte vom Eingang entfernt war.«

»Meine Fußspuren, nehme ich an?«

'No, Watson; I fear that I could not undertake to recognize your footprint amid all the footprints of the world. If you seriously desire to deceive me you must change your tobacconist; for when I see the stub of a cigarette marked Bradley, Oxford Street, I know that my friend Watson is in the neighbourhood. You will see it there beside the path. You threw it down, no doubt, at that supreme moment when you charged into the empty hut.'

'Exactly.'

'I thought as much—and knowing your admirable tenacity, I was convinced that you were sitting in ambush, a weapon within reach, waiting for the tenant to return. So you actually thought that I was the criminal?'

'I did not know who you were, but I was determined to find out.'

'Excellent, Watson! And how did you localize me? You saw me, perhaps, on the night of the convict hunt, when I was so imprudent as to allow the moon to rise behind me?'

'Yes, I saw you then.'

'And have, no doubt, searched all the huts until you came to this one?'

'No, your boy had been observed, and that gave me a guide where to look.'

'The old gentleman with the telescope, no doubt. I could not make it out when first I saw the light flashing upon the lens.' He rose and peeped into the hut. 'Ha, I see that Cartwright has brought up some supplies. What's this paper? So you have been to Coombe Tracey, have you?'

'Yes.'

'To see Mrs Laura Lyons?'

'Exactly.'

»Nein, Watson; ich fürchte, dass ich nicht in der Lage wäre, Ihren Schuhabdruck unter sämtlichen Schuhabdrücken der Welt zu erkennen. Wenn Sie mich ernsthaft täuschen wollen, dann wählen Sie einen anderen Tabaklieferanten. Wenn ich einen Zigarettenstummel der Marke Bradley, Oxford Street, finde, so weiß ich, dass mein Freund Watson in der Nähe ist. Er liegt dort neben dem Pfad, wie Sie sehen. Wahrscheinlich haben Sie ihn genau in dem Moment weggeworfen, als Sie die verlassene Hütte stürmten.«

»Ganz recht.«

»Das dachte ich mir, und da ich Ihre bewundernswerte Ausdauer kenne, war ich davon überzeugt, dass Sie mit einer Waffe in Reichweite im Hinterhalt sitzen und auf die Rückkehr des Bewohners warten würden. Sie dachten also wirklich, dass ich der Verbrecher wäre?«

»Ich wusste nicht, wer Sie waren, aber ich war fest entschlossen, es herauszufinden.«

»Ausgezeichnet, Watson! Und wie haben Sie mich ausfindig gemacht? Haben Sie mich vielleicht in jener Nacht gesehen, da Sie Jagd auf den Sträfling machten und ich so unvorsichtig war, den Mond hinter mir aufgehen zu lassen?«

»Ja, ich sah Sie in jener Nacht.«

»Und haben zweifellos sämtliche Hütten durchsucht, bis Sie diese hier fanden?«

»Nein, Ihr Junge ist beobachtet worden, und das gab mir einen Anhaltspunkt, wo ich zu suchen hatte.«

»Wahrscheinlich der alte Herr mit dem Fernrohr. Ich wusste zuerst nicht, was es war, als sich das Licht in der Linse spiegelte.« Er stand auf und warf einen Blick in die Hütte. »Ah, ich sehe, Cartwright hat mir wieder ein paar Vorräte gebracht. Was ist das für ein Zettel? Aha, Sie sind also in Coombe Tracey gewesen?«

»Ja.«

»Um Mrs. Laura Lyons zu besuchen?«

»Richtig.«

'Well done! Our researches have evidently been running on parallel lines, and when we unite our results I expect we shall have a fairly full knowledge of the case.'

'Well, I am glad from my heart that you are here, for indeed the responsibility and the mystery were both becoming too much for my nerves. But how in the name of wonder did you come here, and what have you been doing? I thought that you were in Baker Street working out that case of blackmailing.'

'That was what I wished you to think.'

'Then you use me, and yet do not trust me!' I cried, with some bitterness. 'I think that I have deserved better at your hands, Holmes.'

'My dear fellow, you have been invaluable to me in this as in many other cases, and I beg that you will forgive me if I have seemed to play a trick upon you. In truth, it was partly for your own sake that I did it, and it was my appreciation of the danger which you ran which led me to come down and examine the matter for myself. Had I been with Sir Henry and you it is evident that my point of view would have been the same as yours, and my presence would have warned our very formidable opponents to be on their guard. As it is, I have been able to get about as I could not possibly have done had I been living at the Hall, and I remain an unknown factor in the business, ready to throw in all my weight at a critical moment.'

'But why keep me in the dark?'

'For you to know could not have helped us, and might possibly have led to my discovery. You would have wished to tell me something, or in your kindness you would have brought me out some comfort or other, and

»Gut gemacht! Unsere Nachforschungen haben sich offenbar auf parallelen Bahnen bewegt, und wenn wir unsere Ergebnisse zusammenführen, erwarte ich, dass wir ein recht vollständiges Bild des Falles erhalten.«

»Nun, ich bin von Herzen froh, dass Sie hier sind, denn Verantwortung und Rätselhaftigkeit waren langsam zuviel für meine Nerven. Aber wie, in drei Teufels Namen, sind Sie hier hergekommen, und was haben Sie hier gemacht? Ich dachte, Sie wären in der Baker Street und würden diesen Erpresserfall lösen.«

»Das sollten Sie auch glauben.«

»Dann haben Sie mich benutzt und vertrauen mir doch nicht!«, rief ich ziemlich verbittert. »Ich denke, dass ich Besseres von Ihnen verdient habe, Holmes.«

»Mein lieber Freund, Sie sind in diesem wie auch in vielen anderen Fällen für mich von unschätzbarem Wert gewesen, und ich bitte Sie, mir zu verzeihen, wenn es so schien, als hätte ich Ihnen einen Streich gespielt. In Wahrheit geschah es zum Teil auch in Ihrem Interesse, und es war meine Einschätzung der Gefahr, in der Sie schwebten, die mich dazu brachte, hier herzukommen und die Sache selbst unter die Lupe zu nehmen. Wäre ich bei Sir Henry und Ihnen gewesen, liegt auf der Hand, dass mein Standpunkt derselbe gewesen wäre wie der Ihre, und meine Anwesenheit hätte unseren sehr ernstzunehmenden Gegnern nahegelegt, auf der Hut zu sein. So aber konnte ich mich frei bewegen, was unmöglich gewesen wäre, hätte ich auf Baskerville Hall gewohnt, und ich bleibe in dieser Angelegenheit ein unbekannter Faktor, bereit, im kritischen Moment mein ganzes Gewicht in die Waagschale zuwerfen.«

»Aber warum ließen Sie mich darüber im Dunkeln?«

»Hätten Sie davon gewusst, hätte uns das nicht weitergeholfen und hätte womöglich zu meiner Entdeckung geführt. Sie hätten den Wunsch gehabt, mir irgendetwas mitzuteilen, oder in Ihrer Güte dies oder jenes zu meiner Bequemlichkeit beizusteuern, und

so an unnecessary risk would be run. I brought Cartwright down with me–you remember the little chap at the Express office–and he has seen after my simple wants: a loaf of bread and a clean collar. What does man want more? He has given me an extra pair of eyes upon a very active pair of feet, and both have been invaluable.'

'Then my reports have all been wasted!' My voice trembled as I recalled the pains and the pride with which I had composed them.

Holmes took a bundle of papers from his pocket.

'Here are your reports, my dear fellow, and very well thumbed, I assure you. I made excellent arrangements, and they are only delayed one day upon their way. I must compliment you exceedingly upon the zeal and the intelligence which you have shown over an extraordinarily difficult case.'

I was still rather raw over the deception which had been practised upon me, but the warmth of Holmes's praise drove my anger from my mind. I felt also in my heart that he was right in what he said, and that it was really best for our purpose that I should not have known that he was upon the moor.

'That's better,' said he, seeing the shadow rise from my face. 'And now tell me the result of your visit to Mrs Laura Lyons–it was not difficult for me to guess that it was to see her that you had gone, for I am already aware that she is the one person in Coombe Tracey who might be of service to us in the matter. In fact, if you had not gone to-day it is exceedingly probable that I should have gone to-morrow.'

The sun had set and dusk was settling over the moor. The air had turned chill, and we withdrew into the hut for warmth. There, sitting together in the twilight, I told

das wäre ein unnötiges Wagnis gewesen. Ich habe Cartwright mitgebracht – Sie erinnern sich an den kleinen Burschen vom Expressbüro –, und er hat sich um meine einfachen Bedürfnisse gekümmert: ein Laib Brot und ein reiner Kragen. Was braucht ein Mann mehr? Er gab mir ein zweites Augenpaar und zwei sehr flinke Füße, und beides war für mich von unschätzbarem Wert.«

»Dann waren meine Berichte alle umsonst!« Meine Stimme zitterte, als ich an die Mühe und an den Stolz dachte, mit denen ich sie verfasst hatte.

Holmes zog einen Stapel Papiere aus seiner Tasche.

»Hier sind Ihre Berichte, mein lieber Freund, sorgfältig durchgearbeitet, das versichere ich Ihnen. Ich hatte ausgezeichnete Vorkehrungen getroffen, und sie brauchten nur einen Tag länger als sonst. Ich muss Ihnen meine größte Anerkennung für den Eifer und Scharfblick aussprechen, die Sie in diesem so ungewöhnlich schwierigen Fall bewiesen haben.«

Ich war noch immer etwas gekränkt, da Holmes mich so hinters Licht geführt hatte, aber die Wärme seines Lobs verscheuchte meinen Ärger. Im Grunde meines Herzens wusste ich, dass er recht hatte und dass es für unsere Zwecke in der Tat das Beste war, dass ich von seiner Anwesenheit auf dem Moor nichts wusste.

»Schon besser«, sagte er, als er sah, dass sich mein Gesicht aufhellte. »Und nun berichten Sie mir von den Ergebnissen Ihres Besuchs bei Mrs. Laura Lyons. Es fiel mir nicht schwer zu durchschauen, dass Sie ihretwegen losgezogen waren, denn ich weiß, dass sie die einzige Person in Coombe Tracey ist, die für uns in dieser Sache von Nutzen sein kann. Und wenn Sie sie heute nicht besucht hätten, dann hätte mit überaus hoher Wahrscheinlichkeit ich sie morgen besucht.«

Die Sonne war untergegangen, und die Abenddämmerung senkte sich auf das Moor hinab. Die Luft war kühl geworden, und wir zogen uns in das wärmere Innere der Hütte zurück. Als wir

Holmes of my conversation with the lady. So interested was he that I had to repeat some of it twice before he was satisfied.

'This is most important,' said he, when I had concluded. 'It fills up a gap which I had been unable to bridge, in this most complex affair. You are aware, perhaps, that a close intimacy exists between this lady and the man Stapleton?'

'I did not know of a close intimacy.'

'There can be no doubt about the matter. They meet, they write, there is a complete understanding between them. Now, this puts a very powerful weapon into our hands. If I could use it to detach his wife–'

'His wife?'

'I am giving you some information now, in return for all that you have given me. The lady who has passed here as Miss Stapleton is in reality his wife.'

'Good heavens, Holmes! Are you sure of what you say? How could he have permitted Sir Henry to fall in love with her?'

'Sir Henry's falling in love could do no harm to anyone except Sir Henry. He took particular care that Sir Henry did not *make* love to her, as you have yourself observed. I repeat that the lady is his wife and not his sister.'

'But why this elaborate deception?'

'Because he foresaw that she would be very much more useful to him in the character of a free woman.'

All my unspoken instincts, my vague suspicions, suddenly took shape and centred upon the naturalist. In that impassive, colourless man, with his straw hat and his butterfly-net, I seemed to see something terrible–a creature

im Zwielicht dort nebeneinandersaßen, erzählte ich Holmes von meiner Unterredung mit der Dame. Er war daran so interessiert, dass ich manches zweimal sagen musste, bevor er zufrieden war.

»Das ist von höchster Bedeutung«, sagte er, als ich geendet hatte. »Es schließt eine Kluft, die ich bisher in dieser höchst verwickelten Angelegenheit nicht überbrücken konnte. Sie wissen vielleicht, dass zwischen dieser Dame und Mr. Stapleton eine sehr innige Vertrautheit besteht?«

»Von einer engen Vertrautheit war mir nichts bekannt.«

»In dieser Hinsicht besteht kein Zweifel. Sie treffen sich, schreiben sich Briefe, es herrscht vollkommenes Einverständnis zwischen ihnen. Wir haben damit eine sehr wirkungsvolle Waffe in der Hand. Wenn ich sie nur dazu benutzen könnte, um seine Frau von ihm abzubringen ...«

»Seine Frau?«

»Jetzt erfahren Sie ein paar Neuigkeiten von mir, im Austausch für all das, was ich von Ihnen erfahren habe. Die Dame, die hier als Mrs. Stapleton gilt, ist in Wirklichkeit seine Frau.«

»Um Himmels willen, Holmes! Sind Sie sich dessen auch sicher? Wie konnte er dann nur zulassen, dass sich Sir Henry in sie verliebt?«

»Sir Henrys Verliebtheit konnte niemandem schaden außer ihm selbst. Er sah mit besonderer Sorgfalt darauf, dass Sir Henry sie nicht etwa *tätlich* liebte, wie Sie selbst beobachteten. Ich wiederhole, die Dame ist seine Frau und nicht seine Schwester.«

»Aber warum dieses ausgeklügelte Täuschungsmanöver?«

»Weil er vorausgesehen hatte, dass sie ihm als unverheiratete Frau von viel größerem Nutzen sein würde.«

All meine unausgesprochenen Vorahnungen, meine vagen Vermutungen nahmen plötzlich Gestalt an und richteten sich gegen den Naturforscher. In diesem leidenschaftslosen, blassen Mann mit seinem Strohhut und dem Schmetterlingsnetz, glaubte

of infinite patience and craft, with a smiling face and a murderous heart.

'It is he, then, who is our enemy–it is he who dogged us in London?'

'So I read the riddle.'

'And the warning;–it must have come from her!'

'Exactly.'

The shape of some monstrous villainy, half seen, half guessed, loomed through the darkness which had girt me so long.

'But are you sure of this, Holmes? How do you know that the woman is his wife?'

'Because he so far forgot himself as to tell you a true piece of autobiography upon the occasion when he first met you, and I dare say he has many a time regretted it since. He *was* once a schoolmaster in the North of England. Now, there is no one more easy to trace than a schoolmaster. There are scholastic agencies by which one may identify any man who has been in the profession. A little investigation showed me that a school had come to grief under atrocious circumstances, and that the man who had owned it–the name was different–had disappeared with his wife. The description agreed. When I learned that the missing man was devoted to entomology the identification was complete.'

The darkness was rising, but much was still hidden by the shadows.

'If this woman is in truth his wife, where does Mrs Laura Lyons come in?' I asked.

'That is one of the points upon which your own researches have shed a light. Your interview with the lady has cleared the situation very much. I did not know about a projected divorce between herself and her husband. In

ich nun etwas Schreckliches zu erkennen – ein Geschöpf mit unendlicher Geduld und Geschicklichkeit, mit lächelndem Gesicht und mörderischem Herz.

»Dann ist er also unser Feind – er war es, der uns in London verfolgte?«

»Das halte ich für des Rätsels Lösung.«

»Und die Warnung – sie muss von ihr gekommen sein!«

»Richtig.«

Die Umrisse einer ungeheuren Niederträchtigkeit, halb gesehen, halb erahnt, traten aus der Dunkelheit hervor, die mich so lange umschlossen hatte.

»Holmes, sind Sie sich dessen wirklich sicher? Woher wissen Sie, dass die Dame seine Gattin ist?«

»Weil er sich so weit vergessen hatte, Ihnen bei Ihrem ersten Zusammentreffen einen Teil seiner wahren Lebensgeschichte preiszugeben, und ich wage zu behaupten, dass ihm das so manches Mal schon leid getan hat. Er war tatsächlich einmal Leiter einer Schule in Nordengland. Nun ist kein Mensch leichter aufzuspüren als ein Schulleiter. Es gibt Schulämter, über die jeder identifiziert werden kann, der einmal in diesem Beruf tätig war. Ein wenig Recherche ergab, dass eine Schule unter entsetzlichen Umständen zugrunde gegangen war und dass der Mann, dem sie gehörte – der Name war ein anderer – mit seiner Frau verschwunden ist. Die Beschreibungen passten. Als ich erfuhr, dass der verschwundene Mann passionierter Entomologe ist, war kein Zweifel mehr möglich.«

Das Dunkel lichtete sich, aber noch immer war vieles von Schatten umhüllt.

»Wenn diese Frau in Wirklichkeit seine Gattin ist, wo kommt dann Mrs. Laura Lyons ins Spiel?«, fragte ich.

»Das ist einer der Punkte, in den Sie durch Ihre Nachforschungen Licht gebracht haben. Ihr Gespräch mit der Dame hat die Situation bedeutend geklärt. Ich wusste nicht, dass eine Scheidung von ihrem Mann geplant war. In diesem Fall rech-

that case, regarding Stapleton as an unmarried man, she counted no doubt upon becoming his wife.'

'And when she is undeceived?'

'Why, then we may find the lady of service. It must be our first duty to see her—both of us—to-morrow. Don't you think, Watson, that you are away from your charge rather long? Your place should be at Baskerville Hall.'

The last red streaks had faded away in the west and night had settled upon the moor. A few faint stars were gleaming in a violet sky.

'One last question, Holmes,' I said, as I rose. 'Surely there is no need of secrecy between you and me. What is the meaning of it all? What is he after?'

Holmes's voice sank as he answered—'It is murder, Watson—refined, cold-blooded, deliberate murder. Do not ask me for particulars. My nets are closing upon him, even as his are upon Sir Henry, and with your help he is already almost at my mercy. There is but one danger which can threaten us. It is that he should strike before we are ready to do so. Another day—two at the most—and I have my case complete, but until then guard your charge as closely as ever a fond mother watched her ailing child. Your mission to-day has justified itself, and yet I could almost wish that you had not left his side—Hark!'

A terrible scream—a prolonged yell of horror and anguish burst out of the silence of the moor. That frightful cry turned the blood to ice in my veins.

'Oh, my God!' I gasped. 'What is it? What does it mean?'

Holmes had sprung to his feet, and I saw his dark, athletic outline at the door of the hut, his shoulders stooping, his head thrust forward, his face peering into the darkness.

nete sie ohne Zweifel damit, Stapletons Frau zu werden, da sie ihn für einen unverheirateten Mann hält.«

»Und wenn sie von der Wahrheit erfährt?«

»Nun, dann wird uns die Dame vielleicht von Nutzen sein. Unsere erste Aufgabe muss sein, sie morgen früh zu besuchen, wir beide zusammen. Meinen Sie nicht, Watson, dass Sie sich schon ziemlich lange von Ihrem Posten entfernt haben? Ihr Platz sollte in Baskerville Hall sein.«

Die letzten roten Strahlen waren im Westen verblichen, und Nacht legte sich über das Moor. Einige schwache Sterne glommen am violetten Himmel.

»Eine letzte Frage, Holmes«, sagte ich, als ich mich erhob. »Sicherlich brauchen Sie und ich keine Geheimnisse voreinander zu haben. Was bedeutet das alles? Was für ein Ziel verfolgt er?«

Holmes' Stimme wurde zu einem Flüstern, als er antwortete. »Es ist Mord, Watson, raffinierter, kaltblütiger, vorsätzlicher Mord. Fragen Sie mich nicht nach Einzelheiten. Meine Netze ziehen sich um ihn zusammen, so wie seine um Sir Henry, und mit Ihrer Hilfe habe ich ihn fast schon in der Hand. Nur eine Gefahr kann uns noch drohen: Er könnte zuschlagen, noch bevor wir dazu bereit sind. Ein weiterer Tag, höchstens zwei, und der Fall ist gelöst, aber bis dahin bewachen Sie Ihren Schützling so sorgsam wie je eine liebende Mutter ihr krankes Kind. Ihr heutiger Ausflug hat sich gelohnt, und doch möchte ich beinahe wünschen, dass Sie ihm nicht von der Seite gewichen wären – hören Sie!«

Ein furchtbarer Schrei, lang und gellend, voller Angst und Entsetzen, durchbrach die Stille des Moors. Dieser fürchterliche Laut ließ das Blut in meinen Adern gefrieren.

»Oh mein Gott!«, stöhnte ich. »Was ist das? Was bedeutet das?«

Holmes war aufgesprungen, und ich sah seine dunkle, athletische Silhouette in der Tür der Hütte, die Schultern gebeugt, den Kopf vorgestreckt, wie er in die Dunkelheit starrte.

'Hush!' he whispered. 'Hush!'

The cry had been loud on account of its vehemence, but it had pealed out from somewhere far off on the shadowy plain. Now it burst upon our ears, nearer, louder, more urgent than before.

'Where is it?' Holmes whispered; and I knew from the thrill of his voice that he, the man of iron, was shaken to the soul. 'Where is it, Watson?'

'There, I think.' I pointed into the darkness.

'No, there!'

Again the agonized cry swept through the silent night, louder and much nearer than ever. And a new sound mingled with it, a deep, muttered rumble, musical and yet menacing, rising and falling like the low, constant murmur of the sea.

'The hound!' cried Holmes. 'Come, Watson, come! Great heavens, if we are too late!'

He had started running swiftly over the moor, and I had followed at his heels. But now from somewhere among the broken ground immediately in front of us there came one last despairing yell, and then a dull, heavy thud. We halted and listened. Not another sound broke the heavy silence of the windless night.

I saw Holmes put his hand to his forehead, like a man distracted. He stamped his feet upon the ground.

'He has beaten us, Watson. We are too late.'

'No, no, surely not!'

'Fool that I was to hold my hand. And you, Watson, see what comes of abandoning your charge! But, by Heaven, if the worst has happened, we'll avenge him!'

Blindly we ran through the gloom, blundering against boulders, forcing our way through gorse bushes, panting

»Pst!«, flüsterte er. »Pst!«

Der Schrei war so laut aufgrund seiner Heftigkeit, aber von irgendwo weither über die finstere Ebene erschollen. Dann schlug ein neuer Schrei an unser Ohr, näher, lauter, drängender als der erste.

»Wo ist es?«, flüsterte Holmes, und ich erkannte an dem Zittern seiner Stimme, dass er, der Mann mit den eisenstarken Nerven, bis ins Mark erschüttert war. »Wo ist es, Watson?«

»Dort, glaube ich.« Ich deutete in die Dunkelheit.

»Nein, da!«

Erneut durchbrach der verzweifelte Schrei die Stille der Nacht, lauter und viel näher als zuvor. Und ein neues Geräusch mischte sich darunter, ein tiefes, murmelndes Grollen, klangvoll und doch drohend, anschwellend und abflauend wie das tiefe, unablässige Rauschen des Meeres.

»Der Hund!«, schrie Holmes. »Kommen Sie, Watson, kommen Sie! Gütiger Himmel, wenn wir zu spät sind!«

Er war sofort rasch losgelaufen, und ich war ihm über das Moor auf den Fersen gefolgt. Plötzlich aber drang unmittelbar vor uns von irgendwoher aus dem unebenen Gelände ein letzter, verzweifelter Schrei, und dann ein dumpfer, schwerer Aufschlag. Wir blieben stehen und horchten. Kein Laut mehr durchbrach das drückende Schweigen der windstillen Nacht.

Ich sah, wie sich Holmes wie außer sich mit der Hand vor die Stirn schlug. Er stampfte mit dem Fuß auf den Boden.

»Er hat uns besiegt, Watson. Wir sind zu spät.«

»Nein, nein, gewiss nicht.«

»Was für ein Narr war ich, mich zurückzuhalten! Und Sie, Watson, sehen Sie, was passiert, wenn Sie Ihren Posten verlassen! Aber bei Gott, wenn das Schlimmste geschehen ist, dann nehmen wir Rache!«

Blindlings rannten wir durch die Finsternis, stolperten gegen Granitblöcke, erkämpften unseren Weg durch Stechginsterbü-

up hills and rushing down slopes, heading always in the direction whence those dreadful sounds had come. At every rise Holmes looked eagerly round him, but the shadows were thick upon the moor and nothing moved upon its dreary face.

'Can you see anything?'

'Nothing.'

'But hark, what is that?'

A low moan had fallen upon our ears. There it was again upon our left! On that side a ridge of rocks ended in a sheer cliff, which overlooked a stone-strewn slope. On its jagged face was spread-eagled some dark, irregular object. As we ran towards it the vague oudine hardened into a definite shape. It was a prostrate man face downwards upon the ground, the head doubled under him at a horrible angle, the shoulders rounded and the body hunched together as if in the act of throwing a somersault. So grotesque was the attitude that I could not for the instant realize that that moan had been the passing of his soul. Not a whisper, not a rustle, rose now from the dark figure over which we stooped. Holmes laid his hand upon him, and held it up again, with an exclamation of horror. The gleam of the match which he struck shone upon his clotted fingers and upon the ghastly pool which widened slowly from the crushed skull of the victim. And it shone upon something else which turned our hearts sick and faint within us—the body of Sir Henry Baskerville!

There was no chance of either of us forgetting that peculiar ruddy tweed suit—the very one which he had worn on the first morning that we had seen him in Baker Street. We caught the one clear glimpse of it, and then the match flickered and went out, even as the hope had

sche, keuchten Hügel hinauf und rannten Abhänge hinunter, immer in die Richtung, aus der der schreckliche Laut gekommen war. Auf jeder Anhöhe schaute Holmes sich ungeduldig um, aber die Schatten lagen schwer auf dem Moor, und nichts bewegte sich auf der öden Fläche.

»Können Sie etwas sehen?«

»Nein, nichts.«

»Aber horchen Sie, was ist das?«

Ein leises Stöhnen war an unser Ohr gedrungen. Und da noch einmal, zu unserer Linken! Auf dieser Seite endete ein Felskamm in einer steilen Klippe, die eine mit Steinen übersäte Schlucht überragte. Auf ihrem zerklüfteten Grund lag auseinandergerissen ein dunkles, unförmiges Etwas. Als wir darauf zuliefen, nahm die unbestimmte Kontur feste Gestalt an. Es war ein mit dem Gesicht nach unten am Boden liegender Mann. Sein Kopf steckte in einem furchtbaren Winkel unter seiner Brust, die Schultern waren vorgebeugt und der Körper zusammengezogen, als würde der Mann einen Purzelbaum schlagen. Seine Haltung war so grotesk, dass ich im ersten Augenblick gar nicht begriff, dass dieser Seufzer das Entschwinden seiner Seele gewesen war. Kein Flüstern, kein Röcheln ging mehr von der dunklen Gestalt aus, über die wir uns beugten. Holmes berührte ihn mit der Hand und zog sie mit einem Ausruf des Entsetzens sofort wieder weg. Der schwache Schein des Streichholzes, das er anzündete, beleuchtete seine beschmierten Finger und die grausige Blutlache, die sich langsam unter dem zerschmetterten Schädel des Opfers ausbreitete. Und es beleuchtete noch etwas anderes, dessen Anblick unsere Herzen elend und schwach werden ließ – die Leiche von Sir Henry Baskerville!

Keiner von uns hätte je diesen eigentümlichen rötlichen Tweedanzug vergessen können, denselben, den er an jenem ersten Morgen trug, als wir ihn in der Baker Street kennenlernten. Wir konnten nur diesen kurzen, eindeutigen Blick darauf werfen, dann flackerte das Streichholz und erlosch, so wie die Hoff-

gone out of our souls. Holmes groaned, and his face glimmered white through the darkness.

'The brute! the brute!' I cried, with clenched hands. 'Oh, Holmes, I shall never forgive myself for having left him to his fate.'

'I am more to blame than you, Watson. In order to have my case well rounded and complete, I have thrown away the life of my client. It is the greatest blow which has befallen me in my career. But how could I know—how *could* I know—that he would risk his life alone upon the moor in the face of all my warnings?'

'That we should have heard his screams—my God, those screams!—and yet have been unable to save him! Where is this brute of a hound which drove him to his death? It may be lurking among these rocks at this instant. And Stapleton, where is he? He shall answer for this deed.'

'He shall. I will see to that. Uncle and nephew have been murdered—the one frightened to death by the very sight of a beast which he thought to be supernatural, the other driven to his end in his wild flight to escape from it. But now we have to prove the connection between the man and the beast. Save from what we heard, we cannot even swear to the existence of the latter, since Sir Henry has evidently died from the fall. But, by heavens, cunning as he is, the fellow shall be in my power before another day is past!'

We stood with bitter hearts on either side of the mangled body, overwhelmed by this sudden and irrevocable disaster which had brought all our long and weary labours to so piteous an end. Then, as the moon rose, we climbed to the top of the rocks over which our poor friend had fallen, and from the summit we gazed out over

nung in unseren Herzen erloschen war. Holmes stöhnte auf, und sein Gesicht schimmerte bleich in der Dunkelheit.

»Die Bestie! Die Bestie«, schrie ich mit geballten Fäusten. »Oh Holmes, niemals werde ich mir verzeihen, dass ich Sir Henry seinem Schicksal überließ.«

»Mich trifft größere Schuld als Sie, Watson. Um meinen Fall schön abgerundet und vervollständigt zu wissen, habe ich das Leben meines Klienten aufs Spiel gesetzt. Es ist der härteste Schlag, der mich je in meiner Karriere getroffen hat. Aber wie konnte ich ahnen – wie *konnte* ich ahnen, dass er all meinen Warnungen zum Trotz allein aufs Moor gehen und sein Leben riskieren würde?«

»Dass wir seine Schreie gehört haben – mein Gott, diese Schreie – und doch nicht imstande waren, ihn zu retten! Wo ist diese Bestie von einem Hund, die ihn in den Tod gehetzt hat? Sie lauert vielleicht in diesem Augenblick zwischen den Felsen. Und Stapleton, wo ist er? Er soll sich für diese Tat verantworten.«

»Das wird er. Dafür werde ich sorgen. Onkel und Neffe sind ermordet worden – der eine zu Tode erschreckt durch den bloßen Anblick einer Bestie, die er für übernatürlich hielt, der andere in seiner wilden Flucht vor eben dem Tier ins Verderben getrieben. Aber jetzt müssen wir beweisen, dass zwischen dem Mann und dem Tier eine Verbindung besteht. Abgesehen davon, was wir gehört haben, können wir nicht einmal beschwören, dass dieses Tier existiert, da Sir Henry ganz offensichtlich infolge eines Sturzes gestorben ist. Aber, beim Himmel, so schlau der Bursche auch ist, ich habe ihn in meiner Gewalt, ehe ein weiterer Tag vergeht!«

Mit bitterem Herzen standen wir zu beiden Seiten des geschundenen Leichnams, überwältigt von diesem plötzlichen, nie wieder gutzumachenden Unglück, das all unsere langwierigen und mühevollen Anstrengungen zu einem so kläglichen Ende geführt hatte. Als der Mond aufging, kletterten wir auf die Felsklippe, von der unser armer Freund herabgestürzt war, und

the shadowy moor, half silver and half gloom. Far away, miles off, in the direction of Grimpen, a single steady yellow light was shining. It could only come from the lonely abode of the Stapletons. With a bitter curse I shook my fist at it as I gazed.

'Why should we not seize him at once?'

'Our case is not complete. The fellow is wary and cunning to the last degree. It is not what we know, but what we can prove. If we make one false move the villain may escape us yet.'

'What can we do?'

'There will be plenty for us to do to-morrow. To-night we can only perform the last offices to our poor friend.'

Together we made our way down the precipitous slope and approached the body, black and clear against the silver stones. The agony of those contorted limbs struck me with a spasm of pain and blurred my eyes with tears.

'We must send for help, Holmes! We cannot carry him all the way to the Hall. Good heavens, are you mad?'

He had uttered a cry and bent over the body. Now he was dancing and laughing and wringing my hand. Could this be my stern, self-contained friend? These were hidden fires, indeed!

'A beard! A beard! The man has a beard!'

'A beard?'

'It is not the Baronet–it is–why, it is my neighbour, the convict!'

With feverish haste we had turned the body over, and that dripping beard was pointing up to the cold, clear moon. There could be no doubt about the beetling forehead, the sunken animal eyes. It was indeed the same

spähten von dessen Spitze über das schattige Moor, das halb in Silber, halb in Dunkelheit getaucht war. Viele Meilen entfernt, in Richtung Grimpen, schien ruhig ein einzelnes gelbes Licht. Es konnte nur von dem einsamen Haus der Stapletons stammen. Bitter fluchend drohte ich mit der Faust hinüber.

»Warum fassen wir ihn nicht sofort?«

»Unser Fall ist noch nicht abgeschlossen. Der Kerl ist wachsam und gerissen bis ins Letzte. Es kommt nicht darauf an, was wir wissen, sondern was wir beweisen können. Ein falscher Schritt und der Schurke entwischt uns vielleicht doch noch.«

»Was können wir tun?«

»Eine Menge – aber erst morgen. Heute Abend können wir nur noch unserem armen Freund den letzten Dienst erweisen.«

Gemeinsam stiegen wir den steilen Abhang hinunter und näherten uns dem Leichnam, der sich schwarz und deutlich von den silbernen Steinen abhob. Die Qual, die aus diesen verrenkten Gliedmaßen sprach, traf mich mit krampfhaften Schmerzen und trieb mir Tränen in die Augen.

»Wir müssen Hilfe herbeiholen, Holmes! Wir können ihn nicht den ganzen Weg bis zum Anwesen tragen. Gütiger Gott, sind Sie wahnsinnig geworden?«

Er hatte einen Schrei ausgestoßen und sich über den Leichnam gebeugt. Nun tanzte er herum und lachte und schüttelte meine Hand. War dies noch mein ernster, selbstbeherrschter Freund? Da loderten wahrlich verborgene Feuer!

»Ein Bart! Ein Bart! Der Mann hat einen Bart!«

»Einen Bart?«

»Es ist nicht der Baronet – es ist – ja, wahrhaftig, es ist mein Nachbar, der Sträfling!«

In fiebriger Hast hatten wir den Leichnam auf den Rücken gedreht, und der triefende Bart starrte zum kalten, klaren Mond empor. Es war kein Zweifel möglich – die vorspringende Stirn, die eingesunkenen tierischen Augen – ja, es war dasselbe Gesicht,

face which had glared upon me in the light of the candle from over the rock–the face of Selden, the criminal.

Then in an instant it was all clear to me. I remembered how the Baronet had told me that he had handed his old wardrobe to Barrymore. Barrymore had passed it on in order to help Selden in his escape. Boots, shirt, cap–it was all Sir Henry's. The tragedy was still black enough, but this man had at least deserved death by the laws of his country. I told Holmes how the matter stood, my heart bubbling over with thankfulness and joy.

'Then the clothes have been the poor fellow's death,' said he. 'It is clear enough that the hound has been laid on from some article of Sir Henry's–the boot which was abstracted in the hotel, in all probability–and so ran this man down. There is one very singular thing, however: How came Selden, in the darkness, to know that the hound was on his trail?'

'He heard him.'

'To hear a hound upon the moor would not work a hard man like this convict into such a paroxysm of terror that he would risk recapture by screaming wildly for help. By his cries he must have run a long way after he knew the animal was on his track. How did he know?'

'A greater mystery to me is why this hound, presuming that all our conjectures are correct–'

'I presume nothing.'

'Well, then, why this hound should be loose to-night. I suppose that it does not always run loose upon the moor. Stapleton would not let it go unless he had reason to think that Sir Henry would be there.'

'My difficulty is the more formidable of the two, for I think that we shall very shortly get an explanation of

das mich im Licht der Kerze über die Felsen hinweg angestarrt hatte. Es war das Gesicht des Verbrechers Selden.

Im nächsten Augenblick war mir alles klar. Ich erinnerte mich, wie der Baronet mir erzählt hatte, er habe Barrymore seine alte Garderobe überlassen. Barrymore hatte sie weitergegeben, um Selden bei seiner Flucht behilflich zu sein. Stiefel, Hemd, Mütze – alles hatte früher Sir Henry gehört. Die Tragödie war immer noch furchtbar genug, gleichwohl hatte dieser Mann nach den Gesetzen seines Landes den Tod verdient. Mit vor Dankbarkeit und Freude überschäumendem Herzen setzte ich Holmes davon in Kenntnis.

»Dann sind Sir Henrys Kleider dem armen Kerl zum Verhängnis geworden«, sagte er. »Es ist klar, dass der Hund auf irgendeinen von Sir Henrys Gegenständen abgerichtet ist – höchstwahrscheinlich auf den Stiefel, der im Hotel abhandengekommen ist – und deshalb diesen Mann zur Strecke gebracht hat. Einen merkwürdigen Umstand gibt es da allerdings noch: Wie konnte Selden in der Dunkelheit wissen, dass ihm der Hund auf der Spur war?«

»Er hat ihn gehört.«

»Einen Hund auf dem Moor zu hören, würde einen so hartgesottenen Mann wie diesen Sträfling nicht in so panikartigen Schrecken versetzen, dass er es riskieren würde, gefasst zu werden, indem er wild um Hilfe schreit. Nach den Schreien zu urteilen, muss er eine Weile gerannt sein, nachdem er gemerkt hatte, dass ihm das Tier auf den Fersen war. Woher wusste er das?«

»Rätselhafter scheint mir, warum dieser Hund, vorausgesetzt, dass all unsere Mutmaßungen stimmen …«

»Ich mutmaße nicht.«

»Also gut, warum dieser Hund heute Abend frei herumlief. Ich vermute, dass er nicht immer so frei auf dem Moor herumläuft. Stapleton würde ihn nicht laufen lassen, wenn er nicht Grund zu der Annahme hätte, dass Sir Henry auf dem Moor unterwegs ist.«

»Mein Problem ist das größere von beiden, da ich glaube, dass wir für das Ihre sehr bald schon eine Erklärung erhalten werden,

yours, while mine may remain for ever a mystery. The question now is, what shall we do with this poor wretch's body? We cannot leave it here to the foxes and the ravens.'

'I suggest that we put it in one of the huts until we can communicate with the police.'

'Exactly. I have no doubt that you and I could carry it so far. Hullo, Watson, what's this? It's the man himself, by all that's wonderful and audacious! Not a word to show your suspicions–not a word, or my plans crumble to the ground.'

A figure was approaching us over the moor, and I saw the dull red glow of a cigar. The moon shone upon him, and I could distinguish the dapper shape and jaunty walk of the naturalist. He stopped when he saw us, and then came on again.

'Why, Dr Watson, that's not you, is it? You are the last man that I should have expected to see out on the moor at this time of night. But, dear me, what's this? Somebody hurt? Not–don't tell me that is our friend Sir Henry!'

He hurried past me and stooped over the dead man. I heard a sharp intake of his breath and the cigar fell from his fingers.

'Who–who's this?' he stammered.

'It is Selden, the man who escaped from Princetown.'

Stapleton turned a ghastly face upon us, but by a supreme effort he had overcome his amazement and his disappointment. He looked sharply from Holmes to me.

'Dear me! What a very shocking affair! How did he die?'

'He appears to have broken his neck by falling over these rocks. My friend and I were strolling on the moor when we heard a cry.'

während das meine vielleicht für immer ein Geheimnis bleiben wird. Die Frage ist nun, was wir mit der Leiche des armen Kerls machen. Wir können sie hier nicht den Füchsen und Raben überlassen.«

»Ich schlage vor, wir schaffen sie in eine der Hütten, bis wir die Polizei benachrichtigt haben.«

»Sehr gut. Ich bin mir sicher, dass wir sie zu zweit so weit tragen können. Aber Watson, was ist das? Da kommt unser Mann höchstpersönlich, was für eine unverfrorene Frechheit! Kein Wort von unserem Verdacht – kein Wort, sonst sind all meine Pläne dahin.«

Eine Gestalt näherte sich uns über das Moor, und ich sah das dunkelrote Glühen einer Zigarre. Das Mondlicht fiel auf ihn, und ich konnte die adrette Erscheinung und den munteren Schritt des Naturforschers erkennen. Er blieb stehen, als er uns sah, und kam dann auf uns zu.

»Wahrhaftig, Dr. Watson, sind Sie es wirklich? Sie sind der Letzte, den ich zu dieser nächtlichen Stunde auf dem Moor erwartet hätte. Aber mein Gott, was ist das? Jemand verletzt? Nein – sagen Sie nicht, dass dies unser Freund Sir Henry ist!«

Er eilte an mir vorbei und beugte sich über den Toten. Ich hörte ihn tief Luft holen, und die Zigarre entglitt seiner Hand.

»Wer – wer ist das?«, stammelte er.

»Es ist Selden, der entlaufene Sträfling aus Princetown.«

Stapleton wandte uns sein totenbleiches Gesicht zu, aber mit äußerster Willensanstrengung verbarg er seine Bestürzung und seine Enttäuschung. Er schaute mit stechendem Blick von Holmes zu mir.

»Mein Gott! Das ist ja fürchterlich! Wie kam er zu Tode?«

»Er scheint sich das Genick gebrochen zu haben, als er von diesem Felsen stürzte. Mein Freund und ich machten gerade einen Spaziergang übers Moor, als wir einen Schrei hörten.«

'I heard a cry also. That was what brought me out. I was uneasy about Sir Henry.'

'Why about Sir Henry in particular?' I could not help asking.

'Because I had suggested that he should come over. When he did not come I was surprised, and I naturally became alarmed for his safety when I heard cries upon the moor. By the way'—his eyes darted again from my face to Holmes's—'did you hear anything else besides a cry?'

'No,' said Holmes; 'did you?'

'No.'

'What do you mean then?'

'Oh, you know the stories that the peasants tell about a phantom hound, and so on. It is said to be heard at night upon the moor. I was wondering if mere were any evidence of such a sound to-night.'

'We heard nothing of the kind,' said I.

'And what is your theory of this poor fellow's death?'

'I have no doubt that anxiety and exposure have driven him off his head. He has rushed about the moor in a crazy state and eventually fallen over here and broken his neck.'

'That seems the most reasonable theory,' said Stapleton, and he gave a sigh which I took to indicate his relief. 'What do you think about it, Mr Sherlock Holmes?'

My friend bowed his compliments.

'You are quick at identification,' said he.

'We have been expecting you in these parts since Dr Watson came down. You are in time to see a tragedy.'

'Yes, indeed. I have no doubt that my friend's explanation will cover the facts. I will take an unpleasant remembrance back to London with me to-morrow.'

»Ich hörte ebenfalls einen Schrei. Deshalb ging ich nach draußen. Ich war in Sorge wegen Sir Henry.«

»Warum gerade wegen Sir Henry?«, fragte ich unwillkürlich.

»Weil ich ihm vorgeschlagen hatte, zu uns herüberzukommen. Als er nicht kam, wunderte ich mich und machte mir Sorgen um seine Sicherheit, als ich Schreie auf dem Moor hörte. Übrigens«, und seine Augen schossen blitzschnell von mir zurück zu Holmes, »haben Sie außer den Schreien noch etwas anderes gehört?«

»Nein«, antwortete Holmes, »haben Sie?«

»Nein.«

»Warum fragen Sie dann?«

»Ach, Sie wissen doch, was sich die Bauern hier über einen Geisterhund erzählen und all das. Man soll ihn nachts auf dem Moor hören können. Ich dachte nur, ob es vielleicht heute Nacht irgendwelche Anzeichen für ein solches Geräusch gab.«

»Wir haben nichts dergleichen gehört«, sagte ich.

»Und welche Erklärung haben Sie für den Tod dieses armen Kerls?«

»Ich habe keinerlei Zweifel, dass Angst und die Gefahr, entdeckt zu werden, ihn um den Verstand gebracht haben. Er rannte wie ein Verrückter über das Moor und ist schließlich hier abgestürzt und hat sich das Genick gebrochen.«

»Das scheint die vernünftigste Erklärung zu sein«, sagte Stapleton mit einem Seufzer, den ich für ein Zeichen der Erleichterung hielt. »Was denken Sie, Mr. Sherlock Holmes?«

Mein Freund verbeugte sich anerkennend.

»Sie haben mich rasch identifiziert«, sagte er.

»Wir haben Sie seit Dr. Watsons Ankunft hier erwartet. Sie kommen rechtzeitig, um Zeuge einer Tragödie zu sein.«

»Ja, in der Tat. Ich bin mir sicher, dass die Erklärung meines Freundes zutreffend ist. Ich werde morgen eine unerfreuliche Erinnerung mit mir nach London zurücknehmen.«

'Oh, you return to-morrow?'

'That is my intention.'

'I hope your visit has cast some light upon those occurrences which have puzzled us?'

Holmes shrugged his shoulders. 'One cannot always have the success for which one hopes. An investigator needs facts, and not legends or rumours. It has not been a satisfactory case.'

My friend spoke in his frankest and most unconcerned manner. Stapleton still looked hard at him. Then he turned to me.

'I would suggest carrying this poor fellow to my house, but it would give my sister such a fright that I do not feel justified in doing it. I think that if we put something over his face he will be safe until morning.'

And so it was arranged. Resisting Stapleton's offer of hospitality, Holmes and I set off to Baskerville Hall, leaving the naturalist to return alone. Looking back we saw the figure moving slowly away over the broad moor, and behind him that one black smudge on the silvered slope which showed where the man was lying who had come so horribly to his end.

'We're at close grips at last,' said Holmes, as we walked together across the moor. 'What a nerve the fellow has! How he pulled himself together in the face of what must have been a paralysing shock when he found that the wrong man had fallen a victim to his plot. I told you in London, Watson, and I will tell you now again, that we have never had a foeman more worthy of our steel.'

'I am sorry that he has seen you.'

»Oh, Sie reisen morgen wieder ab?«

»Das ist meine Absicht.«

»Ich hoffe, Ihr Besuch konnte etwas Licht auf jene Ereignisse werfen, die uns solches Kopfzerbrechen bereitet haben?«

Holmes zuckte mit den Schultern. »Man kann nicht immer den erhofften Erfolg haben. Ein Ermittler braucht Tatsachen und keine Legenden oder Gerüchte. Es war kein befriedigender Fall.«

Mein Freund sprach so freimütig und unbeteiligt, wie er nur konnte. Stapleton sah ihn noch immer scharf an. Dann wandte er sich zu mir.

»Ich würde ja vorschlagen, den armen Kerl in mein Haus zu bringen, aber es würde meine Schwester so erschrecken, dass ich mich nicht dazu berechtigt fühle. Ich glaube, wenn wir ihm etwas über das Gesicht legen, ist er bis zum Morgen sicher.«

Und so wurde es ausgeführt. Stapletons gastfreundliche Einladung lehnten wir ab, und Holmes und ich machten uns auf den Weg nach Baskerville Hall und ließen den Naturforscher allein nach Hause zurückgehen. Als wir uns umblickten, sahen wir seine Gestalt sich langsam über das weite Moor entfernen und hinter ihm jenen schwarzen Fleck auf dem silbrigen Abhang, der die Stelle bezeichnete, wo der Mann lag, der so grauenvoll zu Tode gekommen war.

»Endlich sind wir ihm dicht auf den Fersen«, sagte Holmes, als wir zusammen über das Moor liefen. »Was für Nerven der Bursche hat! Wie er sich zusammengerissen hat, trotz des lähmenden Schocks, den er empfunden haben muss, als er sah, dass der falsche Mann seinem Anschlag zum Opfer gefallen war. Ich sagte es Ihnen in London, Watson, und ich sage es jetzt noch einmal: Noch nie hatten wir es mit einem Gegner zu tun, der unserer Klinge würdiger wäre.«

»Es tut mir leid, dass er Sie gesehen hat.«

'And so was I at first. But there was no getting out of it.'

'What effect do you think it will have upon his plans, now that he knows you are here?'

'It may cause him to be more cautious, or it may drive him to desperate measures at once. Like most clever criminals, he may be too confident in his own cleverness and imagine that he has completely deceived us.'

'Why should we not arrest him at once?'

'My dear Watson, you were born to be a man of action. Your instinct is always to do something energetic. But supposing, for argument's sake, that we had him arrested to-night, what on earth the better off should we be for that? We could prove nothing against him. There's the devilish cunning of it! If he were acting through a human agent we could get some evidence, but if we were to drag this great dog to the light of day it would not help in putting a rope round the neck of its master.'

'Surely we have a case.'

'Not a shadow of one—only surmise and conjecture. We should be laughed out of court if we came with such a story and such evidence.'

'There is Sir Charles's death.'

'Found dead without a mark upon him. You and I know that he died of sheer fright, and we know also what frightened him; but how are we to get twelve stolid jurymen to know it? What signs are there of a hound? Where are the marks of its fangs? Of course, we know that a hound does not bite a dead body, and that Sir Charles was dead before ever the brute overtook him. But we have to *prove* all this, and we are not in a position to do it.'

»Mir tat es anfangs ebenfalls leid. Aber es war nicht zu verhindern.«

»Welchen Einfluss wird es Ihrer Meinung nach auf seine Pläne haben, dass er nun von Ihrer Anwesenheit weiß?«

»Vielleicht veranlasst es ihn zu größerer Vorsicht, oder es treibt ihn sofort zu verzweifelten Maßnahmen. Wie die meisten gerissenen Verbrecher vertraut er möglicherweise zu sehr auf seine eigene Gerissenheit und bildet sich ein, dass er uns vollständig hinters Licht geführt hat.«

»Warum nehmen wir ihn nicht auf der Stelle fest?«

»Mein lieber Watson, Sie sind der geborene Mann der Tat. Sie wollen stets instinktiv energisch durchgreifen. Aber angenommen, nur um der Beweisführung willen, wir ließen ihn noch heute Nacht festnehmen, was in aller Welt würde uns das nützen? Wir hätten nichts gegen ihn in der Hand. Darin liegt doch die teuflische Schlauheit! Wenn er sich eines menschlichen Werkzeugs bedient hätte, könnten wir Beweise vorlegen, aber selbst wenn wir diesen großen Hund ans Tageslicht zerren, würde uns das noch lange nicht helfen, seinem Herrn den Strick um den Hals zu legen.«

»Aber es reicht für ein Verfahren.«

»Nicht im Geringsten, wir haben nur Mutmaßungen und Hypothesen. Man würde uns vor Gericht auslachen, wenn wir denen mit einer solchen Geschichte und solchen Beweisen kämen.«

»Wir haben den Tod von Sir Charles.«

»Tot aufgefunden, ohne äußere Verletzung. Sie und ich wissen, dass er vor blankem Entsetzen starb, und wir wissen auch, was ihn so erschreckt hat. Aber wie sollen wir zwölf stumpfe Geschworene dazu bringen, es zu glauben? Welche Anzeichen gibt es für einen Hund? Wo sind die Abdrücke seiner Reißzähne? Natürlich wissen wir, dass ein Hund keinen Leichnam beißt und dass Sir Charles bereits tot war, ehe die Bestie ihn einholte. Aber wir müssen das alles *beweisen*, und dazu sind wir nicht in der Lage.«

'Well, then, to-night?'

'We are not much better off to-night. Again, there was no direct connection between the hound and the man's death. We never saw the hound. We heard it; but we could not prove that it was running upon this man's trail. There is a complete absence of motive. No, my dear fellow; we must reconcile ourselves to the fact that we have no case at present, and that it is worth our while to run any risk in order to establish one.'

'And how do you propose to do so?'

'I have great hopes of what Mrs Laura Lyons may do for us when the position of affairs is made clear to her. And I have my own plan as well. Sufficient for to-morrow is the evil thereof; but I hope before the day is past to have the upper hand at last.'

I could draw nothing further from him, and he walked, lost in thought, as far as the Baskerville gates.

'Are you coming up?'

'Yes; I see no reason for further concealment. But one last word, Watson. Say nothing of the hound to Sir Henry. Let him think that Selden's death was as Stapleton would have us believe. He will have a better nerve for the ordeal which he will have to undergo to-morrow, when he is engaged, if I remember your report aright, to dine with these people.'

'And so am I.'

'Then you must excuse yourself, and he must go alone. That will be easily arranged. And now, if we are too late for dinner, I think that we are both ready for our suppers.'

»Und was ist mit heute Nacht?«

»Da sind wir auch nicht viel besser dran. Es gab abermals keinen direkten Zusammenhang zwischen dem Hund und dem Tod des Mannes. Wir haben den Hund nicht gesehen. Wir haben ihn gehört, könnten aber nicht beweisen, dass er diesen Mann verfolgt hat. Es gibt überhaupt kein Motiv. Nein, mein lieber Freund, wir müssen uns mit der Tatsache anfreunden, dass wir im Augenblick nichts in der Hand haben und dass es der Mühe wert ist, jedes Risiko einzugehen, um Beweismaterial zu beschaffen.«

»Und wie sollen wir das Ihrer Meinung nach tun?«

»Ich setze große Hoffnungen darauf, dass Mrs. Laura Lyons etwas für uns tut, wenn man sie über den Stand der Dinge unterrichtet. Außerdem habe ich selbst einen Plan. Es ist genug, dass ein jeglicher Morgen seine eigene Plage habe, aber ich hoffe, dass ich noch vor Ende des morgigen Tages endlich die Oberhand gewinne.«

Ich konnte nichts weiter aus ihm herausbringen, und in Gedanken versunken ging er bis zum Tor von Baskerville Hall.

»Kommen Sie mit herauf?«

»Ja, ich sehe keinen Grund, warum ich mich weiter verstecken sollte. Aber ein Wort noch, Watson! Sagen Sie Sir Henry nichts von dem Hund. Lassen Sie ihn glauben, dass Selden starb, wie Stapleton auch uns glauben machen wollte. Er wird stärkere Nerven für die Prüfung haben, der er sich morgen zu unterziehen hat, wenn er bei diesen Leuten, sofern ich mich an Ihren Bericht recht entsinne, zum Abendessen eingeladen ist.«

»Auch ich bin eingeladen.«

»Dann müssen Sie sich entschuldigen, und er muss allein gehen. Das ist sicher leicht zu regeln. Und nun, denke ich, auch wenn wir zum Abendessen zu spät sind, haben wir uns ein kleines Abendbrot doch wohl verdient.«

Chapter XIII

Fixing the Nets

Sir Henry was more pleased than surprised to see Sherlock Holmes, for he had for some days been expecting that recent events would bring him down from London. He did raise his eyebrows, however, when he found that my friend had neither any luggage nor any explanations for its absence. Between us we soon supplied his wants, and then over a belated supper we explained to the Baronet as much of our experience as it seemed desirable that he should know. But first I had the unpleasant duty of breaking the news of Selden's death to Barrymore and his wife. To him it may have been an unmitigated relief, but she wept bitterly in her apron. To all the world he was the man of violence, half animal and half demon; but to her he always remained the little wilful boy of her own girlhood, the child who had clung to her hand. Evil indeed is the man who has not one woman to mourn him.

'I've been moping in the house all day since Watson went off in the morning,' said the baronet. 'I guess I should have some credit, for I have kept my promise. If I hadn't sworn not to go about alone I might have had a more lively evening, for I had a message from Stapleton asking me over there.'

'I have no doubt that you would have had a more lively evening,' said Holmes, drily. 'By the way, I don't suppose you appreciate that we have been mourning over you as having broken your neck?'

Sir Henry opened his eyes. 'How was that?'

Kapitel 13

Die Netze werden ausgeworfen

Sir Henry war eher erfreut als überrascht, Sherlock Holmes zu sehen, denn er rechnete schon seit einigen Tagen damit, dass die jüngsten Ereignisse ihn aus London herlocken würden. Ein leichtes Stirnrunzeln verursachte es ihm dann aber doch, als er bemerkte, dass mein Freund weder Gepäck noch eine Erklärung für dessen Fehlen parat hatte. Sir Henry und ich hatten ihn bald mit dem Nötigsten versorgt, und bei einem verspäteten Abendmahl ließen wir den Baronet so viel von unserem Erlebnis wissen, wie uns ratsam erschien. Zuvor aber hatte ich die unangenehme Aufgabe, Barrymore und seiner Frau die Nachricht von Seldens Tod zu überbringen. Für ihn mochte es eine echte Erleichterung gewesen sein, aber seine Frau weinte bitterlich in ihre Schürze. Für alle Welt war Selden der üble Gewalttäter, halb Tier, halb Dämon, für sie aber war er immer der kleine, eigensinnige Junge aus ihrer Kindheit geblieben, der Knabe, der sich an ihre Hand geklammert hatte. Wahrhaft verdorben ist erst der Mann, der keine Frau hat, die um ihn weint.

»Seit Watsons Aufbruch heute Morgen laufe ich schon den ganzen Tag durchs Haus und blase Trübsal«, sagte der Baronet. »Ich denke, ich verdiene etwas Anerkennung, denn ich habe mein Versprechen gehalten. Hätte ich nicht mein Wort gegeben, das Haus nicht alleine zu verlassen, hätte ich wahrscheinlich einen aufregenderen Abend gehabt, denn Stapleton hat mir eine Nachricht geschickt, ich solle doch zu ihm kommen.«

»Ich habe keinen Zweifel, dass Sie einen aufregenderen Abend gehabt hätten«, sagte Holmes trocken. »Übrigens, Sie werden es wohl nicht zu schätzen wissen, dass wir bereits Ihren Tod durch Genickbruch betrauert haben?«

Sir Henrys Augen weiteten sich. »Was sagten Sie?«

'This poor wretch was dressed in your clothes. I fear your servant who gave them to him may get into trouble with the police.'

'That is unlikely. There was no mark on any of them, so far as I know.'

'That's lucky for him—in fact, it's lucky for all of you, since you are all on the wrong side of the law in this matter. I am not sure that as a conscientious detective my first duty is not to arrest the whole household. Watson's reports are most incriminating documents.'

'But how about the case?' asked the baronet. 'Have you made anything out of the tangle? I don't know that Watson and I are much the wiser since we came down.'

'I think that I shall be in a position to make the situation rather more clear to you before long. It has been an exceedingly difficult and most complicated business. There are several points upon which we still want light—but it is coming, all the same.'

'We've had one experience, as Watson has no doubt told you. We heard the hound on the moor, so I can swear that it is not all empty superstition. I had something to do with dogs when I was out West. and I know one when I hear one. If you can muzzle that one and put him on a chain I'll be ready to swear you are the greatest detective of all time.'

'I think I will muzzle him and chain him all right if you will give me your help.'

'Whatever you tell me to do I will do.'

'Very good; and I will ask you also to do it blindly, without always asking the reason.'

'Just as you like.'

»Dieser arme Teufel hatte Ihre Kleider an. Ich fürchte, das wird Ihrem Diener, der sie ihm gegeben hat, Ärger mit der Polizei einbringen.«

»Das ist unwahrscheinlich. Soweit ich weiß, war kein einziges der Kleidungsstücke gekennzeichnet.«

»Dann hat er Glück gehabt, wie überhaupt Sie alle, da Sie in dieser Sache alle auf der falschen Seite des Gesetzes stehen. Ich bin nicht ganz sicher, ob ich als gewissenhafter Detektiv nicht die vorrangige Pflicht hätte, sämtliche Hausbewohner zu verhaften. Watsons Berichte sind höchst belastende Dokumente.«

»Aber wie steht es mit unserem Fall?«, fragte der Baronet. »Haben Sie die Fäden bereits entwirrt? Ich weiß nicht, ob Watson und ich seit unserem Aufenthalt hier sehr viel klüger geworden sind.«

»Ich glaube, dass ich binnen kürzester Zeit in der Lage sein werde, Ihnen die Situation besser darzulegen. Der Fall war außerordentlich schwierig und verworren. Es gibt noch verschiedene Punkte, die der Aufklärung bedürfen, aber auch das wird bald erledigt sein.«

»Wir hatten ein besonderes Erlebnis, wie Watson Ihnen sicherlich schon mitgeteilt hat. Wir haben den Hund auf dem Moor gehört, deshalb kann ich beschwören, dass es sich nicht nur um bloßen Aberglauben handelt. Ich habe drüben im Westen mit Hunden zu tun gehabt, und ich erkenne einen Hund, wenn ich ihn höre. Wenn Sie dem hier Maulkorb und Ketten anlegen können, bin ich bereit zu bezeugen, dass Sie der größte Detektiv aller Zeiten sind.«

»Ich glaube, ich werde ihm Maulkorb und Ketten anlegen, wenn Sie mir dabei helfen.«

»Sagen Sie, was immer Sie wollen, und ich werde es tun.«

»Ausgezeichnet; und ich bitte Sie außerdem, es blind zu tun, ohne jedes Mal nach Gründen zu fragen.«

»Ganz wie Sie wünschen.«

'If you will do this I think the chances are that our little problem will soon be solved. I have no doubt–'

He stopped suddenly and stared fixedly up over my head into the air. The lamp beat upon his face, and so intent was it and so still that it might have been that of a clear-cut classical statue, a personification of alertness and expectation.

'What is it?' we both cried.

I could see as he looked down that he was repressing some internal emotion. His features were still composed, but his eyes shone with amused exultation.

'Excuse the admiration of a connoisseur,' said he, as he waved his hand towards the line of portraits which covered the opposite wall. 'Watson won't allow that I know anything of art, but that is mere jealousy, because our views upon the subject differ. Now, these are a really very fine series of portraits.'

'Well, I'm glad to hear you say so,' said Sir Henry, glancing with some surprise at my friend. 'I don't pretend to know much about these things, and I'd be a better judge of a horse or a steer than of a picture. I didn't know that you found time for such things.'

'I know what is good when I see it, and I see it now. That's a Kneller, I'll swear, that lady in the blue silk over yonder, and the stout gentleman with the wig ought to be a Reynolds. They are all family portraits, I presume?'

'Every one.'

'Do you know the names?'

»Wenn Sie das tun wollen, haben wir gute Chancen, denke ich, dass unser kleines Problem bald gelöst sein wird. Ich zweifle nicht …«

Er hielt plötzlich inne und blickte über meinen Kopf hinweg starr in die Luft. Die Lampe schien ihm hart ins Gesicht, und dieses Gesicht war so angespannt und reglos, dass es das einer fein gemeißelten klassischen Statue hätte sein können, eine Verkörperung von Wachsamkeit und Erwartung.

»Was ist?«, riefen wir beide.

Als Holmes seinen Blick senkte, konnte ich sehen, dass er ein starkes innerliches Gefühl unterdrückte. Seine Züge waren noch immer gefasst, seine Augen jedoch funkelten vor triumphierender Begeisterung.

»Entschuldigen Sie, wenn ein Kenner sich hinreißen ließ«, sagte er und deutete mit der Hand auf die Reihe von Porträts, die an der gegenüberliegenden Wand hing. »Watson will nicht zugeben, dass ich irgendetwas von Kunst verstehe, aber das ist nichts als Eifersucht, da unsere Meinungen in dem Punkt auseinandergehen. Dies ist aber nun wirklich eine ganz außergewöhnliche Sammlung.«

»Nun, es freut mich sehr, das zu hören«, sagte Sir Henry und warf einen recht erstaunten Blick auf meinen Freund. »Ich kann nicht behaupten, dass ich viel von diesen Dingen verstünde, und sicher könnte ich ein Pferd oder einen jungen Ochsen besser beurteilen als ein Gemälde. Ich wusste nicht, dass Sie für solche Dinge die Zeit finden.«

»Ich erkenne Qualität, wenn ich sie sehe, und ich sehe sie hier. Das ist ein Kneller, das könnte ich schwören, die Dame in blauer Seide dort drüben, und der kräftige Gentleman mit der Perücke müsste ein Reynolds sein. Es sind lauter Familienporträts, nicht wahr?«

»Jedes einzelne.«

»Kennen Sie ihre Namen?«

'Barrymore has been coaching me in them, and I think I can say my lessons fairly well.'

'Who is the gentleman with the telescope?'

'That is Rear-Admiral Baskerville, who served under Rodney in the West Indies. The man with the blue coat and the roll of paper is Sir William Baskerville, who was Chairman of Committees of the House of Commons under Pitt.'

'And this Cavalier opposite to me–the one with the black velvet and the lace?'

'Ah, you have a right to know about him. That is the cause of all the mischief, the wicked Hugo, who started the Hound of the Baskervilles. We're not likely to forget him.'

I gazed with interest and some surprise upon the portrait.

'Dear me!' said Holmes, 'he seems a quiet, meek-mannered man enough, but I dare say that there was a lurking devil in his eyes. I had pictured him as a more robust and ruffianly person.'

'There's no doubt about the authenticity, for the name and the date, 1647, are on the back of the canvas.'

Holmes said little more, but the picture of the old roysterer seemed to have a fascination for him, and his eyes were continually fixed upon it during supper. It was not until later, when Sir Henry had gone to his room, that I was able to follow the trend of his thoughts. He led me back into the banqueting-hall, his bedroom candle in his hand, and he held it up against the time-stained portrait on the wall.

'Do you see anything there?'

I looked at the broad plumed hat, the curling lovelocks, the white lace collar, and the straight severe face which was framed between them. It was not a brutal

»Barrymore hat mir etwas unter die Arme gegriffen, und ich glaube, ich kann meine Lektion ganz gut aufsagen.«

»Wer ist der Herr mit dem Fernrohr?«

»Das ist Konteradmiral Baskerville, der unter Rodney in Westindien gedient hat. Der Mann im blauen Umhang und der Papierrolle ist Sir William Baskerville, zu Pitts Zeiten Ausschussvorsitzender des Unterhauses.«

»Und der Kavalier mir gegenüber, der in schwarzem Samt und Spitzenkragen?«

»Ah, Sie haben ein Recht darauf, ihn kennenzulernen. Das ist der Urheber all dieses Unheils, der gottlose Hugo, der den Hund der Baskervilles ins Leben rief. Wir werden ihn so schnell nicht vergessen.«

Ich blickte interessiert und etwas überrascht auf das Porträt.

»Oje!«, rief Holmes, »er sieht ganz ruhig und sanftmütig aus, und doch wage ich zu behaupten, dass in seinen Augen etwas Teuflisches lauert. Ich hatte mir einen kräftigeren und wilderen Burschen vorgestellt.«

»Über die Echtheit besteht kein Zweifel, denn die Rückseite der Leinwand trägt seinen Namen und die Jahreszahl 1647.«

Holmes sagte nicht mehr viel, aber das Bild des Wüstlings schien eine merkwürdige Anziehungskraft auf ihn auszuüben, und während des ganzen Essens hingen seine Augen daran. Erst später, nachdem Sir Henry sich auf sein Zimmer begeben hatte, konnte ich seinen Gedankengängen folgen. Er führte mich zurück in den Bankettsaal, seine Nachttischkerze in der Hand, und hielt sie gegen das altersfleckige Porträt an der Wand.

»Fällt Ihnen daran etwas auf?«

Ich betrachtete den breitkrempigen Federhut, die langen Schläfenlocken, den weißen Spitzenkragen und das gerade, ernste Gesicht, das davon eingerahmt wurde. Der Ausdruck war

countenance, but it was prim, hard, and stern, with a firm-set, thin-lipped mouth, and a coldly intolerant eye.

'Is it like anyone you know?'

'There is something of Sir Henry about the jaw.'

'Just a suggestion, perhaps. But wait an instant!'

He stood upon a chair, and holding up the light in his left hand, he curved his right arm over the broad hat and round the long ringlets.

'Good heavens!' I cried, in amazement.

The face of Stapleton had sprung out of the canvas.

'Ha, you see it now. My eyes have been trained to examine faces and not their trimmings. It is the first quality of a criminal investigator that he should see through a disguise.'

'But this is marvellous. It might be his portrait.'

'Yes, it is an interesting instance of a throw-back, which appears to be both physical and spiritual. A study of family portraits is enough to convert a man to the doctrine of reincarnation. The fellow is a Baskerville—that is evident.'

'With designs upon the succession.'

'Exactly. This chance of the picture has supplied us with one of our most obvious missing links. We have him, Watson, we have him, and I dare swear that before tomorrow night he will be fluttering in our net as helpless as one of his own butterflies. A pin, a cork, and a card, and we add him to the Baker Street collection!' He burst into one of his rare fits of laughter as he turned away from the picture. I have not heard him laugh often, and it has always boded ill to somebody.

nicht brutal, aber steif, hart und streng, mit fest aufeinandergepressten, dünnen Lippen und kalten, unduldsamen Augen.

»Erinnert es Sie an jemanden, den Sie kennen?«

»Die Kinnpartie ähnelt ein wenig der von Sir Henry.«

»Nur ein Hauch vielleicht. Aber warten Sie einen Moment!«

Er stieg auf einen Stuhl, und während er mit der linken Hand die Kerze hielt, verdeckte er mit seinem rechten Arm den breiten Hut und die langen Locken.

»Gütiger Himmel!«, rief ich erstaunt.

Es war Stapletons Gesicht, das mir aus der Leinwand entgegensprang.

»Ha, nun sehen Sie es auch. Meine Augen sind darauf geeicht, Gesichter zu sehen und nicht ihren Zierrat. Die wichtigste Eigenschaft eines Strafermittlers ist die Fähigkeit, eine Verkleidung durchschauen zu können.«

»Aber das ist ja unglaublich. Man könnte meinen, es sei sein Porträt.«

»Ja, es ist ein interessantes Beispiel dafür, dass sowohl körperliche als auch geistige Merkmale wiederkehren. Ein einfaches Studium von Familienporträts genügt, um einen Menschen zur Lehre der Wiedergeburt zu bekehren. Der Bursche ist ein Baskerville, so viel ist klar.«

»Und hat Absichten auf die Erbübernahme.«

»Ganz recht. Der Zufall des Bildes hat uns eines der augenfälligsten fehlenden Glieder in unserer Kette beschert. Wir haben ihn, Watson, wir haben ihn, und ich möchte darauf schwören, dass er noch vor morgen Abend so hilflos in unserem Netz zappeln wird wie einer seiner eigenen Schmetterlinge. Eine Nadel, ein Stück Kork und ein Etikett, und wir werden ihn der Baker-Street-Sammlung hinzufügen!« Er wandte dem Bild den Rücken zu und brach in einen seiner seltenen Lachkrämpfe aus. Ich habe ihn kaum je lachen gehört, und stets ließ es nichts Gutes für jemanden ahnen.

I was up betimes in the morning, but Holmes was afoot earlier still, for I saw him as I dressed coming up the drive.

'Yes, we should have a full day to-day,' he remarked, and he rubbed his hands with the joy of action. 'The nets are all in place, and the drag is about to begin. We'll know before the day is out whether we have caught our big, lean-jawed pike, or whether he has got through the meshes.'

'Have you been on the moor already?'

'I have sent a report from Grimpen to Princetown as to the death of Selden. I think I can promise that none of you will be troubled in the matter. And I have also communicated with my faithful Cartwright, who would certainly have pined away at the door of my hut as a dog does at his master's grave if I had not set his mind at rest about my safety.'

'What is the next move?'

'To see Sir Henry. Ah, here he is!'

'Good morning, Holmes,' said the baronet. 'You look like a general who is planning a battle with his chief of the staff.'

'That is the exact situation. Watson was asking for orders.'

'And so do I.'

'Very good. You are engaged, as I understand, to dine with our friends the Stapletons to-night.'

'I hope that you will come also. They are very hospitable people, and I am sure that they would be very glad to see you.'

'I fear that Watson and I must go to London.'

'To London?'

Am anderen Morgen war ich früh auf den Beinen, aber Holmes war noch früher aufgestanden, denn als ich mich ankleidete, sah ich, wie er den Torweg heraufkam.

»Ja, wir werden einen ausgefüllten Tag haben heute«, bemerkte er und rieb sich voller Tatendrang die Hände. »Die Netze sind ausgeworfen, und die Jagd kann beginnen. Ehe der Tag zu Ende geht, werden wir wissen, ob wir unseren großen spitzschnäuzigen Hecht gefangen haben oder ob er uns durch die Maschen gegangen ist.«

»Waren Sie bereits auf dem Moor?«

»Ich habe von Grimpen aus einen Bericht über Seldens Tod nach Princetown geschickt. Ich glaube versprechen zu können, dass keiner von uns in dieser Angelegenheit behelligt werden wird. Außerdem habe ich mit meinem treuen Cartwright gesprochen, der gewiss auf der Schwelle meiner Hütte dahingesiecht wäre wie ein Hund am Grab seines Herrn, wenn ich ihn hinsichtlich der Sorge um meine Sicherheit nicht beruhigt hätte.«

»Wie sieht der nächste Schritt aus?«

»Wir werden Sir Henry aufsuchen. Ah, da ist er ja!«

»Guten Morgen, Holmes«, sagte der Baronet. »Sie sehen aus wie ein General, der mit seinem Stabschef einen Schlachtplan ausheckt.«

»Eben das ist der Fall. Watson wollte gerade meine Befehle einholen.«

»Das wollte ich auch.«

»Sehr gut. Sie sind, wie ich höre, für heute Abend bei unseren Freunden, den Stapletons, zum Essen eingeladen.«

»Und ich hoffe, dass Sie mich begleiten. Es sind sehr gastfreundliche Menschen, und ich bin mir sicher, sie wären sehr erfreut, Sie zu sehen.«

»Ich fürchte, Watson und ich müssen nach London abreisen.«

»Nach London?«

'Yes, I think that we should be more useful there at the present juncture.'

The baronet's face perceptibly lengthened. 'I hoped that you were going to see me through this business. The Hall and the moor are not very pleasant places when one is alone.'

'My dear fellow, you must trust me implicitly and do exactly what I tell you. You can tell your friends that we should have been happy to have come with you, but that urgent business required us to be in town. We hope very soon to return to Devonshire. Will you remember to give them that message?'

'If you insist upon it.'

'There is no alternative, I assure you.'

I saw by the Baronet's clouded brow that he was deeply hurt by what he regarded as our desertion.

'When do you desire to go?' he asked, coldly.

'Immediately after breakfast. We will drive in to Coombe Tracey, but Watson will leave his things as a pledge that he will come back to you. Watson, you will send a note to Stapleton to tell him that you regret that you cannot come.'

'I have a good mind to go to London with you,' said the Baronet. 'Why should I stay here alone?'

'Because it is your post of duty. Because you gave me your word that you would do as you were told, and I tell you to stay.'

'All right, then, I'll stay.'

'One more direction! I wish you to drive to Merripit House. Send back your trap, however, and let them know that you intend to walk home.'

»Ja, ich glaube, so wie die Dinge im Augenblick liegen, können wir dort mehr ausrichten.«

Das Gesicht des Baronets wurde merklich länger. »Ich hoffte, Sie würden mir bis zum Ende zur Seite stehen. Baskerville Hall und das Moor sind nicht gerade angenehme Orte, wenn man allein ist.«

»Mein lieber Freund, Sie müssen mir vollständig vertrauen und genau tun, was ich Ihnen sage. Sie können Ihren Freunden ausrichten, dass wir Sie gerne begleitet hätten, aber dass dringliche Geschäfte unsere Anwesenheit in London erfordert hätten. Wir hoffen, sehr bald nach Devonshire zurückzukehren. Werden Sie daran denken, das auszurichten?«

»Wenn Sie darauf bestehen.«

»Ich versichere Ihnen, es gibt keine andere Möglichkeit.«

Ich sah an den finster zusammengezogenen Brauen des Baronets, dass er unsere Abreise als Fahnenflucht ansah und dass ihn das zutiefst verletzte.

»Wann gedenken Sie abzureisen?«, fragte er kühl.

»Gleich nach dem Frühstück. Wir fahren nach Coombe Tracey, aber Watson lässt seine Sachen hier als Pfand, dass er zu Ihnen zurückkehrt. Watson, Sie schreiben Stapleton eine Mitteilung, dass Sie zu Ihrem Bedauern nicht kommen können.«

»Ich habe große Lust, mit Ihnen nach London zu fahren«, sagte der Baronet. »Warum soll ich alleine hierbleiben?«

»Weil hier Ihr Posten ist. Weil Sie mir Ihr Wort gaben, Sie würden tun, was ich Ihnen sage, und ich sage Ihnen, dass Sie bleiben sollen.«

»Also gut, ich werde bleiben.«

»Noch eins. Ich möchte, dass Sie mit dem Wagen nach Merripit House fahren. Dann schicken Sie Ihre Kutsche zurück und sagen den Stapletons, dass Sie beabsichtigen, zu Fuß nach Hause zu gehen.«

'To walk across the moor?'

'Yes.'

'But that is the very thing which you have so often cautioned me not to do.'

'This time you may do it with safety. If I had not every confidence in your nerve and courage I would not suggest it, but it is essential that you should do it.'

'Then I will do it.'

'And as you value your life do not go across the moor in any direction save along the straight path which leads from Merripit House to the Grimpen Road, and is your natural way home.'

'I will do just what you say.'

'Very good. I should be glad to get away as soon after breakfast as possible, so as to reach London in the afternoon.'

I was much astounded by this programme, though I remembered that Holmes had said to Stapleton on the night before that his visit would terminate next day. It had not crossed my mind, however, that he would wish me to go with him, nor could I understand how we could both be absent at a moment which he himself declared to be critical. There was nothing for it, however, but implicit obedience; so we bade good-bye to our rueful friend, and a couple of hours afterwards we were at the station of Coombe Tracey and had dispatched the trap upon its return journey. A small boy was waiting upon the platform.

'Any orders, sir?'

'You will take this train to town, Cartwright. The moment you arrive you will send a wire to Sir Henry Baskerville, in my name, to say that if he finds the pocket-book which I have dropped he is to send it by registered post to Baker Street.'

»Zu Fuß über das Moor?«

»Ja.«

»Aber gerade davor haben Sie mich doch immer gewarnt.«

»Diesmal können Sie es gefahrlos tun. Wenn ich nicht vollstes Vertrauen in Ihre Nerven und Ihren Mut hätte, würde ich es Ihnen nicht vorschlagen, aber es ist unerlässlich.«

»Dann will ich es tun.«

»Und wenn Ihnen Ihr Leben lieb ist, dann nehmen Sie keinen anderen Weg über das Moor als den, der direkt von Merripit House zur Grimpen Road führt und der Ihr natürlicher Heimweg ist.«

»Ich werde genau das tun, was Sie mir sagen.«

»Sehr gut. Ich möchte nach dem Frühstück so bald wie möglich abreisen, sodass ich am Nachmittag in London bin.«

Ich war über Holmes Pläne sehr erstaunt, obwohl ich mich erinnerte, dass er am Abend zuvor zu Stapleton gesagt hatte, er würde nur bis zum nächsten Tag bleiben. Ich war jedoch nicht auf die Idee gekommen, dass er verlangen würde, dass ich Ihn nach London begleite, noch konnte ich begreifen, wie wir beide zu einem Zeitpunkt, den er selbst als kritisch bezeichnete, nicht vor Ort sein sollten. Doch blieb nichts anderes als blinder Gehorsam; also verabschiedeten wir uns von unserem bedauernswerten Freund und waren ein paar Stunden später auf dem Bahnhof von Coombe Tracey, von wo aus wir unseren Wagen nach Baskerville Hall zurückschickten. Ein kleiner Junge wartete auf dem Bahnsteig auf uns.

»Irgendwelche Aufträge, Sir?«

»Du fährst mit diesem Zug in die Stadt, Cartwright. Unmittelbar nach deiner Ankunft wirst du Sir Henry Baskerville ein Telegramm schicken, in meinem Namen, um ihm mitzuteilen, dass er, falls er das Notizbuch findet, das ich verlegt habe, es bitte per Einschreiben in die Baker Street schicken möge.«

'Yes, sir.'

'And ask at the station office if there is a message for me.'

The boy returned with a telegram, which Holmes handed to me. It ran:

Wire received. Coming down with unsigned warrant. Arrive five-forty—LESTRADE.

'That is in answer to mine of this morning. He is the best of the professionals, I think, and we may need his assistance. Now, Watson, I think that we cannot employ our time better than by calling upon your acquaintance, Mrs Laura Lyons.'

His plan of campaign was beginning to be evident. He would use the baronet in order to convince the Stapletons that we were really gone, while we would actually return at the instant when we were likely to be needed. That telegram from London, if mentioned by Sir Henry to the Stapletons, must remove the last suspicions from their minds. Already I seemed to see our nets drawing close round that lean-jawed pike.

Mrs Laura Lyons was in her office, and Sherlock Holmes opened his interview with a frankness and directness which considerably amazed her.

'I am investigating the circumstances which attended the death of the late Sir Charles Baskerville,' said he. 'My friend here, Dr Watson, has informed me of what you have communicated, and also of what you have withheld in connection with that matter.'

'What have I withheld?' she asked defiantly.

'You have confessed that you asked Sir Charles to be at the gate at ten o'clock. We know that that was the

»Ja, Sir.«

»Und frag den Stationsvorsteher, ob eine Nachricht für mich eingegangen ist.«

Der Junge kam mit einem Telegramm zurück, das Holmes an mich weiterreichte. Es lautete:

Telegramm erhalten. Komme mit nicht unterzeichnetem Haftbefehl. Ankunft 17 Uhr 40 – LESTRADE.

»Das ist die Antwort auf mein Telegramm von heute früh. Er ist der Beste seines Fachs, meine ich, und wir werden vielleicht seine Hilfe benötigen. Nun, Watson, ich denke, dass wir unsere Zeit kaum besser nutzen können, als Ihrer Bekannten Mrs. Laura Lyons einen Besuch abzustatten.«

Langsam wurde mir sein Schlachtplan deutlich. Er wollte den Baronet dazu benutzen, die Stapletons zu überzeugen, dass wir tatsächlich abgereist seien, während wir in Wirklichkeit in dem Moment zurückkehren würden, wenn wir am ehesten gebraucht wurden. Wenn Sir Henry den Stapletons gegenüber das Telegramm aus London erwähnte, wäre auch ihr letzter Verdacht zerstreut. Ich sah bereits, wie sich unsere Netze immer dichter um den spitzschnäutzigen Hecht zusammenzogen.

Mrs. Laura Lyons war in ihrem Arbeitszimmer, und Sherlock Holmes eröffnete das Gespräch mit einer Offenheit und Unmittelbarkeit, die sie sehr überraschte.

»Ich untersuche die Umstände, die den Tod von Sir Charles Baskerville begleiteten«, sagte er. »Mein Freund hier, Dr. Watson, hat mir mitgeteilt, was Sie ihm erzählt, und ebenso, was Sie in diesem Zusammenhang verschwiegen haben.«

»Was soll ich verschwiegen haben?«, fragte sie herausfordernd.

»Sie gaben zu, dass Sie Sir Charles baten, um zehn Uhr an der Pforte zu sein. Wir wissen, dass er zu dieser Stunde an diesem

place and hour of his death. You have withheld what the connection is between these events.'

'There is no connection.'

'In that case the coincidence must indeed be an extraordinary one. But I think that we shall succeed in establishing a connection after all. I wish to be perfectly frank with you, Mrs Lyons. We regard this case as one of murder, and the evidence may implicate not only your friend Mr Stapleton, but his wife as well.'

The lady sprang from her chair. 'His wife!' she cried.

'The fact is no longer a secret. The person who has passed for his sister is really his wife.'

Mrs Lyons had resumed her seat. Her hands were grasping the arms of her chair, and I saw that the pink nails had turned white with the pressure of her grip.

'His wife!' she said, again. 'His wife! He was not a married man.'

Sherlock Holmes shrugged his shoulders.

'Prove it to me! Prove it to me! And if you can do so–!' The fierce flash of her eyes said more than any words.

'I have come prepared to do so,' said Holmes, drawing several papers from his pocket. 'Here is a photograph of the couple taken in York four years ago. It is endorsed "Mr and Mrs Vandeleur", but you will have no difficulty in recognising him, and her also, if you know her by sight. Here are three written descriptions by trustworthy witnesses of Mr and Mrs Vandeleur, who at that time kept St Oliver's private school. Read them, and see if you can doubt the identity of these people.'

She glanced at them, and then looked up at us with the set, rigid face of a desperate woman.

Ort den Tod fand. Sie haben verschwiegen, welcher Zusammenhang zwischen den beiden Ereignissen besteht.«

»Da besteht kein Zusammenhang.«

»In diesem Fall muss es sich um einen ganz außergewöhnlichen Zufall handeln. Aber ich glaube, dass wir am Ende doch noch einen Zusammenhang herstellen werden. Ich möchte ganz offen zu Ihnen sein, Mrs. Lyons. Unserer Ansicht nach handelt es sich bei diesem Fall um Mord, und die Beweise sprechen nicht nur gegen Ihren Freund Mr. Stapleton, sondern auch gegen seine Frau.«

Die Dame sprang von ihrem Stuhl auf. »Seine Frau?«, rief sie.

»Diese Tatsache ist kein Geheimnis mehr. Die Person, die sich als seine Schwester ausgibt, ist in Wirklichkeit seine Frau.«

Mrs. Lyons hatte sich wieder gesetzt. Ihre Hände umfassten krampfhaft die Stuhllehnen, und ich sah, dass ihre rosigen Fingernägel vom Druck ganz weiß geworden waren.

»Seine Frau«, wiederholte sie. »Seine Frau! Er war nicht verheiratet!«

Sherlock Holmes zuckte mit den Schultern.

»Beweisen Sie es mir! Beweisen Sie es mir! Und falls Sie dazu in der Lage sind ...« Das wilde Funkeln ihrer Augen sagte mehr als alle Worte.

»Darauf war ich vorbereitet«, entgegnete Holmes und zog einige Papiere aus seiner Tasche. »Hier ist ein Foto des Paares, das vor vier Jahren in York aufgenommen wurde. Auf der Rückseite steht ›Mr. und Mrs. Vandeleur‹, aber Sie werden ihn ohne Schwierigkeiten erkennen, und sie ebenfalls, wenn Sie sie vom Sehen kennen. Hier sind, aus der Hand glaubwürdiger Zeugen, drei Beschreibungen von Mr. und Mrs. Vandeleur, die zu jener Zeit die Privatschule St. Oliver leiteten. Lesen Sie selbst, und sagen Sie mir, ob Sie an der Identität dieser Leute noch zweifeln.«

Sie überflog die Schriftstücke und sah dann mit dem angespannten, starren Gesicht einer verzweifelten Frau zu uns hoch.

'Mr Holmes,' she said, 'this man had offered me marriage on condition that I could get a divorce from my husband. He has lied to me, the villain, in every conceivable way. Not one word of truth has he ever told me. And why–why? I imagined that all was for my own sake. But now I see that I was never anything but a tool in his hands. Why should I preserve faith with him who never kept any with me? Why should I try to shield him from the consequences of his own wicked acts? Ask me what you like, and there is nothing which I shall hold back. One thing I swear to you, and that is, that when I wrote the letter I never dreamed of any harm to the old gentleman, who had been my kindest friend.'

'I entirely believe you, madam,' said Sherlock Holmes. 'The recital of these events must be very painful to you, and perhaps it will make it easier if I tell you what occurred, and you can check me if I make any material mistake. The sending of this letter was suggested to you by Stapleton?'

'He dictated it.'

'I presume that the reason he gave was that you would receive help from Sir Charles for the legal expenses connected with your divorce?'

'Exactly.'

'And then after you had sent the letter he dissuaded you from keeping the appointment?'

'He told me that it would hurt his self-respect that any other man should find the money for such an object, and that though he was a poor man himself he would devote his last penny to removing the obstacles which divided us.'

»Mr. Holmes«, begann sie, »dieser Mann hat mir die Ehe versprochen unter der Bedingung, dass ich meinen Mann dazu bringen kann, sich von mir scheiden zu lassen. Er hat mich belogen, dieser Schuft, in jeder erdenklichen Weise. Niemals hat er auch nur ein wahres Wort zu mir gesprochen. Und warum – warum? Ich bildete mir ein, es war alles meinetwegen. Nun sehe ich, dass ich nie mehr als ein Werkzeug in seinen Händen gewesen bin. Warum soll ich ihm gegenüber loyal bleiben, wenn er mir gegenüber nie loyal gewesen ist? Warum sollte ich versuchen, ihn vor den Folgen seiner eigenen Untaten zu schützen? Fragen Sie mich, was Sie wollen, und ich werde Ihnen nichts verschweigen. Eines aber schwöre ich Ihnen: Als ich jenen Brief schrieb, habe ich nicht im Traum daran gedacht, dem alten Herrn, der stets mein großmütigster Freund war, Schaden zuzufügen.«

»Davon bin ich vollkommen überzeugt, gnädige Frau«, sagte Sherlock Holmes. »Die Schilderung dieser Ereignisse muss für Sie sehr schmerzlich sein, und vielleicht ist es leichter für Sie, wenn ich Ihnen erzähle, was geschehen ist, und Sie berichtigen mich, wenn mir ein gravierender Fehler unterläuft. Stapleton hat Ihnen vorgeschlagen, diesen Brief zu schreiben?«

»Er hat ihn diktiert.«

»Ich nehme an, dass er es damit begründete, dass Sir Charles Ihnen bei den Gerichtskosten Ihrer Scheidung unter die Arme greifen würde?«

»Richtig.«

»Und dann, als Sie den Brief abgeschickt hatten, hat er Ihnen davon abgeraten, das Treffen einzuhalten.«

»Er sagte, es verletze seinen Stolz, wenn irgendein anderer Mann mir zu diesem Zweck Geld gäbe, und obwohl er selbst ein armer Mann sei, wolle er den letzten Penny opfern, um die Hindernisse zu beseitigen, die uns trennten.«

'He appears to be a very consistent character. And then you heard nothing until you read the reports of the death in the paper?'

'No.'

'And he made you swear to say nothing about your appointment with Sir Charles?'

'He did. He said that the death was a very mysterious one, and that I should certainly be suspected if the facts came out. He frightened me into remaining silent.'

'Quite so. But you had your suspicions?'

She hesitated and looked down.

'I knew him,' she said. 'But if he had kept faith with me I should always have done so with him.'

'I think that on the whole you have had a fortunate escape,' said Sherlock Holmes. 'You have had him in your power and he knew it, and yet you are alive. You have been walking for some months very near to the edge of a precipice. We must wish, you good morning now, Mrs Lyons, and it is probable that you will very shortly hear from us again.'

'Our case becomes rounded off, and difficulty after difficulty thins away in front of us,' said Holmes as we stood waiting for the arrival of the express from town. 'I shall soon be in the position of being able to put into a single connected narrative one of the most singular and sensational crimes of modern times. Students of criminology will remember the analogous incidents in Grodno, in Little Russia, in the year '66, and of course there are the Anderson murders in North Carolina, but this case possesses some features which are entirely its own. Even now we have no clear case against this very wily man. But I shall be very much surprised if it is not clear enough before we go to bed this night.'

»Er scheint einen sehr zielstrebigen Charakter zu haben. Und dann hörten Sie nichts mehr, bis Sie die Nachricht vom Tod in der Zeitung lasen?«

»Nichts mehr.«

»Und er lies Sie schwören, dass Sie von Ihrer Verabredung mit Sir Charles niemandem etwas sagen würden.«

»Ja. Er sagte, dass sein Tod sehr mysteriös gewesen sei und ich in Verdacht geraten würde, wenn die Tatsachen bekannt würden. Er hat mir solche Angst gemacht, dass ich schwieg.«

»Das dachte ich mir. Aber Sie waren misstrauisch?«

Sie zögerte und schaute zu Boden.

»Ich kannte ihn«, sagte sie. »Aber wenn er mir gegenüber sein Wort gehalten hätte, hätte ich ihm gegenüber dasselbe getan.«

»Ich glaube, dass Sie im Ganzen glücklich aus der Sache herausgekommen sind«, sagte Sherlock Holmes. »Sie hatten ihn in der Hand, und das wusste er, trotzdem sind Sie noch am Leben. Monatelang haben Sie sich sehr nahe am Rande des Abgrunds bewegt. Wir müssen uns nun von Ihnen verabschieden, Mrs. Lyons, aber Sie werden wahrscheinlich sehr bald wieder von uns hören.«

»Unser Fall rundet sich ab, und ein Problem nach dem anderen löst sich vor uns in Luft auf«, sagte Holmes, als wir auf den Schnellzug aus London warteten. »Ich werde bald schon in der Lage sein, eines der ungewöhnlichsten und spektakulärsten Verbrechen der Gegenwart zusammenhängend darzustellen. Studenten der Kriminalistik werden sich an die analogen Vorfälle in Grodno in Kleinrussland im Jahre 1866 erinnern, und auch an die Anderson-Mordfälle in North Carolina, aber dieser Fall weist Züge auf, die einzigartig sind. Wir haben immer noch nichts Eindeutiges gegen diesen überaus verschlagenen Mann in der Hand. Aber es sollte mich außerordentlich wundern, wenn nicht alles vollkommen eindeutig wäre, ehe wir heute Abend zu Bett gehen.«

The London express came roaring into the station, and a small, wiry bulldog of a man had sprung from a first-class carriage. We all three shook hands, and I saw at once from the reverential way in which Lestrade gazed at my companion that he had learned a good deal since the days when they had first worked together. I could well remember the scorn which the theories of the reasoner used then to excite in the practical man.

'Anything good?' he asked.

'The biggest thing for years,' said Holmes. 'We have two hours before we need think of starting. I think we might employ it in getting some dinner, and then, Lestrade, we will take the London fog out of your throat by giving you a breath of the pure night air of Dartmoor. Never been there? Ah, well, I don't suppose you will forget your first visit.'

Der Schnellzug aus London fuhr donnernd in den Bahnhof ein, und ein kleiner, drahtiger, bulliger Mann sprang aus einem Abteil erster Klasse auf den Bahnsteig. Wir schüttelten alle drei die Hände, und an der ehrerbietigen Art, mit der Lestrade meinen Freund ansah, erkannte ich sofort, dass er seit ihrer ersten Zusammenarbeit einiges gelernt hatte. Ich erinnerte mich noch sehr gut an den Spott, den damals die Hypothesen des Denkers in dem Mann der Praxis hervorgerufen hatten.

»Irgendwas Gutes für mich?«, fragte er.

»Den großartigsten Fall seit Jahren«, antwortete Holmes. »Wir haben zwei Stunden, bevor es losgeht. Ich denke, wir sollten sie dazu nutzen, einen Happen zu essen, und dann, Lestrade, werden wir den Londoner Nebel aus Ihrer Kehle vertreiben und Sie die reine Nachtluft von Dartmoor einatmen lassen. Sie waren nie hier? Nun, ich glaube, Ihr erster Besuch wird unvergesslich.«

CHAPTER XIV

The Hound of the Baskervilles

One of Sherlock Holmes's defects—if, indeed, one may call it a defect—was that he was exceedingly loth to communicate his full plans to any other person until the instant of their fulfilment. Partly it came no doubt from his own masterful nature, which loved to dominate and surprise those who were around him. Partly also from his professional caution, which urged him never to take any chances. The result, however, was very trying for those who were acting as his agents and assistants. I had often suffered under it, but never more so than during that long drive in the darkness. The great ordeal was in front of us; at last we were about to make our final effort, and yet Holmes had said nothing, and I could only surmise what his course of action would be. My nerves thrilled with anticipation when at last the cold wind upon our faces and the dark, void spaces on either side of the narrow road told me that we were back upon the moor once again. Every stride of the horses and every turn of the wheels was taking us nearer to our supreme adventure.

Our conversation was hampered by the presence of the driver of the hired wagonette, so that we were forced to talk of trivial matters when our nerves were tense with emotion and anticipation. It was a relief to me, after that unnatural restraint, when we at last passed Frankland's house and knew that we were drawing near to the Hall and to the scene of action. We did not drive up to the door, but got down near the gate of the avenue. The wagonette was paid off and ordered to return to

Kapitel 14

Der Hund der Baskervilles

Einer von Sherlock Holmes' Fehlern – wenn man es überhaupt einen Fehler nennen kann – war seine große Abneigung, andere in seine Pläne vollständig einzuweihen, bevor deren Umsetzung nicht unmittelbar bevorstand. Zum Teil beruhte dies zweifellos auf seiner gebieterischen Natur, denn er liebte es, seine Umgebung zu dominieren und zu überraschen. Zum anderen lag es an seiner beruflich bedingten Vorsicht, die ihn davon abhielt, jegliche Risiken einzugehen. Im Ergebnis jedoch war es eine harte Geduldsprobe für alle, die mit ihm zusammenarbeiteten und ihm zur Hand gingen. Ich hatte schon oft darunter gelitten, jedoch niemals so sehr, wie während unserer langen Fahrt durch die Dunkelheit. Die große Prüfung stand uns bevor, endlich sollten wir der Sache ein Ende machen, und doch hatte Holmes noch kein Wort gesagt, und ich konnte mich nur in Vermutungen darüber ergehen, wie seine weiteren Schritte aussahen. Meine Nerven bebten vor Erwartung, als mir endlich der kalte Wind auf unseren Gesichtern und die dunklen, leeren Flächen beidseits der schmalen Straße verrieten, dass wir abermals das Moor erreicht hatten. Jeder Schritt der Pferde, jede Umdrehung der Räder brachte uns dem Höhepunkt unseres Abenteuers näher.

Unser Gespräch war durch die Anwesenheit des Fahrers unserer Mietkutsche gestört, sodass wir gezwungen waren, über nebensächliche Dinge zu reden, während unsere Nerven vor Anspannung und Erwartung bloß lagen. Nach dieser unnatürlichen Zurückhaltung atmete ich erleichtert auf, als wir endlich an Franklands Haus vorbeikamen und wussten, dass wir uns Baskerville Hall und damit dem Schauplatz des Geschehens näherten. Wir fuhren nicht bis zum Haupteingang vor, sondern ließen uns in der Nähe der Einfahrt zur Allee absetzen. Der Kutscher wurde entlohnt und an-

Coombe Tracey forthwith, while we started to walk to Merripit House.

'Are you armed, Lestrade?'

The little detective smiled. 'As long as I have my trousers I have a hip-pocket, and as long as I have my hip-pocket I have something in it.'

'Good! My friend and I are also ready for emergencies.'

'You're mighty close about this affair, Mr Holmes. What's the game now?'

'A waiting game.'

'My word, it does not seem a very cheerful place,' said the detective, with a shiver, glancing round him at the gloomy slopes of the hill and at the huge lake of fog which lay over the Grimpen Mire. 'I see the lights of a house ahead of us.'

'That is Merripit House and the end of our journey. I must request you to walk on tip-toe and not to talk above a whisper.'

We moved cautiously along the track as if we were bound for the house, but Holmes halted us when we were about two hundred yards from it.

'This will do,' said he. 'These rocks upon the right make an admirable screen.'

'We are to wait here?'

'Yes, we shall make our little ambush here. Get into this hollow, Lestrade. You have been inside the house, have you not, Watson? Can you tell the position of the rooms? What are those latticed windows at this end?'

'I think they are the kitchen windows.'

'And the one beyond, which shines so brightly?'

'That is certainly the dining-room.'

gewiesen, umgehend nach Coombe Tracey zurückzukehren, während wir uns zu Fuß auf den Weg nach Merripit House machten.

»Sind Sie bewaffnet, Lestrade?«

Der kleine Detektiv lächelte. »Solange ich meine Hosen anhabe, habe ich eine Gesäßtasche, und solange ich meine Gesäßtasche habe, ist etwas drin.«

»Gut! Mein Freund und ich sind auf Notfälle ebenfalls vorbereitet.«

»Sie machen ein ziemliches Geheimnis aus der Sache, Mr. Holmes. Was für ein Spiel wird hier gespielt?«

»Ein Geduldsspiel.«

»Meine Güte, das scheint hier keine sehr fröhliche Gegend zu sein«, sagte der Detektiv fröstelnd, während er über die düstere Hügelkette und das riesige Nebelmeer blickte, das über dem Sumpf von Grimpen lag. »Ich sehe vor uns die Lichter eines Hauses.«

»Das ist Merripit House, das Ende unserer Reise. Ich muss Sie bitten, auf Zehenspitzen zu gehen und nur im Flüsterton zu reden.«

Vorsichtig gingen wir den Fußweg entlang, als wäre das Haus unser Ziel, aber als wir ungefähr zweihundert Yards davon entfernt waren, hieß Holmes uns anhalten.

»Das sollte reichen«, sagte er. »Diese Felsen hier rechts bieten ausgezeichneten Schutz.«

»Wir sollen hier warten?«

»Ja, das wird unser kleiner Hinterhalt. Verstecken Sie sich in dieser Mulde, Lestrade. Sie sind in dem Haus schon mal gewesen, oder nicht, Watson? Können Sie die Lage der Zimmer angeben? Was sind das für Gitterfenster auf unserer Seite?«

»Ich glaube, es sind die Küchenfenster.«

»Und das Fenster dahinter, das so hell erleuchtet ist?«

»Das ist auf jeden Fall das Speisezimmer.«

'The blinds are up. You know the lie of the land best. Creep forward quietly and see what they are doing—but for Heaven's sake don't let them know that they are watched!'

I tip-toed down the path and stooped behind the low wall which surrounded the stunted orchard. Creeping in its shadow, I reached a point whence I could look straight through the uncurtained window.

There were only two men in the room, Sir Henry and Stapleton. They sat with their profiles towards me on either side of the round table. Both of them were smoking cigars, and coffee and wine were in front of them. Stapleton was talking with animation, but the Baronet looked pale and distrait. Perhaps the thought of that lonely walk across the ill-omened moor was weighing heavily upon his mind.

As I watched them Stapleton rose and left the room, while Sir Henry filled his glass again and leaned back in his chair, puffing at his cigar. I heard the creak of a door and the crisp sound of boots upon gravel. The steps passed along the path on the other side of the wall under which I crouched. Looking over, I saw the naturalist pause at the door of an out-house in the corner of the orchard. A key turned in a lock, and as he passed in mere was a curious scuffling noise from within. He was only a minute or so inside, and then I heard the key turn once more, and he passed me and re-entered the house. I saw him rejoin his guest and I crept quietly back to where my companions were waiting to tell them what I had seen.

'You say, Watson, that the lady is not there?' Holmes asked, when I had finished my report.

»Die Vorhänge sind zurückgezogen. Sie kennen sich hier am besten aus. Kriechen Sie vorsichtig heran und sehen Sie nach, was da vor sich geht, aber lassen Sie sie um Himmels willen nicht merken, dass sie beobachtet werden!«

Ich schlich auf Zehenspitzen den Weg entlang und duckte mich hinter der niedrigen Mauer, die den kümmerlichen Obstgarten umgab. Im Schatten der Mauer kroch ich an eine Stelle, von wo aus ich durch das unverhängte Fenster ungehindert hineinsehen konnte.

Im Zimmer befanden sich nur zwei Männer, Sir Henry und Stapleton. Sie saßen zu beiden Seiten des runden Tisches, ihre Profile mir zugewandt. Beide rauchten Zigarre, und vor ihnen standen Kaffeetassen und Weingläser. Stapleton redete lebhaft, aber der Baronet sah bleich und zerstreut aus. Vielleicht lastete bereits der Gedanke an den Weg über das einsame, unglückverheißende Moor schwer auf seiner Seele.

Während ich sie beobachtete, erhob sich Stapleton und verließ den Raum. Sir Henry schenkte sich neu ein, lehnte sich in seinem Stuhl zurück und zog an seiner Zigarre. Ich hörte das Knarren einer Tür und das knirschende Geräusch von Stiefeln auf dem Kies, die den Weg auf der anderen Seite der Mauer entlang gingen, hinter der ich zusammengekauert saß. Als ich über die Mauer spähte, sah ich den Naturforscher vor der Tür eines Häuschens stehen, das sich in der Ecke des Obstgartens befand. Ein Schlüssel drehte sich im Schloss, und als er eintrat, vernahm ich aus dem Innern ein eigentümlich rangelndes Geräusch. Er war kaum länger als eine Minute in der Hütte, dann hörte ich den Schlüssel sich abermals im Schloss drehen, und er ging an mir vorbei zurück ins Haus. Ich sah noch, wie er sich zu seinem Gast gesellte, dann kroch ich leise zu dem Versteck zurück, wo meine Begleiter auf mich warteten, und erzählte, was ich gesehen hatte.

»Sie sagen, Watson, dass die Dame nicht bei ihnen war?«, fragte Holmes, als ich meinen Bericht beendet hatte.

'No.'

'Where can she be, then, since there is no light in any other room except the kitchen?'

'I cannot think where she is.'

I have said that over the great Grimpen Mire there hung a dense, white fog. It was drifting slowly in our direction and banked itself up like a wall on that side of us, low, but thick and well defined. The moon shone on it, and it looked like a great shimmering ice-field, with the heads of the distant tors as rocks borne upon its surface. Holmes's face was turned towards it, and he muttered impatientiy as he watched its sluggish drift.

'It's moving towards us, Watson.'

'Is that serious?'

'Very serious, indeed–the one thing upon earth which could have disarranged my plans. He can't be very long now. It is already ten o'clock. Our success and even his life may depend upon his coming out before the fog is over the path.'

The night was clear and fine above us. The stars shone cold and bright, while a half-moon bathed the whole scene in a soft, uncertain light. Before us lay the dark bulk of the house, its serrated roof and bristling chimneys hard oudined against the silver-spangled sky. Broad bars of golden light from the lower windows stretched across the orchard and the moor. One of them was suddenly shut off. The servants had left the kitchen. There only remained the lamp in the dining-room where the two men, the murderous host and the unconscious guest, still chatted over their cigars.

Every minute that white woolly plain which covered one half of the moor was drifting closer and closer to the house. Already the first thin wisps of it were curling across

»So ist es.«

»Wo kann sie dann sein, wenn in keinem anderen Zimmer als der Küche Licht brennt?«

»Ich habe keine Ahnung, wo sie ist.«

Wie schon erwähnt, lag über dem großen Sumpf von Grimpen ein dichter, weißer Nebel. Er zog langsam in unsere Richtung und baute sich wie eine niedrige, aber dichte und scharf umgrenzte Mauer neben uns auf. Der Mond schien auf die Nebelbank, und sie glich einer weiten schimmernden Eisfläche. Die fernen Spitzen der Felshügel sahen aus wie riesige, vom Eis getragene Felsblöcke. Holmes' Gesicht war ihr zugewandt, und er murmelte ungeduldig vor sich hin, während er ihr träges Strömen beobachtete.

»Sie kommt auf uns zu, Watson.«

»Ist das was Ernstes?«

»Sehr ernst sogar – das einzige auf der Welt, was meine Pläne noch durchkreuzen könnte. Wir werden nicht mehr lange auf ihn warten müssen. Es ist schon zehn Uhr. Unser Erfolg und sogar sein Leben könnten davon abhängen, dass er das Haus verlässt, ehe der Nebel den Weg bedeckt.«

Der Nachthimmel über uns war klar und schön. Die Sterne leuchteten kalt und hell, und der Halbmond tauchte die Landschaft in ein sanftes, ungewisses Licht. Vor uns lag die dunkle Masse des Hauses, dessen gezacktes Dach und steil nach oben ragende Kamine sich scharf vom silberübersäten Himmel abhoben. Breite, goldene Lichtstreifen ergossen sich aus den unteren Fenstern über den Obstgarten und das Moor. Einer von diesen erlosch plötzlich. Die Dienstboten hatten die Küche verlassen. Nur die Lampe im Speisezimmer blieb, wo sich die beiden Männer, der mörderische Gastgeber und sein ahnungsloser Besucher, noch immer bei einer Zigarre unterhielten.

Mit jeder Minute schob sich die weiße, wollige Fläche, die bereits die Hälfte des Moors bedeckte, näher und näher an das Haus heran. Schon kräuselten sich die ersten feinen Ausläufer

the golden square of the lighted window. The farther wall of the orchard was already invisible, and the trees were standing out of a swirl of white vapour. As we watched it the fog-wreaths came crawling round both corners of the house and rolled slowly into one dense bank, on which the upper floor and the roof floated like a strange ship upon a shadowy sea. Holmes struck his hand passionately upon the rock in front of us, and stamped his feet in his impatience.

'If he isn't out in a quarter of an hour the path will be covered. In half an hour we won't be able to see our hands in front of us.'

'Shall we move farther back upon higher ground?'

'Yes, I think it would be as well.'

So as the fog-bank flowed onwards we fell back before it until we were half a mile from the house, and still that dense white sea, with the moon silvering its upper edge, swept slowly and inexorably on.

'We are going too far,' said Holmes. 'We dare not take the chance of his being overtaken before he can reach us. At all costs we must hold our ground where we are.' He dropped on his knees and clapped his ear to the ground. 'Thank God, I think that I hear him coming.'

A sound of quick steps broke the silence of the moor. Crouching among the stones, we stared intently at the silver-tipped bank in front of us. The steps grew louder, and through the fog, as through a curtain, there stepped the man whom we were awaiting. He looked round him in surprise as he emerged into the clear, star-lit night. Then he came swiftly along the path, passed close to where we

des Nebels vor dem goldenen Viereck des erleuchteten Fensters. Die hintere Mauer des Obstgartens war bereits nicht mehr zu erkennen, und die Bäume ragten aus einem weißen Dunststrudel empor. Wir sahen zu, wie die Nebelschwaden um beide Ecken des Hauses krochen und sich allmählich zu einer dichten Bank vereinten, auf der das obere Stockwerk und das Dach wie ein gespenstisches Schiff auf nächtlicher See trieben. Holmes schlug aufgeregt mit der Faust auf den Felsen vor uns und stampfte voller Ungeduld mit dem Fuß auf.

»Wenn er nicht binnen einer Viertelstunde draußen ist, wird der Fußweg bedeckt sein. In einer halben Stunde sehen wir die eigene Hand nicht mehr vor unseren Augen.«

»Sollen wir uns auf ein höherliegendes Stück des Weges zurückziehen?«

»Ja, ich denke, das sollten wir tun.«

Und während die Nebelbank weiter auf uns zukam, wichen wir vor ihr zurück, bis wir eine halbe Meile vom Haus entfernt waren, und noch immer kroch das dichte, weiße Meer, dessen Oberfläche vom Mondschein silbrig glänzte, langsam und unaufhaltsam weiter voran.

»Wir sind zu weit weg«, sagte Holmes. »Wir dürfen es nicht darauf ankommen lassen, dass er eingeholt wird, bevor er unser Versteck erreichen kann. Wir müssen unter allen Umständen unseren Posten hier halten.« Er ließ sich auf seine Knie nieder und hielt sein Ohr an den Boden. »Gott sei Dank, ich glaube, ich höre ihn kommen.«

Das Geräusch schneller Schritte durchbrach die Stille des Moors. Während wir zwischen den Felsen kauerten, beobachteten wir angespannt die silbrige Nebelbank vor uns. Die Schritte wurden lauter, und wie durch einen Vorhang trat nun der Mann aus dem Nebel, auf den wir warteten. Er blickte sich überrascht um, als er plötzlich in die helle, sternklare Nacht hinaustrat. Dann eilte er rasch den Pfad entlang, kam nahe an unserem Ver-

lay, and went on up the long slope behind us. As he walked he glanced continually over either shoulder, like a man who is ill at ease.

'Hist!' cried Holmes, and I heard the sharp click of a cocking pistol. 'Look out! It's coming!'

There was a thin, crisp, continuous patter from somewhere in the heart of that crawling bank. The cloud was within fifty yards of where we lay, and we glared at it, all three, uncertain what horror was about to break from the heart of it. I was at Holmes's elbow, and I glanced for an instant at his face. It was pale and exultant, his eyes shining brightly in the moonlight. But suddenly they started forward in a rigid, fixed stare, and his lips parted in amazement. At the same instant Lestrade gave a yell of terror and threw himself face downwards upon the ground. I sprang to my feet, my inert hand grasping my pistol, my mind paralysed by the dreadful shape which had sprung out upon us from the shadows of the fog. A hound it was, an enormous coal-black hound, but not such a hound as mortal eyes have ever seen. Fire burst from its open mouth, its eyes glowed with a smouldering glare, its muzzle and hackles and dewlap were outlined in flickering flame. Never in the delirious dream of a disordered brain could anything more savage, more appalling, more hellish, be conceived than that dark form and savage face which broke upon us out of the wall of fog.

With long bounds the huge black creature was leaping down the track, following hard upon the footsteps of our friend. So paralysed were we by the apparition that we allowed him to pass before we had recovered our nerve. Then Holmes and I both fired together, and the creature gave a hideous howl, which showed that one at least had hit him. He did not pause, however, but bounded

steck vorbei und stieg die lange Böschung hinter uns hinauf. Dabei schaute er ununterbrochen über beide Schultern zurück, wie jemand, der sich nicht wohl in seiner Haut fühlt.

»Sch!«, flüsterte Holmes, und ich hörte das scharfe Klicken eines Pistolenhahns. »Aufgepasst! Er kommt!«

Tief aus der herankriechenden Nebelmasse hörten wir ein dünnes, trockenes, regelmäßiges Getrappel. Die Wolke war nur noch fünfzig Yards von uns entfernt, und alle drei starrten wir sie an, unsicher, welche Gräuel daraus hervorbrechen mochten. Ich stand neben Holmes und schaute ihm einen Moment lang ins Gesicht. Es wirkte blass und jubelnd zugleich, und seine Augen funkelten strahlend im Mondlicht. Doch plötzlich erstarrte sein Blick, und seine Lippen öffneten sich in hellem Erstaunen. Im selben Augenblick stieß Lestrade einen entsetzten Schrei aus und warf sich mit dem Gesicht nach unten auf den Boden. Ich sprang auf, meine Hand umklammerte zögerlich den Revolver, mein Geist gelähmt vom Anblick des grausigen Geschöpfs, das aus den Schatten des Nebels auf uns zugesprungen war. Das war ein Hund, ein riesiger pechschwarzer Hund, und doch kein Hund, den sterbliche Augen jemals erblickt haben. Feuer schlug aus seinem offenen Rachen, seine Augen glühten in glimmendem Zorn, Schnauze, Nackenhaare und Wamme waren von flackernden Flammen umlodert. Kein Wahnsinniger hätte in seinen Fieberträumen je ein wilderes, grausigeres, höllischeres Ungeheuer ausbrüten können als diese düstere Gestalt und schreckliche Fratze, die uns aus dem Nebel entgegensprang.

In langen Sätzen jagte die riesige schwarze Kreatur den Weg entlang, unserem Freund dicht auf den Fersen. Wir waren von dieser Erscheinung so gelähmt, dass sie an unserem Versteck bereits vorbeigezogen war, ehe wir wieder zur Besinnung kamen. Dann feuerten Holmes und ich gleichzeitig, und das schauerliche Geheul der Bestie bewies, dass wenigstens einer von uns getroffen hatte. Sie hielt jedoch nicht inne, sondern jagte einfach

onwards. Far away on the path we saw Sir Henry looking back, his face white in the moonlight, his hands raised in horror, glaring helplessly at the frightful thing which was hunting him down.

But that cry of pain from the hound had blown all our fears to the winds. If he was vulnerable he was mortal, and if we could wound him we could kill him. Never have I seen a man run as Holmes ran that night. I am reckoned fleet of foot, but he outpaced me as much as I outpaced the little professional. In front of us as we flew up the track we heard scream after scream from Sir Henry and the deep roar of the hound. I was in time to see the beast spring upon its victim, hurl him to the ground and worry at his throat. But the next instant Holmes had emptied five barrels of his revolver into the creature's flank. With a last howl of agony and a vicious snap in the air it rolled upon its back, four feet pawing furiously, and then fell limp upon its side. I stooped, panting, and pressed my pistol to the dreadful, shimmering head, but it was useless to press the trigger. The giant hound was dead.

Sir Henry lay insensible where he had fallen. We tore away his collar, and Holmes breathed a prayer of gratitude when we saw that there was no sign of a wound and that the rescue had been in time. Already our friend's eyelids shivered and he made a feeble effort to move. Lestrade thrust his brandy-flask between the Baronet's teeth, and two frightened eyes were looking up at us.

'My God!' he whispered. 'What was it? What, in Heaven's name, was it?'

'It's dead, whatever it is,' said Holmes. 'We've laid the family ghost once and for ever.'

weiter. In einiger Entfernung sahen wir Sir Henry auf dem Weg stehen; er blickte zurück, sein Gesicht im Mondlicht weiß, seine Hände voller Entsetzen erhoben, hilflos auf das fürchterliche Ungeheuer starrend, das ihn zur Strecke bringen sollte.

Der Schmerzensschrei des Hundes jedoch hatte uns aller Furcht beraubt. Wenn er verwundbar war, dann war er sterblich, und wenn wir ihn verwunden konnten, dann konnten wir ihn auch töten. Ich habe einen Menschen nie rennen sehen, wie Holmes an diesem Abend rannte. Ich gelte als schneller Läufer, aber er ließ mich ebenso hinter sich, wie ich den kleinen Lestrade. Als wir den Weg hinaufeilten, hörten wir vor uns die endlosen Schreie Sir Henrys und das grollende Knurren des Hundes. Ich sah noch, wie die Bestie auf ihr Opfer lossprang, Sir Henry zu Boden warf und ihn an der Kehle packte. Im nächsten Augenblick aber hatte Holmes fünf Kammern seines Revolvers in die Flanke des Tieres gejagt. Mit einem letzten Schmerzgeheul und einem bösartigen Schnappen in die Luft rollte der Hund auf den Rücken, schlug mit allen Vieren wild um sich, und fiel dann schlaff auf die Seite. Keuchend bückte ich mich über das Tier und hielt meinen Revolver an den fürchterlichen, glühenden Schädel, aber ich brauchte nicht mehr abzudrücken. Der riesige Hund war tot.

Sir Henry lag bewusstlos an der Stelle, wo er zusammengebrochen war. Wir rissen ihm den Kragen auf, und Holmes stieß ein Dankgebet aus, als wir sahen, dass kein Anzeichen einer Verletzung zu erkennen und die Rettung zur rechten Zeit erfolgt war. Die Augenlider unseres Freundes begannen bereits zu zucken, und er unternahm einen schwachen Versuch, sich zu bewegen. Lestrade schob dem Baronet seine Brandyflasche zwischen die Zähne, dann blickten zwei ängstliche Augen zu uns hinauf.

»Mein Gott!«, flüsterte er. »Was war das? Um Himmels willen, was war das?«

»Was immer es war, es ist tot«, sagte Holmes. »Wir haben das Familiengespenst ein für alle mal zur Strecke gebracht.«

In mere size and strengm it was a terrible creature which was lying stretched before us. It was not a pure bloodhound and it was not a pure mastiff; but it appeared to be a combination of the two—gaunt, savage, and as large as a small lioness. Even now, in the stillness of death, the huge jaws seemed to be dripping with a bluish flame, and the small, deep-set, cruel eyes were ringed with fire. I placed my hand upon the glowing muzzle, and as I held them up my own fingers smouldered and gleamed in the darkness.

'Phosphorus,' I said.

'A cunning preparation of it,' said Holmes, sniffing at the dead animal. 'There is no smell which might have interfered with his power of scent. We owe you a deep apology, Sir Henry, for having exposed you to this fright. I was prepared for a hound, but not for such a creature as this. And the fog gave us little time to receive him.'

'You have saved my life.'

'Having first endangered it. Are you strong enough to stand?'

'Give me another mouthful of that brandy, and I shall be ready for anything. So! Now, if you will help me up. What do you propose to do?'

'To leave you here. You are not fit for further adventures to-night. If you will wait, one or other of us will go back with you to the Hall.'

He tried to stagger to his feet; but he was still ghastly pale and trembling in every limb. We helped him to a rock, where he sat shivering with his face buried in his hands.

'We must leave you now,' said Holmes. 'The rest of our work must be done, and every moment is of impor-

Größe und Stärke allein machten das Tier, das ausgestreckt vor uns lag, zu einer fürchterlichen Erscheinung. Es war weder ein reinrassiger Bluthund noch eine reinrassige Dogge, sondern schien eine Mischung aus beiden zu sein – hager, wild und von der Größe einer kleinen Löwin. Sogar jetzt, in der Ruhe des Todes, schien von den gewaltigen Lefzen ein bläuliches Feuer zu triefen, und die schmalen, tiefliegenden, grausamen Augen waren von Flammenringen umgeben. Ich legte meine Hand auf die glühende Schnauze, und als ich sie hochhielt, glimmten und glänzten meine eigenen Finger in der Dunkelheit.

»Phosphor«, sagte ich.

»Und ein findig hergerichtetes Präparat«, sagte Holmes, der an dem toten Tier roch. »Es hat keinen Geruch, der den Spürsinn des Hundes hätte beeinträchtigen können. Wir müssen Sie von ganzem Herzen um Verzeihung bitten, Sir Henry, dass wir Sie diesem Schrecken ausgesetzt haben. Auf einen Hund war ich gefasst, jedoch nicht auf ein solches Geschöpf. Und der Nebel ließ uns kaum Zeit, ihn zu fassen.«

»Sie haben mir das Leben gerettet.«

»Nachdem ich es zuerst in Gefahr gebracht hatte. Sind Sie kräftig genug, um sich auf den Beinen zu halten?«

»Geben Sie mir noch einen Schluck von dem Brandy, und ich bin zu allem bereit. So! Wenn Sie mir nun bitte aufhelfen wollen. Was gedenken Sie jetzt zu tun?«

»Sie hier zu lassen. Sie sind nicht imstande, in dieser Nacht noch weitere Abenteuer zu bestehen. Wenn Sie auf uns warten, kann einer von uns Sie nach Baskerville Hall zurückbringen.«

Sir Henry versuchte aufzustehen, aber er war noch immer leichenblass und zitterte am ganzen Körper. Wir führten ihn zu einem Felsen, wo er sich setzte und schaudernd das Gesicht in seinen Händen vergrub.

»Wir lassen Sie jetzt hier«, sagte Holmes. »Wir müssen den Rest unserer Arbeit erledigen, und jeder Augenblick zählt. Das

tance. We have our case, and now we only want our man.

'It's a thousand to one against our finding him at the house,' he continued, as we retraced our steps swiftly down the path. 'Those shots must have told him that the game was up.'

'We were some distance off, and this fog may have deadened them.'

'He followed the hound to call him off—of that you may be certain. No, no, he's gone by this time! But we'll search the house and make sure.'

The front door was open, so we rushed in and hurried from room to room, to the amazement of a doddering old manservant, who met us in the passage. There was no light save in the dining-room, but Holmes caught up the lamp, and left no corner of the house unexplored. No sign could we see of the man whom we were chasing. On the upper floor, however, one of the bed-room doors was locked.

'There's someone in here!' cried Lestrade. 'I can hear a movement. Open this door!'

A faint moaning and rustling came from within. Holmes struck the door just over the lock with the flat of his foot, and it flew open. Pistol in hand, we all three rushed into the room.

But there was no sign within it of that desperate and defiant villain whom we expected to see. Instead we were faced by an object so strange and so unexpected that we stood for a moment staring at it in amazement.

The room had been fashioned into a small museum, and the walls were lined by a number of glass-topped cases full of that collection of butterflies and moths the formation of which had been the relaxation of this complex and dangerous man. In the centre of this room there

Verbrechen haben wir aufgeklärt, jetzt fehlt uns nur noch der Verbrecher.«

»Es steht tausend zu eins, dass wir ihn in seinem Haus nicht antreffen werden«, fuhr er fort, als wir den Weg rasch zurückgingen. »Nach diesen Schüssen sollte er wissen, dass das Spiel vorbei ist.«

»Wir waren ziemlich weit entfernt, und der Nebel hat den Schall vielleicht gedämpft.«

»Er ist dem Hund gefolgt, um ihn zurückzurufen – da dürfen Sie sicher sein. Nein, nein, er ist längst fort. Aber wir durchsuchen das Haus und vergewissern uns.«

Die Haustür stand offen, also stürmten wir hinein und rannten von Zimmer zu Zimmer, zur Verwunderung eines tatterigen alten Dieners, der uns im Flur entgegenkam. Nur im Speisezimmer brannte noch Licht, doch Holmes nahm die Lampe und ließ keinen Winkel des Hauses unerforscht. Wir fanden keine Spur von dem Mann, den wir jagten. Im oberen Stockwerk jedoch war einer der Schlafräume verschlossen.

»Da ist jemand drin!«, rief Lestrade. »Ich höre, wie sich etwas bewegt. Öffnen Sie die Tür!«

Wir vernahmen ein unterdrücktes Stöhnen und Rascheln. Holmes trat kurz über dem Schloss mit dem Fuß gegen die Tür, und sie sprang auf. Mit unseren Pistolen im Anschlag stürmten wir alle drei in das Zimmer.

Aber auch dort keine Spur des verzweifelten, widersetzlichen Schurken, den wir erwarteten. Stattdessen bot sich uns ein so seltsamer und unerwarteter Anblick, dass wir einen Moment lang dastanden und verblüfft um uns starrten.

Der Raum war zu einem kleinen Museum hergerichtet worden, und an den Wänden hing eine Reihe von Glaskästen, vollgestopft mit jener Sammlung von Schmetterlingen und Nachtfaltern, die anzulegen diesem rätselhaften und gefährlichen Menschen Entspannung gewesen war. In der Mitte des Rau-

was an upright beam, which had been placed at some period as a support for the old worm-eaten balk of timber which spanned the roof. To this post a figure was tied, so swathed and muffled in sheets which had been used to secure it that one could not for the moment tell whether it was that of a man or a woman. One towel passed round the throat, and was secured at the back of the pillar. Another covered the lower part of the face and over it two dark eyes–eyes full of grief and shame and a dreadful questioning–stared back at us. In a minute we had torn off the gag, unswathed the bonds, and Mrs Stapleton sank upon the floor in front of us. As her beautiful head fell upon her chest I saw the clear red weal of a whiplash across her neck.

'The brute!' cried Holmes. 'Here, Lestrade, your brandy-bottle! Put her in the chair! She has fainted from ill-usage and exhaustion.'

She opened her eyes again. 'Is he safe?' she asked. 'Has he escaped?'

'He cannot escape us, madam.'

'No, no, I did not mean my husband. Sir Henry? Is he safe?'

'Yes.'

'And the hound?'

'It is dead.'

She gave a long sigh of satisfaction. 'Thank God! Thank God! Oh, this villain! See how he has treated me!' She shot her arms out from her sleeves, and we saw with horror that they were all mottled with bruises. 'But this is nothing–nothing! It is my mind and soul that he has tortured and defiled. I could endure it all, ill-usage, solitude, a life of deception, everything, as long as I could still cling to the hope that I had his love, but now I know that in

mes stand ein Pfosten, der irgendwann eingesetzt worden war, um die alten wurmstichigen Dachbalken zu stützen. An diesen Pfeiler war eine Gestalt gebunden, so verhüllt und in Laken vermummt, um sie aufrecht zu halten, dass man im ersten Moment nicht sagen konnte, ob es ein Mann oder eine Frau war. Ein Tuch war um die Kehle geschlungen und hinter dem Pfosten verknotet worden. Ein zweites bedeckte die untere Hälfte des Gesichts und über das Tuch hinweg starrten uns zwei dunkle Augen an – Augen voller Kummer und Scham, angstvoll fragend. Im Nu hatten wir den Knebel heruntergerissen und die Tücher gelöst, und Mrs. Stapleton sank vor uns auf den Boden. Als ihr schönes Haupt ihr auf die Brust fiel, konnte ich deutlich die roten Striemen eines Peitschenhiebes auf ihrem Hals erkennen.

»Das Monster!«, rief Holmes. »Schnell, Lestrade, Ihre Brandyflasche. Setzen Sie sie auf den Stuhl. Sie ist von der Misshandlung und vor Erschöpfung ohnmächtig geworden.«

Sie schlug ihre Augen wieder auf. »Ist er in Sicherheit?«, fragte sie. »Ist er entkommen?«

»Er kann uns nicht entkommen, Madam.«

»Nein, nein, ich meinte nicht meinen Mann. Sir Henry, ist er in Sicherheit?«

»Ja.«

»Und der Hund?«

»Er ist tot.«

Sie stieß einen tiefen Seufzer der Erleichterung aus. »Gott sei Dank! Gott sei Dank! Oh, dieser Schurke! Sehen Sie, wie er mich behandelt hat!« Sie streifte ihre Ärmel zurück, und wir sahen voller Entsetzen, dass beide Arme von Blutergüssen übersät waren. »Aber das bedeutet gar nichts – gar nichts! Es sind mein Geist und meine Seele, die er gefoltert und geschändet hat. Ich habe alles ertragen, Misshandlungen, Einsamkeit, ein Leben in Falschheit, alles, solange ich mich an die Hoffnung noch klam-

this also I have been his dupe and his tool.' She broke into passionate sobbing as she spoke.

'You bear him no good will, madam,' said Holmes. 'Tell us, then, where we shall find him. If you have ever aided him in evil, help us now and so atone.'

'There is but one place where he can have fled,' she answered. 'There is an old tin mine on an island in the heart of the Mire. It was there that he kept his hound and there also he had made preparations so that he might have a refuge. That is where he would fly.'

The fog-bank lay like white wool against the window. Holmes held the lamp towards it.

'See,' said he. 'No one could find his way into the Grimpen Mire to-night.'

She laughed and clapped her hands. Her eyes and teeth gleamed with fierce merriment.

'He may find his way in, but never out,' she cried. 'How can he see the guiding wands to-night? We planted them together, he and I, to mark the pathway through the Mire. Oh, if I could only have plucked them out to-day! Then indeed you would have had him at your mercy!'

It was evident to us that all pursuit was in vain until the fog had lifted. Meanwhile we left Lestrade in possession of the house, while Holmes and I went back with the baronet to Baskerville Hall. The story of the Stapletons could no longer be withheld from him, but he took the blow bravely when he learned the truth about the woman whom he had loved. But the shock of the night's adventures had shattered his nerves, and before morning he lay delirious in a high fever, under the care of Dr Mor-

mern konnte, dass er mich liebt, aber nun weiß ich, dass er mich auch darin hintergangen und benutzt hat.« Bei diesen Worten brach sie in heftiges Schluchzen aus.

»Sie bringen ihm wenig Zuneigung entgegen, Madam«, sagte Holmes. »Sagen Sie uns also, wo wir ihn finden. Wenn Sie ihm jemals im Bösen zur Seite standen, dann machen Sie es jetzt wieder gut, und helfen Sie uns.«

»Es gibt nur einen Ort, an den er geflohen sein kann«, antwortete sie. »Auf einer Insel mitten im Sumpf gibt es eine alte Zinngrube. Dort hielt er seinen Hund, und dort hat er Vorkehrungen getroffen, um einen Zufluchtsort zu haben. Dahin würde er fliehen.«

Die Nebelbank lag wie weiße Wolle vor dem Fenster. Holmes hielt die Lampe dagegen.

»Schauen Sie«, sagte er. »Niemand findet in dieser Nacht seinen Weg durch den Sumpf von Grimpen.«

Sie lachte auf und klatschte in die Hände. Ihre Zähne und Augen blitzen in wilder Freude.

»Den Weg hinein mag er finden, aber niemals wieder hinaus«, rief sie. »Wie sollte er heute Nacht die Markierungsstäbe erkennen? Wir haben sie gemeinsam gesetzt, er und ich, um den Weg durch den Sumpf zu kennzeichnen. Oh, hätte ich sie heute nur herausreißen können! Dann wäre er Ihnen tatsächlich ausgeliefert gewesen.«

Es lag auf der Hand, dass an Verfolgung jedweder Art nicht zu denken war, solange der Nebel über dem Moor lag. Wir überließen das Haus daher Lestrade, und Holmes und ich kehrten mit dem Baronet nach Baskerville Hall zurück. Wir konnten ihm die Wahrheit über die Stapletons nicht länger verschweigen, aber er steckte den Schlag tapfer ein, als er erfuhr, wer die Frau war, die er geliebt hatte. Doch das Entsetzen der nächtlichen Ereignisse hatte seine Nerven zerrüttet, und noch ehe der Morgen anbrach, lag er in hohem Fieber delirierend danieder, von Doktor

timer. The two of them were destined to travel together round the world before Sir Henry had become once more the hale, hearty man that he had been before he became master of that ill-omened estate.

And now I come rapidly to the conclusion of this singular narrative, in which I have tried to make the reader share those dark fears and vague surmises which clouded our lives so long, and ended in so tragic a manner. On the morning after the death of the hound the fog had lifted and we were guided by Mrs Stapleton to the point where they had found a pathway through the bog. It helped us to realize the horror of this woman's life when we saw the eagerness and joy with which she laid us on her husband's track. We left her standing upon the thin peninsula of firm, peaty soil which tapered out into the widespread bog. From the end of it a small wand planted here and there showed where the path zig-zagged from tuft to tuft of rushes among those green-scummed pits and foul quagmires which barred the way to the stranger. Rank reeds and lush, slimy water-plants sent an odour of decay and a heavy miasmatic vapour into our faces, while a false step plunged us more than once thigh-deep into the dark, quivering mire, which shook for yards in soft undulations around our feet. Its tenacious grip plucked at our heels as we walked, and when we sank into it it was as if some malignant hand was tugging us down into those obscene depths, so grim and purposeful was the clutch in which it held us. Once only we saw a trace that someone had passed that perilous way before us. From amid a tuft of cotton-grass which bore it up out of the slime some dark thing was projecting. Holmes sank to his waist as he stepped from the path to seize it, and had

Mortimer umsorgt. Die beiden sollten erst gemeinsam die Welt umreisen müssen, bis Sir Henry wieder ganz der gesunde und muntere Mann wurde, der er gewesen war, bevor er in den Besitz dieses unheilvollen Anwesens gekommen war.

Und nun will ich rasch zum Schluss dieses nicht alltäglichen Berichts kommen, in dem ich versuchte habe, den Leser an jenen dunklen Ängsten und vagen Mutmaßungen teilhaben zu lassen, die unser Leben so lange überschatteten und auf so tragische Weise endeten. Am Morgen nach dem Tod des Hundes hatte sich der Nebel verzogen, und Mrs. Stapleton führte uns zu der Stelle, von wo aus der von ihnen entdeckte Weg durch den Sumpf führte. Als wir sahen, wie bereitwillig und freudig erregt sie uns auf die Fährte ihres Mannes brachte, begannen wir zu verstehen, welche Qualen dieser Frau in ihrem Leben widerfahren sein mussten. Wir ließen sie an der Spitze einer schmalen Landzunge aus fußfester, torfiger Erde zurück, die weit in den ausgedehnten Morast hineinreichte. Von dieser Stelle an markierten hier und dort kleine Stäbe den Weg, der sich im Zickzack von einem Binsenbüschel zum anderen wand, inmitten der von grünem Schaum bedeckten Tümpel und übelriechenden Morastlöchern, die dem Fremden den Weg versperrten. Aus moderndem Schilfrohr und üppigen, schmierigen Wasserpflanzen schlugen uns der Geruch von Verwesung und schwere, giftige Gase entgegen, während uns mehr als einmal ein falscher Tritt bis zu den Hüften in das dunkle, bebende Moor versinken ließ, das uns über viele Yards in sanften Wellen um die Füße schwappte. Sein hartnäckiger Griff zerrte beim Gehen an unseren Absätzen, und wenn wir einsanken, war es, als riss eine heimtückische Hand uns hinunter in jene abscheulichen Tiefen, so unerbittlich und entschlossen war die Klaue, die uns hielt. Nur einmal gab es Anzeichen, dass jemand vor uns diesen gefährlichen Weg beschritten hatte. Aus einem Büschel Riedgras, der es vor dem Versinken im Schlamm bewahrte, lugte ein dunkler Gegenstand hervor. Holmes versank bis zur Hüfte, als er vom Pfad weg

we not been there to drag him out he could never have set his foot upon firm land again. He held an old black boot in the air. 'Meyers, Toronto', was printed on the leather inside.

'It is worth a mud bath,' said he. 'It is our friend Sir Henry's missing boot.'

'Thrown there by Stapleton in his flight.'

'Exactly. He retained it in his hand after using it to set the hound upon his track. He fled when he knew the game was up, still clutching it. And he hurled it away at this point of his flight. We know at least that he came so far in safety.'

But more than that we were never destined to know, though there was much which we might surmise. There was no chance of finding footsteps in the mire, for the rising mud oozed swiftly in upon them, but as we at last reached firmer ground beyond the morass we all looked eagerly for them. But no slightest sign of them ever met our eyes. If the earth told a true story, then Stapleton never reached that island of refuge towards which he struggled through the fog upon that last night. Somewhere in the heart of the great Grimpen Mire, down in the foul slime of the huge morass which had sucked him in, this cold and cruel-hearted man is for ever buried.

Many traces we found of him in the bog-girt island where he had hid his savage ally. A huge driving-wheel and a shaft half-filled with rubbish showed the position of an abandoned mine. Beside it were the crumbling remains of the cottages of the miners, driven away, no doubt, by the foul reek of the surrounding swamp. In one of these a staple and chain, with a quantity of gnawed bones, showed where

darauf zuging, um ihn zu packen, und wären wir nicht da gewesen, um ihn herauszuziehen, hätte er seinen Fuß nie wieder auf festen Boden gesetzt. Er hielt einen alten, schwarzen Stiefel in die Höhe. »Meyers, Toronto« war auf dem Innenleder zu lesen.

»Der Fund ist ein Moorbad wert«, sagte er. »Es ist der fehlende Stiefel unseres Freundes Sir Henry.«

»Auf der Flucht von Stapleton dort hingeworfen.«

»Ganz recht. Er behielt ihn in der Hand, nachdem er ihn benutzt hatte, um den Hund auf Sir Henrys Fährte zu hetzen. Als ihm klar wurde, dass er das Spiel verloren hatte, floh er und hielt ihn umklammert. Und an dieser Stelle seiner Flucht schleuderte er ihn fort. Immerhin wissen wir nun, dass er ohne Zwischenfälle bis hierher gekommen ist.«

Mehr als das aber sollten wir niemals erfahren, soviel wir auch vermuten mochten. Es gab keinerlei Möglichkeit, Fußspuren im Sumpf zu finden, denn der aufsteigende Schlamm sickerte sofort in sie ein, dennoch suchten wir alle fiebrig danach, als wir jenseits des Morastes wieder festeren Boden erreichten. Doch nicht das kleinste Anzeichen einer Fußspur kam uns je zu Gesicht. Wenn der Boden die Wahrheit sagte, dann hat Stapleton diese Zufluchtsinsel nie erreicht, zu der er sich in jener letzten Nacht durch den Nebel vorkämpfte. Irgendwo mitten im großen Sumpf von Grimpen, tief im stinkenden Schlamm des riesigen Morasts, der ihn hinuntergezogen hatte, liegt dieser kaltherzige, grausame Mann für immer begraben.

Zahlreiche Spuren allerdings fanden wir auf der vom Moor umschlossenen Insel, wo er seinen wilden Helfer versteckt hatte. Ein riesiges Triebrad und ein von Abraum halb verschütteter Schacht zeigten, wo sich die verlassene Mine befand. Daneben standen die verfallenen Hüttenreste der Bergleute, die ohne Zweifel vom fauligen Gestank des Sumpfes vertrieben worden waren. In einer dieser Hütten bewiesen ein Ring, eine Kette und

the animal had been confined. A skeleton with a tangle of brown hair adhering to it lay among the *débris.*

'A dog!' said Holmes. 'By Jove, a curly-haired spaniel. Poor Mortimer will never see his pet again. Well, I do not know that this place contains any secret which we have not already fathomed. He could hide his hound, but he could not hush its voice, and hence came those cries which even in daylight were not pleasant to hear. On an emergency he could keep the hound in the outhouse at Merripit, but it was always a risk, and it was only on the supreme day, which he regarded as the end of all his efforts, that he dared do it. This paste in the tin is no doubt the luminous mixture with which the creature was daubed. It was suggested, of course, by the story of the family hell-hound, and by the desire to frighten old Sir Charles to death. No wonder the poor devil of a convict ran and screamed, even as our friend did, and as we ourselves might have done, when he saw such a creature bounding through the darkness of the moor upon his track. It was a cunning device, for, apart from the chance of driving your victim to his death, what peasant would venture to inquire too closely into such a creature should he get sight of it, as many have done, upon the moor? I said it in London, Watson, and I say it again now, that never yet have we helped to hunt down a more dangerous man than he who is lying yonder'—he swept his long arm towards the huge mottled expanse of green-splotched bog which stretched away until it merged into the russet slopes of the moor.

eine Menge abgenagter Knochen, dass das Tier hier gehalten worden war. Zwischen dem Haufwerk lag ein Skelett, an dem noch ein Büschel brauner Haare hing.

»Ein Hund!«, sagte Holmes. »Beim Jupiter, ein kraushaariger Spaniel. Der arme Mortimer wird seinen Liebling nie wiedersehen. Nun, ich glaube nicht, dass dieser Ort noch Geheimnisse birgt, die wir nicht längst ergründet haben. Er konnte den Hund hier verstecken, sein Geheul aber konnte er nicht zum Verstummen bringen. Von hier kamen also jene Schreie, die zu hören selbst bei Tageslicht nicht angenehm war. Notfalls konnte er den Hund auch im Gartenhaus von Merripit House unterbringen, aber das war immer ein Wagnis, und erst an jenem entscheidenden Tag, den er als Höhepunkt all seiner Mühen betrachtete, ging er es ein. Die Paste in dieser Dose ist ohne Zweifel die Leuchtfarbe, mit der das Tier eingerieben wurde. Der Einfall kam ihm natürlich aufgrund der Familienlegende vom Höllenhund und weil er den alten Sir Charles zu Tode ängstigen wollte. Kein Wunder, dass der arme Teufel von Sträfling rannte und schrie, genau wie unser Freund, und wie auch wir es getan hätten, als er diese Kreatur in der Dunkelheit des Moors hinter sich herjagen sah. Es war ein schlauer Plan, denn welcher Bauer, abgesehen von der Möglichkeit, sein Opfer zu Tode zu hetzen, würde es wagen, genauere Nachforschungen über ein solches Geschöpf anzustellen, sollte er es, wie es vielen geschehen ist, auf dem Moor zu Gesicht bekommen? Ich sagte es bereits in London, Watson, und ich sage es jetzt noch einmal: Niemals zuvor haben wir dazu beigetragen, einen gefährlicheren Mann zur Strecke zu bringen als den, der irgendwo dort draußen liegt ...« Er zeigte mit seinem langen Arm auf die weite, melierte Fläche des grün gefleckten Sumpfes, der sich vor uns in die Ferne zog, bis er mit den rostbraunen Hängen des Moores verschmolz.

CHAPTER XV

A Retrospection

It was the end of November, and Holmes and I sat, upon a raw and foggy night, on either side of a blazing fire in our sitting-room in Baker Street. Since the tragic upshot of our visit to Devonshire he had been engaged in two affairs of the utmost importance, in the first of which he had exposed the atrocious conduct of Colonel Upwood in connection with the famous card scandal of the Nonpareil Club, while in the second he had defended the unfortunate Mme Montpensier from the charge of murder, which hung over her in connection with the death of her step-daughter, Mlle Carère, the young lady who, as it will be remembered, was found six months later alive and married in New York. My friend was in excellent spirits over the success which had attended a succession of difficult and important cases, so that I was able to induce him to discuss the details of the Baskerville mystery. I had waited patiently for the opportunity, for I was aware that he would never permit cases to overlap, and that his clear and logical mind would not be drawn from its present work to dwell upon memories of the past. Sir Henry and Dr Mortimer were, however, in London, on their way to that long voyage which had been recommended for the restoration of his shattered nerves. They had called upon us that very afternoon, so that it was natural that the subject should come up for discussion.

'The whole course of events,' said Holmes, 'from the point of view of the man who called himself Stapleton, was simple and direct, although to us, who had no means in the beginning of knowing the motives of his actions

Kapitel 15

Ein Rückblick

Es war Ende November, und Holmes und ich saßen an einem rauen, nebligen Abend am prasselnden Kaminfeuer in unserem Wohnzimmer in der Baker Street. Seit dem tragischen Ende unseres Besuchs in Devonshire war er mit zwei Fällen von höchster Bedeutung beschäftigt gewesen; im ersten hatte er das abscheuliche Verhalten des Colonel Upwood im Zusammenhang mit dem berühmten Falschspielerskandal des Nonpareil Clubs enthüllt, im zweiten hatte er die unglückselige Madame Montpensier vor der Mordanklage bewahrt, die ihr im Zusammenhang mit dem Tod ihrer Stieftochter, Mademoiselle Carère, drohte, jener jungen Dame, die bekanntlich sechs Monate später wohlauf und verheiratet in New York aufgetaucht war. Mein Freund war aufgrund der Erfolge in dieser Reihe von schwierigen und wichtigen Fällen in bester Laune, sodass ich ihn dazu bewegen konnte, die Einzelheiten des Baskerville-Geheimnisses mit mir zu besprechen. Ich hatte geduldig auf diese Gelegenheit gewartet, denn ich wusste, dass er sich niemals mit zwei Fällen gleichzeitig auseinandersetzen und dass sein klarer, logischer Verstand sich nicht durch Erinnerungen an Vergangenes von seiner gegenwärtigen Arbeit abbringen lassen würde. Indessen befanden sich Sir Henry und Doktor Mortimer gerade in London, von wo aus sie jene lange Reise antreten wollten, die Sir Henry zur Genesung seiner zerrütteten Nerven verordnet worden war. Sie hatten uns an eben diesem Nachmittag aufgesucht, und so lag es nahe, dass wir auf das Thema erneut zu sprechen kamen.

»Der Ablauf der Ereignisse insgesamt«, sagte Holmes, »war vom Standpunkt des Mannes, der sich selbst Stapleton nannte, einfach und geradlinig, obwohl er uns, die wir anfangs nichts über die Beweggründe seiner Taten wissen konnten und von den

and could only learn part of the facts, it all appeared exceedingly complex. I have had the advantage of two conversations with Mrs Stapleton, and the case has now been so entirely cleared up that I am not aware that there is anything which has remained a secret to us. You will find a few notes upon the matter under the heading B in my indexed list of cases.'

'Perhaps you would kindly give me a sketch of the course of events from memory.'

'Certainly, though I cannot guarantee that I carry all the facts in my mind. Intense mental concentration has a curious way of blotting out what has passed. The barrister who has his case at his fingers' end, and is able to argue with an expert upon his own subject, finds that a week or two of the courts will drive it all out of his head once more. So each of my cases displaces the last, and Mlle Carère has blurred my recollection of Baskerville Hall. Tomorrow some other little problem may be submitted to my notice, which will in turn disposses the fair French lady and the infamous Upwood. So far as the case of the Hound goes, however, I will give you the course of events as nearly as I can, and you will suggest anything which I may have forgotten.

'My inquiries show beyond all question that the family portrait did not lie, and that this fellow was indeed a Baskerville. He was a son of that Rodger Baskerville, the younger brother of Sir Charles, who fled with a sinister reputation to South America, where he was said to have died unmarried. He did, as a matter of fact, marry, and had one child, this fellow, whose real name is the same as his father. He married Beryl Garcia, one of the beauties of Costa Rica, and, having purloined a considerable sum of public money, he changed his name to Vandeleur

Fakten erst nach und nach erfuhren, äußerst verworren erschien. Es war mir vergönnt, mit Mrs. Stapleton zweimal zu sprechen, und der Fall ist nunmehr so vollständig aufgeklärt, dass ich überzeugt bin, dass wir alle Geheimnisse gelüftet haben. Sie werden einige Anmerkungen dazu unter dem Buchstaben B in der Liste meiner Fälle finden.«

»Vielleicht wären Sie so freundlich, mir den Gang der Ereignisse aus dem Gedächtnis zu umreißen?«

»Gewiss, auch wenn ich nicht dafür bürgen kann, dass ich sämtliche Einzelheiten im Kopf habe. Höchste mentale Konzentration führt seltsamerweise dazu, Vergangenes zu verdrängen. Ein Anwalt, der seinen Fall in- und auswendig kennt und mit einem Sachverständigen über sein Thema debattieren kann, wird feststellen, dass er nach ein, zwei weiteren Wochen vor Gericht nichts mehr davon weiß. So ersetzt jeder meiner Fälle den vorherigen, und Mademoiselle Carère hat meine Erinnerung an Baskerville Hall getrübt. Schon morgen kann mir irgendein anderes kleines Problem zugetragen werden, das die holde Französin und den ruchlosen Upwood aus meinem Bewusstsein verdrängt. Was jedoch den Fall dieses Hundes betrifft, will ich Ihnen den Hergang der Ereignisse so präzise schildern, wie ich nur kann, und Sie mögen ergänzen, was ich möglicherweise übergehe.

Meine Nachforschungen beweisen ohne jeden Zweifel, dass das Familienporträt nicht gelogen hat und dieser Kerl wirklich ein Baskerville war. Er war ein Sohn des jüngeren Bruders von Sir Charles, Rodger Baskerville, der sich mit finsterem Ruf nach Südamerika absetzte, wo er unverheiratet gestorben sein soll. Tatsächlich aber war er verheiratet und hatte einen Sohn, unseren Mann, dessen richtiger Name der seines Vaters war. Er heiratete eines der schönsten Mädchen von Costa Rica, Beryl Garcia, und nachdem er eine beträchtliche Summe öffentlichen Geldes veruntreut hatte, änderte er seinen Namen in

and fled to England, where he established a school in the east of Yorkshire. His reason for attempting this special line of business was that he had struck up an acquaintance with a consumptive tutor upon the voyage home, and that he had used this man's ability to make the undertaking a success. Fraser, the tutor, died, however, and the school which had begun well, sank from disrepute into infamy. The Vandeleurs found it convenient to change their name to Stapleton, and he brought the remains of his fortune, his schemes for the future, and his taste for entomology to the south of England. I learn at the British Museum that he was a recognized authority upon the subject, and that the name of Vandeleur has been permanently attached to a certain moth which he had, in his Yorkshire days, been the first to describe.

'We now come to that portion of his life which has proved to be of such intense interest to us. The fellow had evidently made inquiry, and found that only two lives intervened between him and a valuable estate. When he went to Devonshire his plans were, I believe, exceedingly hazy, but that he meant mischief from the first is evident from the way in which he took his wife with him in the character of his sister. The idea of using her as a decoy was clearly already in his mind, though he may not have been certain how the details of his plot were to be arranged. He meant in the end to have the estate, and he was ready to use any tool or run any risk for that end. His first act was to establish himself as near to his ancestral home as he could, and his second was to cultivate a friendship with Sir Charles Baskerville and with the neighbours.

'The Baronet himself told him about the family hound, and so prepared the way for his own death. Stapleton, as

Vandeleur und floh nach England, wo er eine Schule im Osten von Yorkshire gründete. Der Grund für gerade diese Berufswahl war, dass er auf der Heimreise die Bekanntschaft eines schwindsüchtigen Lehrers gemacht hatte, dessen Fähigkeiten er nun zum Gelingen seines Unterfangens nutzte. Fraser, der Lehrer, starb allerdings, und die Schule, die anfänglich gut gelaufen war, geriet immer mehr in Verruf. Die Vandeleurs hielten es daraufhin für angebracht, ihren Namen in Stapleton zu ändern, und so kamen sie mit den Überresten seines Vermögens, seinen Zukunftsplänen und seinem Interesse für Entomologie nach Südengland. Im Britischen Museum erfuhr ich, dass er eine anerkannte Autorität auf diesem Gebiet war und dass der Name Vandeleur einem bestimmten Nachtfalter zugeordnet wurde, den er während seiner Zeit in Yorkshire als erster beschrieben hatte.

Wir kommen nun zu jenem Abschnitt seines Lebens, der sich für uns als so außerordentlich bedeutsam erwiesen hat. Offenbar hatte er Nachforschungen angestellt und herausgefunden, dass nur zwei Menschenleben zwischen ihm und einer beträchtlichen Erbmasse standen. Als er nach Devonshire kam, waren seine Pläne, wie ich annehme, noch überaus vage, aber dass er von Anfang an Böses im Schilde führte, geht aus dem Umstand hervor, dass er seine Frau als seine Schwester ausgab. Er hatte sicherlich schon damals die Absicht, sie irgendwann als Lockvogel einzusetzen, auch wenn er vielleicht noch nicht wusste, wie er im Einzelnen vorgehen würde. Sein Ziel war, in den Besitz von Baskerville Hall zu gelangen, und er war bereit, dafür jedes Mittel zu nutzen und jedes Risiko einzugehen. Sein erster Schritt war, sich in größtmöglicher Nähe seines Stammsitzes niederzulassen, sein zweiter, ein freundschaftliches Verhältnis mit Sir Charles Baskerville und den anderen Nachbarn aufzubauen.

Der Baronet selbst erzählte ihm von der Familienlegende des Hundes und bereitete so seinen eigenen Tod vor. Stapleton, wie

I will continue to call him, knew that the old man's heart was weak and that a shock would kill him. So much he had learned from Dr Mortimer. He had heard also that Sir Charles was superstitious and had taken this grim legend very seriously. His ingenious mind instantly suggested a way by which the Baronet could be done to death, and yet it would be hardly possible to bring home the guilt to the real murderer.

'Having conceived the idea, he proceeded to carry it out with considerable finesse. An ordinary schemer would have been content to work with a savage hound. The use of artificial means to make the creature diabolical was a flash of genius upon his part. The dog he bought in London from Ross and Mangles the dealers in Fulham Road. It was the strongest and most savage in their possession. He brought it down by the North Devon line, and walked a great distance over the moor, so as to get it home without exciting any remarks. He had already on his insect hunts learned to penetrate the Grimpen Mire, and so had found a safe hiding-place for the creature. Here he kennelled it and waited his chance.

'But it was some time coming. The old gentleman could not be decoyed outside of his grounds at night. Several times Stapleton lurked about with his hound, but without avail. It was during these fruitless quests that he, or rather his ally, was seen by peasants, and that the legend of the demon dog received a new confirmation. He had hoped that his wife might lure Sir Charles to his ruin, but here she proved unexpectedly independent. She would not endeavour to entangle the old gentleman in a sentimental attachment which might deliver him over to his enemy. Threats and even, I am sorry to say, blows failed to move her. She would have nothing

ich ihn weiterhin nennen will, wusste, dass der alte Mann ein schwaches Herz hatte und dass ein Schock ihn töten würde. So viel hatte er von Doktor Mortimer erfahren. Außerdem hatte er gehört, dass Sir Charles abergläubisch war und diese düstere Legende sehr ernst nahm. Sein erfinderischer Geist ersann augenblicklich eine Möglichkeit, wie der Baronet umgebracht werden konnte, ohne dass dem wahren Mörder auf die Schliche zu kommen war.

Nachdem er den Plan gefasst hatte, begann er, ihn mit beachtlicher Raffinesse auszuführen. Ein gewöhnlicher Ränkeschmied hätte sich mit einem wilden Hund begnügt. Der Einsatz von künstlichen Mitteln, um der Kreatur diabolische Züge zu verleihen, war ein Geniestreich. Den Hund kaufte er in London bei Ross & Mangles, dem Händler in der Fulham Road. Es war das kräftigste und ungezähmteste Tier, das sie dahatten. Er schaffte ihn mit der North-Devon-Linie Richtung Westen und lief mit ihm weite Strecken über das Moor, um ihn zu sich zu bringen, ohne Aufsehen zu erregen. Auf seinen Insektenstreifzügen hatte er sich mit dem Sumpf von Grimpen bereits vertraut gemacht und so ein sicheres Versteck für das Tier gefunden. Dort hielt er es gefangen und wartete auf eine Gelegenheit.

Die aber wollte nicht kommen. Der alte Herr war nicht dazu zu bringen, nachts sein Anwesen zu verlassen. Mehrere Male lauerte ihm Stapleton mit seinem Hund auf, aber ohne Erfolg. Während eben dieser fruchtlosen Ausflüge wurde er, oder vielmehr sein Werkzeug, von Bauern gesehen, und so erfuhr die Legende des teuflischen Hundes erneut Bestätigung. Er hatte gehofft, seine Frau könnte Sir Charles ins Verderben locken, doch sie erwies sich in diesem Punkt als unerwartet eigensinnig. Sie bemühte sich nicht, den alten Herrn in eine gefühlvolle Anhänglichkeit zu verstricken, die ihn seinem Feind hätte ausliefern können. Drohungen und, ich bedaure dies sagen zu müssen, selbst Schläge konnten sie nicht dazu bewegen. Sie

to do with it, and for a time Stapleton was at a deadlock.

'He found a way out of his difficulties through the chance that Sir Charles, who had conceived a friendship with him, made him the minister of his charity in the case of this unfortunate woman, Mrs Laura Lyons. By representing himself as a single man, he acquired complete influence over her, and he gave her to understand that in the event of her obtaining a divorce from her husband he would marry her. His plans were suddenly brought to a head by his knowledge that Sir Charles was about to leave the Hall on the advice of Dr Mortimer, with whose opinion he himself pretended to coincide. He must act at once, or his victim might get beyond his power. He therefore put pressure upon Mrs Lyons to write this letter, imploring the old man to give her an interview on the evening before his departure for London. He then, by a specious argument, prevented her from going, and so had the chance for which he had waited.

'Driving back in the evening from Coombe Tracey, he was in time to get his hound, to treat it with his infernal paint, and to bring the beast round to the gate at which he had reason to expect that he would find the old gentleman waiting. The dog, incited by its master, sprang over the wicket-gate and pursued the unfortunate Baronet, who fled screaming down the Yew Alley. In that gloomy tunnel it must indeed have been a dreadful sight to see that huge black creature, with its flaming jaws and blazing eyes, bounding after its victim. He fell dead at the end of the alley from heart disease and terror. The hound had kept upon the grassy border while the baronet had run down the path, so that no track but the man's was visible. On seeing him lying still the crea-

wollte nichts damit zu tun haben, sodass Stapleton eine Zeitlang auf der Stelle trat.

Ein Ausweg aus seinem Dilemma tat sich zufällig auf, als Sir Charles, der ihm freundschaftlich zugetan war, ihn als Mittler seiner Wohltätigkeit im Fall der unglücklichen Mrs. Laura Lyons einsetzte. Indem er sich als unverheirateter Mann ausgab, gewann er uneingeschränkten Einfluss über sie und gab ihr zu verstehen, er würde sie heiraten, sobald sie von ihrem Mann geschieden wäre. Eine rasche Umsetzung seiner Pläne wurde plötzlich erforderlich, als er erfuhr, dass Sir Charles auf Anraten von Doktor Mortimer, dem in seiner Empfehlung beizupflichten er vorgab, im Begriff stand, Baskerville Hall zu verlassen. Er musste sofort handeln, oder sein Opfer würde sich seinem Einfluss entziehen. Deshalb bestand er mit Nachdruck darauf, dass Mrs. Lyons diesen Brief schrieb, in dem sie den alten Mann inständig um ein Treffen am Abend vor seiner Abreise nach London bat. Dann hielt er sie mit einer trügerischen Ausrede davon ab, dieses einzuhalten, und hatte damit endlich die Gelegenheit, auf die er gewartet hatte.

Als er gegen Abend aus Coombe Tracey zurückkehrte, blieb ihm genügend Zeit, den Hund zu holen, ihn mit der teuflischen Farbe zu beschmieren und das Biest zum Tor zu bringen, an dem, wie er annehmen konnte, der alte Herr warten würde. Von seinem Herrn aufgehetzt sprang der Hund über das Gatter und verfolgte den unglückseligen Baronet, der schreiend die Eibenallee hinunterfloh. In jenem düsteren Tunnel muss es wahrlich ein schauriger Anblick gewesen sein, wie diese riesige, schwarze Kreatur mit flammenden Lefzen und glühenden Augen hinter seinem Opfer herjagte. Herzleiden und Angst ließen den Baronet am Ende der Allee tot zusammenbrechen. Der Hund war auf dem seitlichen Rasenstreifen geblieben, während der Baronet den Weg hinuntergelaufen war, sodass nur die Fußspuren des Mannes zu sehen waren. Als die Bestie ihn regungslos liegen sah, ist sie wahrschein-

ture had probably approached to sniff at him, but, finding him dead, had turned away again. It was then that it left the print which was actually observed by Dr Mortimer. The hound was called off and hurried away to its lair in the Grimpen Mire, and a mystery was left which puzzled the authorities, alarmed the country-side, and finally brought the case within the scope of our observation.

'So much for the death of Sir Charles Baskerville. You perceive the devilish cunning of it, for really it would be almost impossible to make a case against the real murderer. His only accomplice was one who could never give him away, and the grotesque, inconceivable nature of the device only served to make it more effective. Both of the women concerned in the case, Mrs Stapleton and Mrs Laura Lyons, were left with a strong suspicion against Stapleton. Mrs Stapleton knew that he had designs upon the old man, and also of the existence of the hound. Mrs Lyons knew neither of these things, but had been impressed by the death occurring at the time of an uncancelled appointment which was only known to him. However, both of them were under his influence, and he had nothing to fear from them. The first half of his task was successfully accomplished, but the more difficult still remained.

'It is possible that Stapleton did not know of the existence of an heir in Canada. In any case he would very soon learn it from his friend Dr Mortimer, and he was told by the latter all details about the arrival of Henry Baskerville. Stapleton's first idea was that this young stranger from Canada might possibly be done to death in London without coming down to Devonshire at all. He distrusted his wife ever since she had refused to help

lich nähergekommen, um an ihm zu schnüffeln, und hat sich abgewandt, als sie merkte, dass er tot war. Bei dieser Gelegenheit hat das Tier den Abdruck hinterlassen, den Doktor Mortimer tatsächlich bemerkte. Der Hund wurde zurückgerufen und rasch in sein Versteck im Sumpf von Grimpen getrieben, und so entstand ein Rätsel, das den Behörden Kopfzerbrechen bereitete, die Landbevölkerung ängstigte und den Fall schließlich in Reichweite unserer Wahrnehmung brachte.

So viel zum Tod von Sir Charles Baskerville. Sie bemerken die teuflische Gerissenheit, denn tatsächlich ist es so gut wie unmöglich, den eigentlichen Mörder zur Strecke zu bringen. Sein einziger Komplize war einer, der ihn niemals würde verraten können, und die groteske, unfassbare Natur dieses Einfalls machte ihn nur umso wirksamer. Beide Frauen, die in den Fall verstrickt sind, Mrs. Stapleton und Mrs. Laura Lyons, hatten starken Verdacht gegen ihn gefasst. Mrs. Stapleton wusste von seinen Absichten gegen den alten Herrn und ebenso von der Existenz des Hundes. Mrs. Lyons hatte von beidem keine Ahnung, der Tod aber, der sich zum Zeitpunkt einer nicht eingelösten Verabredung ereignet hatte, von der nur Stapleton wusste, war nicht spurlos an ihr vorübergegangen. Aber wie dem auch sei, beide Frauen standen unter seinem Einfluss, und er hatte nichts von ihnen zu befürchten. Der erste Teil seiner Aufgabe war erfolgreich erledigt, der weitaus schwierigere jedoch stand ihm noch bevor.

Es ist möglich, dass Stapleton nichts von der Existenz eines Erben in Kanada wusste. So oder so aber wird er es bald von seinem Freund Doktor Mortimer erfahren haben, der ihm zudem alle Einzelheiten über die Ankunft von Henry Baskerville mitteilte. Stapletons erster Gedanke war, dass der junge Fremde aus Kanada vielleicht schon in London ins Jenseits befördert werden konnte, ohne Devonshire überhaupt erst zu erreichen. Seiner Frau gegenüber hegte er Misstrauen, seitdem sie sich geweigert hatte, ihm zu

him in laying a trap for the old man, and he dared not leave her long out of his sight for fear he should lose his influence over her. It was for this reason that he took her to London with him. They lodged, I find, at the Mexborough Private Hotel, in Craven Street, which was actually one of those called upon by my agent in search of evidence. Here he kept his wife imprisoned in her room while he, disguised in a beard, followed Dr Mortimer to Baker Street, and afterwards to the station and to the Northumberland Hotel. His wife had some inkling of his plans; but she had such a fear of her husband–a fear founded upon brutal ill-treatment–that she dare not write to warn the man whom she knew to be in danger. If the letter should fall into Stapleton's hands her own life would not b'e safe. Eventually, as we know, she adopted the expedient of cutting out the words which would form the message, and addressing the letter in a disguised hand. It reached the Baronet, and gave him the first warning of his danger.

'It was very essential for Stapleton to get some article of Sir Henry's attire, so that, in case he was driven to use the dog, he might always have the means of setting him upon his track. With characteristic promptness and audacity he set about this at once, and we cannot doubt that the boots or chambermaid of the hotel was well bribed to help him in his design. By chance, however, the first boot which was procured for him was a new one, and, therefore, useless for his purpose. He then had it returned and obtained another–a most instructive incident, since it proved conclusively to my mind that we were dealing with a real hound, as no other supposition could explain this anxiety to obtain an old boot and this indifference to a new one. The more *outré* and

helfen, den alten Mann in die Falle zu locken, und er wagte es nicht, sie für längere Zeit aus den Augen zu lassen, weil er fürchtete, seine Macht über sie zu verlieren. Aus diesem Grund nahm er sie mit sich nach London. Sie logierten im Mexborough Private Hotel in der Craven Street, wie ich feststellte, im Übrigen eines der Hotels, die ich von Cartwright nach Beweismaterial durchsuchen ließ. Dort sperrte er seine Frau im Hotelzimmer ein, während er selbst, mit falschem Bart maskiert, Doktor Mortimer in die Baker Street, dann zum Bahnhof und ins Northumberland Hotel folgte. Seine Frau ahnte zwar etwas von seinen Plänen, hatte aber eine solche Angst vor ihrem Mann – Angst, die auf brutaler Misshandlung gründete –, dass sie es nicht wagte, dem Mann zu schreiben und ihn zu warnen, von dem sie wusste, dass er in Gefahr war. Wäre der Brief in Stapletons Hände gefallen, wäre auch sie ihres Lebens nicht mehr sicher gewesen. Wie wir wissen, bediente sie sich schließlich eines Hilfsmittels, schnitt die Wörter aus, die ihre Nachricht ergaben, und adressierte den Brief mit verstellter Handschrift. Der Baronet erhielt ihn und empfing so die erste Warnung vor der Gefahr, in der er schwebte.

Von ganz entscheidender Bedeutung war es für Stapleton, ein Kleidungsstück von Sir Henry zu ergattern, sodass er jederzeit, sollte er gezwungen sein, den Hund ins Spiel zu bringen, die Mittel hatte, ihn auf dessen Fährte zu hetzen. In typischer Entschlossenheit und Dreistigkeit nahm er das sofort in Angriff, und ohne Zweifel bestach er den Schuhputzer oder das Zimmermädchen des Hotels, um ihm zu helfen. Durch Zufall jedoch war der erste Schuh, den man ihm brachte, noch ungetragen und deshalb für seine Zwecke nutzlos. Er ließ ihn also zurückbringen und erhielt einen anderen – ein höchst aufschlussreicher Zwischenfall, denn er bewies meines Erachtens zwingend, dass wir es mit einem echten Hund zu tun hatten, denn nichts anderes konnte erklären, warum jemand unbedingt einen alten Schuh will und einen neuen verschmäht. Je ausgefallener und grotesker ein Vor-

grotesque an incident is the more carefully it deserves to be examined, and the very point which appears to complicate a case is, when duly considered and scientifically handled, the one which is most likely to elucidate it.

'Then we had the visit from our friends next morning, shadowed always by Stapleton in the cab. From his knowledge of our rooms and of my appearance, as well as from his general conduct, I am inclined to think that Stapleton's career of crime has been by no means limited to this single Baskerville affair. It is suggestive that during the last three years there have been four considerable burglaries in the West Country, for none of which was any criminal ever arrested. The last of these, at Folkestone Court, in May, was remarkable for the cold-blooded pistolling of the page, who surprised the masked and solitary burglar. I cannot doubt that Stapleton recruited his waning resources in this fashion, and that for years he has been a desperate and dangerous man.

'We had an example of his readiness of resource that morning when he got away from us so successfully, and also of his audacity in sending back my own name to me through the cabman. From that moment he understood that I had taken over the case in London, and that therefore mere was no chance for him there. He returned to Dartmoor and awaited the arrival of the Baronet.'

'One moment!' said I. 'You have, no doubt, described the sequence of events correctly, but there is one point which you have left unexplained. What became of the hound when its master was in London?'

'I have given some attention to this matter, and it is undoubtedly of importance. There can be no question that Stapleton had a confidant, though it is unlikely that

fall ist, desto genauer verdient er, unter die Lupe genommen zu werden, und gerade das, was einen Fall scheinbar kompliziert macht, erweist sich bei ordnungsgemäßer Betrachtung und wissenschaftlicher Handhabung als diejenige Komponente, die am ehesten zu seiner Aufklärung beiträgt.

Am nächsten Morgen hatten wir dann Besuch von unseren Freunden, durchgängig beschattet von Stapleton in der Kutsche. Aufgrund seiner Kenntnis unserer Wohnung und meiner Person sowie aufgrund seiner allgemeinen Vorgehensweise bin ich geneigt zu glauben, dass Stapletons krimineller Werdegang keineswegs auf diese Baskerville-Geschichte beschränkt ist. Es ist durchaus bezeichnend, dass es in Südwestengland in den letzten drei Jahren vier beachtliche Einbrüche gab, für die kein Krimineller jemals verhaftet wurde. Der letzte davon, in Folkestone Court im Mai, ist bemerkenswert im Hinblick auf die kaltblütige Erschießung des Pagen, der den einzelnen, maskierten Einbrecher überrascht hatte. Ich zweifle nicht, dass Stapleton auf diese Weise seine schwindenden Geldmittel aufstockte und schon seit Jahren ein zu allem entschlossener und gefährlicher Mann war.

Ein Beispiel für seine Gewandtheit im Suchen von Auswegen wurde uns an jenem Morgen präsentiert, als er uns so erfolgreich entkam, ebenso für seine Unverfrorenheit, als er mir meinen eigenen Namen durch den Kutscher übermitteln ließ. Er wusste von diesem Augenblick an, dass ich in London den Fall übernommen hatte und dass er dort folglich chancenlos war. Er kehrte nach Dartmoor zurück und erwartete die Ankunft des Baronets.«

»Einen Augenblick!«, sagte ich. »Sie haben den Ablauf der Ereignisse zweifellos richtig geschildert, einen Punkt aber ließen Sie ungeklärt. Wer kümmerte sich um den Hund, während sein Herr in London war?«

»Ich habe mich ernstlich mit diesem Punkt beschäftigt, der ohne Zweifel von Bedeutung ist. Es steht außer Frage, dass Stapleton einen Vertrauten hatte, obwohl er ihn wahrscheinlich nie so

he ever placed himself in his power by sharing all his plans with him. There was an old manservant at Merripit House, whose name was Anthony. His connection with the Stapletons can be traced for several years, as far back as the schoolmastering days, so that he must have been aware that his master and mistress were really husband and wife. This man has disappeared and has escaped from the country. It is suggestive that Anthony is not a common name in England, while Antonio is so in all Spanish or Spanish-American countries. The man, like Mrs Stapleton herself, spoke good English, but with a curious lisping accent. I have myself seen this old man cross the Grimpen Mire by the path which Stapleton had marked out. It is very probable, therefore, that in the absence of his master it was he who cared for the hound, though he may never have known the purpose for which the beast was used.

'The Stapletons then went down to Devonshire, whither they were soon followed by Sir Henry and you. One word now as to how I stood myself at that time. It may possibly recur to your memory that when I examined the paper upon which the printed words were fastened I made a close inspection for the water-mark. In doing so I held it within a few inches of my eyes, and was conscious of a faint smell of the scent known as white jessamine. There are seventy-five perfumes, which it is very necessary that the criminal expert should be able to distinguish from each other, and cases have more than once within my own experience depended upon their prompt recognition. The scent suggested the presence of a lady, and already my thoughts began to turn towards the Stapletons. Thus I had made certain of the hound, and had guessed at the criminal before ever we went to the West Country.

weit in seine Pläne einweihte, dass dieser Macht über ihn hätte gewinnen können. In Merripit House gab es einen alten Diener namens Anthony. Seine Verbindung zu den Stapletons kann mehrere Jahre zurückverfolgt werden, bis zu der Zeit, als Stapleton Schulleiter war, sodass er gewusst haben muss, dass sein Herr und seine Herrin in Wirklichkeit Mann und Frau waren. Dieser Mann ist verschwunden und hat das Land verlassen. Auffällig ist auch, dass Anthony in England kein gebräuchlicher Name ist, während Antonio in allen spanischen oder spanisch-amerikanischen Ländern sehr geläufig ist. Wie Mrs. Stapleton selbst sprach er gut Englisch, aber mit einem merkwürdigen, lispelnden Akzent. Ich habe selbst gesehen, wie der alte Mann auf dem von Stapleton markierten Weg den Sumpf von Grimpen durchquerte. Höchstwahrscheinlich also war er es, der in Abwesenheit seines Herrn den Hund gefüttert hat, auch wenn er vielleicht den Zweck, zu welchem die Bestie gehalten wurde, nie gekannt hat.

Die Stapletons fuhren dann zurück nach Devonshire, wohin ihnen Sir Henry und Sie bald darauf folgten. Ein Wort nur zu meinem damaligen Kenntnisstand. Sie mögen sich daran erinnern, wie ich das Papier untersuchte, auf das die ausgeschnittenen Wörter geklebt waren, und mir das Wasserzeichen sehr genau ansah. Dabei hielt ich es dicht vor meine Augen und bemerkte den schwachen Duft des sogenannten weißen Jasmin. Es gibt fünfundsiebzig Parfums, die ein Kriminalist zu unterscheiden unbedingt in der Lage sein sollte, und mehr als einmal hing die Lösung eines Falls, wie ich selbst erlebt habe, davon ab, dass ein Duft sofort identifiziert werden konnte. Das Parfum ließ mich auf die Mitwirkung einer Dame schließen, und so begann ich jetzt bereits, meine Aufmerksamkeit den Stapletons zuzuwenden. Ich war mir des Hundes also sicher und hatte den Verbrecher im Visier, bevor ich überhaupt nach Südwestengland ging.

'It was my game to watch Stapleton. It was evident, however, that I could not do this if I were with you, since he would be keenly on his guard. I deceived everybody, therefore, yourself included, and I came down secretly when I was supposed to be in London. My hardships were not so great as you imagine, though such trifling details must never interfere with the investigation of a case. I stayed for the most part at Coombe Tracey, and only used the hut upon the moor when it was necessary to be near the scene of action. Cartwright had come down with me, and in his disguise as a country boy he was of great assistance to me. I was dependent upon him for food and clean linen. When I was watching Stapleton, Cartwright was frequently watching you, so that I was able to keep my hand upon all the strings.

'I have already told you that your reports reached me rapidly, being forwarded instantly from Baker Street to Coombe Tracey. They were of great service to me, and especially that one incidentally truthful piece of biography of Stapleton's. I was able to establish the identity of the man and the woman, and knew at last exactly how I stood. The case had been considerably complicated through the incident of the escaped convict and the relations between him and the Barrymores. This also you cleared up in a very effective way, though I had already come to the same conclusions from my own observations.

'By the time that you discovered me upon the moor I had a complete knowledge of the whole business, but I had not a case which could go to a jury. Even Stapleton's attempt upon Sir Henry that night, which ended in the death of the unfortunate convict, did not help us much in proving murder against our man. There seemed to be no alternative but to catch him red-handed, and to do so

Meine Aufgabe war es nun, Stapleton zu beobachten. Selbstverständlich hätte ich das nie tun können, wenn ich mit Ihnen zusammengewesen wäre, weil er ohnehin auf der Hut war. Ich täuschte sie deshalb alle, Sie inbegriffen, und reiste heimlich nach Devon, während ich vermeintlich in London geblieben war. Meine Not war nicht so groß, wie Sie annehmen, obwohl solche belanglosen Einzelheiten die Untersuchung eines Falls ohnehin niemals beeinträchtigen dürfen. Die meiste Zeit verbrachte ich in Coombe Tracey und suchte die Hütte nur auf, wenn es nötig war, dem eigentlichen Geschehen nahe zu sein. Cartwright war mit mir gekommen, und als Bauernjunge verkleidet war er mir eine große Hilfe. Ich brauchte ihn, was Essen und saubere Kleidung betraf. Und während ich Stapleton beschattete, hatte Cartwright oft ein Auge auf Sie, sodass ich sämtliche Fäden gleichzeitig in der Hand hielt.

Wie ich Ihnen schon sagte, erreichten mich Ihre Berichte umgehend, da sie von der Baker Street sofort nach Coombe Tracey weitergeleitet wurden. Sie waren mir von großem Nutzen, vor allem jenes eine, beiläufig wahre Detail aus Stapletons Biografie. Es gelang mir, die Identität des Mannes und der Frau zu ermitteln, und ich wusste endlich genau, woran ich war. Der Fall wurde durch den Nebenumstand des entlaufenen Sträflings und dessen Verbindung zu den Barrymores erheblich erschwert. Aber auch das haben Sie sehr erfolgreich aufgeklärt, obwohl ich aufgrund meiner eigenen Beobachtungen bereits zu demselben Schluss gekommen war.

Zu dem Zeitpunkt, als Sie mich auf dem Moor entdeckten, hatte ich die ganze Sache zwar vollständig durchschaut, jedoch nichts in der Hand, was vor Gericht Bestand gehabt hätte. Selbst Stapletons Anschlag auf Sir Henry in jener Nacht, die mit dem Tod des unseligen Sträflings endete, reichte nicht aus, um den Mann des Mordes zu überführen. Es schien keine andere Alternative zu geben, als ihn auf frischer Tat zu ertappen, und zu diesem Zweck mussten wir

we had to use Sir Henry, alone and apparently unprotected, as a bait. We did so, and at the cost of a severe shock to our client we succeeded in completing our case and driving Stapleton to his destruction. That Sir Henry should have been exposed to this is, I must confess, a reproach to my management of the case, but we had no means of foreseeing the terrible and paralysing spectacle which the beast presented, nor could we predict the fog which enabled him to burst upon us at short notice. We succeeded in our object at a cost which both the specialist and Dr Mortimer assure me will be a temporary one. A long journey may enable our friend to recover not only from his shattered nerves but also from his wounded feelings. His love for the lady was deep and sincere, and to him the saddest part of all this black business was that he should have been deceived by her.

'It only remains now to indicate the part which she had played throughout. There can be no doubt that Stapleton exercised an influence over her which may have been love or may have been fear, or very possibly both, since they are by no means incompatible emotions. It was, at least, absolutely effective. At his command she consented to pass as his sister, though he found the limits of his power over her when he endeavoured to make her the direct accessory to murder. She was ready to warn Sir Henry so far as she could without implicating her husband, and again and again she tried to do so. Stapleton himself seems to have been capable of jealousy, and when he saw the baronet paying court to the lady, even though it was part of his own plan, still he could not help interrupting with a passionate outburst which revealed the fiery soul which his self-contained manner so cleverly concealed. By encouraging the intimacy he made it cer-

Sir Henry allein und vermeintlich schutzlos als Köder einsetzen. Wir taten es, und um den Preis eines schweren Schocks auf Seiten unseres Klienten ist es uns gelungen, den Fall abzuschließen und Stapleton zu Fall zu bringen. Dass Sir Henry dieser Situation ausgesetzt war, macht, wie ich zugeben muss, meiner Leitung des Falls keine Ehre, aber wir hatten keinerlei Möglichkeit, vorherzusehen, was für ein furchtbares, lähmendes Schauspiel der Hund uns bieten würde, noch konnten wir den Nebel vorhersagen, der es der Kreatur ermöglichte, so unverhofft auf uns loszustürmen. Wir haben unser Ziel zu einem Preis erreicht, der für Sir Henry, wie mir sowohl der Spezialist als auch Doktor Mortimer versichern, zeitweilig sein wird. Eine lange Reise wird hoffentlich nicht nur die zerrütteten Nerven unseres Freundes beruhigen, sondern auch seine seelischen Wunden heilen. Seine Liebe zu der Dame war tief und aufrichtig, und für ihn war der traurigste Teil dieser ganzen düsteren Geschichte, dass sie ihn getäuscht hat.

Damit bleibt nur noch die Rolle näher zu bestimmen, die sie von Beginn an gespielt hat. Ohne Zweifel übte Stapleton eine Macht über sie aus, die vielleicht Liebe war, die vielleicht Angst war, oder sehr wahrscheinlich beides zugleich, da schließlich beide Gefühle keineswegs unvereinbar sind. Jedenfalls war sie letzten Endes sehr wirksam. Auf seinen Befehl hin willigte sie ein, sich als seine Schwester auszugeben, doch als er sie zur unmittelbaren Mittäterin an einem Mord machen wollte, stieß er auf die Grenzen seiner Macht über sie. Sie war bereit, Sir Henry zu warnen, soweit es ihr möglich war, ohne ihren Mann zu gefährden, und sie versuchte es wieder und wieder. Stapleton selbst scheint zu Eifersucht geneigt zu haben, denn als er sah, wie der Baronet seiner Frau den Hof machte, konnte er es, obwohl es Teil seines eigenen Plans war, nicht verhindern, in einem leidenschaftlichen Gefühlsausbruch dazwischenzugehen, der sein hitziges Gemüt offenbarte, das seine beherrschte Art sonst so geschickt verbarg. Indem er die

tain that Sir Henry would frequently come to Merripit House, and that he would sooner or later get the opportunity which he desired. On the day of the crisis, however, his wife turned suddenly against him. She had learned something of the death of the convict, and she knew that the hound was being kept in the out-house on the evening that Sir Henry was coming to dinner. She taxed her husband with his intended crime and a furious scene followed, in which he showed her for the first time that she had a rival in his love. Her fidelity turned in an instant to bitter hatred, and he saw that she would betray him. He tied her up, therefore, that she might have no chance of warning Sir Henry, and he hoped, no doubt, that when the whole country-side put down the baronet's death to the curse of his family, as they certainly would do, he could win his wife back to accept an accomplished fact, and to keep silent upon what she knew. In this I fancy that in any case he made a miscalculation, and that, if we had not been there, his doom would none the less have been sealed. A woman of Spanish blood does not condone such an injury so lightly. And now, my dear Watson, without referring to my notes, I cannot give you a more detailed account of this curious case. I do not know that anything essential has been left unexplained.'

'He could not hope to frighten Sir Henry to death, as he had done the old uncle, with his bogie hound.'

'The beast was savage and half-starved. If its appearance did not frighten its victim to death, at least it would paralyse the resistance which might be offered.'

'No doubt. There only remains one difficulty. If Stapleton came into the succession, how could he explain the

Vertrautheit förderte, stellte er sicher, dass Sir Henry regelmäßig nach Merripit House kam und dass sich ihm früher oder später die Gelegenheit bieten würde, auf die er wartete. Am entscheidenden Tag jedoch stellte sich seine Frau plötzlich gegen ihn. Sie hatte vom Tod des Sträflings erfahren, und wusste, dass an dem Abend, als Sir Henry zum Essen kommen sollte, der Hund im Gartenhaus untergebracht war. Als sie ihren Mann des geplanten Verbrechens beschuldigte, folgte eine schreckliche Szene, in deren Verlauf er sie zum ersten Mal wissen ließ, dass sie eine Nebenbuhlerin hatte. Ihre Ergebenheit schlug augenblicklich in bitteren Hass um, und er begriff, dass sie ihn verraten würde. Also fesselte er sie, damit sie Sir Henry nicht warnen konnte, und hoffte zweifellos, seine Frau zurückgewinnen und davon überzeugen zu können, sich mit einer vollendeten Tatsache stillschweigend abzufinden, wenn erst die ganze Gegend, wie mit Sicherheit zu erwarten, den Tod des Baronets dem Familienfluch zugeschrieben hätte. Damit allerdings lag er, wie ich meine, von vornherein falsch, und auch ohne unser Zutun wäre sein Schicksal besiegelt gewesen. Denn so leicht verzeiht eine Frau von spanischem Blut eine solche Beleidigung nicht. Aber gut, mein lieber Watson, eine ausführlichere Darstellung dieses merkwürdigen Falls kann ich, ohne meine Notizen zu Rate zu ziehen, nicht bieten. Ich wüsste nicht, dass irgendetwas Wesentliches unerklärt geblieben wäre.«

»Stapleton konnte nicht erwarten, Sir Henry mit seinem Teufelshund zu Tode zu erschrecken, so wie es ihm beim alten Onkel gelungen war.«

»Die Bestie war wild und halb verhungert. Wenn ihre Erscheinung das Opfer nicht zu Tode erschreckt hätte, dann hätte sie zumindest den möglichen Widerstand gelähmt.«

»Zweifellos. Ein Problem aber bleibt bestehen. Wenn Stapleton die Erbfolge angetreten hätte, wie hätte er den Umstand erklären

fact that he, the heir, had been living unannounced under another name so close to the property? How could he claim it without causing suspicion and inquiry?'

'It is a formidable difficulty, and I fear that you ask too much when you expect me to solve it. The past and the present are within the field of my inquiry, but what a man may do in the future is a hard question to answer. Mrs Stapleton has heard her husband discuss the problem on several occasions. There were three possible courses. He might claim the property from South America, establish his identity before the British authorities there, and so obtain the fortune without ever coming to England at all; or he might adopt an elaborate disguise during the short time that he need be in London; or, again, he might furnish an accomplice with the proofs and papers, putting him in as heir, and retaining a claim upon some proportion of his income. We cannot doubt, from what we know of him, that he would have found some way out of the difficulty. And now, my dear Watson, we have had some weeks of severe work, and for one evening, I think, we may turn our thoughts into more pleasant channels. I have a box for *Les Huguenots.* Have you heard the De Reszkes? Might I trouble you then to be ready in half an hour, and we can stop at Marcini's for a little dinner on the way?'

können, dass er, der Erbe, unter anderem Namen in so unmittelbarer Nähe zum Anwesen gelebt hatte, ohne sich zu erkennen zu geben? Wie hätte er Anspruch darauf erheben können, ohne Verdacht zu erregen und weitere Nachforschungen auszulösen?«

»Das ist in der Tat ein beachtliches Problem, und ich fürchte, Sie verlangen zu viel, wenn Sie von mir eine Lösung erwarten. Vergangenheit und Gegenwart sind Gegenstand meiner Ermittlungen, die Frage jedoch, was jemand zukünftig tut, ist schwer zu beantworten. Mrs. Stapleton hat ihren Mann diese Schwierigkeit zu verschiedenen Gelegenheiten erörtern hören. Es gab drei Möglichkeiten. Er konnte seine Ansprüche von Südamerika aus geltend machen, seine Identität von den dortigen britischen Behörden nachweisen lassen und so sein Vermögen erlangen, ohne je überhaupt wieder nach England zu kommen. Oder er konnte für die kurze Zeit, die er sich in London hätte aufhalten müssen, eine wohlüberlegte Verkleidung annehmen. Die dritte Möglichkeit war, einem Komplizen die nötigen Dokumente und Papiere zu verschaffen, ihn als Erben auszugeben und dann einen Teil seines Einkommens zurückzufordern. Nach dem, was wir von ihm wissen, besteht kein Zweifel, dass er einen Ausweg gefunden hätte. Und nun, mein lieber Watson, liegen mehrere Wochen harter Arbeit hinter uns, und ich denke, dass es gestattet ist, unsere Gedanken einen Abend lang in eine angenehmere Richtung zu lenken. Ich habe eine Loge für *Les Huguenots* reserviert. Haben Sie die Brüder de Reszke schon gehört?* Darf ich Sie dann bitten, in einer halben Stunde zur Stelle zu sein, dann können wir unterwegs noch bei Marcinis einkehren und ein kleines Dinner zu uns nehmen.«

* *Les Huguenots:* eine frz. Oper (Paris 1936) des Komponisten Giacomo Meyerbeer (1791–1864). *Brüder de Reszke:* Jean und Edouard, zwei frz. Operntenöre polnischer Abstammung (1850–1925 und 1853–1917).